PACHINKO

柏青哥

MIN JIN LEE

［美］李敏金 著
刘勇军 译

江苏凤凰文艺出版社
JIANGSU PHOENIX LITERATURE AND
ART PUBLISHING, LTD

目录

第一卷

故乡

1910—1933年

家是一个名字，一个非常强大的字眼；它比在最强大的魔法中，巫师说过和神灵回应过的话，都更强大。

——查尔斯·狄更斯

第一章

朝鲜釜山影岛

历史辜负了我们，但没有关系。

世纪之交，一对年迈的渔民夫妇为了多赚点钱，决定经营民宿。夫妻二人都在一个名叫影岛的渔村里出生长大。影岛是一个小岛，方圆五英里，距离港口城市釜山不远。他们结婚多年，一共育有三子，但只有体质最弱的大儿子候奈活了下来。候奈天生唇腭裂，有一只脚畸形；然而，他拥有一身黄皮肤，身材矮胖，肩膀强壮有力。年轻的他依然保持着儿时那种温和体贴的性格。候奈见到陌生人，总习惯用手捂住畸形的嘴，每次他这样，都像极了他英俊的父亲，他们两个人都拥有一双会笑的大眼睛。相比较起父亲，他的额头更宽，眉毛又浓又黑。由于从事户外工作，他的身体一向都是古铜色的。和他的父母一样，候奈是个不善言辞的人，有些人因此误会，以为他说话不利索，是因为他的脑袋不灵光，但事实并非如此。

1910年，日本吞并朝鲜，那一年，候奈二十七岁。贵族无能，统治者腐败，把国家拱手交给了窃贼。渔民夫妇都是乡下人，节俭，吃苦耐劳，他们决定不理会外界的纷扰。后来房租再次上涨，夫妇二人便搬出了卧室，睡在厨房边的前厅，好多接收几个房客。

他们租住了三十多年的木屋并不大，只有大约五百平方英尺。他们使用纸拉门，把房子分成了三个舒适的房间。草屋顶漏水，渔夫便亲自换上了发红的陶土瓦，这么一来，远在釜山宅邸过着奢华生活的房东就成了受益人。最后，他们把厨房扩建到菜园，好有空间存放更大的炊具和越来越多的移动餐桌，这些东西都悬挂在黏土石墙上的挂钩上。

在父亲的坚持下，候奈跟着村里的老师学会了读写韩文和日文，有了点学问，他就负责给民宿记账，他还会心算，这样他就不会在市集上被骗了。他刚一学会这些，他的父母就让他离开了学校。十几岁的时候，候奈所干的活就几乎相当于年纪比他大一倍、有两条好腿的强壮男人所干的工作；他的手很巧，搬得动很重的东西，但他走不快也跑不快。村里的人都知道，候奈和他父亲滴酒不沾。渔夫和他的妻子养大了他们幸存下来的瘸儿子，将他教育成一个聪明勤勉的人，因为他们知道，等他们撒手人寰，没人能照顾他。

如果一对夫妇能够共有一颗心脏，那候奈便是这颗不停跳动的器官。他们失去了另外两个儿子，小儿子死于麻疹，二儿子是个饭桶，在一次无谓的事故中，他被一头凶猛的公牛用角抵死了。除了上学和去市集，老夫妇都不许小候奈离开家，所以，候奈成年后仍需留在家里帮助父母。他们不忍心让他失望；但他们是爱他的，却不会溺爱他。农民夫妇很清楚，若是儿子死了，他们只会伤心难过，但如果把儿子宠坏了，家里就将永无宁日，所以，他们从不过分纵容候奈。

这片土地上的其他人家就没那么幸运了。那些家庭里没有如此明智的父母，而且，各个国家自然灾害频发，又受到敌人的掠夺，在遭到殖民统治的半岛上，老人、寡妇和孤儿等弱势群体和以往一样绝望。如果哪家有能力再养活一个人，就会有很多人愿意为他们工作一整天，只求能吃上一碗大麦饭。

1911年春天，就在候奈二十八岁生日的两周后，市里那个红脸媒婆上门来找他的母亲。

候奈的母亲领媒婆来到厨房；房客们都在前面的房间里睡觉，她们只得低声说话。这会儿是上午晚些时候，房客们捕了一晚上的鱼，回来后吃了热腾腾的饭，梳洗完毕便上床睡觉了。候奈的母亲给媒婆倒了一杯凉大麦茶，不过依然没停下手里的活儿。

候奈的母亲自然猜到了媒婆的来意，但她不知道该说什么。候奈从未向父母提起要娶亲。一个体面的家庭绝不可能把女儿嫁给一个有残疾的人，因为这样的残疾将不可避免地遗传给下一代。她从未见过她儿子和女孩说话；大多数村里的姑娘都躲着他，候奈也知道不要奢求得不到的东西，普通的农民都有这种克制力，他们接受现实的生活，只期盼可以得到的东西。

媒婆那张滑稽的小脸粉扑扑的，有很多肉，一双精明的黑眼睛很有穿透力，滴溜溜乱转，她小心翼翼，只挑好听的说。那女人舔了舔嘴唇，好像渴了；候奈的母亲感到媒婆在观察她和房子里的每一个细节，用她那挑剔的眼睛测量厨房的大小。

然而，媒婆却很难读懂候奈母亲的心思，她是一个安静的女人，从醒来一直工作到睡觉，做着当天和第二天需要的所有事。她很少去市集，因为她抽不出时间闲聊；要买什么东西，她都是打发候奈去。媒婆叽叽喳喳说着，候奈母亲一声不吭，沉稳得如同她用来切萝卜的那张沉重的松木桌。

媒婆首先挑起了话题。她说候奈实在不走运，脚和嘴都有毛病，但好在他是个好孩子，受过良好的教育，而且身强体壮，浑身是劲，抵得过两头牛！媒婆说，她有这么好的儿子是她有福气。媒婆数落了一通自己的孩子：她的两个儿子既不喜欢读书，也不是做生意的料，但他们本性倒是不坏；她女儿很早就出嫁了，又住得太远。媒婆认为她的三个孩子都婚姻美满，只是两个儿子都是懒鬼。在这一点上，他们就比不上候奈。话音刚落，媒婆就盯着候奈的母亲，寻找她对这个话题感兴趣的迹象，但这个橄榄色皮肤的女人没有丝毫表情。

候奈的母亲一直低着头，很自信地拿着锋利的刀，把萝卜切成均等的小方块。等到切菜板上堆了一大堆白色的萝卜块，她就干净利落地用手一扫，把萝卜扫进搅拌盆里。候奈的母亲其实一直都在留意听媒婆的话，生怕她自己会因为紧张而颤抖。

进屋前，媒婆在房子周围走了一圈，评估这个家庭的经济状况。街坊四邻都说他们家境殷实，从表面上看，这一点倒是不假。菜园里种着萝卜，萝卜缨很长，在早春雨水的浇灌下，长得又大又沉，随时都可以把它们从褐色的土地里拔出来。青鳕和鱿鱼整齐地挂在一条晾衣长绳上，在柔和的春光下晒干。户外厕所旁边是一个用当地的石头和灰泥建成的干净围栏，里面养着三头黑猪。媒人数了数，发现后院有七只小鸡和一只公鸡。看房子里面，更能看出这家人的生活条件不错。

厨房里，一堆堆盛米饭和汤的碗放在结实的架子上，低矮的厨房椽子上挂着编在一起的白色大蒜和红色辣椒。洗脸盆附近的角落里有一个巨大的编织篮子，里面装满了刚挖出来的土豆。黑米锅里蒸着大麦和小米，宜人的香味在这栋小房子里飘荡。

国家越来越贫困，这家人经营民宿，却把小日子过得有声有色，她感觉很满意，并且肯定就连候奈也能娶到一房健康的媳妇，于是她继续游说。

她介绍的姑娘住在这座岛的另一边，两家中间隔着一片茂密的树林。她的父亲以前是个佃农，殖民政府最近进行了土地调查，他和很多人一样，都失去了租约。这个鳏夫没儿子，只有四个闺女，一家人只能吃从树林里捡来的果子、卖不出去的鱼或偶尔从同样贫困的邻居那里得到的施舍。这位正派的父亲请求媒婆为他那几个未出阁的女儿找个合适的人家，毕竟黄花大闺女嫁人，总好过在人们都挨饿时到处找吃的，而且，贞操可谓无价之宝。杨金是四姐妹中的老幺，也是最容易摆脱掉的一个，因为她还太小，不懂得抱怨，而且她吃得最少。

媒婆说，杨金今年十五岁，和刚出生的小牛一样温柔、温顺。"当然了，人家姑娘可没有嫁妆，姑娘的父亲也不能指望得到多少聘礼。几只能下蛋的母鸡，扯一些棉布给杨金的几个姐姐做衣服，六七袋小米帮他们一家过冬，就足够了。"听到候奈的母亲对这些聘礼没有提出抗议，媒人变得更加大胆，"来只山羊或一头小猪也成。那家人苦哈哈的，要的聘礼也不多。人家闺女也不求珠宝什么的。"媒婆笑了笑。

候奈的母亲轻轻一挥她那粗壮的手腕，把海盐撒在萝卜上。媒婆不可能知道候奈的母亲有多聚精会神，琢磨着媒婆提出的要求。一般人嫁姑娘，都会狮子大开口，要很多聘礼；候奈的母亲惊讶地发现，她的心中充满了想象和希望，但她依然维持平静的表情，没有泄露半点心中的想法；然而，媒婆可不是傻瓜。

"我什么时候才能抱上孙子呀，只要有孙子，就是要我的老命也无所谓。"媒婆说，一边盯着民宿老板娘那张古铜色、布满皱纹的脸，一边使出了绝招，"我有一个孙女，但没有孙子，而且，我那个孙女，整天哭起来没完没了的。"

媒婆继续说："我还记得，我大儿子刚出生那会儿，我抱着他。我当时甭提多高兴了！小家伙多白呀，就跟新年时一篮新鲜的年糕一样，和温热的面团差不多，又软又多汁。那么可爱，叫人真想咬上一口。再看现在，活脱儿一个大笨蛋。"吹嘘了半天，她觉得有必要抱怨一两句。

候奈的母亲终于露出了微笑，因为媒婆描述的画面对她来说太生动了。有哪个老太太不想抱孙子，而在媒婆来之前，她想都没想过这种事。她咬紧牙关，使自己平静下来。她拿起搅拌碗，摇动着，让盐均匀分布。

"那姑娘长得俊着哩，连半个麻子都没有。她可懂规矩了，听她爹爹和几个姐姐的话。而且呀，她皮肤挺白，别看个子小小的，手和胳膊上的力道可不小。她以后肯定会胖一些，但这是可以理解的。现在，他们一家子的日子不好过啊。"媒婆对着角落里的一篮土豆微笑，好像在暗示，在这里，那个女孩可以想吃多少就吃多少。

候奈母亲把碗放在厨台上，转身面对她的客人。

"我得去和我当家的、我儿子商量商量。我们没钱买山羊买猪。不过，我们倒是有棉花和其他东西，让他们熬过这个冬天。容我们商量一下。"

— ○ — -

新郎和新娘在婚礼当天见了面，杨金看到他的脸，并没有害怕。她村里有三个人生下来就是这样。她见过牛和猪也有兔唇。她有个邻居，那女孩的鼻子和裂开的嘴唇之间有个像草莓一样的瘤子，其他孩子都叫她"草莓"，那女孩也不介意这个外号。杨金的父亲告诉她，她的丈夫跟草莓一样，还有条腿畸形，她没哭。他夸她是个好姑娘。

候奈和杨金就这么不声不响地成了亲，如果不是家里给邻居送了艾蒿饼，他们肯定会被当成吝啬鬼。当新娘在婚礼第二天端上早餐，连房客们都吃了一惊。

后来，杨金怀孕了，她担心孩子会遗传候奈的残疾。她的第一个孩子生来就有唇腭裂，但双腿没问题。接生婆把孩子抱到候奈和他的父母面前，他们并不生气。"你介意吗？"候奈问她，她说不，因为她确实不介意。只剩下杨金和她的长子单独在一起时，她用食指划过婴儿的嘴部轮廓，吻了吻孩子的嘴；她从来都没有像爱她的孩子那样爱过任何人。七周后，他发烧不治。她的第二个孩子有一张完美的脸和一双健康的腿，但他还没过"百岁①"，就因为腹泻和发烧夭折了。她那几个依然没出门子的姐姐都指责她，说她的奶水不好，并建议她去看巫医。

候奈和他的父母对巫医不以为意，但她在第三次怀孕的时候，没和他们打招呼，便去找了巫医。然而，在她第三次怀孕期间，她感觉怪怪的，杨金接受了这个孩子也夭折的可能。她的第三个孩子死于天花。

她的婆婆去找草药医生，给她熬了药茶。杨金喝光了杯子里的每一滴茶水，家里为她花了一大笔开销，她连连道歉。每次妻子生完孩子，候奈都去市集买上等海带熬汤，使她的子宫恢复如初；每次孩子夭折，他都从市集上为她

————————
① 新生婴儿出生后第一百天举行的庆祝仪式。——译注

007

买来仍然温热的甜米糕："你必须吃，必须把身体养得棒棒的。"

他们婚后的第三年，候奈的父亲去世了，几个月后，候奈的母亲也走了。杨金的公公婆婆从不苛刻她的饭菜和衣服。即便她没有给他们一个好好活下来的继承人，也没人打她，说过她一句不是。

最后，杨金终于生下了她的第四个孩子，也是唯一的女孩顺子，这孩子茁壮成长；她满三岁后，她的父母终于可以在晚上睡个整觉，用不着起来去旁边的铺盖，反复检查那个小不点儿是否还在呼吸。候奈用玉米包皮给他的女儿做玩偶，他不再抽烟，用省下来的钱给女儿买糖果；他们三个人总是一起吃饭，尽管房客想要候奈和他们一起吃。他爱他的孩子，就像他的父母爱他一样，但他发现对于女儿的一切要求，他都无法拒绝。顺子相貌平平，爱笑，很聪明，但对她父亲来说，她是个美人，他对她的完美感到惊叹。世界上几乎没有哪个父亲像候奈那样把自己的女儿捧在手心里，候奈活着的唯一目的似乎就是为了让他自己的孩子笑。

在顺子十三岁那年的冬天，候奈悄无声息地死于肺结核。在他的葬礼上，杨金和她的女儿伤心欲绝。第二天早上，年轻的寡妇杨金从铺盖上起来，继续工作。

第二章

1932年11月

日本侵略满洲后的那个冬天，年景非常艰难。刺骨的寒风吹进这栋小民宿，女人们把棉花填进一层层衣服之间。一个叫大萧条的东西席卷了全世界，房客经常在吃饭时谈论大萧条，讲出他们在市集上从能看懂报纸的人那里听来的消息。美国人很穷，俄罗斯人很穷，中国人也很穷，所有人都吃不饱肚子。

在日本，就算有天皇，普通老百姓也照样缺衣少吃。毫无疑问，谁节俭，谁吃苦耐劳，就可以熬过那个冬天，但令人屈辱的消息比比皆是，孩子们睡着了，再也醒不过来，女孩为了一碗小麦面出卖贞操，而老人为了让年轻人有口饭吃，便悄悄离去等死。

尽管如此，房客们还是要求顿顿有饭吃，老房子也需要修缮。每月必须把租金支付给房东的代办，这个人很执着，一点情面也不讲。后来，杨金学会了如何管理钱财，如何与商贩打交道，如何拒绝她不愿接受的条款。她雇了两个失去双亲的姐妹，就此成为雇主。她是一个三十七岁的寡妇，经营着一间民宿，不再是当初那个少女——打着赤脚来到民宿的前台阶，手里只拿着一套用一块方布包着的干净内衣。

杨金一方面要照顾顺子，一方面还要赚钱；即便房子不是她们的，但有这个营生，是她们走运。每个月的第一天，每个房客都要支付二十三日元的食宿费用，但是，越来越难用这些钱在市集上买粮食或买煤取暖。男房客们赚不到更多的钱，所以，食宿费用就不能上涨，但她提供的吃食却一点也不能少。因此，她用胫骨熬出乳白色的浓稠肉汤，并将菜园里的蔬菜调味，作为美味的配菜；月底，钱所剩无几，她就用小米、大麦和食品储藏室里仅有的素食来充饥；粮袋见底，她就用豆粉和水做美味的薄煎饼。房客们把他们在市集上卖不出去的鱼带来给她，因此，要是有剩余的一桶螃蟹或鲭鱼，她就用香料把它们腌制起来，等到食物越来越少时，好拿出来补充。

两个季节以来，六个房客轮流睡在一个客房：来自全罗道的钟氏三兄弟晚上打鱼，白天睡觉；两个来自大邱的年轻人和一个来自釜山的鳏夫白天在海边鱼市做工，傍晚睡觉。在这个小房间里，人们并排睡在一起，但谁也没有抱怨，因为这间民宿比他们各自的家里好得多。床上用品很干净，食物也管饱。姑娘们把衣服洗得干干净净，民宿的老板娘给房客们那些破烂工作服打上补丁，以便可以再穿一季。这些男人都娶不起媳妇，所以对他们来说，这种安排还不错。妻子或许可以给劳动者一些身体上的安慰，但婚姻会带来需要食物、衣服和房子的孩子；穷人的妻子爱唠叨，爱哭，这些男人很清楚哪些事可以做，哪些连碰都不能碰。

物价上涨导致货币短缺，人们只能在凄风楚雨中度日，但房客们几乎从不拖欠房租。在市集上工作的人偶尔会拿卖不出去的物品冲抵房租，在收租日，杨金会收一罐食用油，并扣减几日元租金。她的婆婆告诉过她，你必须对房客很好：那些打工的人总有其他地方可以住。婆婆解释说，"男人有选择，女人没有。"在每个季末，有铜板剩下，杨金就会把它们放进一个黑色陶罐，再把陶罐藏在壁橱里的镶板后面，她丈夫把他母亲的两个金戒指就藏在那里。

—— ○ ——

吃饭时间，杨金母女默默地端上食物，房客们则在高谈阔论当下的政治。钟氏兄弟大字不识一个，但他们在码头上仔细听新闻，喜欢在民宿的餐桌上分析国家的命运。

十一月中旬，这个月的捕鱼收获比预期的要好。钟氏兄弟刚刚醒来。那些上夜班的房客很快就要回家睡觉了。渔民兄弟在出海前要先吃正餐。兄弟三个休息得很好，精力充沛，深信日本无法征服中国。

"是的，这些浑蛋可以咬上一口，但中国不会被整个吃掉。不可能！"老二大声说道。

"那些小矮子，绝不可能接管这么大的一个王国。中国是我们的老大哥！日本只是个坏种。"胖子老三一边大声说，一边砰的一声放下装有热茶的茶杯，"中国一定会收拾那些狗娘养的！等着瞧吧！"

几个穷小子在破烂的民宿里嘲笑强大的殖民者，感觉殖民地警察不会因为这些浮夸的想法，就来找渔民的麻烦。三兄弟吹嘘中国的力量，衷心渴望另一个国家变得强大，因为他们自己国家的统治者辜负了他们。朝鲜已经被殖民统治了二十二年。老二和老三自打出生，就生活在被日本统治的朝鲜。

"大婶。"胖子欢快地喊道，"大婶。"

"什么事？"杨金知道他还想吃。他是个小个子，吃得却比他两个哥哥加起来还多。

"再来一碗美味浓汤？"

"是的，是的，当然了。"

杨金从厨房给他端了汤。胖子咕噜咕噜地把汤喝掉，然后，三兄弟出门工作了。

没多久，上夜班的房客们就回家了，他们梳洗干净，快速吃完了晚饭。他们抽了一会儿烟斗，然后就去睡了。女人清理桌子，安静地吃着简单的晚餐，因为男房客在睡觉。女仆和顺子打扫厨房，清洗脏兮兮的脸盆。杨金检查了煤块，然后准备睡觉。三兄弟谈论中国的话在她的脑海中萦绕不去。候奈生前就喜欢仔细听别人讲新闻，边听边点头，坚定地呼气，然后站起来做家务。"不相干的。"他如是说，"不相干的。"无论中国是投降还是复仇，菜地里的杂草都必须拔掉，如果要穿鞋，就得用麻绳去编，还要防着那些总惦记他们那几只鸡的小偷。

——○——

白伊萨那件羊毛大衣的潮湿下摆已经冻硬了，但他至少找到了要找的民宿。他自平壤远道而来，已经筋疲力尽。与多雪的北方相比，釜山的寒冷具有欺骗性。南方的冬天貌似比较暖和，但从海上刮来的寒风吹进了他那本就很虚弱的肺里，他感到冷彻骨髓。当初离家之际，白伊萨感觉自己足够强壮，能禁得住火车的颠簸，但现在他又感到浑身乏力，他知道他必须休息。他出了釜山火车站，找到一艘小船，乘船来到了影岛。他一下船，当地的煤老板就把他带到了民宿。白伊萨气喘吁吁地敲门，准备倒头大睡，他相信如果他能睡个好觉，第二天早上就会好起来。

杨金刚刚躺在她那铺满棉花的铺盖上，年纪小一点的女仆就敲了敲女人睡觉的凹室的门框。

"大姊，来了一位先生。他找老板。他说他哥哥几年前在这里住过。那位先生今晚想留宿。"女仆气喘吁吁地说。

杨金皱起了眉头。谁会找候奈呢？她百思不得其解。到下个月，他已经去世三年了。

她女儿顺子已经在温热的地上睡着了，轻轻打着鼾，她白天编着辫子，此刻散开的头发卷曲着，散布在枕头上，很像一块闪闪发亮的长方形黑色丝绸。她旁边的空位只够两个人睡，那是留给干完晚上的活计后回来睡觉的女仆的。

"你难道没告诉他老板已经过世了吗？"

"我说了。他好像很惊讶。那位先生说他哥哥给老板写过信，但没收到回信。"

杨金坐起来，伸手去拿她刚刚脱掉的棉布韩服，那件衣服整齐地叠好，就放在她的枕边。她把棉马甲穿在裙子和上衣外面，麻利地把头发绾成一个发髻。

看到他，杨金才明白女仆为什么没把他赶走。这个人身材挺拔，就像一棵小松树，他温文尔雅，样貌俊朗不凡：笑眯眯的丹凤眼，挺直的鼻子，脖子修长。这个男人的额头苍白，没有皱纹，看上去一点也不像那些头发花白的房客，那帮人要么大呼小叫要吃的，要么就取笑女仆嫁不出去。这个年轻人穿着一套西装和一件厚冬衣。他身上的进口皮鞋、皮箱和软呢帽都与这个小小的门口格格不入。从他的外表看，这个人应该有足够的钱在市中心专门招待商人的大旅馆里找一个房间。釜山接收朝鲜人的旅店几乎都满了，但只要出得起钱，总能找到房间。看他的穿着打扮，很容易把他当成一个有钱的日本人。女仆微微张着嘴盯着这位先生，希望老板娘能让他留下。

杨金鞠了一躬，不知道该对他说什么。毫无疑问，他大哥曾写过信来，但她不识字。每隔几个月，她就会要求市里的老师为她读信，但今年冬天她很忙，还没顾得上干这件事。

他鞠了一躬，说："大婶，希望没吵醒你。我下渡船时天已经黑了。直到今天我才知道你丈夫的事。听到这个不幸的消息我很难过。我叫白伊萨，从平壤来的。我二哥白约瑟多年前在这里住过。"

他有一些北方口音，说起话来显得很有学问。

"我过几个礼拜要去大阪，那之前我想住在这里。"杨金低头看着自己的赤脚。客房已经满了，像他这样的人八成会要求有单独的卧室。在夜晚的这个时候，很难找到船夫把他送回大陆。白伊萨从裤子里抽出一条白手帕，捂住嘴咳嗽起来。

"我二哥是大约十年前住在这里的。不知道你是否还记得他。他非常崇拜你的丈夫。"

杨金点点头。白家二哥不是渔夫，也不在市集上打工，所以他在她的记忆中显得特别突出。他叫约瑟，取自《圣经》中的一个人名。他的父母是基督教徒，在北方建造了一座教堂。

"但是你哥哥——那位先生看起来和你不太像。他个子矮，戴着圆形的金属眼镜。他要去日本，在这里住了几个礼拜就走了。"

"没错，没错。"白伊萨面露喜色。他有十多年没见过白约瑟了。"他和妻子住在大阪。是他给你丈夫写信的。他坚持要我住在这里。他在信中提到了你做的炖鳕鱼，他说'有股家的味道'。"

杨金微微一笑。她怎么可能不笑呢？

"我二哥说你丈夫很辛苦。"白伊萨没有提起跛足和唇腭裂，但白约瑟在信中肯定提到了。白伊萨很想见到这个克服了重重困难的人。

"你吃饭了吗？"杨金问。

"我还不饿。谢谢你。"

"我们可以给你弄点吃的。"

"你觉得我能在这里休息吗？我知道我来得冒昧，但两天来我一直都在赶路。"

"我们没有空房了，先生。你也看到了，这里地方不大……"

白伊萨叹了口气，然后对这个寡妇笑了笑。这是他的问题，与她没有关系，他不希望弄得她有愧疚感。他四下看，寻找他的行李箱，只见箱子就在门口。

"好吧。那我还是回釜山吧，在那里找个地方安顿下来。在我回去之前，请问这附近还有其他民宿有空房吗？"他挺直腰板，不想露出泄气的样子。

"没有其他民宿了，我们也没有空房。"杨金说。如果她安排他和其他人住在一起，想必他受不了那些人身上的气味。不管清洗多少次，都不可能消除他们衣服上的鱼腥味。

白伊萨闭上眼，点点头。他转身，准备离开。

"我们这里所有房客都睡在一起，倒是还有一些空位。你看到了，这里只有一个房间。三个客人白天睡觉，三个晚上睡觉，全看他们谁上白班谁上夜班。现在还有够一个人睡觉的地方，但肯定很不舒服。如果你愿意，可以进去看看。"

"不要紧的。"白伊萨松了一口气说，"太感谢你了。我可以付你一个月的钱。"

"房间里很挤，你可能不习惯。你哥哥住这里的时候，还没有那么多人。那时可没这么忙。我不知道……"

"没事，没事，有个角落给我睡觉就行了。"

"现在很晚了，今夜的风又很大。"杨金忽然因为民宿这么破败而感觉尴尬，她以前从未这么想过。她心想，如果他明早要走，她一定会把钱退给他。

她告诉他，必须提前支付租金。如果没到月底他就走了，她会把剩下的钱退给他。她收了他二十三日元，和渔夫付的租金一样。白伊萨数出相应的日元，用双手递给她。

女仆把他的行李放在房间前面，去储物柜为他拿了一床干净的铺盖。他肯定需要厨房里的热水梳洗一下。女仆低下了头，但她对他很好奇。

杨金和女仆一起铺床，白伊萨静静地看着她们。之后，女仆给他拿来了一盆温水和一条干净的毛巾。来自大邱的两个年轻人正并排躺在一起睡觉，鲧夫也在睡觉，他的胳膊举过了头顶。白伊萨的铺盖与鲧夫的平行。

到了早上，这些人一定会因为要和另一个房客共用房间而大惊小怪，但杨金似乎无法把他赶出去。

第三章

天亮了，钟氏兄弟从船上回来。胖子一眼就看到了仍在房间里睡觉的新房客。

他咧开嘴对杨金笑了笑。"像你这样勤劳的女士如此成功真是令人高兴。连有钱人都对你的好厨艺有所耳闻。接下来，你就要接待日本客人啦！希望他们付给你的房租是我们这些穷人的三倍。"

顺子冲他摇摇头，但他没注意到。胖子摆弄着挂在白伊萨西装边的领带。

"那么说，两班①把这玩意儿戴在脖子上，来彰显他们的身份？看起来跟个套索似的。我从没这么近地看过这东西！哇……好滑呀！"老三把领带在他的胡须上蹭了蹭，"八成是丝绸做的。真丝套索！"他放声大笑起来，但白伊萨没醒。

"胖子，别碰那个。"贡博严厉地说。老大的脸上满是麻子，他一生气，他那坑坑洼洼的皮肤就变得通红。自从他们的父亲死后，他就得亲自照料他的

①　古代高丽和韩国的贵族。——译注

014

两个弟弟。

胖子放开领带，显得局促不安。他可惹不起贡博。兄弟三人洗了澡，吃了东西，全都睡着了。新客人继续在他们旁边呼呼大睡，时不时发出一阵闷闷的咳嗽声。

杨金走进厨房，叫女仆留心新房客，以防他醒来。她们要为他准备一顿热腾腾的饭菜。顺子蹲在角落里洗红薯，她母亲进来又出去，她都没有抬头。在过去的一个星期里，她们只是在必要的时候才说话。女仆们搞不清到底发生了什么事，会让顺子这么安静。

下午晚些时候，钟氏兄弟醒来后又吃了一顿饭，然后，他们到村里买烟草，随后上船工作。晚上的房客还在工作没回来，所以民宿里安静了几个小时。海风从多孔的墙壁和窗户边缘渗透进来，连接各个房间的短走廊里很冷。

在女人们睡觉的凹室里，杨金盘腿坐在热地板上的一个热点旁边。她正在缝补一条裤子，一共有六件客人的旧衣服需要修补，这是其中之一。男人们的衣服不经常洗，因为他们本就没几件衣服，也不愿意费事。

"洗了还不是又得脏。"胖子这么抱怨，而他的两个哥哥更喜欢衣物干净整洁。洗涤后，杨金在可能打补丁的地方都打上补丁，她每年至少要换一次衬衫和上衣的领子，因为那些领子再也无法缝补或清洗了。新房客每次咳嗽，她都感觉脑袋嗡的一声。她试着把注意力集中在她整洁的针脚上，尽量不去想她那个正在擦地板的女儿。每天两次，她们都要用短扫帚扫黄蜡纸色的地板，然后再用手拿着干净的抹布擦一遍。

房子的前门慢慢开了，母女二人都抬起头来。煤老板老俊来收煤钱了。

杨金从地板上站起来迎接他。顺子敷衍地鞠了一躬，又继续忙活起来。

"你媳妇好吗？"杨金问道。煤老板的老婆有胃痉挛，偶尔会卧床不起。

"今天她一大早就起了，到市集上去了。那女人就晓得赚钱。你知道她那个德行。"老俊骄傲地说。

"你真有福气。"杨金掏出钱包，把一个礼拜的煤钱付给他。

"大婶，如果我的顾客都像你一样，我永远也挨不了饿。你每次都按时付账！"他愉快地笑了。

杨金对他笑笑。他每个礼拜必定抱怨客户不按时付钱，但大多数人宁愿少吃一口，也不会少给他一个子儿，不然今年冬天这么冷，没有煤就惨了。这位煤老板是个胖子，他一路上每到一家，都会喝杯茶吃点点心；即使在如此缺粮的年景，他也不会挨饿。他的媳妇是市集上最好的海带小贩，能赚到不少钱。

"住这条街上的那个姓李的下流痞子欠着我好多钱哩。"

"日子不好过啊。人人都有各自的难处。"

"年景是不好，但你家里住满了交房租的客人，因为你的好厨艺在庆尚道是数一数二的。那位牧师住你这里吗？你给他找床位了？我告诉他，你做的海鲷是全釜山最好的。"老俊嗅了嗅，琢磨着是不是能在走之前捞点吃的，但他没有闻到任何香味。

杨金看了女儿一眼，顺子便不再擦地板，去厨房给煤老板弄吃的。

"但是你知道吗，那个年轻人的哥哥十年前在这里住过，所以对你的厨艺早有耳闻了。胃的记忆力可比心的强多了！"

"牧师？"杨金有些一头雾水。

"就是那个从北方来的年轻人啊。我昨晚见过他，他当时在街上，正在找你的民宿。他叫白伊萨。他打扮得很光鲜啊。我带他来了你家，我原本也想进来，但我昨晚还要给姓赵的送煤，那家伙躲了我一个月了，总算找到钱给我了……"

"啊……"

"我告诉那位牧师，我媳妇有胃病，还辛辛苦苦打理她的货摊，他就说他马上为她祈祷。他低下头，闭上眼睛！我不知道我是不是相信他嘀咕一通能有什么用，但我觉得反正也没坏处。小伙子很帅气啊，你不觉得吗？他今天是不是走了？我应该和他打个招呼。"

顺子用一个木盘端来了一杯热大麦茶、一个茶壶和一碗蒸红薯，摆在他面前。煤老板扑通一声坐在地垫上，吃起了热红薯。他仔细地咀嚼着，又开始说话。

"今天早上，我问我婆娘感觉如何，她说不那么难受了，然后就去干活儿了！也许祈祷还是管点用的。哈！……"

"他是天主教徒？"杨金总是无意地出言打断他，但想和他说话，就得这样，不然他能一口气说上几个钟头。她丈夫生前总说，对于一个男人而言，老俊有些太嘴碎了。"他是牧师？"

"他是牧师。但牧师和牧师可不一样。白牧师是个新教徒。他们是可以娶妻生子的。他要去大阪，他二哥就住在那里。我不记得我见过他。"他继续安静地吃红薯，端起茶杯小口喝着。

杨金还没机会开口，老俊就继续说道："裕仁什么的接管了我们的国家，偷走了最好的土地、大米、鱼，现在连我们的年轻人也被他偷走了。"他叹口气，又吃了一口红薯。"我不怪年轻人去日本。毕竟在这里赚不到钱。我是走不了了，但我要是有儿子……"老俊停顿片刻，他没有孩子，他一想到这事就伤心，"……我一定会把他送到夏威夷去。我婆娘有个侄子，小子挺聪明，在那里的一个糖料种植园里打工。工作很辛苦，但那又怎样呢？他不为这些浑蛋工作又能怎样。前些天，我去码头，那群龟孙儿告诉我，我不能……"

杨金听到他骂骂咧咧，不禁皱着眉头。房子这么小，姑娘们在厨房，顺子这会儿正在打扫凹室，她们什么都听得到，而且，她们无疑都在留神听着。

"要不要再来点茶？"

老俊笑了，用双手把空杯子推向她。"国家没了，都是我们的错。我很清楚这一点。"他继续说，"那群贵族王八羔子出卖了我们。两班那些狗娘养的全都他妈的生孩子没屁眼。"

杨金和顺子都知道，厨房里的姑娘们肯定是一边听煤老板长篇大论，一边咯咯笑，而他每个礼拜说的话都差不多。

"我是个乡巴佬，但我勤勤恳恳，靠卖力气赚钱，而且，我死也不会向日本人屈服。"他从粘满煤灰的外套里掏出一块干净的白手帕，擦了擦鼻涕，"浑蛋王八蛋。我要给下一家送煤了。"

寡妇让他稍等，随后走进厨房。在前门，杨金递给老俊一包用布包着的新鲜土豆。一个土豆从包袱里滚了出来，掉到地上。他猛扑过去，把它扔进他的大衣深口袋里。"永远不要弄丢值钱的东西。"

"给你媳妇的。"杨金说，"代我向她问好。"

"谢谢。"老俊匆忙地穿上鞋走了。杨金一直站在门口，看着他走远，直到他走进隔壁房子，她才回屋。

——○——

没有了老俊气势汹汹的高谈阔论，房子里显得更空了。顺子跪在地上，擦洗连接前厅和房子其他部分的走廊。女孩长得结实，像一块苍白的木头，她的身材很像她的母亲，她的手灵巧有力，胳膊肌肉发达，双腿十分强壮。她又矮又胖，天生是做繁重工作的身材，她的脸和四肢不见一丝娇嫩，但她的身体是那么吸引人，与其说她漂亮，倒不如说她大方。在任何环境下，顺子都精力充沛，举止开朗，立刻就会吸引别人的注意。房客们一直在努力追求顺子，但没有一个成功。她的黑眼睛闪闪发光，就像闪闪发光的河石镶嵌在光滑的白色表面，她一笑，你也会情不自禁地和她一起笑。她的父亲候奈从她出生就视她如珠如宝，而且，甚至在她还是个孩子的时候，顺子就把讨他开心视为她的首要职责。她刚学会走路，就像一只忠诚的宠物一样跟着他，虽然她很崇拜母亲，但当她的父亲去世时，顺子便再也不是从前那个快乐的女孩了，而是成了一个体贴的年轻女人。

钟氏兄弟没钱娶妻，但老大贡博不止一次说过，像顺子这样的女孩会嫁给一个能飞黄腾达的人，成为一个好妻子。她只有十六岁，和胖子同龄，但胖子还是很喜欢她，不过他只是想把她当成嫂嫂，用这样的方式爱慕着她。三弟兄中若有一个可以娶亲，那老大贡博肯定排在第一。然而，这一切都不重要了，因为最近顺子失去了所有的希望。她怀孕了，而孩子的父亲不能娶她过门。一周前，顺子向母亲坦白了这件事，但其他人自然都不知道。

"大婶！大婶！"年龄大一点的女仆在房子前面尖叫道，房客们正在那里睡觉，杨金冲进了房间。顺子丢掉抹布，也跟了过来。

"有血！枕头上都是血！而且，他浑身都是汗！"

两个女仆中年纪较大的那个叫福熙，她深深地呼吸，让自己冷静下来。她很少大声说话，也不是故意吓别人，但她不晓得那个房客是不是已经死了，还是只剩下半口气，她害怕极了，不敢靠近他。

一时间没人说话，跟着，杨金打发女仆离开房间，去前门等待吩咐。

"应该是肺结核。"顺子说。

杨金点点头。看到这个房客，她想到了候奈临终前几个礼拜的样子。

"去找药剂师来。"杨金吩咐福熙，随即改变了主意，"不不，等一等。我可能需要你帮忙。"

白伊萨躺在枕头上睡觉，满身大汗，脸涨得通红，并不知道女人们都在低头盯着他。妹妹多熙刚从厨房出来，她呼哧呼哧喘着气，她姐姐叫她不要出声。这位房客前天晚上来的时候，他的苍白脸色显而易见，但在白天的光线下，可以看到他那俊美的脸发灰，就像坛子里雨水的颜色。他的枕头有很多红色的血点，都是他咳出来的。

"啊……"杨金说，她很害怕，也很焦急，"我们得马上把他移走。不然的话，其他人可能会被传染。多熙，把储藏室里的所有东西都搬出来。快点。"她要把他安排在储藏室，她丈夫生病时就睡在那里，但如果他能自己走到房子后面，而不是靠她来移动他，会容易很多。

杨金拉住铺盖一角，试图把他推醒。

"白牧师，先生，先生！"杨金碰了碰他的上臂，"先生！"

白伊萨终于睁开了眼睛。他记不清他身处何处。在他的梦中，他在家里，在苹果园边上休息；树上开满了白花。他醒过来，终于认出了民宿的老板娘。

"怎么了？"

"你是不是有肺结核？"杨金问他。他肯定知道自己得了什么病。

他摇摇头。

"没有。我两年前得过。但那之后我就好了。"白伊萨摸了摸额头，摸到了他发际线上的汗珠。他抬起头，觉得脑袋沉沉的。"啊，我明白了。"他说，看到了枕头上的红色血渍。"我非常抱歉。如果我知道我会伤害你们，我就不会来这里了。我应该离开。我不想给你们带来危险。"白伊萨因为太累而闭上了眼睛。自打出生，白伊萨就一直体弱多病，最近还感染了肺结核，但除此之外，他还患过很多疾病。他的父母和医生不希望他去大阪；只有他哥哥白约瑟觉得这样对他更好，因为大阪比平壤更温暖，还因为白约瑟知道白伊萨有多不希望别人把他当成病人，而他的大半生都是这样度过的。

"我应该回家去。"白伊萨说，他依然闭着眼。

"你很可能死在火车上的。你还没好转，身体就可能恶化。你能坐起来吗？"杨金问他。

白伊萨强撑着坐起来，靠在冰冷的墙壁上。他在路上很疲倦，但现在感觉好像有一头熊在推撞他。他屏住呼吸，扭头面冲墙壁咳嗽起来。血点溅到了墙壁上。

"你就放下心来住在这里。等你好了再说。"杨金说。

她和顺子看着彼此。候奈得肺结核的时候，他们并没有受到传染，但那两个姑娘当时不在，而且还要保护房客们。

杨金看着他的脸，"你能走到后面的房间吗？我们得把你和其他人分开。"

白伊萨想站起来，却做不到。杨金点点头。她叫多熙去叫药剂师，福熙回到厨房为房客准备晚饭。

杨金让他躺在他的铺盖上，她慢慢地把铺盖拖到储藏室，三年前，她也是这么移动她丈夫的。

白伊萨喃喃地说："我不是故意给你们找麻烦的。"

年轻人暗骂自己，悔不该希望看出出生地以外的世界，而且他明明感觉到自己药石无医，却还是骗自己说他身强体健，可以去大阪。如果他传染了任何他接触过的人，那就是他害死了他们。如果他该死，他希望自己能死得快点，以免伤及无辜。

第四章

1932年6月

初夏，在年轻牧师来到民宿病倒的不到六个月前，顺子认识了渔市掮客高汉秀。

那天早晨，海风送来了一丝凉爽，顺子到市集为民宿采买用品。当她还是个婴儿时，母亲就把她绑在背上，带她来南浦洞的这个市场；后来，她长大了一点，便牵着父亲的手来市场，父亲是个跛子，走起来摇摇摆摆，来回都要花上一个小时。比起和母亲一起来，和父亲来的时候更愉快，因为一路上，村里的每个人都热情地跟她父亲打招呼。邻居们会问起他的家人、民宿和房客，在这样的对话中，候奈那畸形的嘴和笨拙的步伐似乎都消失了。候奈一向不多话，但即使在那时，他的女儿也看得出来，许多人都想从他那诚实沉思的眼神中得到他的默许。

候奈死后，顺子便负责为民宿采买。她还沿用母亲和父亲教给她的购物路线：首先买新鲜农产品，接下来去屠夫那里买熬汤的骨头，然后去蹲在市集的中年大婶那里——她们面前摆着装有香料的盆、一排排闪着光的带鱼或几个小时前刚捕捞上来的肥大海鲷，她们的货物都摆在地上铺着的青绿色和红色蜡布上，看起来十分诱人。这里是朝鲜最大的海鲜市场之一，位于布满鹅卵石和碎石的海滩上，中年大婶守着她们各自四四方方的防水布，大声吆喝。

顺子从煤老板的婆娘那里买海带，她家的质量最好。这位大婶注意到新来的鱼市掮客一直盯着民宿姑娘瞧。

"真下贱。眼珠子都快瞪出来了！他的年纪都可以当你爹爹了！"海带大婶翻了翻白眼，"臭男人，有两个臭钱，就以为能调戏好人家的好姑娘，做梦！"

顺子抬起头，看到了那个新来的男人，只见他穿着浅色西装和白色皮鞋。他和所有其他海鲜掮客一起，站在用瓦楞铁皮和木头建成的办公室旁边。和电影海报上的演员一样，高汉秀戴着一顶淡白色的巴拿马草帽，在其他穿着深色衣服的男人中间，他十分显眼，就像一只着乳白色羽毛的优雅小鸟。他目不转睛地注视着她，几乎没有注意到他周围的人在说话。掮客控制市集上所有鱼的批发买卖。他们不仅有权设定价格，还可以惩罚任何船长或渔民，拒绝购买他们捕来的鱼；他们还与控制码头的日本官员打交道。每个人都对掮客唯命是从，和他们在一起，大家都觉得不自在。掮客很少与他们圈子之外的人来往。民宿的房客们说他们是傲慢的闯入者，卖鱼的利润都流进了他们的口袋，但他们的手又白又嫩，不沾一点鱼腥味。无论如何，渔民们必须与这些人搞好关系，因为他们有现钱买鱼，而且，在收获不好的时候，他们还可以预付货款，解渔民的燃眉之急。

"像你这样的闺女啊，一定会被花心男人盯上，但眼前这个一看就不是善茬。他是济州岛人，但住在大阪。我听说他能讲一口流利的日语。我男人说过，他比他们所有人加起来都聪明，但很狡猾。啊！他还在看你呢！"海带大婶连脖子都红了。

顺子摇了摇头，不想去看新来的掮客是否在看她。房客和她调情，她都不搭理他们，继续干她的活儿，现在她也不会有什么不同的反应。反正市集里的大婶往往都爱夸大其词。

"给我来点我娘喜欢吃的海带。"顺子假装对摆成长方形的一堆堆干海带感兴趣。海带像布一样折叠着，以不同的质量和价格分开。

大婶想起了自己的生意，眨了眨眼睛，然后为顺子包了一大份海带。女孩数出硬币，用两只手接过包裹。

"你家里现在有多少个房客？"

"六个。"顺子用眼角余光看到那个男人现在正和另一个掮客说话，却依然看向她的方向。"她很忙。"

"她当然是个大忙人啊！顺子，女人这辈子就是有干不完的活儿、受不完的苦。一个苦难接着一个苦难。你知道的，你最好还是有个心理准备吧。你很快就要成为女人了，所以你应该知道这些。对一个女人来说，你嫁什么样的男人，就过什么样的日子。你嫁个好男人，就过好日子，嫁给坏男人，那你这辈子都没有好日子过，但无论如何，吃苦受累是免不了的，再有就是要拼命干活儿。女人可怜啊，除了我们自己，没人顾我们的死活。"

老俊的婆娘拍了拍她那大肚腩，转身去招待新来的顾客，顺子终于可以回家了。

吃饭的时候，钟氏兄弟说高汉秀刚刚把他们的鱼都买了下来。

"那小子是个不错的掮客。"贡博说，"我更喜欢像他这样的聪明人，而且呀，他也受不了傻瓜。高汉秀不跟你讨价还价，就是一口价，好在他还算公道。我看呀，他不会像其他人一样欺骗你，但你就是没法拒绝他。"

胖子随后补充说，冰掮客告诉过他，这个来自济州岛的鱼市掮客应该非常富有。他每个礼拜只来釜山三个晚上，他住在大阪和汉城。每个人都叫他老板。

─── ○ ─── ─

高汉秀似乎无处不在。每当她去市集，他就会出现，从不掩饰他的兴趣。虽然她试着不去理会他的目光，专心采买，但在他面前，她只觉得脸颊燥热。一个星期后，他过来和她搭讪。当时，顺子刚买完东西，独自走在通往渡船的路上。

"年轻的小姐，你今晚在民宿里做什么好吃的？"

路上只有他们两个人，但距离喧闹的市集并不远。

她抬头看了看，没回答就快步走开了。她害怕极了，心怦怦直跳，只盼着他没有跟过来。上了渡船，她试着回忆起他的声音：听起来像是一个强硬的人希望表现出温柔的一面。他还有一些轻微的济州岛口音，会拉长说某些元音；这和釜山人的口音不同。他的发音有些奇怪，她过了一会儿才能明白他在说什么。

第二天，在她回家的时候，他又追上了她。

"你怎么还没找婆家？你岁数不小了。"

顺子加快脚步，再次甩掉了他。他没有跟上。虽然她不搭腔，但高汉秀还是不停地来搭讪。

他总是会问一个问题，每次不多不少，却没有重复。每次他看到她，并且顺子离他很近时，他就会说点什么，而她总是一言不发地匆匆离去。

她不回应，但高汉秀并没有因此却步；如果她接受他的玩笑，他反倒会认为她很普通。她的样貌很合他的喜好：一头乌黑光泽的头发编成辫子，她穿着雪白硬挺的罩衣，长腰带系得整整齐齐，衣服下面是饱满浑圆的胸脯，此外，她的步伐又快又稳。他从她那双少女的双手可以看出她一直都在干繁重的活儿；茶馆里那些精明的姑娘都有柔软的手，名门闺秀的手纤细苍白，但她的手和她们的都不一样。她是个村姑，她的身体很结实，白色长袖里的上臂看起来是那么柔软，被她搂住，肯定非常舒服。她那被衣服遮掩住的身体叫他心动不已；他渴望见到她的皮肤。这姑娘既不是富人的女儿，也不是出身贫家，她的举止有种与众不同的韵味，透出坚定果断的品格。高汉秀早就打听清楚了她的身份和住处。她每天采购的习惯都是一样的。早上，她来到市集，买齐东西后就立即离开，没有丝毫耽搁。他知道他们迟早会见面的。

转眼到了六月的第二个礼拜。顺子采买完了当天所需的物品，每只胳膊肘上都挎着一个满满的篮子，走在回家的路上。三个敞着上衣的日本高中生正前往码头钓鱼。天太热，这几个男孩子坐不住，就逃学了。他们注意到顺子正朝影岛渡船的方向走去，便咯咯地笑着把她团团围住，其中一个从她的篮子里掏出一根长长的黄色甜瓜，这个学生瘦骨嶙峋，脸色苍白，个子是最高的。他把甜瓜从顺子的头上方丢给他的朋友们。

"还给我。"顺子用朝鲜语冷静地说，盼着他们不会上渡船。这类事件在大陆经常发生，但影岛的日本人比较少。顺子知道她必须迅速摆脱麻烦，这一点至关重要。日本学生时常欺负朝鲜孩子，偶尔也会有相反的情况出现。朝鲜小孩都被警告不要独自外出，但顺子当时已经十六岁，而且十分强壮。她估摸这几个日本学生一定是误以为她还小，她拿出强势的语气。

"什么？她说什么？"他们用日语说，还窃笑起来。"我们听不懂呀，你这个臭荡妇。"

顺子看了看四周，但似乎没人在看他们。渡船旁的船夫正和另外两个人谈话，市集外沿的大婶们都忙着做生意。

"现在把它还给我。"她用坚定的声音说，同时伸出右手。她用手肘挎着篮子，她越来越难保持平衡。她瞪着那个比她高出一头的瘦男孩。

他们大笑起来，继续用日语嘟囔着顺子听不懂的话。两个男孩把甜瓜扔来扔去，第三个男孩在她左臂上的篮子里翻来翻去，她不敢把篮子放下。

三个男孩都跟她差不多年纪，甚至比她还小，但他们身体健康，充满了不可预测的力量。

最矮的男孩从篮子最下面抽出了几根牛尾。

"你们这些死朝鲜人爱吃狗肉，现在还偷狗食！你这样的小妞儿吃骨头吗？你这个蠢货，臭婊子。"

顺子猛地伸出手，想把熬汤的骨头夺回来。她唯一能听懂的词就是"死朝鲜人"。

矮儿男孩把骨头举高，然后闻了闻。他做了个鬼脸。"真恶心！这些死朝鲜人怎么吃这种垃圾？"

"嘿，那东西贵着呢！还给我！"顺子大喊道，急得都要哭了。

"什么？我听不懂你说的话，你这个朝鲜蠢蛋。你怎么不会说日语？天皇陛下的所有忠诚臣民都应该会说日语！你难道不是忠诚的臣民？"

高个学生没理会其他人。他直勾勾地盯着顺子的胸脯。

"这个朝鲜人的奶子还挺大。日本姑娘的太小了，可比不上这些下贱货。"

顺子吓坏了，决定放弃杂货，走了起来，但几个学生围着她，不肯让她过去。

"我们来挤挤她那两个和甜瓜一样的奶子吧。"高个男孩伸出右手，抓住了她的左边乳房，"不错呀，新鲜多汁。要不要咬一口？"他张大嘴，凑近她的乳房。

矮个儿男孩死死抓住那个已经变得很轻的篮子，让她动弹不得，然后用食指和拇指用力扭她的右边乳头。

第三个男孩这么提议："我们找个地方，带她过去，好看看她的长裙下有什么。不要钓鱼了！她就是我们的鱼。"

高个儿男孩向她顶了顶他的胯部。"想不想尝尝我的鳗鱼是什么味道呀？"

"放开我，不然我就喊了。"她说，但感觉她的喉咙像是被人用力卡住了。然后，她就看到那个男人站在高个儿男孩的后面。

高汉秀用一只手一把揪住男孩脑后的短头发，用空闲的那只手捂住男孩的嘴。"过来。"他厉声对另外两个说，他们也算有义气，没丢下他们的朋友，却惊恐地睁大了眼睛。

"你们这几个小杂种，全都该死。"他用地道的日语骂道，"如果你们再骚扰这位小姐，或者再把你们的臭脚踏上这片地界，我就宰了你们。我会找来日本最棒的刺客，送你们和你们的家人上西天，没有人会知道你们是怎么死的。你们的父母在日本都是些没出息的东西，所以你们才只能住在这里。不要愚蠢地认为你们比这些人好多少。"高汉秀笑着说出这些话，"我现在就能除掉你们，没有人会做这种事，但真要做，可是容易得很。我要是下定决心，我就会把你们抓起来，先折磨一通，再送你们归西。可是，我这个人心肠好，再说还有女士在场，所以今天只是警告你们一下。"

两个男孩依然不吱声，看着他们朋友的眼睛凸了出来。穿着象牙色西装和白色皮鞋的男人越来越用力地拉着男孩的头发。这个男孩甚至都没有尖叫，因为他能感觉到这个男人具有一种坚定的力量，十分可怕。

这个男人说话的方式和日本人一模一样，但男孩们看到他的所作所为，认为他必定是朝鲜人。他们不知道他是谁，但对于他的威胁，他们可是看得很清楚。

"道歉，你们这些小瘪三。"高汉秀对几个男孩说。

"对不起。"他们规规矩矩地向她鞠躬。

她盯着他们，不晓得该怎么做。

他们又鞠了一躬，高汉秀稍稍放松了揪住男孩头发的力道。

"他们说他们很抱歉。当然是用日本话说的。你想让他们也用朝鲜话道歉吗？我可以让他们那样做。如果你愿意，我还可以让他们给你写封道歉信。"

顺子摇了摇头。高个儿男孩现在哭了起来。

"要不要我把他们扔进海里？"

他在开玩笑，但她笑不出来。顺子又勉强地摇了摇头。这几个男孩可能把她拖到任何地方，而且没人能看见他们。这个高汉秀为什么不害怕他们的父母？她不得而知，毕竟一个日本学生就能让一个成年的朝鲜男人麻烦缠身。他为什么不担心？顺子哭了起来。

"没事了。"高汉秀低声对她说，同时松开了高个儿男孩。

三个高中生把甜瓜和骨头放回了篮子。

"非常对不起。"他们深深鞠着躬说。

"别再在这里露面了。明白了吗，你们这些笨蛋？"高汉秀用日语说，还露出了和蔼的微笑，好让顺子不明白他在说什么。

几个男孩再次鞠躬。穿着校服的高个男孩还尿裤子了。他们朝城镇的方向走去。

顺子把篮子放在地上，啜泣不已。她感觉自己的小臂要断了。高汉秀轻轻拍着她的肩膀。

"你住在影岛。"

她点点头。

"你娘经营一家民宿。"

"是的，先生。"

"我送你回家吧。"

她摇摇头。

"我已经给你添了很多麻烦了。我自己能回家。"顺子没有抬头。

"听着，你得小心点，不能独自出来，也不要在晚上外出。如果你一个人去市集，必须走大路，而且要一直在有人的地方。他们在找女孩子。"

她不明白。

"我是说殖民政府。他们会把那些女孩送到中国给当兵的。不要跟任何人走。可能会有或男或女的朝鲜人告诉你，中国或日本有一份好差事。你很可能还认识这个人。小心点，我不是指刚才那几个蠢货。他们只是些小阿飞。但是如果你不小心的话，就是那些小子也会伤害到你。你明白吗？"

顺子并不想找工作，她不明白他为什么要告诉她这些。从来没有人向她提议去外面找工作。她永远也不会离开她的母亲，但他是对的。女人总是有可能被羞辱。据说，贵族妇女会把银刀藏在罩衣里用来保护自己，或者在受辱时自杀。

高汉秀递给她一块手帕,她拿来擦擦脸。

"你该回家了,不然你娘该担心了。"

高汉秀陪她向渡船走去。顺子把篮子放在渡船上,坐了下来。船上只有另外两个客人。

顺子鞠了一躬。高汉秀再次凝视着她,但这一次,他的表情与从前的不同;他看起来很担心。渡船渐渐驶离码头,她这才想到还没有感谢他。

第五章

高汉秀送她上渡轮时,顺子趁机在不受干扰的情况下,近距离地观察了他一番。她甚至能闻到他梳得整整齐齐的黑发带着的薄荷醇润发油的气味。高汉秀的肩膀很宽,身体十分结实;他的腿不长,但他的个子并不矮。她母亲三十六岁,高汉秀大概也是这个年纪。他那黄褐色的额头上有很浅的皱纹,高颧骨上分布着一些很浅的棕色斑点和雀斑。他的鼻子很窄,鼻梁的下方有一个突起,这使他看起来有点像日本人,他鼻孔周围的皮肤下面有破裂的细小毛细血管。他的深色眼睛与其说是棕色的,不如说是黑色的,他那对深色的眸子能吸收光线,就像一条长长的隧道,他每每看着她,她都感觉很不自在。高汉秀的西服优雅精致,养护得很好;与房客不同的是,他身上没有鱼腥味或大海的气味。

第二天在市集上,她看到他和一群商人站在捐客办公室前,等他看见了她,她冲他鞠了一躬。高汉秀微微点了点头,然后继续工作。顺子去买东西,在她走向渡船时,他追上了她。

"有时间吗?"他问。

她瞪大眼睛。他这是什么意思?

"我想和你聊聊。"

顺子自打出生起，身边就有很多男人。她从来没有害怕过他们，也从来没有在他们面前觉得尴尬，但和他一起，她竟然说不出话，甚至连站在他身边都很困难。顺子吞了吞口水，决定像跟房客说话那样和他打交道；她十六岁了，再也不是只知道害怕的孩子了。

"你那天帮了我，谢谢。"

"没关系。"

"我应该早点向你道谢的。谢谢你。"

"我想和你聊聊。但不是在这里。"

"你想去哪儿？"她意识到她应该问为什么才对。

"我会到你家后面的海滩。有片地方潮水很低，有很多黑色大石头，就在那儿附近。你都在海湾边洗衣服的。"他想让她知道他对她的生活略知一二。"你能一个人来吗？"

顺子低头看着她的菜篮子。她并不知道要和他说什么，但她很想再和他聊聊。可她母亲是不会答应的。

"明天上午这个时间，你能出来吗？"

"不知道。"

"那下午呢？"

"房客们去上工之后吧。"她发现自己这么说，她的声音渐渐低了下去。

—— o ——

他看着报纸，在黑色岩石旁等她。海水比她记忆中更蓝，又长又细的云朵似乎更白了，在他的陪伴下，一切都显得更有活力了。他的报纸四角在微风中飘动着，他紧紧地抓住报纸，但是，当他看到她走过来，他便把报纸折起来夹在腋下。他没有向她走过去，而是等她朝他走过去。她一直稳步向前走，头上顶着一捆脏衣服。

"先生。"她说，尽量不显得害怕。她没法鞠躬，所以她握住衣服，要把它拿下来，但高汉秀立即伸手，把衣服从她的头上搬开，放在干燥的岩石上，她伸直了腰。

"先生，谢谢你。"

"你应该叫我汉秀哥。你没有兄长，我没有妹妹。你可以当我妹妹。"

顺子没有说话。

"真美呀。"高汉秀的目光越过大海中央的低矮海浪，落在地平线上，"这里的景色比不上济州岛，但给人一种似曾相识的感觉。我和你都在岛上出生。有一天你会明白，来自岛屿的人是与众不同的。我们有更多的自由。"

她喜欢听他的声音，充满阳刚之气，听来是那么睿智，却又带着一丝忧郁。

"你可能会在这里度过你的一生。"

"是的。"她说，"这里是我的家。"

"家。"他若有所思地说，"我爹是济州岛上的一个橘农。我十二岁时，父亲带着我搬到了大阪；我不认为济州岛是我的家。我娘在我很小的时候就去世了。"他当时没有告诉她，她看上去就像他母亲娘家的一个亲戚，尤其是眼睛和间距有些大的眉毛。

"这是一大堆要洗的衣服。我过去常为我和我爹洗衣服。我讨厌洗衣服。有钱的最大好处之一就是可以让别人为你洗衣服，做饭。"

顺子几乎是从会走路起就洗衣服了。她一点也不介意洗衣服。熨衣服更难。

"你洗衣服时都会想些什么？"

高汉秀已经知道了这个女孩的一些事，但这和知道她的想法不可同日而语。他要是想了解别人的想法，就会问很多问题。大多数人都是先说出想法，随后又用行动证实他们的说法。说真话的人比说谎的人多。很少有人善于撒谎。最让他失望的是，每个人之间并没有什么不同。他喜欢聪明的女人胜过愚蠢的女人，喜欢勤奋的女人胜过懒惰的女人，而懒女人只知道撒谎。

"我小时候，我和我爹都只有一套衣服，所以我每次洗衣服，我们就尽量一夜把衣服晾干，到了早上，衣服还是潮湿的，我们也得穿。有一次，我当时应该是十岁或十一岁，我把湿衣服放在炉子旁边让衣服快点干，然后我就去做晚饭了。晚饭吃大麦粥，我们那口锅很便宜，我不得不停地搅拌，否则锅底马上就会烧坏。就在我搅拌的时候，我闻到一股很恶心的味道，结果发现我爹的上衣袖子烧出了一个大洞。我为此受到了严厉的责备。"高汉秀想起被父亲一顿痛打，不禁大笑起来。"他就是个草包！是个废物、白痴，对儿子一点用也没有！"他的父亲是个酒鬼，把赚的钱都用来买酒，从不责备他自己养不活他们，而且对儿子太严厉，而正是他的儿子时而打猎时而小偷小摸，才让他们两个活下去。

顺子想象不出高汉秀这样的人竟然自己洗衣服。他身上的衣服是那么精致，剪裁时髦。她见他穿过几套不同的白色西装和白皮鞋。从没有人像他这样穿衣服。

她有话要说。

"我洗衣服时，我就想把它做好。洗衣服是我喜欢做的家务之一，因为我能把一件东西变得比以前更好。脏衣服不像破罐子那样必须扔掉。"

他笑着看着她。"真想和你多待一会儿。"

她又想问为什么，但在某种程度上来说，这并不重要。

"你有一张善良的脸孔。"他说，"你看起来诚实。"

市集上的女人以前就这么告诉过她。顺子不擅长讨价还价，也不会尝试那么做。然而，今天早上，她没有告诉母亲，她去见高汉秀。她甚至也没说她被日本学生欺负的事。前一天晚上，她告诉和她一起洗衣服的多熙，她今天一个人来洗衣服，而多熙也很高兴能从这项家务中解脱出来。

"你有心上人吗？"他问。

她脸红了。"没有。"

高汉秀笑了。"你快十七岁了。我今年三十四岁。我的年龄正好是你的两倍。我既是你的大哥，也是你的朋友。叫我汉秀哥吧。喜欢这样叫我吗？"

顺子注视着他的黑眼睛，想到她除了希望爹爹恢复健康，还从没这么想做过一件事。她没有一天不想起她的爹爹，也没有一天不在脑海中听见他的声音。

"你什么时候洗衣服？"

"每隔三天。"

"都是这个时间吗？"

她点点头。顺子深深地吸了一口气，她的肺和心脏里都充满了期待和惊奇。她一直很喜欢这片沙滩，淡淡的碧蓝色海水无边无际，海水和多石的陆地之间有很多黑色岩石，岩石周围是小小的白色鹅卵石。这里寂静无声，使她感到安全和满足。很少有人来这片海滩，但现在，这个地方在她眼中变得不同了。

高汉秀拾起她脚边一块光滑扁平的石头，石头是黑色的，带有很细的灰色条纹。他从口袋里掏出一块用来标记批发鱼篓的白色粉笔，并在石头的底部画了个×。他蹲下来，摸了摸周围的巨大岩石，找到了一块中等大小的岩石，石头与长凳差不多高，上面有个干燥的裂口。

"如果我来了，而你还没来，但我又得回去工作，我就把这块石头留在洞里，这样你就知道我来过了。如果你来了而我没来，我希望你把这块石头留在同一个地方，这样我就能知道你来见我了。"

他拍了拍她的手臂，对她微微一笑。

"顺子，我该走了。再见吧，好吗？"

她注视着他走远，他一消失在视线之外，她就蹲下，打开包裹，开始洗衣服。她拿出一件脏上衣，浸泡在冰凉的海水里。一切都变了。

— ○ — –

三天后，她见到了他。她没费什么力气，就说服了女仆姐妹让她一个人来洗衣服。他又一次在岩石旁边看报纸边等她。他戴着一顶浅色帽子，帽边缎带是黑色的。他看起来是那么优雅。他表现得好像在岩石边和她私会没什么大不了，尽管顺子很害怕被人发现。她感到内疚，因为她没有把他的事告诉娘，也没告诉多熙和福熙。高汉秀和顺子坐在黑色岩石上聊了大约半个小时，他问了她一些奇怪的问题："如果四下里非常安静，又赶上你恰好不忙，你会想些什么？"

她从未有过一刻的清闲。民宿里有很多工作要做；顺子记得她母亲每时每刻都在忙碌。她告诉他她总是很忙，话一出口，她就意识到她错了。有时她干活，会觉得那些差事根本不算什么，她知道该怎么做，所以不怎么注意。她可以不假思索地削土豆皮或擦地板。最近，当她心里一片平静的时候，她一直在想着他，但她怎么能说出这些话呢？就在他要走的时候，他问她好朋友是什么，她回答说他就是她的好朋友，因为他在她有困难的时候帮助过她。听了她的回答，他微微一笑，抚摸着她的头发。每隔几天，他们就会在小海湾见面，顺子在洗衣服和做家务方面变得更利索了，因此家里没有人注意到她在海滩或市集上都做了什么。

在顺子跨过厨房的门槛、离开家去市场或海滩之前，她会照一照光亮的金属锅盖，整理一下当天早晨编得很紧的辫子。顺子不知道如何才能让自己变得可爱，也不知道如何吸引男人，尤其是高汉秀这样的大人物，所以她只能努力，至少做到干净整洁。

她见他的次数越多，他在她心里就越显得生动。听了他的故事后，她的脑海里充满了她从未想象过的人和地方。他住在日本大型港口城市大阪，他说，在那里，只要有钱，就可以买到任何你想要的东西，几乎每家每户都有电灯和电暖气，可以暖暖和和地过冬。他说，东京比汉城忙碌得多，有更多的人、商店、餐馆和剧院。他去过满洲和平壤。他向她描述每一个地方，并告诉她，有一天，他会带她一起去这些地方，但她不明白怎么会发生这种事。她没有抗议，因为她喜欢和他一起旅行这个想法，她希望能和他朝夕相对，而不是像现在这样，只能在海湾相处寥寥几分钟。他从旅行中给她带来了漂亮的彩色糖果和甜饼。他把糖果剥开，放进她嘴里，就像母亲在喂孩子。她从没尝过如此美味可口的糖果，有从美国进口的粉红色硬糖，还有来自英国的黄油饼干。顺子不想让娘知道这件事，便小心翼翼地把糖纸丢到屋外。

　　他的话和经历都叫她深深痴迷，这些经历远比来自遥远地方的渔民或工人的冒险更独特，但在她与高汉秀的关系中，有一种她从未预料到的更新颖、更强大的东西。在遇到他之前，顺子从未有任何倾诉对象，可以让她讲讲她的生活：房客的怪习惯，她与为她娘工作的两姐妹说过的悄悄话，她对父亲的回忆，以及她的私人问题。现在，她可以向他打听影岛和釜山之外的世界是怎么样的。高汉秀急切地想听听她每天都做什么事，他甚至想知道她的梦。有时，当她不知道如何处理某事或应对某人时，他便指导她；他很擅长解决问题，他出的主意都很棒。他们从未提起过顺子的母亲。

　　她在市集上看到他做生意，感觉怪怪的，因为他和她在一起的时候，完全是另一个样子，他是她的朋友、她的哥哥，当她走到他跟前，他会从她头上把衣服拿下来。"你洗衣服的时候，多么优雅啊。"他这么说，称赞她那挺直有力的脖子。有一次，他用他那厚实的双手轻轻地碰了碰她的颈背，他的触摸把她吓了一跳，那种感觉让她大为震惊。

　　她时时刻刻都想见到他。他还和谁说过话？他还问过谁问题？晚上，当她在家里为房客服务，擦洗低矮的餐桌，或者睡在她母亲旁边，他都在做什么？不可能开口问他，所以她把这些问题留给了自己。

　　三个月来，他们都是这样相处的，对彼此的陪伴感觉越来越轻松自在。一转眼秋天到了，海边非常冷，但顺子几乎感觉不到寒冷。

　　九月初，一连下了五天的雨，等到天终于放晴，杨金便打发顺子在第二天早上去太宗台树林采蘑菇。顺子喜欢采蘑菇，当她要在海滩上与高汉秀见面时，她感到头晕目眩，因为她可以告诉他，她要做一些不同于日常家务的事情。他经常旅行，见识新事物；而这是她第一次远离每天的日常琐事，做些新鲜事。

她太兴奋了，便说她计划第二天吃过早饭后去采摘蘑菇，高汉秀则沉默了一会儿，若有所思地盯着她看。

"你的汉秀哥很擅长寻找蘑菇和野生根。我知道哪些可以吃，哪些有毒。小时候，我经常去找根茎和蘑菇。春天，我就去找蕨菜，把它们晒干。我常常用弹弓打兔子，这样就能吃到野味了。有一次，天快黑了，我竟然抓到了一对野鸡，在那之前，我们很久没吃过肉了。我多高兴坏了！"他的表情变得柔和起来。

"我们可以一起去。你采蘑菇采多久？"他问道。

"你想去？"

每个礼拜见两次面，每次聊半小时是一回事，但她无法想象与他共度一天是怎样的情形。如果有人看到他们在一起，会怎么样？顺子觉得脸颊滚烫。她应该怎么做？她毕竟已经把这件事告诉了他，而且，她不能阻止他去。

"到时候我在这里等你。我该回市集了。"这一次，高汉秀对她露出了不一样的微笑，就像他是个小男孩，兴奋的表情溢于言表。"我们一定能找到很多很多蘑菇。我保证。"

—— o —— -

他们沿小岛的外围走，在那里，不会有人看到他们在一起。海岸线似乎比以往任何时候都更加壮美不凡。他们越来越接近岛对面的森林，参天的松树、枫树和冷杉似乎在迎接他们，树木像是穿着金色和红色的衣服，犹如穿着节日的盛装。高汉秀给她讲了他住在大阪的事。没必要诋毁日本人，他说。毕竟现在是日本打败了朝鲜，当然，没人喜欢输。他相信，如果朝鲜人能停止内讧，他们说不定可以占领日本，而他们对日本人做的事可能更恶劣。

"所到之处都是坏人。没一个是好的。想见见十恶不赦的人吗？那就让一个普通人得到超越他想象的成功。我们就看看，等他想做什么就能做什么的时候，还会不会是个好人。"

顺子边听他说边点头，努力记住他说的每一个字，将他的每一个动作都印在心里，理解他给她的一切。她珍视他的故事，就像她小时候收集的海玻璃和玫瑰色的石头一样。他说的那些话每每都让她惊讶不已，因为他会拉住她的手，给她展示全新难忘的东西。

当然，他的很多话题和想法都是她不懂的，有时候，没有经历而硬去了解，实在困难得很。然而，她还是把这些想法塞进脑子里，就像她把血肠填料塞进猪大肠。她努力想弄明白，因为她不希望他认为她愚昧无知。不管是朝鲜语还是日语，顺子都不会读写。她父亲教过她一些加减法，这样她就能数钱了，但她只会这些。她和她母亲连自己的名字都写不出来。

高汉秀带来了一块大手帕，也要采蘑菇。这次出来，一看就知道他兴致盎然，看到他这样，顺子感觉好了很多，但她仍然担心有人看见他们。没人知道他们是朋友。男人和女人不应该是那样的，再说他们也不是恋人。他从来没有提起过结婚的事，如果他想娶她，他就得跟她娘提亲，但他没有。事实上，他只是在三个月前问过她是否有心上人，那之后，他再也没有提起这个话题。她尽量不去想他和女人在一起的生活。对他来说，找个女人并不难，他是对她有兴趣，但这又有些说不通。

步行从海边到树林是一段很长的路，却感觉那么短暂，他们进入树林后，感觉比在海湾那会儿更隔绝。低矮的岩石无遮无掩，蓝绿色的海水浩瀚无边，但是，树林与海边并不一样，巨大的树木矗立在他们周围，仿佛进入了巨人住的房子，屋里长满了树叶，非常幽暗。她能听到鸟儿的叫声，她抬起头，四处张望，想看看是什么鸟在叫。她注意到了高汉秀的脸：他的眼里含着泪水。"汉秀哥，你没事吧？"

他点了点头。一路上，他谈了很多关于旅行和工作的事，可一看到五颜六色的树叶和坑坑洼洼的树干，他就默不作声了。他把右手放在她的背上，摸着她辫子的末端。他抚摸她的背，然后小心地把手移开。

高汉秀只在小时候去过树林，后来，他长成了一个倔强的少年，可以和大阪街头最聪明的小孩一起骗钱行窃。在搬到日本前，济州岛的山林是他的避难所；他了解汉拿山这座火山上的每一棵树。他想起了那只小鹿，它迈着修长的腿，走着轻盈的步子。橙花的浓香似乎再次向他飘来，虽然影岛的树林里根本没有橙花。

"我们走吧。"他说着继续往前走,顺子跟在他身后。走了十来步,他停下来,从地上轻轻地采了一颗蘑菇。"我们采到了第一颗蘑菇。"他说,不再哭了。

他没有骗她。高汉秀是找蘑菇的能手,他还为她找到了许多可食用的茎叶,甚至还解释了烹饪办法。

"肚子饿了,你就能学会哪些能吃,哪些不能吃。"他笑了,"我不喜欢挨饿。你要去哪里采蘑菇?走哪边?"

"从这里走几分钟就到了,我娘小时候,每次下完大雨,她都去那个地方摘蘑菇。她从前就是住在岛的这一边。"

"你的篮子不够大。你应该带两个篮子来,那样就能采很多,晾干了后冬天吃!你明天可能还得来一趟。"

顺子对他笑笑。"但是,汉秀哥,你连看都还没看过那个地方呢!"

他们来到她娘采蘑菇的地方,只见那里的地上长了一层棕色蘑菇,她父亲就很喜欢吃那种蘑菇。

他笑了,高兴得不得了。"我说得不错吧。我们应该带些炊具来,就地用蘑菇做顿晚饭多好啊。下次我们就在这里吃午饭吧。简直易如反掌!"他立刻动手采蘑菇,然后丢进放在他们之间地上的篮子里。篮子装满了,他便把蘑菇放在他的手帕上,手帕上堆满了,她就解开围在腰上的围裙,用来装更多的蘑菇。

"我都拿不了了。"她说,"我太贪心了。"

"你还不够贪心。"

高汉秀走向她。她能闻到他身上的肥皂味和冬青发蜡的气味。他把胡子刮得干干净净,整个人英俊潇洒。她喜欢他穿的那些洁白的衣服。为什么这样的事如此重要?民宿的房客想不脏都难。他们干的那种活,不管什么东西都会弄脏,怎么洗也洗不掉他们衬衫和裤子上的鱼腥味。她父亲曾教导她不要从如此浅薄的方面去评判别人:一个男人穿什么或拥有什么,与他的心性和品格无关。她深深地吸了一口气,他的气味和森林里清新的空气混合在了一起。

高汉秀把双手伸进她的传统短罩衣下面,她没有阻止他。他解开了固定罩衣的长腰带,掀开她的上衣。顺子闷声哭了起来,他把她拉到身前,将她抱在怀里,发出低沉抚慰的声音。她任由他一边安慰她,一边做着他想做的事。他温柔地让她躺在地上。

"汉秀哥在这里。没事的。没事的。"

他的手一直紧紧地贴在她的屁股下面，虽然他试图保护她不被树枝和树叶弄伤，但森林的碎片还是在她的腿上留下了红色的伤痕。当他们分开的时候，他用手帕擦干了血迹。

"你的身体美极了，如同成熟的水果一样鲜美诱人。"

顺子什么也说不出来。他像个婴儿一样吸吮着她。他在她的身体里移动，做着她曾见过的猪和马做的事，随之而来的尖锐疼痛让她震惊，过了一会儿，疼痛消退，她不由得心怀感激。

他们从黄叶和红叶中站起来，他帮她把内衣弄正，给她穿上衣服。

"你是我心爱的姑娘。"

他们再次这样做时，他这么告诉她。

第六章

高汉秀去日本公干了。他答应他回来时会给她一个惊喜。顺子认为他和她谈婚论嫁只是时间问题。她已经是他的人了，她想成为他的妻子。她不想离开母亲，但如果她必须搬到大阪和他生活在一起，她也一定会去。整整一天，她都在想他在干什么。每当她想象着他远离她的生活，她就觉得自己成了别的什么东西的一部分，远离影岛，远离釜山，甚至现在也远离了朝鲜。一直以来，除了她父母教她的知识，她对别的事一无所知，她的生活都是怎么过的呢？然而这就是她所知道的一切。姑娘嫁人结婚生子是对的，而且，顺子没有来月经，她很高兴能给他生个孩子。

她数着日子等他回来，如果家里有个时钟，那她就能计算时间了。在他回来的那天早上，顺子赶到市集。她从捎客办公室旁边走过，走了几趟，他终于看到了她，并谨慎地定好第二天早上在海湾见面。

房客一去上工，顺子连一分钟都不能多等，就收拾好衣服跑去海滩了。她看到心上人站在岩石边等她，在西装外面穿着一件漂亮的大衣，她不由得因为这样一个出色的人物选择了她而感到骄傲。

平时，她都是迈着端庄娴雅的步子，小心翼翼地走向他，但在今天，她抱着脏衣服，迫不及待地朝他飞奔而去。

"汉秀哥！你回来啦！"

"我告诉过你了，我肯定会回来的。"他轻轻地拥抱了她。

"看到你，我太开心了。"

"我的好姑娘怎么样？"

她在他面前笑逐颜开。

"但愿你近期不会又离开。"

"闭上眼睛。"他说，她照办。

他打开她的右手，把一个又圆又厚的东西放在她的手心里。那个金属小物件触手冰凉。

"跟你那个一模一样。"她睁开眼睛说。高汉秀有一块从英格兰买来的很重的金怀表。他说，她那块和他的差不多大小，不过是银的，但镀了一层金。从前，他教过她区分长短针以及如何辨别时间。他的怀表用一个T字架挂在一条结实的金链子上，而链子从他的马甲纽扣孔中穿过。

"按这个。"高汉秀按动怀表顶端，表盖打开，露出里面的精致白色表盘，上面的数字是弯曲的。

"这是我所见过的最美的东西。汉秀哥，谢谢你。非常感谢。你从哪儿弄来的？"她想象不出什么样的商铺会卖这种东西。

"只要有钱，就没有弄不到的东西。这块表是我为你从伦敦订的。现在我们就能定好准确的见面时间了。"

在那一刻，她感觉自己幸福到了极点。汉秀抚摸着她的脸，把她拉向他。

"终于见到你了。"

她垂下眼睛，解开了罩衣。前一天晚上，她洗了热水澡，擦洗身体的每个毛孔，把皮肤都擦红了。

他从她手里接过怀表，把她长内衣上的细腰带穿过怀表的挂钩。

"下次去大阪，我给你订一条合适的链子和别针。"

他拨下她的内衣，露出她的乳房，开始亲吻。他解开了她的长裙。

自从他们第一次燕好以来，她对他的迫切需要所感到的震惊已经有所减少。他们已经在一起很多次了，到现在为止，疼痛并没有最初那么强烈了。顺子喜欢欢好，是因为可以享受到他的温柔触碰，还可以体会到他身体的强烈欲望。她喜欢在那些时刻，他的表情会从严肃变成天真。

云雨之后，她把罩衣穿好。那之后不久，他就会回去工作，她则要去洗民宿的床上用品。

"我有了你的孩子。"

他睁开眼睛，停了下来。

"你确定？"

"是的，我想是的。"

"太好了。"他笑了。

她也对他笑笑，为了他们一起做的事，感到十分骄傲。"顺子……"

"汉秀哥？"她端详着他板起的面孔。

"我有妻子了，还有三个孩子，她们在大阪。"

顺子张开嘴，随后把嘴闭上。她想不到他竟然会有别人。

"我会好好照顾你，但我不能给你名分。我已经在日本登记结婚了。不然的话，我的差事会受影响的。"他皱着眉头说，"我将尽我所能确保我们在一起。我一直在计划为你找一栋好房子。"

"房子？"

"就在你娘家不远。要是你乐意，也可以去釜山找。马上就到冬天了，我们不能总在外面见面。"他哈哈大笑起来。他揉搓着她的上臂，她一缩。

"你就是为了这个才去大阪的？去见你的……"

"我年纪不大就结婚了。我有三个女儿。"高汉秀说。他的三个闺女不太聪明，对任何事情都不感兴趣，但她们既可爱又单纯。其中一个姿色出众，以后来求亲的人一定少不了，另外两个都跟她们那紧张兮兮的母亲一样瘦得皮包骨头，她们的母亲看上去屡屡弱弱，老爱庸人自扰。

"说不定你怀的是个男孩！"一想到这个，他就情不自禁地笑了起来，"你感觉怎么样？有没有想吃什么东西？"他拿出钱包，抽出一沓日元。"你想吃什么就去买吧。再去买些衣服，你自己和孩子都得穿。"

她盯着那些钱，没有伸手去拿。她的手垂在身侧。他似乎越来越兴奋了。

"你有没有什么不一样的感觉？"他把手放在她的肚子上，愉快地大笑起来。

高汉秀的妻子比他大两岁，已经多年没有孕育孩子了；他们很少同房。一年前，他有好几个情妇，她们都是每月照常来月经，所以他没想到顺子会有孩子。高汉秀计划在冬天之前给顺子买一栋小房子，但现在他得找一所更大的房子才行。这个女孩很年轻，显然好生养，他意识到他们可以有更多的孩子。他很高兴能在朝鲜找个女人给他生孩子。他不再年轻，但他对床笫之欢的欲望并没有随着年龄的增长而减少。他出差的这段日子，他会一边想着她一边手淫。高汉秀不相信男人只能和一个女人交欢；对他来说，婚姻是一个不近人情的事物，但他绝不会放弃给他生孩子的女人。他认为男人可能需要很多女人，但他发现他更喜欢这个女孩。他爱顺子那强健的身体、丰满的胸部和臀部。她那温柔的面孔带给他抚慰，他渐渐离不开她的天真和爱慕。和她在一起后，高汉秀觉得几乎没有什么事是他做不到的。毕竟这是真的：和一个年轻姑娘在一起，会让男人觉得自己又像个少年。他把钱塞进顺子的手里，但她让钞票掉在了沙滩上。高汉秀弯腰把钱捡了起来。

"怎么了？"他微微抬高了声音。

顺子别开目光，不再看他。他一直在说话，但她听不清他都说了什么。好像她的脑子再也不会对他的话作出有意义的解释了。他的谈话只是声音，是断断续续的节拍。所有的事都是没有意义的。他在日本有妻子和三个女儿？她始终觉得，自从他们相识以来，他一直很坦率。他兑现了曾经许下的每一个诺言。他说会有一个惊喜，就给她带来了一块怀表，但是她想给他的惊喜，她后悔让他知道。她从没怀疑过他是个花花公子，周旋于不同的女人之间。他也和妻子欢好吗？她对男人又有什么了解呢？

他的妻子是个什么样的女人？顺子很想知道。她漂亮吗？善良吗？顺子再也不能看他的脸了。她瞥了一眼她那件棉布白裙，下摆破破烂烂，不管她怎么努力地洗，下摆仍然是灰色的。

"顺子，我什么时候能去和你娘谈谈？我们是不是应该现在就去找她？她知道孩子的事吗？"

听他提到她的母亲，她感觉像是挨了一巴掌。

"我娘？"

"是的，你告诉她了吗？"

"没有，没有，我还没告诉她。"顺子尽量不去想她的母亲。

"我可以把那栋民宿买下来给你，这样你和你娘就用不着再接收房客了。你只照顾孩子就成。我们还可以有更多孩子。要是你喜欢，就买一栋更大的房子。"她脚边的那捆衣服在阳光下闪闪发光。那天还有很多活儿要做。她是一个愚蠢的农家姑娘，竟让一个男人在森林里占有了她的身体。他想在空旷的海边要她，她就让他随心所欲地拥有她的身体。但是她相信他爱她就像她爱他一样。如果他不娶她，她就是一个荡妇，一辈子丢不掉坏名声。那孩子也会是一个无名无姓的私生子。她母亲的民宿会被她的耻辱所污染。她的肚子里有个小孩，这个孩子不会像她那样拥有真正的父亲。

"我以后都不会见你了。"她说。

"什么？"高汉秀不可置信地笑道。他搂住她的肩膀，她却挣脱了他。

"如果你再碰我，我就自杀。我就跟娼妓差不多……"顺子再也说不出话了。她能清楚地见到她父亲：漂亮的眼睛，畸形的嘴唇，走起路来弯腰驼背，步伐踉跄。

他完成了漫长一天的工作，就会用干玉米棒子和树枝给她雕刻娃娃。如果他的口袋里还剩下一枚铜钱，也会给她买一块太妃糖。他死了倒好，这样他就用不着看到她变成了一个多么肮脏的贱女人。他教她自重，而她没有做到。她背叛了她的母亲和父亲，他们一生勤勤恳恳，只知道努力劳作，把她视作掌上明珠。

"顺子，我的宝贝。你怎么生气了？什么都没有改变啊。"高汉秀糊涂了，"我一定好好照顾你和孩子。我有钱和时间，完全能照顾另一个家庭。我将履行我的义务。我是那么爱你，我从没想过我会这么深地爱着你。我不是信口胡言，但如果我能，我愿意娶你为妻。你就是我要娶的那种女人。你和我，我们是一样的。我们都会很宠爱我们的孩子，但我也不能忘记我的妻子和三个女儿……"

"你从没和我说起过她们。你让我以为……"

高汉秀摇了摇头。这姑娘以前从来没有违逆过他，他从来没有从她嘴里听到过一句反对的话。

"我再也不会见你了。"她说。

他想抱住她，但顺子大喊道："你这个浑蛋，离我远点！我不想和你有任何关系。"

高汉秀停下来看着她，他需要重新审视站在他面前的姑娘。她从未将心里的怒火表达出来，现在他知道她也有另一面。

"你不在乎我。一点也不在乎。"顺子突然想明白了一切。她期望他像她自己的父母那样珍视她。她确信她的父母宁愿她做诚实的工作，也不愿她做富人的情妇。"如果是女孩，你会怎么做？如果她生下来像我父亲呢？一只脚是畸形的，没有上唇呢？"

"你就是为了这个，才不嫁人？"高汉秀皱起了眉头。

村里有很多女孩都比她早嫁人，顺子的母亲却从来没有提出让她嫁人。没人来向她母亲提亲，和她调情的房客也不是很有前途。也许这就是原因吧，顺子想。现在她怀孕了，她突然意识到她的孩子有可能遗传她父亲的畸形。每年，她都为她的兄长们扫墓；她的母亲告诉过她，她的几个哥哥生来就有唇腭裂。他想要一个健康的儿子，但是如果她不能生呢？他会抛弃他们吗？

"你想让我娶你，是因为你不能嫁给正常人？"

就连高汉秀也知道他说的话有多残忍。顺子抓起脏衣服，跑回了家。

第七章

邹药师越来越喜欢这位来自平壤的牧师，很高兴看到他痊愈。现在，他每个礼拜只来给白伊萨看一次病，这个年轻人似乎完全好起来了。

"你的身体没问题了，再也不用卧床了。"药师说，"但是现在不要起床。"邹药师坐在白伊萨的旁边，此时，白伊萨平躺在储藏室的铺盖上。有风从窗台的缝隙吹进来，轻轻吹起了邹药师额前的白发。他把厚被子一直盖到白伊萨的肩上，"够暖和了吗？"

"是的。我永远也忘不了你和老板娘的大恩大德。"

"你还是太瘦了。"邹药师说着皱起眉头，"我希望看到你结结实实的。你脸上连半点肉都没有。你不喜欢这里的食物吗？"

民宿老板娘看起来像是挨了一顿骂。

"这里的饭菜很棒。"白伊萨提出抗议，"我吃得很多，我交的租金都不够我的饭钱。这里的饭菜比家里的还好吃。"白伊萨对站在门口的杨金和顺子笑笑。

邹药师向白伊萨的胸口探身，把听诊器的诊头放在他的胸口上。他的呼吸听来有力均匀，与一个礼拜前的差不多。牧师看起来十分强壮。

"咳嗽一下我听听。"

邹药师若有所思地听着牧师的胸脯。"确实见好，但你大半生都是疾病缠身。而且，你以前得过肺结核。我们需要提高警惕。"

"是的，但是我现在感觉很强壮，先生。我想写信给我在大阪的教会，告诉他们我的行程。前提是你认为我可以出行。家兄让我答应先得到你的允许。"白伊萨闭上眼，好像在祈祷。

"你从平壤出发之前，你的医生认为你能独自前往大阪？"

"医生说我可以旅行，但他和家母都不鼓励我离开家。但我出门的时候，我的身体从没这么好过。当然了，我来到这里就变成了这副模样，所以毫无疑问，我应该听他的。只是大阪的教会要我去。"

"你的医生告诉你不要去，但你还是去了。"邹药师笑了，"我想呀，年轻人是怎么关都关不住的。现在你又想出去了，而且，这次你需要我的允许。如果你在路上发生了什么事，或者你到那里时生病了，会怎么样呢？"邹药师摇了摇头，叹口气。"我能说什么呢？我阻止不了你，但我认为你应该等等再走。"

"要多久？"

"至少还要两个礼拜。也许三个礼拜。"

白伊萨抬头看了一眼杨金和顺子。他尴尬极了。

"我给你们添了不少麻烦，还给你们带来了危险，我很难过。谢天谢地，没人生病。为发生的一切，我非常抱歉。"

杨金摇了摇头。白牧师是一位模范客人；和这样一个彬彬有礼的人在一起，其他房客也规矩了不少。他按时付账。见他恢复得这么快，她很宽慰。

邹药师放下听诊器。

"依我看，你不要急于回家。与北方相比，这里的天气对你的肺更好，大阪的天气也和这里的类似。日本的冬天没那么冷。"邹药师说。

白伊萨点点头。他的父母答应他去大阪，主要原因便是那里的天气比较暖和。

"那我能不能给大阪的教会和家兄写封信？"

"你要乘船去下关市，从那里再坐火车？"邹药师问道，做了个鬼脸。这趟旅行需要一天，有任何延误的话，最多也就两天。白伊萨点了点头，看到药剂师可能同意他离开，他松了一口气。

"你出去过吗？"

"只去过院子里。你说我不能出去的。"

"你现在可以了。你应该每天散步一两次，每次都要比上一次长一点。得让你的腿有力气。你还年轻，但已经在床上躺了差不多三个月了。"药师扭头面对杨金，"看看他能不能走到市集。很明显，不能让他一个人去。他可能会跌倒。"邹药师拍拍白伊萨的肩膀，并答应下周再来。

— ○ —

第二天早上，白伊萨学习了《圣经》，做完了祷告，然后独自在前厅吃了早餐。房客们都出门上工了。他觉得身体恢复得不错，可以去大阪了，他想要做好准备。在前往日本前，他想去拜访釜山一座教堂的牧师，但他一直没机会去。他并没有联系这位教师，担心对方若是来看他，会染上病。白伊萨感觉双腿还好，不像以前那样发软。他一直在他的房间里做他大哥白撒姆在他小时候教过他的轻体操。他大部分时间都待在室内，不得不学习如何以不那么剧烈的方式保持健康。

杨金过来清理他的早餐托盘。她给他端来了大麦茶，他谢过她。

"我想出去走走。我一个人可以的。"他笑着说，"我不会去太久的。我今天上午感觉很好。我不走远。"

杨金不知道该如何是好。她总不能把他当成她鸡窝里一只珍贵的公鸡，关起来不让他出去，但如果他摔倒了呢？她家附近这片地区很荒凉。如果他在海边散步时出了事，都不会有人看见他。

"我认为你不应该自己去，先生。"房客们或是在工作，或是在城里做着她不想知道的事。现在找不到人陪他。

白伊萨咬着嘴唇。如果他不锻炼双腿，那他还是走不了。

"我给你们添麻烦了。"他停顿了一下，"你有很多活儿要干，但还是请你带我出去走一走。"要一个女人和他一起在海滩上散步，实在是不像话，但白伊萨觉得如果他今天不走出去，他会发疯的。"如果你不能去，我也能理解。我就去海边走一走。几分钟就回来。"

他小时候过着病人的特权生活，陪伴他的主要是家庭教师和仆人。赶上好天气，他又不能走路，仆人或是两个哥哥就把他背在背上。如果医生想让他呼吸一下新鲜空气，瘦得皮包骨头的园丁就会让白伊萨坐在A形架上，带他在果园里散步，让这个孩子从低矮的树枝摘苹果。白伊萨几乎闻到了苹果那醉人的香味，感觉到红色的水果拿在手里沉甸甸的，第一口咬下去，甜甜的味道在嘴里散开，淡淡的果汁顺着他的手腕流下来。他很想家，他觉得自己又像一个生病的孩子，只能待在房间里，乞求得到允许去晒晒阳光。

杨金跪地而坐，把小而粗糙的手交叉放在腿上，不知说什么好。女人和家庭成员以外的男人一起散步，实在有伤风化。她比他大，所以她不怕流言蜚语，但杨金从未和父亲或丈夫以外的男人一起散步。

他凝视着她不安的脸。他很难受，后悔不该给别人添麻烦。

"你已经为我做了很多事了，我竟然还有这么多要求。"

杨金挺直了背。她从未和丈夫在海滩上悠闲地散步。在他短暂的一生中，他的双腿和背部带给他剧烈的痛苦，他没有抱怨，反而把精力都用来做他必须完成的工作。他肯定非常想像正常的男孩那样奔跑，呼吸夹杂着咸腥味的空气，追逐海鸥，而在影岛，几乎每个孩子都是在这样的嬉戏中长大的。

"我太自私了。"他说，"我很抱歉。"白伊萨决定等房客带他出去。

杨金站起来。"你需要穿外套。"她说，"我去拿。"

—— o ——

空气中弥漫着浓重的海藻味，海浪泛着泡沫，拍打着布满岩石的海滩，蓝灰色的大海一望无际，空空荡荡，只有白色鸟儿在他们上方盘旋。在小房间里待了这么久，现在的感觉几乎让他无法承受。白伊萨没戴帽子，清晨的阳光照得他的头暖暖的。他从来没有喝过酒，但他想象农民们中秋节喝多了之后跳舞，就是这种感觉。

到了海滩上，白伊萨把皮鞋拿在手里。他步履稳健地走着，他高大瘦削，没有一丝病态。他并没有觉得身强体壮，但感觉比以前好多了。

"谢谢。"他说，并没有看向她的方向。他那张苍白的脸在晨光下闪闪发亮。他闭上眼，深深地吸了一口气。

杨金瞥了一眼那个微笑的年轻人。她觉得他身上有种天真的气质，那是一种无法隐藏的赤子之心。她想保护他。

"你真是太好了。"

她听了这话，只是摆摆手，不知道该怎么面对他的感谢。杨金心中难过。她压根儿就没时间出来散步，来到外面，心里的沉重负担仿佛有了确切的形状，压迫着她整个人。

"我能问你件事吗？"

"啊？"

"你女儿还好吗"

杨金没有回答。随着他们向海滩的另一端走去，她觉得自己好像在别的地方，不过她说不出那到底是个什么地点。这个地方感觉并不像她家房后距离后院只有几步之遥的海滩。和这位年轻的牧师在一起时，她感到有些失去方向感，然而，他提出这个出乎意料的问题，就这么打破了魔咒。他都注意到了什么，才会问起顺子的事？很快，她就要显怀了，但她现在看起来并没有太大的不同。牧师怎么看这件事？这件事有什么重要吗？

"她有身孕了。"她说了出来，她知道告诉他没关系。

"她丈夫不在，她自己一个人肯定很辛苦。"

"她没有丈夫。"

对他来说，觉得孩子的父亲在日本的矿山或工厂工作是很正常的。

"那个男人……？"

"她什么都不肯说。"顺子告诉过她，那个男人已有家室。至于其他的，

045

杨金一无所知。但是她不能把这件事告诉牧师，真是太丢人现眼了。

这个女人看起来是那么绝望。房客们带来报纸给白伊萨，让他读给他们听，最近，每一个消息听了都叫人难过。他感到那些人之间弥漫着一股强烈的残破感。这个国家已经被殖民政府统治了二十多年，没人能预见这种情况何时告终，感觉好像每个人都放弃了。

"每家都有这样的事。"

"我不知道她会怎么样。她这辈子算是完了。她以前已经很难找到婆家了，现在更是……"

他没听明白。

"我男人的残疾啊。没有人想要这种有问题的血统。"

"我明白了。"

"女人不嫁人，日子就够难熬的了，但未婚生子……邻居们一定会瞧不起我们。这个孩子连个姓氏都没有，他以后会怎么样呢？不能用我们的姓给他登记的。"她从来没有跟陌生人如此随便地交谈过。杨金继续往前走，但步伐放慢了。

自从得知消息，她就一直在想各种可能的方法来解决问题，但她什么也想不到。她那几个没出过阁的姐姐帮不了她，她们的父亲也早已去世。她没有兄弟。

白伊萨很吃惊，但也没那么吃惊。他以前在家乡的教堂见过这种事。在一个可以得到宽恕的教堂里，可以看到各种各样的事情。

"孩子的父亲……找不到吗？"

"我不知道。她不肯提起他。我只对你一个人说过这件事。我知道你的工作是为人们提供忠告，但我们不是基督徒。我很抱歉。"

"你救了我的命。如果不是你收留我，照顾我，我早就死了。你为我做的，不仅仅是一个民宿老板为房客所做的事。"

"我男人就死于这种病。你是个年轻人。你应该长寿。"

他们继续走着，杨金似乎无意转身回去。她凝视着浅绿色的海水。她很想坐下来，她突然很累。

"能让她知道我听说这件事了吗？我可以和她谈谈吗？"

"你不吃惊吗？"

"当然不。顺子看起来是一个非常负责任的年轻女士；她现在这样，一定是有原因的。老板娘，这样的情况的确很可怕，但孩子是上帝赐予的礼物。"

杨金悲伤的表情没有变化。

"老板娘，你相信上帝吗？"

她摇摇头，表示不相信。"我男人说基督徒都不是坏人，有些还是爱国人士，为了独立而战。对吗？"

"没错，我在平壤神学院的老师们全都为了独立而战。我大哥就是1919年去世的。"

"你也对政治很感兴趣吗？"她看起来很担心；候奈对她说过，应该对政治激进分子敬而远之，免得惹祸上身。"就跟你哥哥一样？"

"我大哥白撒姆是个牧师，是他引领我成为基督的信徒。我哥哥非常聪明。他勇敢，为人和蔼。"

杨金点点头。候奈希望朝鲜独立，但他相信有家才有国。

"我男人不希望我们有任何信仰，不信基督，不信佛，不信天皇，也不相信朝鲜的领袖。"

"我明白。"

"这里发生了很多可怕的事。"

"上帝掌管一切，但我们不明白他这么安排的理由。有时，我也不喜欢他的行为。实在太令人沮丧了。"

杨金耸耸肩。

"我们知道，上帝驱使一切事，让那些热爱上帝的人，以及按着他的旨意被召的人，一同得益处。"白伊萨背诵了一句他最喜欢的经文，但他看得出杨金无动于衷，他忽然想到，她和她的女儿如果都不了解上帝，又怎么能爱上帝呢。

"我很抱歉你在受苦。我没有孩子，但我认为，孩子难过，父母也会跟着伤心。"

民宿老板娘沉浸在悲伤之中。

"我很高兴你今天有机会散散步。"她说。

"如果你不相信，我也明白。"他说。

"你家祭奠死者吗？"

"没有。"白伊萨笑了。他家从不为死者举行祭奠仪式。他认识的新教徒也是如此。

"我男人觉得这么做没必要。他是这么告诉我的，但我还是为他做了他最喜欢食物，还为他准备了牌位。我也是这样为他的父母和我自己的父母安排的。他的父母觉得这很重要。他们对我非常好。我为他们和我那几个死去的孩子扫墓。虽然我不相信这世上有鬼魂，但我还是和死去的人说话。和他们说话，我感觉很好。也许这和上帝差不多。善良的神是不会让我的孩子死的。我就是不能相信。我的孩子没做错什么，却一个个死去。"

"我同意。他们没做错事。"他若有所思地看着她，"但上帝若只是做我们认为是正确和善良的事，那就不是宇宙的造物主了。他只是我们的傀儡，不是上帝。对于世间万物，还有很多是我们不知道的。"

杨金没说话，却感觉异常平静。

"如果顺子能和你谈谈，或许会有帮助。我不知道为什么，但这么做或许有好处。"

"我明天会邀请她和我一起散步。"

杨金转身，白伊萨走在她旁边。

第八章

白伊萨给兄长写完信，从矮桌边站起来，打开前屋的窄窗。白伊萨把清新的空气深深地吸进肺里。他的胸口一点也不疼。在他的一生中，他身边的每个人都说他活不长。他刚出生就染了病，在他青年时期，一直疾病缠身，他的胸部、心脏和胃部都有严重的疾病。因此，人们对他的未来不抱任何希望。后来，白伊萨从神学院毕业，就连他自己也很惊讶他竟然能活着看到这一天。奇怪的是，人人都说他活不了多久，他却并不觉得气馁。他几乎已经习惯了死亡；他身体虚弱，因此他更加坚信他必须在有生之年做一些重要的事。

他的大哥白撒姆从没生过病，却英年早逝。在一次抗议示威后，他被殖民地警察狠狠殴打，在遭逮捕后失去了生命。白伊萨于是决定要过一种更勇敢的生活。他年轻时和家人、家庭教师一起待在家里，他在神学院上学期间是最健康的，当时，他在家乡的教堂当凡俗牧师。白撒姆在世期间一直是神学院和他们家乡教堂的一盏明灯，白伊萨相信他死去的大哥现在正抱着他，就和大哥在他小时候把他抱在怀里是一样的。

白家二哥白约瑟不像白撒姆或白伊萨那样是教徒。他从不喜欢上学，一有机会，就去日本寻找另一种生活。他自学成了一名机械师，现在大阪一家工厂当工头。他把他家世交的掌上明珠庆熙接到日本，他们在那里成了亲，但一直没有孩子。让白伊萨去大阪是白约瑟的主意，因为他在教堂为他找到了工作。白伊萨确信白约瑟能理解他向顺子求婚的这个决定。白约瑟是一个性格开朗、慷慨大方的人。白伊萨在信封上写了地址，然后穿上外套。

他拿起茶盘，把它拿到厨房门口。别人已经提醒过他很多次，没必要把托盘带到厨房去，因为男人是不该进厨房那种地方的，但白伊萨想为几个一直忙活不停的女人做点什么。在火炉旁，顺子正在削萝卜皮。她穿着白色的棉纱韩服，外面穿着一件黑色棉背心。她看上去甚至比她实际年龄还小，他认为她专心干活的样子看起来很可爱。她穿着宽大的裙子，所以他无法分辨她是否怀孕了。很难想象女人的身体发生的变化。他从没有过女人。

顺子匆匆过来接过他手里的托盘。

"请给我吧。"

他把托盘交给她，张开嘴想说话，却不知道从何说起。

她看着他。"你有什么需要吗，先生？"

"我今天想去城里见一个人。"

顺子点点头，像是她能理解。

"煤老板老俊先生就住在这条街上，他常到城里去。要不要我去问问他能不能捎你一段？"

白伊萨笑了。他本来计划请她一起去，却突然没有了勇气。"好吧。请问一下老俊是否有时间。谢谢。"

顺子快步走到屋外去找老俊。

— ○ —

　　教堂是由一所废弃木框架校舍改造而成的，位于邮局后面。煤老板指着教堂给他看，答应过一会儿带他回民宿。

　　"我先去把几家的货送了，再把你的信寄出去。"

　　"你认识申牧师吗？要不要去见见他？"

　　老俊大笑起来。"我去过一次教堂。那就够了。"

　　老俊不喜欢去收钱的地方。他也不喜欢和尚募化钱财。在他看来，所谓宗教，不过是有学问的人不愿吃苦受累，就用宗教来骗人。这位来自平壤的年轻牧师看上去并不懒惰，他从来没有向老俊要过什么，所以他很好。也就是说，老俊喜欢有人为他祈祷。

　　"谢谢你送我来这里。"

　　"没什么。不要气我不想当基督徒。你看到了，白牧师，我不是个好人，但我也不是坏人。"

　　"老俊先生，你是一个非常好的人。那晚我迷路了，是你把我带到民宿的。那天晚上。我头晕得厉害，几乎说不出自己的名字。是你帮助了我。"

　　煤老板咧开嘴笑了。他还不习惯被人夸赞。

　　"好吧，随你怎么说。"他再次大笑起来，"你忙完了，我就在街对面邮局边的饺子摊那里等你。我送完货，就去那里找你。"

— ○ —

　　教堂雇工穿着一件打补丁的男式大衣，她身材瘦小，这件衣服对她来说太大了。她是个聋哑人，她在打扫教堂的地板时，身体有些轻轻摇晃。她感觉到白伊萨脚步的震动，突然停下手里的活儿，转过身来。她那破旧的扫帚划过她那穿着袜子的脚，她惊讶地抓紧扫帚手柄。她说了什么，但白伊萨听不明白她说的话。

　　"你好，我想见见申牧师。"他笑着对她说。

　　雇工急忙跑到教堂的后面，申牧师立刻走出办公室。他五十岁出头，厚厚的眼镜遮住了他深陷的棕色眼睛。他的头发仍然是黑色的，剪得很短。他的白衬衫和灰裤子都熨烫平整，身上的一切似乎都显得非常克制。

"欢迎。"申牧师对这个相貌英俊、身着西装的年轻人笑笑，"有什么能帮你的？"

"我叫白伊萨。我在神学院的老师给你写过信了。"

"白牧师！你终于来了！我还以为你几个月前就能到呢。见过你非常高兴。来吧，我的书房在后面。那里比较暖和。"他吩咐雇工送茶过来。

"你在釜山待了多久了？我们一直在想你什么时候来。你要去我们在大阪的姐妹教堂？"

他连珠炮似的问了许多问题，白伊萨几乎没有机会回答。老牧师说起话来很快，根本不会停下来听白伊萨答话。申牧师在平壤神学院成立时就曾就读于该院，很高兴见到刚毕业的学生。他在神学院的同窗好友现在是白伊萨的教授。

"你有地方住吗？我们可以在这里为你安排一个房间。你的行李呢？"申牧师感到很高兴。已经很久都没有新牧师来拜访了。由于殖民政府的镇压，许多西方传教士都离开了这个国家，加入牧师行列的年轻人也越来越少。最近，申牧师一直感到孤独。"我希望你能住一段时间。"

白伊萨笑了。

"很抱歉没早点来找你。我本打算来的，但我病得很重，我一直在影岛的一家民宿里休养。金候奈的遗孀和她的女儿一直在照顾我。民宿比渡轮更靠近海滩。你认识她们吗？"

申牧师一歪脑袋。

"不认识，我在影岛认识的人不多。我应该早点去那里见你的。你的气色不错，就是有点瘦，但现在大家都填补饱肚子了。你吃饭了吗？我们还有点吃的。"

"我吃过了，先生。谢谢。"

茶水送进来了，两个男人伸出手祈祷，感谢白伊萨能安全抵达。

"你准备好很快动身去大阪了吗？"

"是的。"

"很好，很好。"

老牧师详细地讲了教会所面临的困难。政府下了禁令，不管是这里还是日本，越来越多的人不敢上教堂。加拿大传教士都已离开了。

白伊萨知道事态发展令人悲伤，但他觉得他已经准备好面对这些考验。他的教授和他讨论过日政府对宗教的镇压。白伊萨默不作声。

"你还好吗？"申牧师问。

"先生，我们能不能谈谈？聊一聊《何西阿书》。"

"啊？当然可以。"申牧师看起来有些糊涂。

"上帝使先知何西阿娶了一个妓女，并抚养了生父不详的孩子。我想上帝这样做，是为了让先知明白与一个不断背叛他的人结婚是什么感觉。是这样吧？"白伊萨问道。

"是的。而先知何西阿也听从了主的要求。"申牧师用洪亮的声音说。他以前在布道时讲过这个故事。

"即使我们身负罪孽，耶和华也仍然心向我们。他仍然爱我们。在某些方面，他对我们的爱从本质上说就像一场持久的婚姻，也很像一个父亲或母亲爱一个私生子。当何西阿去爱一个很难去爱的人，便是在响应召唤，做出与上帝相同的举动。我们犯了罪，便很难得到别人的爱；罪孽总是违背上帝之旨的。"申牧师仔细地端详白伊萨的脸，确定他是否真的明白了自己的意思。

白伊萨严肃地点了点头。"你认为我们感受上帝的感觉，很重要吗？"

"是的，当然。如果你爱一个人，你就不得不分担他的痛苦。如果我们爱我们的主，就不能只是崇拜他、害怕他或对他有所求，还必须认识他的感觉；他一定为我们的罪感到痛苦。我们必须理解这种痛苦。上帝与我们同在。他像我们一样受苦。知道这一点是一种安慰。知道我们并不是独自面对痛苦，确实是一种安慰。

"先生，民宿的寡妇和她的女儿救了我的命。我到民宿的时候，得了肺结核，她们照顾了我三个月。"

申牧师点头表示认可。

"她们做了一件善事。这是一项高尚而仁慈的行为。"

"先生，那家女儿怀孕了，但她被孩子的父亲抛弃了。她未婚，那孩子将成为私生子。"

申牧师面露忧色。

"我想我应该向她求婚，如果她答应，我就带她去日本做我的妻子。如果她答应了，请你在我们走之前为我们证婚。我将不胜荣幸……"

申牧师用右手捂住嘴。基督徒会牺牲财产和自己的生命，但做出这样的选择，必须有充分的理由，并且基于清醒的头脑。圣保罗和圣约翰说过，"但要凡事察验。"

"你写信把这件事告诉你父母了吗？"

"没有。但我认为他们会理解的。我以前说什么都不肯结婚，他们也不盼着我结婚。说不定他们会很高兴。"

"你以前为什么不结婚？"

"我出生以来，就一直病快快的。过去几年，我的身体好转了，但在来这里的路上，我又病了。我家里没人指望我活过二十五岁。我现在都二十六岁了。"白伊萨笑了，"如果我结婚生子，我就会把一个女人变成年轻的寡妇，我的孩子也会成为孤儿。"

"是的，我明白了。"

"我本可能早已离开人世了，但我现在还活着，先生。"

"我很高兴你还活着。赞美天主。"申牧师对年轻人笑了笑，不知道如何保护他，不让他做出这么大的牺牲。最重要的是，申牧师不相信他会这么做。如果不是自己在平壤的朋友们写来的那些热情信件，证明白伊萨的智慧和能力，申牧师一定会认为他是个宗教狂人。

"那个女子对你的主意有什么看法？"

"不知道。我还没和她谈。寡母是昨天才把她女儿的事告诉我的。昨晚在做晚祷之前，我突然想到这就是我能为她们做的：让那女人和孩子冠我的姓氏。我的姓氏对我有什么用呢？不过是上帝的恩典罢了，我生下来是个男子，我的后代可以进入族谱。如果那个女子被恶棍抛弃了，那也不是她的错，当然，即使那个男人不坏，未出生的孩子也是无辜的。他为什么要受这种苦呢？他会受人排斥的。"

申牧师无法提出异议。

"如果主允许我活着，我会娶顺子为妻，做一个好丈夫，给她的孩子当个好父亲。"

"顺子？"

"是的。她就是民宿老板娘的女儿。"

"你的信仰非常好，孩子，你的动机也很正确，只是……"

"每个孩子都应该被视若珍宝;《圣经》中的男人和女人耐心地为孩子祈祷。不生育就等于被遗弃,对吗?如果我不结婚生子,我就会变成一个不生育的人。"白伊萨以前从来没有提出过这个想法,这种想要妻子和孩子的冲动让他觉得既奇怪又美好。

申牧师对年轻牧师微微一笑。五年前,他的四个孩子和妻子死于霍乱,那之后,失去这个话题便成了他的禁忌。对于这一点,别人说的每句话在他听起来都显得油嘴滑舌,愚蠢至极。直到失去了他们,他才真正理解了这方面的痛苦。在他的家人如此悲惨地死去后,他对上帝和神学的了解变得更加生动和个人化。他的信仰没有动摇,但他的性情似乎永远地改变了。好像一个温暖的房间变冷了,但房间还是原来的房间。申牧师很钦佩坐在他面前的这个理想主义者,他年轻的眼睛里闪烁着信仰的光芒,但他虚长白伊萨几岁,所以他想照顾好他。

"昨天早上,我刚开始学习《何西阿书》,几个小时后,民宿的老板娘向我讲述了她女儿怀孕的事。到了晚上,我知道我该怎么做。耶和华与我进行了对话。我之前从未遇到过这种情况。我从未有过如此清晰的感觉。"白伊萨觉得在这里承认这一点是安全的,"你有过这种经历吗?"他在老牧师的眼中寻找怀疑的痕迹。

"是的,我也有过,但并不总是那么生动。我阅读《圣经》之际,上帝的声音在我耳畔响起,所以是的,我想我理解你的感受,但也有巧合。我们必须对此持开放态度。把一切都当作是来自上帝的信号是危险的。也许上帝总是在和我们说话,但我们不知道如何倾听。"申牧师说。承认这种不确定感觉很尴尬,但他认为这很重要。

"在我的成长过程中,我记得至少有三个未婚女孩在怀孕后被遗弃。一个是我们家的女仆。其中两个自杀了。我们家的女仆回到了元山的家里,告诉大家她丈夫死了。我的母亲是一个从不说谎的女人,却让那个女仆这么说。"白伊萨道。

"现在,这类事情更多了。"申牧师说,"困难时期尤为如此。"

"民宿老板娘救了我的命。也许我的生命对她们一家人来说能有一些意义。我一直都希望向我大哥白撒姆学习,在死前做点大事。"

申牧师颔首。他听他在神学院的朋友说过,白撒姆是独立运动的一位领导人。

"也许我的生命可以有意义，虽然并不像我哥哥那样为国为民，但至少可以让一些人受益。也许我能帮助那个年轻的女人和她的孩子。他们也会帮助我，因为我将有一个属于我自己的家庭，不管怎么看，这都是我的福气。"

年轻的牧师听不进劝。申牧师深吸了一口气。"在你做任何事之前，我想见见她和她的母亲。"

"我会请她们来一趟的。但前提是顺子答应嫁给我。她对我其实还不太了解。"

"那并不重要。"申牧师耸耸肩，"我是在结婚那天才见到了我的妻子。我明白你很想帮忙，但婚姻是在上帝面前缔结的严肃盟约。你知道的。如果可以的话，请把她们带来。"

老牧师把两只手放在白伊萨的肩上，在他离开前为他祈祷。

— ○ —

白伊萨回到民宿，钟氏兄弟都四仰八叉地躺在暖烘烘的地板上。他们吃完晚饭了，女人们正在清洗碗碟。

"啊，牧师你进城了吗？你现在身体好多了，肯定可以和我们喝一杯了吧？"钟家老大贡博眨了眨眼说。

让白伊萨和他们一起喝酒是钟氏三兄弟几个月来一直开的一个玩笑。

"今天的收获如何？"白伊萨问道。

"没捞上美人鱼。"钟家胖子老三失望地回答。

"真可惜。"白伊萨说。

"牧师，你现在吃晚饭吗？"杨金问道。

"是的，谢谢你。"去外面转了一圈，他的肚子已经饿得咕咕叫，再次体会到饥饿，那感觉实在太好了。

钟氏兄弟无意起来端坐好，但他们还是给他让出了位置。贡博像老朋友一样拍拍白伊萨的背。和房客在一起，尤其是和心地善良的钟氏兄弟在一起，白伊萨感觉自己像个男人，而不是一个病快快的学生，大部分时间都只是待在室内看书。

顺子给他端来了一张低矮的小餐桌，上面摆着小菜、一个装满炖菜的滚烫火锅，还有一大份圆圆的小米大麦饭。

白伊萨低下头祈祷，其他人都保持沉默，有些尴尬，过了一会儿，他再次抬起头来。

"人家牧师长得好看，饭也比我的多呀。"胖子抱怨道，"唉，我有什么好惊讶的呢？"他气哼哼地看着顺子，但她根本不理他。

"你吃了吗？"白伊萨把碗举向胖子，"这里有很多……"

钟家老二是个通情达理的人，拉回了牧师伸出的手臂。

"胖子吃了三碗小米饭，喝了两碗汤。那小子一顿饭也不少吃。如果我们不保证他吃饱了，那小子连我的胳膊都会吃掉！他就是一头肥猪。"

胖子戳了戳他哥哥的肋骨。

"身强体壮的人才有好胃口。你就是嫉妒，因为美人鱼不喜欢你，都喜欢我。总有一天，我会娶一个美丽的市集姑娘，等我下工了，让她好好侍候我。你只能自己去修理渔网了。"

贡博和老二全都哈哈笑了起来，但胖子没理会他们。

"也许我该再来一碗饭。厨房里还有剩下的吗？"他问顺子。

"你不想给女人们留点吗？"贡博插嘴说。

"剩下的食物够你们几个女人吃吗？"白伊萨放下勺子。

"够的，够的。我们还有很多吃的。请不要担心。如果胖子还想吃，我们可以给他拿一些过来。"杨金向他保证。

胖子看起来有点不好意思。

"我不饿。我们还是抽烟斗吧。"他在口袋里翻找烟叶。

"白牧师，你是不是很快就要离开我们去大阪了？还是你想和我们一起上船，去找美人鱼？你看起来身体不错呀，应该能拉网了。"胖子说。他点燃烟斗，先把烟斗给大哥抽，然后自己才开始抽。"这座小岛多美呀，留在这里多好，你去那座冷冰冰的城市干什么？"

白伊萨笑了。"我在等我哥哥的回信。只要我感觉好多了，能上路了，我就去大阪的教堂。"

"想想影岛的美人鱼吧。"胖子向朝厨房走去的顺子挥了挥手，"到了日本，可就没这种味道了。"

"你的提议太诱人了。也许我应该找一条美人鱼和我一起去大阪。"

白伊萨挑起了眉毛。

"牧师在开玩笑吗？"胖子高兴地拍打着地板。白伊萨呷了一口茶。

"如果我能带着妻子去大阪开始新生活，就更好了。"

"放下你的茶。让我们给新郎倒杯真正的酒吧！"贡博喊道。

兄弟三人放声大笑，牧师也笑了起来。

在这栋小房子里，不管男人们说什么，女人都能听到。一想到牧师要结婚，多熙连脖子都涨得通红，她恨不得马上嫁给牧师，她姐姐瞪了她一眼，好像在骂她是个疯子。在厨房里，顺子拿出所有托盘上的脏盘子；她蹲在大铜盆前，开始洗碗。

第九章

打扫完厨房后，顺子向母亲道了晚安，回到她们和女仆合住的卧室。通常情况下，顺子都是与其他人同时上床睡觉，但最近一个月以来，她更容易累；等她们干完活再睡觉已经不可能了。早上醒来同样困难；早晨，似乎有很多只强壮的手压住她的肩膀，不让她起来。顺子飞快地在冰冷的房间里脱下衣服，钻进厚厚的被子底下。地板是温暖的。顺子把沉重的脑袋枕在菱形枕头上。她首先想到的是他。

高汉秀不在釜山了。在她在海滩丢下他的第二天早上，她谎称恶心，可能随时会去厕所呕吐，请母亲代替她去市集。她有一个礼拜没去市集。等到顺子最终继续为民宿采购食物的时候，高汉秀已经不在那里了。她每天早上去市集都会去找他，但他不在。

暖炕让她身下的铺盖变得暖暖的；一整天，她都要冻僵了。顺子的眼睛终于闭上了，她把手放在微微隆起的肚子上。她还感觉不到孩子，但她的身体正在改变。她的嗅觉变得十分敏锐，这是最显著的变化，而且难以忍受：穿行于鱼摊之间，她不由得恶心连连；最糟糕的是螃蟹和虾的味道。她感到四肢越来越软，几乎和海绵一样。她对生孩子一无所知。在她身体里生长的是一个甚至对她自己来说都很神秘的秘密。那孩子长什么样？她很想知道。顺子想和他谈谈这些事情。

自从顺子向母亲坦白后，她们两人都没有再谈起怀孕的事。痛苦加深了她母亲嘴角上的皱纹，而她的眉头一直都是皱着的。白天，顺子忠实地做着工作，但到了晚上，在她睡觉前，她很想知道他有没有想过她和他们的孩子。

如果她答应做他的情妇，等他来看她，她就能留住他了。只要他愿意，他随时都可以去日本看望他的妻女。然而，这种安排对她来说是不可能的，即使她目前身体虚弱，也觉得那不可行。她很想念他，但她无法想象和另一个他也爱的女人分享他。

顺子实在太愚蠢了。她为什么会认为他这个年龄和地位的男人没有妻儿？凭什么以为他想娶一个无知的农家姑娘，她太荒唐可笑了。有钱的男人有妻子，也养情妇，有时妻子和情人甚至共处一室。然而，她不可能是他的情妇。她身有残疾的父亲爱她那个出身寒门的母亲，他珍爱她。当他活着的时候，在为客人们端上饭菜后，他们三个就会一家人在同一张低矮的餐桌上吃饭。她父亲本可以在女人吃饭之前吃，但他从来不想那样。在餐桌上，他会确保她母亲盘子里的肉和鱼与他的一样多。夏天，在结束了漫长一天的工作之后，他会去照料瓜地，因为那是他妻子最喜欢的水果。每年冬天，他都要购买新鲜的棉绒，让她们剪裁棉衣，如果棉绒不够多，他就说他自己的上衣不需要加絮棉。

"你有这片土地上最好的爹爹。"她母亲常常这样说，而顺子则为他对她们的爱而感到骄傲，就像富裕家庭的孩子可能为父亲拥有的无数袋大米和成堆的金戒指而感到骄傲一样。

尽管如此，她还是忍不住想起高汉秀。每当她在海湾里见到他，万里无云的天空和碧绿的海水就会从她的视线中消失，她的眼里只有他。她还常常惊叹他们在一起的时间过得那么快。他会给她讲什么有趣的故事？她怎么才能让他多待几分钟？

所以，当他让她在两块大石块中间，解开她上衣的长腰带时，她便任由他随心所欲地做他想做的事，尽管冷风刺痛了她。她让自己融化在了他温暖的唇和皮肤中。当他把手伸到她的长裙下面，把她的屁股托向他时，她明白这就是一个男人想从他的女人身上得到的东西。温存会让她感到警觉，她的身体似乎想要他的触摸，她的下半身适应了他的重量。顺子相信他会做对她有好处的事。

有时，她想象着，如果她把脏衣服顶在头上，走到海滩，就能看到他在那块陡峭岩石边等她，他旁边是清澈的海水，打开的报纸在风中哗哗飘动着。他会把衣服从她的头上拿开，轻轻地拉着她的辫子，说："我的姑娘，你去哪儿了？你知道吗，我会等你到天亮。"上个礼拜，她强烈地感觉到他的呼唤，于是有一天下午她找了个借口，跑到海湾，她当然是白去一趟。他们用来传递信息的带粉笔记号的岩石不在裂缝中，她感觉像是丢了什么东西，因为她很想在上面画一个×，然后把石块放在缝隙中，告诉他，她回来过这里等他。

他曾经很关心她，这种感觉是真的。她觉得他并没有撒谎，但这并不能带给她丝毫安慰。顺子突然睁开眼睛，她听到女仆们在厨房里大笑，然后安静了下来。没有她母亲的声音。顺子转动身体，不再面冲门，而是面向内墙，把手放在脸颊上，假装是他的爱抚。每当他看到她，都会不停地抚摸她，好像他忍不住要这样做；云雨之后，他会用手指沿着她的脸的曲线游走，从她那小而圆的下巴到她的耳朵，再到她那淡淡的眉毛。为什么她从来没有那样碰过他？她从来没有主动触摸他，都是他向她伸出手。她现在很想摸摸他的脸，好将他的身体曲线记在心里。

—— o ——–

早上，白伊萨把深蓝色毛衣穿在他最暖和的贴身内衣和衬衫外面，坐在前厅的地板上，用一张矮餐桌作为他的书桌。房客们出门上工了，屋子里一片寂静，只有女人们干活发出的声音。白伊萨的《圣经》摊开放在桌上；白伊萨没有开始晨读，因为他无法集中精神。在前厅边的小门厅里，杨金在摆弄那只装满热炭的火盆。他想和她说话，但又感到害羞，白伊萨只好等着。杨金用粗拨火棍搅动煤块，注视着闪烁着火光的余烬。

"够暖和吗？我把火盆放到你旁边吧。"杨金双膝跪下，把火盆推到他坐的地方。

"我来帮你吧。"白伊萨说着站了起来。

"不用了，你坐着吧。你会把火盆打翻的。"她丈夫候奈以前常常这样移动火盆。

在她靠过来的时候，他四下看看别人是否能听到。

"大婶。"白伊萨小声说，"你觉得她嫁给我好不好？我是否可以问问她？"

杨金那周围满是皱纹的眼睛一下子瞪得老大，她手里的拨火棍哐当一声，掉在了地上。她立即捡起金属棍子，小心翼翼地放下，仿佛是在纠正她先前的举动。她瘫倒在他旁边，距离他很近，除了她丈夫和父亲，她从没这么靠近一个男人。

"你还好吗？"他问。

"为什么？你为什么这么做？"

"我觉得，如果我有了妻子，那我在大阪的生活会更好。我已经给我二哥写信了。我知道他们夫妇二人一定很欢迎她。"

"那你的父母呢？"

"很多年来，他们一直都希望我成家。我一直都拒绝。"

"为什么？"

"因为我自小缠绵病榻。现在我感觉好了，但不知道我会怎么死，什么时候死。顺子已经知道这一点了，所以她不会感到惊讶。"

"但是，你知道她……"

"是的。但她跟了我，也可能变成一个年轻的寡妇。你知道那样的日子不好过，但我会当个父亲。只要我有一口气，我就是那孩子的父亲。"

杨金什么也没说，她自己也是年少守寡。她的丈夫是一个诚实的人，虽然生下来就身有残疾，却充分利用他的资源。在他死后，她知道他是一个非常特别的人。她希望他在这里告诉她该怎么做。

"我没想给你添麻烦。"白伊萨看到她脸上的震惊表情后说，"我觉得她可能想要这样的安排。毕竟这是为孩子的未来打算。你认为她会同意吗？也许她想和你一起留在这里。那样对她和孩子比较好吗？"

"不，不。如果她能远走高飞，对他们两个更好。"杨金答道，她很清楚残酷的事实，"这孩子在这里不会有好日子过的。你也是救了我女儿的命。如果你能照顾我的女儿，我很乐意用我的生命来报答你，先生。就算下辈子做牛做马，我也乐意。"她深深地鞠了一躬，她的头几乎碰到了黄色的地板。她擦了擦眼睛。

"不，你不要这么说。你和你的女儿是天使。"

"先生，我马上跟她说，她会很感激的。"

白伊萨没有说话。他想知道怎么说出下面的话才合适。"我不希望那样。"他尴尬地说，"我想亲自问她，问她是否打心眼儿里愿意。我想知道她是否有一天会爱上我。"白伊萨非常尴尬，因为他忽然想到，就跟普通人一样，他也想要他妻子爱他，而不是仅仅感激他。

"你怎么看？"

"你应该去亲自和她谈。"顺子怎么可能不在乎这样一个男人呢？

白伊萨低声说："她其实并没有占便宜。我可能很快又会生病。但我会尽力做一个好丈夫。我也会爱那个孩子，把他当成亲生的。"白伊萨很希望能活足够长的时间，把一个孩子抚养长大。

"请明天和她一起出去走走吧。到时候，你可以跟她谈谈这些事情。"

— ○ —

母亲向顺子转述了白伊萨的打算，她准备做他的妻子。如果白伊萨娶了她，她母亲、民宿、她自己和孩子的问题都将迎刃而解。一个出身高贵的人会给她的孩子一个姓氏。顺子无法理解他出于何种理由这么做。她母亲曾试图解释，但她们都不认为她们为他所做的事有何不同寻常。他们会照顾任何一个房客，况且他也按时支付了房费。她的母亲说："没有一个正常男人想要抚养另一个男人的孩子，除非他是个天使，要不就是傻瓜。

他看起来倒不像傻瓜。也许他只是需要一个主妇侍候他，但他看起来又不像那种人。牧师一感觉好些，即使他的身体尚未完全康复，他也会把吃完的餐盘拿到厨房门口。早晨，他会抖抖他的床单，把铺盖收起来。他比任何一个房客都更为自理。她从来没有想到，一个受过教育、出自上流社会家庭、从小有仆从侍候的男人，竟然会自己动手做这些事。

顺子穿上厚外套。她在两双白棉袜外面穿上草鞋，在门外等着。下雾了，十分寒冷。再过一个月左右就是春天了，但感觉现在还是深冬。她母亲叫牧师到外面见她，不想让仆人们看到他们在一起。

白伊萨拿着毡帽，立即走了出来。

"你还好吗？"白伊萨站在她身旁，不知道他们该去哪里。他以前从没和年轻姑娘出去过，反正没有和他的结婚对象出去过。他假装是在向一个女教友提供忠告，这种事他在家乡做过很多次了。

"你想进城吗？我们可以乘渡船去。"他不由自主地想到了这个建议。

顺子点点头，把一条厚棉布头巾戴在头上，遮住露在外面的耳朵。她像极了那些在市集上卖鱼的女人。

他们静静地朝影岛渡口走去，不知道看见他们在一起的人会怎么想。船夫接过了他们的船费。

木船几乎是空的，所以他们在这段短途旅行中坐在一起。

"你娘跟你说过了吧。"白伊萨说，试图维持平稳的声音。

"是的。"

他试图从她年轻漂亮的脸上看出她的感情。她看上去吓坏了。

"谢谢你。"她说。

"你是怎么想的？"

"我很感激你。你卸下了我们身上的重担。我们都不晓得该如何感谢你才好。"

"我的生活一无是处。如果不善加利用，那我的生命将毫无意义可言。你不这么觉得吗？"

顺子摆弄着裙子的侧边。

"我有个问题想问你。"白伊萨说。

顺子一直垂着头。

"你认为你能爱上帝吗？"他吸了口气，"如果你能爱上帝，那我就知道一切都会好起来。我想，这对你来说有点要求过高了。现在可能说不通。你需要一些时间。我明白的。"

今天早上，顺子就想到了他会问她这样的问题，于是她想了想这位牧师所信仰的上帝。她相信这个世界上有灵魂存在，尽管她父亲不相信。他死后，她觉得他一直和她在一起。当他们去他的坟墓拜祭，很容易便感到他也在，一想到这个，顺子就觉得很安慰。如果有很多神灵和鬼魂，那么她觉得她可以爱他的上帝，尤其因为上帝能鼓励他成为一个善良体贴的人。

"是的。"她说，"我能。"

船靠岸了，白伊萨搀扶她下船。大陆很冷，顺子把双手塞进上衣袖子里取暖。

大风呼呼刮着，他们感觉浑身冰凉。她担心天气恶劣，会对牧师的身体不好。

两人都不知道下一步该去哪里，于是她指指离渡口不远的购物街。这是她在大陆上唯一和父母一起去的地方。她朝那个方向走去，不愿走在前面，但他似乎并不在意。他跟在她身后。

"我很高兴你试着……试着去爱上帝。这很重要。我认为，如果我们有共同的信仰，我们就能有一段美好的婚姻。"

她又点了点头，不完全明白他的意思，但她相信，他有充分的理由提出这个要求。

"我们在一起生活，起初会很奇怪，但我们会祈求上帝保佑我们和孩子。"

顺子想象他的祷告将像一件厚斗篷一样保护他们。

海鸥盘旋着，凄厉地尖叫着，然后飞走了。她意识到这桩婚姻是有条件的，但很容易接受；可惜他没办法考验她的忠诚。你如何证明你爱上帝？你如何证明你爱你的丈夫？她永远不会背叛他；她会努力照顾他，她能做到这一点。

白伊萨在一家日本餐厅前停了下来，里面是售卖面条的，店面十分整洁。"你吃过乌冬面吗？"他扬起眉毛。

她摇了摇头，表示没吃过。

他带她走进店里。顾客都是日本人，只有她一个女人。老板是个日本人，围着干净的围裙，用日语和他们打招呼。两个人鞠了一个躬。

白伊萨用日语要了一张两人桌位，老板听到他说一口地道的日语，便放松下来。他们友好地聊着天，老板让他们坐在靠近门口的公共桌旁，旁边一个人也没有。白伊萨和顺子面对面坐着，不可能不看对方的脸。

顺子看不懂胶合板墙上的手写菜单，但认出了一些日文数字。办公室职员和店主坐在三张铺着蜡布的长桌子上，呼噜呼噜吃着热气腾腾的汤面。一个剃着光头的日本男孩从一个沉重的黄铜水壶里倒出红茶。他微微向她一歪头。

"我以前没下过馆子。"她发现自己说，与其说是想和人说话，不如说是在惊叹。

"我自己也没去过几次。不过这个地方看起来很干净。家父说过，在外面吃饭，最重要的是干净。"白伊萨笑了，想让顺子觉得自在一些。屋里很暖和，她的脸上增添了一抹色彩。"饿了吗？"

顺子点点头。那天早上，她还没吃过东西。

白伊萨为他们点了两碗乌冬面。

"就跟刀切面差不多，但肉汤是不同的。我估摸也许你喜欢吃。我确信在大阪到处都有的卖。那里的一切对我们来说都是全新的。"白伊萨越来越喜欢带她同往大阪这个想法。

顺子已经从高汉秀那里听过很多关于日本的故事，但是她不能把这件事告诉白伊萨。高汉秀曾说过，大阪是个很大的地方，在那里你几乎见不到同一个人两次。

白伊萨一边说，一边观察她。顺子是个内向的人。即使在家里，她也不怎么和在那里做工的女孩说话，甚至不跟她的母亲多说话。她一直是这样吗？他想知道。很难想象她竟然有情人。

白伊萨压低声音对她说话，不希望别人听到。

"顺子，你觉得你能喜欢我吗？你能接受我做你的丈夫吗？"白伊萨紧握双手，好像在祈祷。

"是的。"她回答得很快，因为她是发自真心地给出了这个回答，她现在便很喜欢他，而且她也不希望他多想。

白伊萨忽然觉得很轻松，就好像他那有病的肺已经被擦洗得干干净净。他深吸了一口气。

"我知道很难，但你能不能试着忘了他？"他终于说出来了。他们之间不该有秘密。

顺子秀眉紧蹙，没想到他会提起这件事。

"我和其他男人没什么不同。我有我的骄傲，我知道这可能是错的。"他皱起了眉头，"但我会爱这个孩子，我会爱你，尊敬你。"

"我将尽我最大的努力做一个好妻子。"

"谢谢你。"他说。他希望他和顺子能像他父母那样恩爱。

面条端上来了，他鞠了个躬表示感谢，顺子模仿他，把手指交缠在一起。

第十章

一个星期后，杨金、顺子和白伊萨乘早班渡轮去了釜山。两个女人穿着新洗过的白色大麻韩服，外面穿着棉袄；白伊萨的西装和大衣都刷得干干净净，皮鞋擦得锃亮。申牧师吃过早饭，正在等他们。

他们一到达后，教堂雇工就认出了白伊萨，并把他们领到了申牧师的办公室。

"你们来了。"申牧师说着从地上的座位站起来。他说话带有北方口音。"进来，进来。"杨金和顺子深深地鞠了一躬。她们以前从未进过教堂。申牧师很瘦，衣服穿在身上松松垮垮的。他那件黑色旧西装的袖子边缘都磨损了，但他的白领口很干净，十分硬挺。他那件没有褶皱的深色衣服似乎把他肩膀的弯曲曲线弄平了。

屋子里冷飕飕的，女仆给客人拿来了三个地垫，并把它们放在房间中央的火盆旁边。

三位客人局促不安地站着，都等申牧师先坐下来。白伊萨坐在申牧师旁边，杨金和顺子坐在老牧师对面。

他们都坐好，没人说话，等申牧师先做祈祷。老牧师做完祷告后，从容地评估了一番白伊萨准备娶的年轻女子。自从年轻的牧师上次来访以后，他一直在想她的事。为了准备这次见面，申牧师甚至重读了《何西阿书》。穿着炭色羊毛西装的优雅年轻人与敦实的少女顺子形成了鲜明的对比。顺子的脸圆圆的，五官平平，她的眼睛低垂着，要么是出于羞怯，要么是因为羞愧。她的外表平凡无奇，没有什么能让人联想到先知何西阿被迫娶的那个妓女。事实上，她的举止并不引人注目。申牧师不像他的父亲那样相信从一个人的面相能看出这个人的命运，但如果他要通过他父亲的眼睛来过滤她的命运，他可以看出她的生活似乎并不平顺，但也不会受到诅咒。他瞥了一眼她的肚子，但她穿着全套的衬裙和外套，也看不出所以然。

"你觉得和伊萨一起去日本怎么样？"老牧师问顺子。

顺子抬起头，然后低下头。她不确定牧师都会做些什么，也不知道他们如何行使权力。申牧师和白牧师不太可能像男性巫师那样念咒语，也不像僧侣一样念经。

"我想听听你的想法。"申牧师说，他的身体向她倾斜，"请说点什么吧。我不希望在你离开我的办公室之前，我都没听到你的想法。"

白伊萨对两个女人笑了笑，不知道该如何解释老牧师的严厉语气。他想向她们保证牧师是善意的。

杨金温柔地把手放在女儿的膝盖上。她料到会被问到一些问题，但直到现在她才意识到，申牧师对她们的印象不太好。

"顺子，告诉申牧师，你和伊萨成亲，你是怎么想的。"杨金说。

顺子张开了嘴，然后闭上。她又张开嘴，她的声音有些颤抖。

"我非常感激。感激白牧师的痛苦牺牲。我会非常努力地侍候他。我将尽我所能使他在日本的生活变得更好。"

白伊萨皱了皱眉；他明白她为什么这样说，但无论如何，顺子的感情使他非常难过。

"是的。"老牧师双手合十。"这的确是痛苦的牺牲。伊萨是一个优秀的好年轻人，出身良好的家庭，考虑到你的情况，他不可能很容易就接受这段婚姻。"

白伊萨轻轻地举起右手，无力地表示抗议，但他尊重长者，所以依然保持沉默。如果申牧师拒绝为他们证婚，他的父母和老师将会感到不安。

申牧师对顺子说："是你把这种情况强加于你自己的，是这样吗？"

白伊萨不忍心看她受伤的表情，想带着两个女人回民宿。

"我犯了一个严重的错误。对我给我娘所造成的伤害，给这位优秀的牧师所带来的负担，我感到非常抱歉。"顺子那乌黑的眼中噙满了泪水。她看上去比平时还要小。

杨金握住女儿的手，不知道这么做是对还是错；她突然抽泣起来。

"申牧师，她已经受够了。"白伊萨脱口而出。

"她必须承认自己的罪孽，并希望得到宽恕。如果她提出来，我们的主会原谅她的。"申牧师若有所思地说出每一个字。

"我想她会想要宽恕。"白伊萨不希望顺子以这种方式向上帝求助。他认为，对上帝的爱应该是自然而然的，而不是出于害怕受到惩罚。

申牧师盯着顺子。

"你想要吗，顺子？你希望上帝宽恕你的罪孽吗？"申牧师不知道这个女孩是否知道什么是罪孽。那个年轻人充满热情，渴望成为殉道者或先知，白伊萨向她解释过所谓的罪孽？他怎么能娶一个没有改邪归正的罪恶女人呢？然而，这正是上帝要先知何西阿做的。白伊萨理解这一点吗？

"婚前与男人交欢，在上帝看来是一种罪孽。那个男人在哪里？为什么白伊萨必须为你的罪付出代价？"申牧师问。

顺子脸颊通红，用上衣袖子不停地擦脸上的泪水。

在角落里，聋哑女仆可以通过读唇语，看出他们在说什么。她从大衣口袋里取出一块干净的布，交给顺子。她向顺子做了个手势，要她擦脸，顺子对她笑了笑。

申牧师叹了口气。虽然他不想继续惹那姑娘伤心，他还是觉得有必要保护这位热心的年轻牧师。

"你孩子的父亲在哪里，顺子？"申牧师问道。

"她不知道，申牧师。"杨金回答，虽然她自己也很好奇，想知道答案。"她对此非常抱歉。"杨金扭头对女儿说，"告诉牧师，告诉他，你希望上帝宽恕你。"

杨金和顺子都不知道这到底是什么意思。是不是要进行一种仪式，就像把母猪和钱献给巫师，让他保佑庄稼生长？白伊萨从没提过宽恕这件事。

"你能吗？你能原谅我吗？"顺子问老牧师。申牧师十分同情这个孩子。

"顺子，能不能原谅你，并不取决于我。"他回答。

"我不明白。"她说，无法继续低着头，终于直视申牧师的脸。她一直在流鼻涕。

"顺子，你所要做的就是请求上帝原谅你。耶稣已经还清了我们的债，但你仍然要请求宽恕。你要保证会改邪归正。忏悔吧，孩子，不要再犯罪了。"申牧师能感觉到她想学习。他感觉到心里涌动着一种情感，他想起了她肚子里的孩子，那孩子没做错什么。然后，申牧师想起了何西阿的娼妓妻子歌篾始终执迷不悟，后来又背叛了丈夫。他皱起了眉头。

"很抱歉。"顺子重复道，"我不会再犯了。我永远不会和另一个男人在一起。"

"你想嫁给这个年轻人是有道理的。是的，他想和你成亲，照顾你的孩子，但我不知道他这么做是否审慎。我担心他可能过于理想化了。他的家人不在这里，我得确保他不会有事。"

顺子点头表示同意，她的抽泣渐渐平息。

杨金忍住啜泣，自从白伊萨提到她们需要和申牧师谈谈之后，她就一直担心现在的情况。

"申牧师，我相信顺子会是个好妻子。"白伊萨恳求道，"请为我们证婚吧，先生。我想要你的祝福。你说的这些话，是出于深切而明智的考虑，但我相信这是上帝的旨意。我相信这段婚姻会给我带来很多好处，也会给顺子和孩子带来很多好处。"

申牧师呼出一口气。

"你知道做牧师的妻子有多难吗？"他问顺子。顺子摇了摇头。她的呼吸现在变得正常了。

"你告诉她了吗？"他问白伊萨。

"我要做的是助理牧师。我想并不需要做很多。会众并不多。顺子能吃苦，学得很快。"白伊萨说。然而，他对这件事确实欠考虑。在他家乡平壤的教堂里，牧师的妻子是一位十分出色的女士，不知疲倦，生了八个孩子，和她的丈夫一起照顾孤儿和为穷人服务。当她去世的时候，教区居民都痛哭流涕，仿佛他们失去了母亲。

白伊萨、顺子和杨金安静地坐着，不知道还能怎么做。

"你必须发誓你将忠实于这个人。如若不然，你会给你的母亲和你死去的父亲带来更多的耻辱。孩子，你必须请求上帝的宽恕，请求他赐予你信心和勇气，帮助你在日本建立新家。你要至臻完美，孩子。在那里，每个朝鲜人都必须表现出最好的一面。他们已经如此轻贱我们了。你不能给他们任何理由，让他们更看不起我们。一个朝鲜人行差踏错，会让成千上万的朝鲜人抬不起头来。一个恶劣的基督徒会伤害世界各地成千上万的基督徒，尤其是在一个不信教的国家。你明白我的意思吗？"

"我愿意明白。"她说，"而且，我希望得到原谅，先生。"

申牧师跪下来，把右手放在她的肩膀上。他终于为她和白伊萨祈祷了。他完成祈祷后站了起来，让这对夫妇也站起来，为他们证婚。几分钟后，仪式结束了。

申牧师陪着白伊萨和顺子去市政办公室和当地派出所登记结婚，而杨金则快步走向购物街，她的步伐虽然很快，却也从容。她很想跑起来。在婚礼上，有许多话她不懂。在现在这种情况下，她若是希望能有一个更好的结局，那就太荒谬，太没良心了。但是，不管她的本性多么实际，她都希望她的独生女儿能得到更好的。虽然马上结婚是有道理的，但她并不知道他们今天就结婚。她自己那场敷衍的婚礼也只用了几分钟。也许这无关紧要，她这么对自己说。

杨金走到米店的推拉门前，她先敲了敲大门的宽边框，然后走了进去。商店里没有顾客。一只条纹猫在米店老板的草鞋上溜去溜去，快活地咕噜着。

"老板娘，好久没见了。"楚老板和她打招呼。米店老板对候奈的遗孀微笑。她发髻中的白发比他记忆中的还要多。

"大叔，你好。希望你媳妇和女儿们都好。"

他点了点头。

"我想买一些白米。"

"你一定是要招待重要的客人吧。对不起，我连一颗大米都没有了。你也知道大米都到哪里去了。"他说。

"我有钱的。"她说着把那只拉绳钱包放在他们中间的柜台上。钱包是蓝色帆布做的，上面的蝴蝶是顺子绣的，是两年前顺子送给她的生日礼物。蓝色钱包半满，杨金希望这些钱足够买米。

楚老板扮了个鬼脸。他不想把米卖给她，因为他别无选择，只能收她和日本人一样的价钱。

"存货不多了，要是日本顾客来买米，我没有，那我可就要吃不了兜着走了。你得理解我。相信我，并不是我不想卖给你。"

"大叔，我女儿今天结婚。"杨金说，尽量不哭出来。

"顺子吗？谁？夫家是谁？"他想象出那个小女孩握着她那残废父亲的手的样子。"我都不知道她已经订婚了！今天？"

"是一位来自北方的客人。"

"得肺结核那个？太疯狂了！你为什么要让女儿嫁给一个有那种病的男人呢？他随时都可能一命归天。"

"他会带她去大阪。对她来说，比起和那么多男人住在民宿里，她在那里的生活要轻松得多。"她说，希望这个话题就此告一段落。

她没有告诉他真相，而楚老板也很清楚她说的不是实话。那女孩一定有十六七岁了。顺子比他的二女儿小几岁；这个年纪的姑娘正好嫁人，但他为什么要娶她呢？煤老板老俊说他是富家子弟。她的血液里也有遗传疾病。谁想要这样的妻子？他猜测大阪可能没有那么多姑娘。

"他给的聘礼多吗？"楚老板问，皱着眉头看着那个小钱袋。杨金不可能给那样的男人任何像样的嫁妆；这个经营民宿的女人在喂饱那些饥饿的渔夫和她不应该收留的两个可怜姐妹之后，几乎剩不下几个铜钱。

他自己的女儿几年前就出阁了。去年，小女儿的丈夫因组织示威游行被警察追捕，便逃到了满洲，所以，现在楚老板要照顾这个伟大爱国者的几个孩子，而他的赚钱方式是把他的最好库存卖给有钱的日本顾客，他的女婿却热衷于将日本人赶出朝鲜。如果他的日本顾客拒绝光顾他，楚老板的商店明天就会关门，他的家人也会饿死。

"你是要买办婚礼需要的米吗？"他问，无法理解这个女人怎么有钱买那么多米。

"不。只给他们两个吃。"

楚老板朝站在他面前的女人点了点头，她又小又累，不正视他的眼睛。

"我没多少米可卖。"他重复道。

"我要的不多，只够新娘和新郎吃的就行，让他们离开家之前再次品尝一下白米饭的味道。"杨金热泪盈眶，米店老板别开目光。楚老板不喜欢看到女人哭泣。他的祖母、母亲、妻子和女儿都哭个不停。女人哭得太多了，他心想。

他的大女儿嫁给了一个印刷工，住在城市的另一边，他的小女儿带着三个孩子和他们老两口一起住在家里。米店老板一边抱怨需要钱养活女儿和外孙，一边努力工作，把米卖给支付最高价格的日本顾客，因为他无法想象自己不能养家糊口；他无法想象，他的女儿远居他乡，到一个朝鲜人与牲口差不多待遇的国家里生活。他无法想象让自己的骨血去给那些龟孙子践踏。

杨金数出日元钞票，把它们放在柜台算盘旁的木托盘上。

"如果你方便的话，我只买一小袋。我要他们吃大米饭吃饱了。如果有的剩，我就给他们做些甜糕。"

杨金把那盘钱推给他。如果他仍然拒绝，她就会走进釜山的每一家大米店，一定要让她的女儿在婚宴上吃白米饭。

"甜糕吗？"楚老板双臂抱怀，大声笑了出来；他有多久没听到女人谈论白米做的甜糕了？那样的日子感觉如此遥远。"能不能给我一块呀。"

她擦了擦眼睛，而米店老板则走进储藏室，去找他为应付这样的场合而藏起来的一点宝贝大米。

第十一章

房客们终于让步，同意女人们去洗他们的工作服。衣服上的气味连他们自己也受不了。福熙、多熙和顺子带着四个巨大的包袱去了海湾。她们把长裙拢起系好，蹲在水边，摆好洗衣板。海水冰冷，她们的手都快冻僵了，由于多年的劳作，她们手上的皮肤变得又厚又粗糙。福熙竭尽全力在带脊的木板上搓洗湿衬衫，而她的妹妹多熙则把剩下的脏衣服挑出来，放在她旁边。顺子拿起一条钟氏兄弟的深色裤子，上面沾满了鱼血和内脏。

"结婚后你有没有觉得不一样了？"多熙问道。他们登记结婚后，立即就把消息告知了这两个姑娘。她们甚至比房客还要吃惊。"他有没有叫你亲爱的？"

福熙抬头观察顺子的反应。她本来要责备妹妹竟然如此无礼，但她自己也很好奇。

"还没有。"顺子说。他们是在三天前成亲的，但由于空间有限，顺子仍然和她的母亲、女仆睡在同一个房间。

"我好想嫁人啊。"多熙说。

福熙大笑起来，"谁会娶我们这样的姑娘呢？"

"我也想嫁一个白牧师这样的人。"多熙连眼都不眨地说，"他长得真英俊，人又那么好。他和你说话的时候，会那么和蔼地看着你。就连房客们都敬他几分，虽然他对大海一点也不了解。你们注意到了吗？"

事实确实如此。通常情况下，房客们会取笑那些上过学的上流人士，但他们喜欢白伊萨。顺子仍然很难把他当成丈夫。

福熙拍拍她妹妹的前臂。"你真是疯了。像那样的男人决不会要你做老婆的。不要整天做白日梦了。"

"可他还不是娶了顺子……"

"顺子不一样。你和我是仆人。"福熙说。

多熙翻了翻白眼。

"那他到底叫你什么？"

"他叫我顺子。"她说，觉得说话更自由了。在认识高汉秀之前，顺子经常和这两姐妹聊天。

"就要去日本了，你兴奋吗？"福熙问道。她对住在城市里比对结婚更感兴趣，而去城里住，似乎很可怕。她的祖母和母亲几乎都是累死的。她从未听过她母亲笑。

"男人们说，大阪比釜山或汉城更繁华呢。你住在哪里？"福熙问道。

"不知道。我猜是在伊萨牧师的哥哥家里。"顺子还在想着高汉秀，想着他可能就在附近。最重要的是，她害怕碰到他。然而她觉得，要是再也见不到他，会更糟。

福熙看着顺子的脸。

"你害怕去那里吗？你千万不要害怕。我想你在那里会过得很愉快。那些男人说，火车、汽车、街道和所有的房子，到处都有电灯呢。他们说，你想在商店里买什么东西，在大阪都可以买到。你说不定会变成贵妇人呢，那样你就可以派人来接我们。我们可以在那里经营民宿！"福熙对她为她们设计出的前景感到惊讶，"他们一定也需要民宿的。你娘可以做饭，我们可以打扫，洗衣服……"

"你还说我脑子里装满了疯狂的念头？"多熙拍了拍她姐姐的肩膀，在她姐姐的上衣袖子上留下了湿手印。

顺子费力地拧干湿裤子，因为它们太重了。

"当牧师的妻子，会很有钱吗？"顺子问道。

"也许牧师会赚很多钱！"多熙说，"再说了，他的父母就是有钱人，对吧？"

"你是怎么知道的？"顺子问道。她的母亲曾说过，白伊萨的父母有不少土地，但许多地主都只能把土地卖给日本人，以支付新出现的税收。"我不知道我们会不会有很多钱。这不重要。"

"他的衣服多漂亮啊，他还读过书。"多熙说，并不清楚人们是怎么有钱的。

顺子开始洗另一条裤子。

多熙瞥了她姐姐一眼。"现在可以给她吗？"

福熙点了点头，想让顺子不要总想着即将离开这件事。这个女孩看上去既焦虑又悲伤，一点也不像快乐的新娘。

"你就跟我们的小妹妹一样，但感觉起来像是你比我们大，因为你聪明，有耐心。"福熙笑着说。

"等你走了，你娘责骂我，谁来保护我呢？你知道我姐姐什么都不会做。"多熙补充道。

顺子把她在岩石边洗的裤子放在一边。自从她父亲去世后，这两姐妹就一直陪在她身边；她无法想象没有她们的生活。

"我们想送你一个礼物。"多熙拿出一对鸭子，它们是用皂荚木雕刻而成，挂在一条红丝线上，和婴儿的手差不多大。

"市集上的大叔说鸭子一生只忠于一个伴侣。"福熙说，"也许过几年，你可以回家来，把你的孩子也带来给我们看看。我可会带小孩了。多熙几乎就是我一个人养大的。虽然这丫头很调皮。"

多熙用食指把鼻孔往上推，做出了一张猪脸。

"最近，你看上去很不开心。我们知道为什么。"多熙说。

顺子拿着鸭子，她抬起头来。

"你想你爹爹了吧。"福熙说。这对姐妹小时候就父母双亡。

福熙那张方脸上露出了悲伤的微笑。她那双小而亲切的眼睛看上去像蝌蚪，向下看向她那疙疙瘩瘩的颧骨。姐妹俩长得几乎一模一样；只是妹妹要矮一些，胖一些。

顺子哭了，多熙把她抱进有力的臂弯里。

"爹爹，爹爹。"顺子轻声地说。

"没事的，没事的。"福熙拍拍顺子的背说。

"你现在有个好丈夫了。"

— ○ ——

杨金独自收拾女儿的东西。她小心翼翼地折叠起每一件衣服，然后堆在一块大方布上，捆成便于携带的包裹。布角被整齐地绑在一个环柄上。在白伊萨夫妇离开的前几天，杨金一直在想她有没有忘记什么东西，她逐一把系好的包裹打开，重复收拾了一遍。她想给白伊萨的嫂子带去更多的食品，比如干枣子、辣椒片、辣椒酱、大干凤尾鱼和发酵的豆瓣酱，但白伊萨告诉她，他们不可能带太多东西上船。"这些东西在那里都买得到。"他向她保证。

早晨，福熙和多熙留在民宿，杨金、顺子和白伊萨去了釜山码头。顺子和两姐妹们难分难舍；多熙悲恸欲绝地哭了起来，生怕杨金也会离开这里，到大阪去，把她们姐妹俩抛在影岛。

釜山码头是实用的砖木结构，显然不是用心建造而成。旅客、来送行的家人和小贩在拥挤的码头上挤来挤去，十分嘈杂。大批乘客排着队，等着向警方和移民官员出示证件，然后登上釜山渡轮前往下关港市。白伊萨去排队和警察说话，两个女人坐在旁边的长椅上，随时准备在他有需要的时候站起来。大渡船已经靠岸，等待乘客完成过关检查。海水的海藻味和渡船的燃料味混合在一起；从早上起，顺子一直恶心想吐，她看起来很憔悴，疲惫不堪。她早先呕吐过，胃里什么也没剩下。

杨金把最小的包裹抱在胸前。她想知道，她什么时候能再见到她的女儿。整个世界都崩塌了。对顺子和孩子来说怎样更好，在这一刻似乎不再重要了。他们为什么非要走？杨金都不能抱一抱她的外孙了。为什么她不能和他们一起去呢？她觉得她在大阪一定可以找到工作。但杨金知道她必须留下来。她有责任打理她的公婆和丈夫的墓地，她不能离开候奈。此外，她去了大阪，要住在哪里呢？

顺子微微弯下腰，发出一阵痛苦的哭声。

"你还好吗？"

顺子点点头。

"我看到了那块金表。"杨金说。

顺子双臂抱怀，搂住自己。

"是那个男人送的吗？"

"嗯。"顺子说，没有看她的母亲。

"他是个什么人，怎么能买得起这种东西？"

顺子没有回答。白伊萨前面只有几个人了。

"送你怀表的男人在什么地方？"

"他住在大阪。"

"什么？他是从那里来的？"

"他老家是济州岛，但他住在大阪。我不知道他现在是不是在那里。"

"你打算见他吗？"

"不。"

"你不能见那个男人，顺子。他抛弃了你。他是个坏人。"

"他有家室了。"

杨金深吸了一口气。

顺子能听到她自己在和母亲说话，然而，感觉好像她是另一个人。

"我不知道他已经结婚了。他没告诉过我。"

杨金静静地坐着，嘴微微张开。

"在市集，几个日本男孩骚扰我，他骂了他们一顿，然后我们成了朋友。"

终于可以自然而然地谈到他了；她一直惦念着他，但她不能向任何人谈论他。

"他想照顾我和孩子，但他不能娶我过门。他说他在日本有妻子，还有三个孩子。"

杨金拉起女儿的手。

"你不能见他。那个男人……"杨金指着白伊萨，"……救了你的命。他救了你的孩子。你是他的人了。我没有权利再见你。你知道这对一个母亲来说是什么感觉吗？很快，你自己也要当娘了。我希望你生个儿子，那样他就算结婚了，也不会离开你。"

顺子点点头。

"那块怀表，你要怎么处理？"

"到了大阪，我就把它卖掉。"

杨金很满意这个回答。

"留着那块表，以备不时之需。如果你丈夫问你从哪儿弄来的，就告诉他是我给你的。"

杨金去摸塞在上衣下面的钱包。

"这是你奶奶的。"杨金把她婆婆生前送给她的两个金戒指给了顺子。

"除非不得已，尽量不要卖掉它们。你应该有值钱的东西傍身，人总有需要钱的时候。你是个节俭的姑娘，但抚养孩子需要钱，总会出一些无法预料的事情，比如看医生。如果是男孩，你就得交学费。如果牧师不给你家用，那你就去挣点钱，再把钱存起来，留待急用。需要花还是得花，但存起来几个硬币，然后忘记你有这些钱。女人应该有点节蓄。好好照顾你的丈夫，否则，就会有另一个女人来照顾他；尊重你丈夫的家人，服从他们。如果你犯错，他们会诅咒我们的家人。想想你善良的父亲，他总是为我们尽最大努力。"杨金琢磨着是否还有其他事情应该嘱咐她。她很难集中注意力。

顺子把戒指塞进她上衣下面的布袋里，她把怀表和钱也放在那里。

"娘，对不起。"

"我知道，我知道。"杨金闭上嘴，抚摸着顺子的头发，"你是我的全部。现在，我一无所有了。"

"我们一到，我就让伊萨牧师给你写信。"

"是的，是的。如果你需要什么东西，请伊萨用简语给我写一封信，我会让城里的人帮我读一下。"杨金叹了口气，"要是我们都会看信就好了。"

"我们懂数字的，我们可以做加法。爹爹教我们的。"

杨金笑了。"是的。你爹爹教过我们。"

"你丈夫在哪里，你的家就在哪里。"杨金说。她嫁给候奈时，她的父亲就是这么告诉她的，"再也不要回家了。"他是这么对她说的，但是杨金对她自己的孩子说不出这种话。"为他和你的孩子营造一个美好的家，那是你的责任。不能让他们受苦。"

白伊萨回来了，看起来很平静。有几十人因为缺少文件或钱不够而被拒之门外，但他和顺子都可以顺利过关。他们符合每一项要求。那些当官的也不能为难他们。他和他的妻子可以动身了。

第十二章

1933年4月，大阪

　　白约瑟厌倦了把身体重心从一只脚移到另一只脚，便在大阪火车站里踱来踱去，像个牢房里的囚犯。如果他是和朋友一起来的，就能和朋友闲扯几句，也就不会像现在这样坐立不安了，但他是一个人。白约瑟天生就是一个健谈的人，虽然他的日语相当地道，他的口音却总是泄露他的身份。从外表上看，他可以接近任何日本人，并得到礼貌的微笑，但他一旦开口说话，就没人欢迎他了。他毕竟是个朝鲜人，不管他的性格多么吸引人，遗憾的是，他属于一个狡猾的民族。许多日本人都是公正和有原则的，但一遇到外国人，他们往往有所保留。"你得当心那些聪明的外国人……朝鲜人一生下来就会惹麻烦。"在日本生活了十多年后，白约瑟受尽了一切白眼。他并不会细想这些事——这在他看来是可悲的。在大阪火车站巡逻的警卫注意到白约瑟焦躁不安，但焦急地等待火车到达并不算犯罪。

　　警察不知道他是朝鲜人，因为白约瑟的举止和衣着不会出卖他。大多数日本人声称他们能区分日本人和朝鲜人，但每个朝鲜人都知道这是日本人在吹牛。你可以模仿任何人。白约瑟穿着大阪工人的朴素便装：素色裤子，西式衬衫，很新的厚重羊毛大衣。很久以前，他就把他从平壤带来的华丽服饰放在了一边：一套昂贵的西装，是他父母从一个裁缝那里订购的，而那个裁缝专门为加拿大传教士及其家人制作衣服。六年来，白约瑟一直在一家饼干工厂当工头，手下有三十个女工和两个男工。因为工作的关系，他必须保持整洁，但仅此而已。他不需要穿得比他的老板岛村先生还要好，后者明确表示，他随时能找到人取代白约瑟。每天都有来自下关港市的火车和来自济州岛的船只，把更多饥肠辘辘的朝鲜人送到大阪，岛村先生想选什么人就能选什么人。

　　白约瑟很感激他弟弟在一个礼拜天来大阪，他只在这一天休息。在家里，庆熙正在准备丰盛的美食。否则，她一定跟着来了。他们都对白伊萨那个刚过门的媳妇非常好奇。她的家世令人震惊，但白伊萨的决定并不令人惊讶。家里没人对白伊萨的无私行为感到吃惊。在他小时候，要是可以，他一定会把所有的食物和财产都献给穷人。那男孩在病床上看书度过了他的童年。他的丰盛餐点放在一个枣木漆盘里，被送到他的房间。然而，他仍然瘦得像竹竿，尽管当他的托盘被送回厨房时，金属碗里的每一粒米都被吃光了。很显然，他的饭有一大部分都是被仆人们吃掉的，而且是白伊萨主动给他们吃的。然而，白约瑟认为饭和鱼是一回事，现在他连婚姻都贡献出去，似乎就太过分了。他居然同意给另一个男人的孩子当父亲！他的妻子庆熙让他答应在见到她之后再做判断。她像白伊萨一样，就是心肠太软了。

当来自下关港市的列车到达车站时，等待的人群以一种有组织的精度散开。行李员冲过去帮助头等舱乘客下车，其他人似乎都知道该去哪里。白伊萨比其他人高出一头，在人群中十分明显。相貌英俊的他戴着一顶灰色软毡帽，玳瑁眼镜低低地戴在他笔直的鼻子上。白伊萨扫视了人群，看见了白约瑟，他把瘦骨嶙峋的右手高举在空中。

白约瑟快步向他走过去。昔日的男孩已经长大成人了。白伊萨比他记忆中还瘦；他苍白的皮肤透着青色，他那温柔、微笑的眼睛周围出现了放射状的皱纹。白伊萨与他们的大哥白撒姆长得很像，这真是不可思议。他身上的西装是由他们家的裁缝手工缝制的，松松垮垮地垂在他那消瘦的身体上。十一年前白约瑟离开家时，男孩白伊萨害羞，体弱多病，如今则成为了一个高大的绅士，他那枯瘦的身体因近来的一场大病而越发枯槁。他的父母怎么能让他来大阪？白约瑟为什么非坚持让他来？

白约瑟用双臂搂住弟弟，把他紧紧地抱在怀里。在这里，白约瑟唯一碰过的人就是他的妻子，他的亲人能离他这么近，并且感觉到弟弟脸上的胡楂蹭到他自己的耳朵，他高兴极了。他的小弟弟长胡子了，白约瑟惊诧不已。

"你长大了很多呢！"

他们都笑了，一方面因为他说的是事实，还因为他们已经很久没见面了。

"哥哥。"白伊萨说，"我的哥哥。"

"伊萨，你总算来了。我太高兴了。"

白伊萨微笑着，眼睛一直盯着哥哥的脸。

"你可是比我高太多了。我这个哥哥很没面子啊！"

白伊萨深深地鞠了一躬，假装道歉。

顺子抱着包裹站在那里。见到兄弟轻松温暖的相见场面，她感到很放松。

白伊萨的哥哥白约瑟很有趣。他开的那些玩笑让她想起了民宿的房客胖子。胖子得知她嫁给了白伊萨，竟然假装晕倒，在前厅的地板上发出扑通扑通的声音。过了一会儿，他拿出钱包，给了她两日元，那可是一个工人两天的薪水，让她和丈夫到了大阪去买些好吃的。"你在日本吃甜年糕的时候，要记住我呀，我在影岛孤孤单单，伤心欲绝，想你想得都快发疯了；想象一下吧，胖子的心都被撕碎了，就像一只小海鲈鱼的嘴被钩住了一样。"他假装哭了，用他那肉嘟嘟的拳头揉着眼睛，发出大声的呼呼声。他的哥哥们叫他闭嘴，他们每个人都给了她两日元，作为结婚礼物。

"而且，你结婚了！"白约瑟说着，仔细地打量白伊萨身旁的小姑娘。

顺子向大伯鞠了一躬。

"很高兴再次见到你。"白约瑟说，"你以前还是个小姑娘，常常跟着你爹爹到处走。当时你是五岁还是六岁？我想你肯定不记得我了。"

顺子摇了摇头，她试过了，却怎么也想不起来。

"我对你爹爹印象深刻。听到他的死讯，我很难过；他是一个非常聪明的人。我喜欢和他聊天。他这人话不多，但他说的每句话都经过深思熟虑。你娘做的饭真是天下第一美味啊。"

顺子垂下头。

"谢谢你让我来这儿，大伯。我娘对你的慷慨表示最深切的感谢。"

"你和你娘救了伊萨的命。我很感激你，顺子。我们全家都很感激你们一家。"

白约瑟接过白伊萨手里沉重的行李箱，白伊萨则拿过了顺子那些较轻的包裹。白约瑟注意到她的腹部轻轻隆起，但她的肚子并不十分明显。他连忙别开目光，朝车站出口的方向望去。这个女孩的举止和谈吐都不像村里的妓女。她看起来是如此的谦逊和朴素，以至于白约瑟都怀疑她是不是被一个她认识的人强奸了。那类事情时有发生，而女孩可能反倒会被诬陷勾引别人。

"嫂嫂在哪里？"白伊萨问道，四处张望着寻找庆熙。

"在家给你做饭呢。你最好是饿了。邻居们闻到厨房里飘出的香气，一定嫉妒死了！"

白伊萨笑了，他很喜欢他的嫂子。

顺子意识到路人在看她的传统服装，不由得拉紧外套。车站里没有其他人穿韩服。

"我嫂子做菜的手艺很棒。"白伊萨对顺子说。一想到再次见到庆熙，他就很高兴。

白约瑟注意到人们盯着顺子。他这才意识到，她需要换换衣服了。

"我们回家吧！"白约瑟立刻领他们离开了车站。大阪火车站对面的马路上有很多电车，成群的行人从主入口进出。顺子走在两兄弟后面，他们小心翼翼地穿过人群。在他们朝电车走去的时候，她转身看了一会儿火车站。她从未见过这样的西式建筑，简直就像一头石头混凝土巨兽。她原以为下关港市的火车站很大了，但与这栋巨大的建筑相比，就显得微不足道了。

两个男人走得很快，她努力跟上。有轨电车驶近了。在她看来，她仿佛以前来过大阪。在她的脑海里，她曾经乘坐过下关港市的渡船、大阪的火车，甚至坐过比男孩跑步或骑自行车还要快的电车。小轿车从他们身边驶过，她惊讶地发现真如高汉秀所说，它们看起来就像带轮子的金属牛。她是个乡下姑娘，但她听说过这一切。然而，她不可以表现出她知道穿制服的售票员、移民局官员，搬运工，手推车、电灯、煤油炉和电话，所以在电车站，顺子保持安静，像一株从新土地上生长出来的幼苗，直立着，张开怀抱去吸收光线。她本来是要把自己连根拔起，和他一起看世界，而现在她正在看世界，却没有他的陪伴。

白约瑟把顺子领到电车后面唯一一个空座上，让她坐下。她从白伊萨手中拿回包裹，抱在怀里。兄弟俩站得很近，说着家里的事。顺子没有注意两个男人的谈话。像以前一样，她把包裹紧紧地搂在怀里，贴着胸口和心脏，呼吸着包裹他们家当的织物上挥之不去的家的气息。

大阪市中心有着宽阔的街道，街两旁矗立着一排排低矮的砖房和时髦的商店。在釜山定居的日本人和这里的日本人很像，但有不同的种类。在车站里，有一些年轻的男人穿着花哨的西装，对比之下，白伊萨的衣服就显得过时了；还有一些漂亮的女人穿着华丽的和服，这些服饰颜色独特，刺绣精致，多熙一定很喜欢看，她对此十分着迷。还有一些看起来很穷的人，一定是日本人，她在釜山从未见过那样的人呢。人们在街上随意地吐痰。坐在电车上，她感觉一眨眼就到了。

他们在亚野区下车，那是朝鲜人聚居的贫民区。他们来到白约瑟的家，那里看起来与她从车站乘电车经过的漂亮房子大不相同。牲畜发出浓烈的臭味，盖过了食物的气味，甚至比室外厕所的气味都要强烈。顺子很想捂住鼻子和嘴巴，却强忍着没这么做。

亚野区如同一个乱七八糟的村庄，一栋栋破房子很不协调地分布着。棚屋构造简陋，用劣质的材料建成。偶尔倒是能看到清洗干净的门廊和擦得锃亮的窗户，但大部分房屋正面都年久失修。人们从屋内用脏报纸和沥青纸糊在窗户上，裂缝里塞着木片或石片。金属屋顶锈迹斑斑。这些房子似乎是由居民自己用便宜的或捡来的材料建造而成，并不比帐篷坚固很多。烟从简易的钢制烟囱中冒出来。此时是春天，傍晚的天气很暖和；孩子们穿着无法蔽体的破烂衣服在玩捉迷藏，对睡在巷子里的醉汉视而不见。一个小男孩在离白约瑟家不远的一个门廊边大便。

白约瑟和庆熙住在一个像箱子一样的斜屋顶小屋里。它的木制框架上覆盖着波纹钢。前门是用表面覆盖着一层金属的胶合板做成的。

"这个地方只适合猪和朝鲜人住。"白约瑟说完大笑起来，"不太像家，是吗？"

"不，对我们来说已经很好了。"白伊萨笑着说，"很抱歉给你们带来了不便。"

顺子简直无法相信白约瑟夫妇竟然住在这么破烂的地方。工厂的工头不可能生活在这样的贫民窟里。

"日本人不会把像样的房子租给我们。这房子是我们八年前买的。我想，在这一排里，我们是唯一拥有房子的朝鲜人，但没人知道这件事。"

"为什么？"白伊萨问道。

"让别人知道你是屋主，没有任何好处。这里的房东都是浑蛋，没有一个人不骂他们。我用我搬到这里时父亲给我的钱买了房子。要是在现在，我可买不起。"

隔壁窗户上贴着沥青纸的房子里传来了猪叫声。

"没错，我们的邻居在养猪。她带着孩子们和猪住在一起。"

"几个孩子？"

"四个孩子和三只猪。"

"都在屋里？"白伊萨低声说。

白约瑟点了点头，扬起眉毛。

"住在这里应该不会很贵。"白伊萨说。他计划为顺子、他自己和孩子租一所房子。

"租客把一半以上的收入都用来付租金了。这里的物价比国内高得多。"高汉秀在大阪有很多房子。她很想知道他是怎么做到的。

通向厨房的侧门开了，庆熙向外张望。她把手里的水桶放在门阶旁。

"呀！你们站在外面干什么？进来，快进来吧！"庆熙大声喊道。她快步走到白伊萨跟前，把他的脸捧在手里。"我太高兴了。你们终于来了！赞美神！"

"阿门。"白伊萨说，任由庆熙抚摸自己，从他还是个婴儿的时候，庆熙就认识他了。

"我最后一次见你，还是在我离开家之前呢！快进去吧！"她开玩笑地命令白伊萨，然后扭头看向顺子。

"你都不知道，我一直以来都想要个妹妹呢。我在这里孤单死了，就想找个女孩说说话！"庆熙说，"我还担心你们没赶上火车呢。你好吗？累不累？你一定饿了。"

庆熙牵着顺子的手，男人们跟在两个女人身后走进屋。

顺子没想到会得到这么热烈的欢迎。庆熙是个美人儿，眼睛的形状和颜色都像极了柿子种子，嘴巴也很漂亮。她的肤色像白牡丹。顺子比她小十多岁，但她更有魅力，也更有活力。她乌黑光滑的头发用木制发夹卷起来，庆熙在她那件朴素的蓝色西式连衣裙外系了一条棉布围裙。她看上去更像一个瘦小的女学生，而不是一个三十一岁的家庭主妇。

庆熙伸手去拿放在煤油加热器上的黄铜茶壶。"你在车站给他们弄喝的或吃的了吗？"她问她的丈夫。她把茶倒进四个陶杯。

他大笑起来。"是你说要我们尽快回家的！"

"你真是个好哥哥！不要紧。我太高兴了，连话都不会说了。反正你把他们带回来了。"庆熙站在顺子边，抚摸着她的头发。

这个女孩样貌普通，长着一双细细的眼睛。她的五官都小小的。顺子并不丑，但也不会让人觉得眼前一亮。她的脸和脖子有些浮肿，脚踝严重肿胀。顺子看起来很紧张，庆熙为她感到难过，希望她知道她不需要焦虑。两根长长的辫子用细长的普通麻绳绑着，垂在顺子的背上。她的肚子有些隆起，庆熙猜测她怀的可能是个男孩。

庆熙把茶水分给众人，顺子伸出两只哆哆嗦嗦的手，接过茶，同时鞠了一躬。

"你冷吗？你穿的不多啊。"庆熙在矮餐桌旁放了一个地垫，让女孩坐在那里。她在顺子的腿上盖了一床青苹果色的被子。顺子呷了一口热大麦茶。

房子外观破破烂烂，让人想不到内部竟是如此舒适。庆熙本是在一个仆从成群的家庭里长大的，现在则学会了为她和丈夫打理一栋干净宜人的房子。他们的房子可容纳六席，共有三个房间，却只有他们两人居住，这在这片拥挤的朝鲜飞地上是闻所未闻的，在那里，十个人挤在只能容纳两席的房子里；然而，与她和她丈夫从小住的大房子相比，他们的房子小得可笑，连上了年纪的仆人都不会住这种房子。这对夫妇是从一个贫穷的日本寡妇那里买的房子。当庆熙来大阪找白约瑟的时候，那个寡妇带着儿子搬到了汉城。有许多不同种类的朝鲜人住在亚野区，他们已经学会提防他们中间的欺骗和犯罪行为。

"永远不要借钱给任何人。"白约瑟直视着白伊萨说，而白伊萨似乎被这个命令搞糊涂了。

"还是先吃饭吧，吃完了再讨论。他们才刚到。"庆熙恳求道。

"如果你有多余的钱或贵重物品，一定告诉我。我们把那些东西存放起来。我有个银行账户。住在这里的人都需要钱、衣服、房租和食物；你没有办法解决他们所有的问题。我们向教会捐赠，与我们以前捐款没什么不同，但教会必须把东西施舍出去。你不了解这里的情况。尽量避免和邻居说话，永远不要让任何人进屋。"白约瑟冷静地对白伊萨和顺子说。

"我希望你遵守这些规则，伊萨，你是个慷慨大方的人，但这对我们来说很危险。如果人们认为我们有余钱，我们的房子就会被抢。我们并不富裕，伊萨。我们也必须非常谨慎。一旦你开始付出，就永远也别想停止了。这里有些人喝酒赌博，母亲们一分钱不剩，就会绝望。我不是责怪他们，但我们必须先照顾好我们的父母和庆熙的父母。"

"他说这些，是因为我惹过麻烦。"庆熙说。

"什么意思？"白伊萨问道。

"我刚到这儿的时候，给邻居们食物，很快，他们就天天找我们要吃的，我就把我们的饭菜分给他们，他们不知道我要留点吃的给你哥哥在第二天中午吃。后来有一天，他们闯进我们家，拿走了我们最后一袋土豆。他们说不是他们偷的，是他们认识的人拿的……"

"他们就是太饿了。"白伊萨说，试着去理解那些人的行径。

白约瑟看起来很生气。

"我们都吃不饱肚子。他们是在偷东西。你必须谨慎。就因为他们是朝鲜人，并不意味着他们是我们的朋友。对其他朝鲜人要格外小心；坏人们很清楚，就算我们去找警察，也无济于事。我们这里遭到了两次盗窃。庆熙的珠宝被偷走了。"白约瑟再次盯着白伊萨，眼里充满了警告。

"而且，女人们整天都在家。我从来不把钱或其他贵重的东西放在家里。"

庆熙没再说话。她从没想到，只是送出去几顿饭，就会导致她的结婚戒指和她母亲的玉发夹、手镯被偷。第二次有人入室盗窃后，白约瑟气了她好几天。

"我现在去炸鱼。我们还是边吃边说吧。"她笑着说，朝后门边的小厨房走去。

"嫂嫂，我帮你吧？"顺子说。

庆熙点点头，拍了拍顺子的背。

她低声说："不要怕邻居。他们是好人。我丈夫……我是说，你大伯小心谨慎是对的。他很了解这些事。他不希望我们和住在这里的人混在一起，所以我很孤单。我真高兴你来了。还会有一个婴儿！"庆熙的眼睛亮了起来，"这所房子里要有孩子了，我要成为伯母了。太好了。"

庆熙那张美丽的脸孔上流露出的伤感显而易见，但她的苦难和贫困使她在某种程度上变得更美了。这些年来，他们一直没孩子，白伊萨告诉顺子，庆熙和白约瑟一直都盼着有个孩子。

厨房只有一个火炉、一对洗脸盆和一张用作切菜板的工作台，比顺子家在影岛的厨房小了很多。厨房里的空间只够她们并排站着，无法大幅度走来走去。顺子卷起袖子，用水管在地板边的临时水槽里洗了洗手。要给炖菜加作料，还要把鱼炸出来。

"顺子……"庆熙轻轻地碰了碰她的前臂，"我们永远是好姐妹。"

年轻的顺子感激地点了点头，忠诚已经在她的心里扎下了根。看到准备好的菜肴，她几天来第一次感到饿了。

庆熙拿起一个锅盖，锅中装的是白米饭。

"只有今天才有啊，是给你们第一天的晚饭。现在，这里是你的家了。"

第十三章

晚饭后，两对夫妇走到公共澡堂，男女分开洗澡。来洗澡的大多是日本人，他们都不搭理庆熙和顺子。这种事在预料之中。在洗去长途旅行的污垢和泡了很久的澡之后，顺子感到自己有了精神。他们穿上干净的内衣，在外面套上便服，然后走回家，浑身干干净净，准备睡觉。白约瑟听起来充满希望，是的，大阪的生活将会很艰难，但情况一定会变得更好。他们会用石头和苦味药做成美味的肉汤。日本人愿意怎么看他们就怎么看他们吧，但如果他们生存下来并取得成功，别人的白眼都不重要。庆熙说，他们现在有四个人，而且很快就有五个人了，他们在一起，一定会变得更强大。"对吧？"她说。

庆熙和顺子挽着彼此的胳膊。她们紧紧地跟在两个男人后面。

白约瑟提醒弟弟："不要参与政治、劳工组织或任何类似的东西，只埋头工作就好。不要接受任何独立运动或社会主义纲领。如果警察发现你身上有这些东西，你就会被逮捕入狱。我见识过这些事情。"

那时候，白伊萨还太小，身体又不好，无法参加3月1日的独立运动，但其许多开国元勋都是从他在平壤的神学院毕业的。1919年，许多神学院的老师都参加了游行。

"这里有很多激进分子吗？"白伊萨低声说，虽然路上没有人。

"是的，我想是的。东京的激进分子更多，有些人躲在满洲。不管怎样，那些人只要被抓，就只有死路一条。如果幸运的话，会被驱逐出境，但这很少见。你最好不要在我家里做这些事。那不是我邀请你来大阪的原因。你在教堂有你的工作做。"

白伊萨盯着白约瑟，后者提高了嗓门。

"你是不会和那些激进分子搞到一起的，对吧？"白约瑟严厉地说，"现在你不是一个人。你必须考虑你的妻子和孩子。"

在平壤老家的时候，白伊萨感觉身体好多了可以去大阪，他曾考虑与那些反对殖民的爱国者们接触。家里的情况越来越糟；甚至连他的父母也一直在出售地产，以支付新的土地调查税。白约瑟现在要给他们寄钱。白伊萨相信，抵抗压迫是在效仿基督。但几个月后，对白伊萨而言，一切都变了。比起他的工作和顺子，这些理想似乎都变成次要的了。他必须考虑到别人的安全。

白伊萨的沉默让白约瑟很担心。

"宪兵队会一直纠缠你不放，除非你放弃，要不就会丢了小命。"白约瑟说，"还有你的健康问题，伊萨。你得小心，别再生病了。我见过有人在这里被捕，可跟家里的情况不一样。这里的法官都是日本人。警察是日本人。法律不清不楚。独立团体中的朝鲜人并不总是可信的。有些间谍为两边工作。诗歌讨论组有间谍，教堂里也有间谍。最终，每一位激进分子都像成熟的果实一样，被从同样愚蠢的树上摘下来。他们会强迫你签认罪书。你明白吗？"白约瑟放慢了脚步。

庆熙从后面摸着她丈夫的袖子。

"亲爱的，你有些庸人自扰了。伊萨是不会卷入这种事的。我们不要破坏他们的第一晚了。"

白约瑟点了点头，但他身体里的焦虑感像是失控了，他警告他弟弟即使听起来有点歇斯底里，却很有必要，可以消除他的一些担忧。白约瑟还记得日本人来之前的生活是多么美好，在他十岁那年，他的祖国成了殖民地，然而，他不能像他们的哥哥白撒姆那样勇敢地战斗，最终成为一名烈士。只有没有家庭的年轻人才适合参与抗议。

"如果你再生病或惹上麻烦，爹娘会杀了我的。问问你的良心吧。你要我死吗？"

白伊萨用左手搂住哥哥的肩膀，拥抱了他。

"你好像变矮了。"白伊萨微笑着说。

"你把我的话听进去了吗？"白约瑟轻声说。

"我保证做个好人。我答应听你的。你不必太担心了。不然的话，你头发不是会变白，就是连剩下的都要掉光了。"

白约瑟笑了。让弟弟待在他身边是他的愿望，现在这个愿望实现了。有这样一个认识他的人，即使被人嘲笑，也是件好事。他的妻子是他的珍宝，但有一个几乎从出生就认识你的人是不一样的。一想到白伊萨会被卷入阴暗的政治世界，他就害怕得要命，也顾不上现在是他们来大阪的第一个晚上，就给弟弟讲开了大道理。

"真正的日本浴，太棒了。"白伊萨说，"这个国家还是有点好处的。不是吗？"

白约瑟点了点头，心里祈祷着白伊萨永远不会受到伤害。

弟弟的到来让他满心欢喜，但这份快乐十分短暂；他没有意识到，以这种方式为别人担心意味着什么。

在回家的路上，庆熙告诉白伊萨和顺子，火车站附近有很多有名的面食店，并答应带他们去尝一尝。他们一回到家，庆熙就把灯打开了，顺子牢记这就是她现在住的地方。外面的街道安静黑暗，小屋里则灯火通明，明亮而干净。白伊萨和顺子来到他们的房间，庆熙和他们道晚安，关上了胶合板门。

他们的房间没有窗户，只够放一个榻榻米和一个用作梳妆台的扁皮箱。低矮的墙壁上覆盖着新糊的纸，榻榻米床垫已经用手擦过，庆熙还用新棉纱填充了棉被。房间里有独立的煤油暖气，这款暖气价格中等，比庆熙和白约瑟睡觉的主卧里的那个好得多，暖气不停地发出嗡嗡声，听了让人感觉平静。

白伊萨和顺子即将睡在同一个垫子上。在顺子离开家之前，母亲和她谈起了夫妻房事，好像她对一切都很陌生；母亲解释了丈夫都有哪些期望；母亲还说，怀孕期间，夫妻是可以同房的。*尽你所能取悦你的丈夫。男人需要性交。*

天花板上悬着一个电灯泡，将暗淡的灯光投射到房间里。顺子看了灯泡一眼，白伊萨也抬起头来。

"你一定累坏了吧。"他说。

"我很好。"

顺子蹲下来，打开地上折叠着的铺盖。和现在身为她丈夫的白伊萨睡在一起，会是什么感觉？床很快就铺好了，但他们还穿着便服。顺子从包袱里抽出睡衣，那是她母亲用两个旧枕套做成的白色棉布睡衣。她怎么换衣服？她跪在铺盖边，手里拿着睡衣。

"要不要我把灯关掉？"他问道。

"是的。"

白伊萨拉了拉链子，开关发出响亮的咔嗒声。

房间里仍然弥漫着从隔壁房间透过的微光，两个房间之间只隔着一扇纸屏风门。薄墙的另一边就是街道，行人大声说话，隔壁的猪不时地发出尖叫声。感觉街道像是在里面而不是外面。白伊萨脱下衣服，只穿内衣睡觉，顺子见过他那身贴身衣服，因为几个月以来，一直都是她为他洗衣服。她见过他呕吐，腹泻，咳血，年轻的妻子在一段关系的初期不应该看到这些病症的。在某种程度上而言，比起大多数结了婚的人，他们在一起的时间都要长，也更亲密，彼此都见过对方极为落魄的样子。他对自己说，他们和对方在一起，不应该感到紧张。然而，白伊萨很不自在。他从没和女人一起睡过觉，虽然他知道会发生什么事，但他并不完全确定该怎么开始。

顺子脱下了她的日常衣物。在澡堂里的电灯下，她看到从她的阴部到她那圆圆的、倾斜的乳房底部布满了发黑的垂直条纹，她吓坏了。她穿上睡衣。

像刚洗过澡的孩子一样，白伊萨和顺子麻利地钻进蓝白相间的被子下面，身上还带着香皂的香味。

顺子想对他说点什么，却不知道从何说起。他们首先从他生病开始说起，又说到她做了一件可耻的事，以及后来他是怎么救了她。也许在他们的新家，他们都可以重新开始。躺在庆熙为他们准备的房间里，顺子感到充满希望。她突然意识到，她一直想通过回忆把高汉秀带回来，但这是没有意义的。她愿意献身于白伊萨和她的孩子。要做到这一点，她必须忘记高汉秀。

"你的家人很好。"

"我希望你也能见见我的父母。父亲就像我的兄弟一样，他心地善良，为人诚实。我的母亲是个很聪明的人；她为人十分含蓄，但她会用她的生命来保护你。她认为庆熙在所有事情上都是正确的，并且总是站在她这一边。"他轻声地笑了。

顺子点了点头，不知道她母亲现在怎么样了。

白伊萨把头靠在她的枕头上，她屏住了呼吸。他想要她吗？她想知道。这怎么可能？白伊萨注意到，每次顺子担心，便会皱起眉头，好像在努力看得更清楚些。他喜欢和她在一起；她很能干，头脑冷静。她从没有无助的时候，这一点很有吸引力，因为尽管他自己也不是个无助的人，但白伊萨很清楚，他并非一向都那么明智。父亲说他"天生不切实际"，而她的能力对他来说正好是补充。他们一路从釜山过来，这段旅程对任何人来说都很艰难，更不用说一个孕妇了，但她没有抱怨，也没有说脏话。每当他忘记吃喝，或忘记穿上外套，她就提醒他，却不会责备。白伊萨善于与人交谈，懂得如何问问题，如何从一个人的声音中倾听出他们的担心；她很了解如何生存，而他一向不擅此道。他需要她——正如男人需要有妻子。

"我今天感觉很好。胸部没有那种被拉拽的感觉了。"他说。

"也许是洗澡的缘故，还有美味的晚餐。我印象中就没吃过这么好吃的东西。这个月我们吃了两次白米。我觉得自己像个有钱人。"

白伊萨大笑起来。"真希望我能每天给你买白米饭吃。"在为上帝服务的时候，白伊萨本不应该关心吃什么、睡在哪里、穿什么，但现在他结婚了，他认为他应该关心她的需要。

"不，不。我不是那个意思。我只是很惊讶。我们没有必要吃这么奢侈的东西。"顺子不由得在心里责备自己，不想让他认为她被宠坏了。

"我也喜欢吃白米饭。"他说，尽管他很少考虑吃饭这件事。他想摸她的肩膀安慰她，如果他们穿着衣服，他会毫不犹豫地摸她，但现在他们躺得那么近，穿得那么少，他只能把双手放在身体两侧。

她想继续说下去。在黑暗中对他轻声说话比较容易；在轮渡或火车上，他们有时间进行更长的对话，她却觉得很尴尬。

"你哥哥很有趣；我娘说过，他会讲有趣的故事，逗得爹爹大笑……"

"我不应该区分亲厚，但我和他的感情更要好。在我们小时候，他因为讨厌上学挨了不少骂。我二哥在阅读和写作方面有困难，但他善于与人交往，记忆力也很好。不管什么事，只要听过一遍，他就不会忘记，不管是什么语言，只要他接触很短的一段时间，就能掌握大部分。他略通汉语、英语和俄语。他打小就擅长修理机器。我们镇上的每个人都喜欢他，没人愿意他去日本。我父亲想让他成为一名医生，但当然，如果他连坐都坐不住，学习又不好，是不可能当上医生的。老师一直责备他不够努力。他曾经希望他是生病的那个，不得不待在家里。学校的老师来家里教我上课，有时他让我帮他做作业，他自己就翘课去钓鱼或和他的伙伴们去游泳。我想他去大阪是为了避免和父亲吵架。他想发大财，而且，他知道自己永远也成不了医生。在朝鲜，老实的朝鲜人每天都失去自己的土地，所以，他知道在朝鲜赚不了多少钱。"

他们两人都没说话，只是听着街上的声音：一个女人大叫她的孩子回家；一群醉汉唱歌都唱走音了，"阿里郎，阿里郎，阿里郎……"很快，他们能听到白约瑟的鼾声和庆熙那轻而平稳的呼吸，好像他们就躺在旁边。

白伊萨把右手放在她的肚子上，却感觉不到孩子在动。她从来没有说过孩子的事，但白伊萨经常想知道孩子成长的过程是怎样的。

"孩子是上帝的礼物。"他说。

"我想一定是。"

"你的肚子摸起来很暖。"他说。

她的手掌因长了老茧而粗糙，但腹部的皮肤像细密的织物一样光滑而紧绷。他和他的妻子在一起，他应该对自己更有信心，但他做不到。在他的双腿之间，已经变得坚硬，自从他还是个少年时，他每天早晨都会这样，但此时感觉不同，因为他躺在一个女人身边。他当然想象过这样的情形，但是他没预料到的是她的温暖。她的呼吸距离他那么近，而且，她害怕她自己可能不喜欢他。他摸着她的乳房，只觉得摸起来很舒服。她的呼吸变了。

顺子试图放松：高汉秀从来没有这样小心翼翼地抚摸过她。他们在海湾私会的时候，都是匆匆忙忙地交欢，她不知道该如何是好，那些时候只有尴尬的抽插动作，然后，他脸色一变，露出宽慰和感激的表情，接下来就需要在冰冷的海水里洗她的腿。他过去常常用手抚摸她的下颌和脖子。他喜欢摸她的头发。有一次，他想让她把辫子拆开，她照着做了，但如此便耽搁了回家的时间。在她的身体里，他的孩子正在休息和成长，他无法感觉到这一点，因为他已经离开了。

顺子睁开眼睛；白伊萨的眼睛也睁开了，他对她微笑，抚摸着她的乳头；他的触摸让她心跳加快。

"亲爱的。"他说。

他是她的丈夫，她会爱他的。

第十四章

第二天一大早，使用他二哥白约瑟在一张包肉纸上画的地图，白伊萨找到了朝鲜基督教长老会。那是一栋有着倾斜屋顶的木架房子，位于亚野区的偏僻街巷，与主商店街只有几步之遥，教堂唯一的显著标志便是棕色木门上的破烂白色十字架。

教堂司事是个来自中国的年轻人，姓胡，由余牧师抚养长大，他带着白伊萨来到了教会办公室。余牧师正在辅导一对姐弟。胡司事和白伊萨在办公室门口等着。那个年轻女人正低声说着什么，余牧师同情地点点头。

"我还是等会儿再来吧。"白伊萨轻声问胡司事。

"不用了，先生。"

胡司事是一个实事求是的人，仔细地打量着新来的牧师：白伊萨牧师看起来像个病秧子。胡司事注意到白牧师相貌英俊，但他认为，一个人在壮年时应该拥有更强壮的体格。余牧师以前身强体健，能跑很远的路，踢起足球来无人能敌。他现在老了，身材也缩小了；他还患有白内障和青光眼。

"每天早上，余牧师都问起你的消息。我们都不知道你什么时候来。如果我们知道你昨天到，我一定会去车站接你的。"胡司事还不到二十岁；他的日语和韩语都说得很好，言谈举止非常老练。胡司事穿着一件破旧的白色衬衫，领子已经磨损，衬衫塞在一条棕色的羊毛裤子里。他那件深蓝色的毛衣是用厚羊毛织成的，有些地方还打着补丁。他身上穿的是加拿大传教士遗留下来的冬衣，而那些传教士本身也没什么衣服。

白伊萨转身咳嗽一声。

"我的孩子，你旁边的人是谁？"余牧师把头转向门边传来声音的方向，推了推他那沉重的角质架眼镜，尽管这样做无助于他提高视力。他的眼睛混浊灰蒙，但他的表情仍然平静而肯定。他的听力很敏锐。他看不出门边的人都是谁，但他知道其中有一个是胡司事，一个日本军官把这个满洲孤儿留在了教堂里，而和其说话的那个人听起来耳生。

"是白牧师。"胡司事说。

坐在牧师旁边的姐弟两个转过身，鞠了一躬。

余牧师迫不及待地想结束与姐弟两个的会面，因为他们还远远不能达成一致。

"到我这里来，白伊萨。我终于等到你了，可真不容易啊。"

白伊萨听命行事。

"你终于来了。哈利路亚。"余牧师把右手轻轻地放在白伊萨的头上。

"愿上帝保佑你，我亲爱的孩子。"

"对不起，让你久等了。我昨晚才到大阪。"白伊萨说。老牧师那专注的瞳孔周围环绕着一圈银光。他没有失明，但他的眼疾很严重。尽管牧师几乎失去了视力，却显得精力充沛；他坐着的姿势笔直而坚定。

"我的孩子，再靠近一些。"

白伊萨走近，老人一开始握着白伊萨的手，然后用厚厚的手掌捧住他的脸。

那对兄妹一言不发地看着。胡司事跪坐在大门的横档边，等待着余牧师的下一条指令。

"你是被派来接替我的。"余牧师说。

"谢谢你让我来。"

"我很高兴你终于来了。你带你妻子来了吗？小胡给我读了你的信。"

"她今天在家，礼拜六来这里。"

"是的，是的。"老人点了点头，"会众很高兴你能来。啊，你应该见见这对姐弟！"

两姐弟再次向白伊萨鞠躬。他们注意到牧师看上去比以前更高兴了。

"他们是为了家里的一件事来见我们的。"余牧师对白伊萨说，然后转向姐弟二人。

姐姐没有掩饰她的愤怒。这对姐弟来自济州岛的一个乡村，比来自城市的年轻人少了几分拘谨。那个深色皮肤，留着一头浓密黑发的姑娘看上去很健康，也非常漂亮，却显得天真单纯。她穿了一件长袖白衬衫，连领口的扣子都系上了，下身穿一条靛青色的裙裤。

"这位是新来的助理牧师，白伊萨。我们是不是也该听从他的忠告？"从余牧师的语气来判断，这对姐弟不可能有异议。

白伊萨笑了笑。姐姐大约二十岁，弟弟小一些。

问题的确很复杂，却谈不上特殊。姐弟俩一直在为钱而争吵。姐姐在一家纺织厂工作，一位日本经理给她钱，她也接受了。经理比他们的父亲年纪都大，有五个孩子。他带姐姐下餐馆，送给她小饰品和现金。这个女孩把所有的钱都寄给了和穷叔叔住在一起的父母。弟弟觉得，拿薪水以外的财物是不对的；姐姐不同意。

"他想从她那里得到什么？"弟弟直截了当地问白伊萨，"应该阻止她。

这是罪孽。"

余牧师低下头，因为他们的不妥协而感到筋疲力尽。

姐姐非常愤怒，因为她不得不在这里听弟弟指控。"日本人夺走了我们叔叔的农场。因为没有工作，我们不能留在家乡做工；如果一个日本男人愿意给我零花钱，只要求我和他一起吃吃饭，我不觉得有什么坏处。"姐姐说，"如果我能，我会从他那里拿到双倍的钱。不过他没给那么多。"

"他对你有所图，而且你很便宜。"弟弟说，看上去很厌恶。

"我是不会让吉川先生碰我的。我只是坐着，面带微笑，听他聊他的家庭和工作。"她没有提到她为他倒酒，抹了他给她买的胭脂，并且在回家前把胭脂擦掉。

"他给你钱，雇你和他调情。这就是妓女行为。"弟弟此时大叫了起来，"好女人是不会和已婚男人下馆子的！爹说过，我们在日本做工这段时间，由我来做主，并且照顾姐姐。她比我大，又有什么关系呢？她一个姑娘家家的，而我是个男人；我不能让这种情况继续下去。我不允许！"

姐姐十九岁，弟弟比她小四岁。他们和一个远房表姐住在亚野区一栋拥挤的房子里。那个表姐上了年纪，只要他们付房租，她就不会多说一句话；她没来过教堂，所以余牧师不认识她。

"爹和娘在家里挨饿。叔叔连他自己的老婆孩子都养不起。只要能帮助他们，要我付出什么代价都可以。上帝要我尊敬我的爹娘，不关心他们是一种罪过。如果我必须放弃名誉……"女孩哭了起来，"上帝把吉川先生送来，为我们解决难题，难道没有这个可能吗？"她看着余牧师，他把女孩的手握在手中，低下头，好像在祈祷。

她这套说辞其实很常见，无非是想把坏的行为说成好的。没人愿意听到上帝不会这样安排，上帝绝不希望一个年轻女子为了遵守戒律而出卖身体。即便结果是好的，也洗不掉罪孽。

"安丘。"余牧师叹了口气，"听到全世界的重担都压在你那弱小的肩膀上，真是叫人难过。你爹娘知不知道你的钱是从哪里来的？"

"他们以为是我的工资，但那点钱，还不够我们付房租和生活费。我弟弟必须去上学；我娘告诉我，我有责任让他完成学业。他总是嚷嚷着不去上学，要出去打工，但从长远看，这是一个愚蠢的决定。那样的话，我们就得一直干脏活累活。不懂日文，不会读写，是个睁眼瞎。"

见到她如此思路清晰，白伊萨不由得大吃一惊：她已经很清楚地思考过这件事了。他比她大六岁，从没想过这样的事。哪怕是一块钱，他也从没把他的工资交给父母，因为他以前没挣过钱。他在家乡的教堂当过一段俗家牧师，那时候他没有薪水，因为教会没什么可以给高级神职人员，而会众又全都缺衣少食。他不知道在这里能挣多少钱。当他接到通知要到这座教堂工作，并没有讨论薪资问题；他认为他的报酬足以养活他和他的家人。他的口袋里总是有钱，而且找父母或哥哥要钱更容易，所以白伊萨从不费心去计算他的收入或开支。在这些年轻人面前，白伊萨觉得自己是个自私的傻瓜。

"余牧师，我们要你决定。她不听我的。她下班后去哪里，我也管不了。如果她继续和那个色鬼见面，他一定会干出下流的勾当，没人关心她怎么样。她听你的。"弟弟轻声说，"她一定会听你的。"

姐姐一直低着头。她并不想让余牧师看不起她。星期天的早晨对她来说很特别；只有在教堂里，她才感到愉快。她与吉川先生没做过苟且之事，但她确信他的妻子不知道他们见面的事，而且他经常想握着她的手，虽然这似乎没有什么害处，但这么做似乎也不应该。不久前，他还提出让她陪他去京都泡温泉，他说那个温泉很好，但她拒绝了，说她必须给弟弟做饭。

"我们必须养家糊口，这是实实在在的问题。"余牧师这样说，姐姐明显松了一口气，"但我们得谨慎，要保持美德，美德比金钱更有价值。你的身体是一个圣殿，圣灵住在那里。你弟弟的担心是有道理的。撇开我们的信仰不谈，现在来说点实际的，如果你要结婚，你的纯洁和名誉也很重要。这个世界会因为女孩的不正当行为甚至意外而严厉地评判她们。这么做并不对，但这个罪恶的世界就是如此。"余牧师说。

"可是他不能退学，先生。我答应过我娘……"姐姐说。

"他还年轻。他可以以后再去学校。"余牧师反驳说，虽然他知道这是不可能的。

听到这话，弟弟振作起来；他没料到牧师会提出这个建议。他讨厌学校，日本老师认为他很笨，学生们每天都嘲笑他的衣着和口音；弟弟计划尽可能多地赚钱，这样姐姐就可以辞职或到别处工作，由他给济州岛老家寄钱。

年轻的女人开始抽泣。

余牧师吞了吞口水，平静地说："你说得对，你弟弟去上学，对你们来说更好。哪怕只学一两年，那样他也能学会读写。当然，没有比上学更好的选择了；我们的国家需要新一代受过教育的人来领导我们。"

姐姐安静下来，原以为牧师会支持她。她也不愿意继续和吉川见面，他就是个散发着樟脑味道的傻老头，但她相信，她身在大阪，肩负有一个高尚的目的，如果她工作，弟弟上学，他们会拥有美好的未来。

白伊萨钦佩地聆听余牧师的教诲，他注意到，这位高级牧师是一位杰出的顾问，他既富有同情心，又很有力量。

"吉川先生现在只要你陪着他，但是他以后可能会提出别的要求，你会发现自己亏欠他，你会感到自己有责任满足他，你害怕失去工作。到那个时候就太晚了。你可能认为你在利用他，但我们应该如此吗？我亲爱的孩子，我们被剥削了，就应该去剥削别人？"

白伊萨点头表示同意，并钦佩牧师的同情和智慧。换做是他，就不知道该说什么了。

"伊萨，你能为这些孩子赐福吗？"余牧师问，白伊萨开始为他们祈祷。

姐弟两个离开了，他们没再争吵，毫无疑问，星期天早上他们会回来做礼拜。

司事之前离开一段时间，现在端回了三大碗炸酱荞麦面。他们三人先祈祷，然后吃饭。他们坐在地板上，两腿交叉，热腾腾的午餐放在胡司事用废弃板条箱做成的低矮餐桌上。房间里很冷，而且没有地垫，就更冷了。白伊萨惊讶于自己竟然注意到了这一点；他一直认为自己不是那种会在意这些细微差别的人，但坐在水泥地上，实在不舒服。

"吃吧，孩子。小胡的手艺不错。没有他，我就挨饿了。"余牧师说完便吃了起来。

"你说，女孩还会去见那个男人吗？"胡司事问余牧师。

"如果这个女孩怀孕了，吉川必定抛弃她，到时候，弟弟也别想上学了。那个经理不过是另一个浪漫的老傻瓜，他们想和年轻女孩在一起，体会恋爱的感觉。很快他就需要和她撒谎，然后就会玩腻了她。男人和女人的事并不难理解。"余牧师说，"她不能再见那个经理，而她弟弟必须去找工作。她应该马上换工作。他们在一起能挣到足够的钱，不仅可以养活他们自己，还可以寄钱给父母。"

听到牧师的语气变了，白伊萨有些惊讶；他听起来冷冰冰的，几乎有些傲慢。

胡司事点了点头，静静地吃着面条，仿佛在沉思。

余牧师扭头看着白伊萨。"这样的事我见多了。女孩们都认为她们占上风，因为这类男人看起来都是那么体贴温顺，而事实上，女孩们最终会为自己的错误付出惨痛的代价。上帝会赦免她们，世人却不会。"

"的确如此。"白伊萨喃喃地说。

"你太太现在怎么样？你哥哥家有地方给你们两个住吗？"

"有的。哥哥家有空房。我妻子怀孕了。"

"这么快！太好了。"余牧师高兴地说。

"真是太棒了。"胡司事兴奋地说，第一次流露出年轻的迹象。看着孩子们在教堂后面跑来跑去，是胡司事最喜欢的礼拜活动。在来日本之前，他住在一个大孤儿院里，他喜欢听孩子们的声音。

"你哥哥住在哪里？"

"离这儿只有几分钟。我知道很难找到好房子。"

余牧师笑了。"没人会把房子租给朝鲜人。作为牧师，你将有机会了解朝鲜人在这里的生活。你都无法想象那种情形：一个应该只住两个人的房间里住了十二个人，男人们和他们的家里人轮班睡觉；猪和鸡养在室内；没有自来水；没有暖气。日本人认为朝鲜人很脏，但他们别无选择，只能生活在肮脏的环境中。我曾见过汉城的贵族沦落到一无所有，没钱上澡堂，穿破衣服，光着脚，连在市场上当搬运工这种工作也做不了。他们无处可去。有的人即使有工作和钱，也找不到地方住。有些人只能非法占用房屋。"

"有些人是被日本公司带到这里来的，难道他们不提供住房吗？"

"在北海道这样的地方，矿山或大型工厂附近都设有宿舍，但工人的家人不能住。宿舍也好不到哪里去，条件糟糕到了极点。"余牧师没有感情地说。余牧师的语气再一次听起来十分冰冷，这让白伊萨很是惊讶。那对姐弟在场的时候，余牧师似乎很担心他们的疾苦。

"你住在哪里？"白伊萨问。

"我睡办公室。就在那个角落里。"余牧师指指火炉旁边的区域，"小胡在那个角落里睡觉。"

"没有铺盖，也没有寝具……"

"那些东西都在橱柜里。小胡每晚铺床，早晨收起来。如果你和家人住在这里，我们可以给你们腾个地方。就算是给你的一部分工资。"

"谢谢，先生。但我觉得我们暂时不需要。"

胡司事点点头，不过他很希望有个孩子和他们生活在一起；教堂通风良好，适合孩子住。

"那你们吃什么？"

"房子后面有火炉，小胡在那里给我们做饭。这里有个水槽，里面有自来水；户外厕所在后面。谢天谢地，这些都是传教士安排的。"

"你没有家人吗？"白伊萨问余牧师。

"我妻子在我们来到这里的两年后就去世了。那是十五年前的事了。我们一直没孩子。"余牧师补充道，"但小胡就是我的孩子。有他是我的福气，现在你来了，我们两个都有福了。"

他脸红了，听到这话，他很开心。

"你对钱有什么要求？"余牧师问道。

"我正想和你谈谈这件事。"白伊萨说，不知道他是否应该在胡司事面前讨论这个问题，但他意识到，胡司事必须在场，因为他要扮演牧师的眼睛。

余牧师抬起头，坚定地说了起来，就像一个精明的商人：

"你的工资是每月十五日元。这点钱都不够一个人生活。我和小胡不拿薪水，我们只有生活费。而且，我也不能保证你每月都能拿到十五日元。加拿大的教堂给我们一些援助，但并不稳定，我们的会众也给不了太多供奉。你能接受吗？"

白伊萨不知道该说什么。他不知道他住在哥哥家，要交多少钱。他无法想象开口要他哥哥养活他们夫妻和孩子。

"你的家人能帮忙吗？"这是余牧师考虑聘用白伊萨的一部分原因。这个年轻人家里在平壤拥有土地；他在那里的介绍人提到白伊萨家里很有钱，所以薪水对白伊萨而言可能不那么重要。他们告诉他，当他做俗家牧师时，甚至没有要求过薪水。白伊萨体弱多病，算不上强壮劳力。余牧师还指望白伊萨的家人能向教堂提供财政支持。

"我……我不能找我二哥帮忙，先生。"

"啊？是这样吗？"

"而且，现在这个时候，家父家母也帮不上忙。"

"我知道了。"

胡司事为这位年轻的牧师感到很难过，这会儿，年轻牧师看起来既震惊，又羞愧。

"家父家母把大块土地卖了，用卖地的钱纳税，现在他们都朝不保夕。我哥哥一直在给他们寄钱，他们这才能活下去。我想他可能也在供养我嫂子的家人。"

余牧师点点头。当然，这种情况虽在意料之外，却也在情理之中。白伊萨的家庭和其他被殖民政府征以重税的家庭没有什么不同。他一直指望白伊萨能养活自己。由于视力严重受损，余牧师需要一位会讲两种语言的牧师来帮助他撰写布道文，并与当地官员处理行政事务。

"我想，供奉也不多……"白伊萨说。

"是的。"余牧师大力摇了摇头。星期天早上，会有七十五个到八十个人常来做礼拜，但实际上大部分供奉都是由五六个富裕的教友提供。其余的人几乎承担不起一日两顿寒酸的饭菜。

胡司事从桌上拿起空碗。

"先生，上帝一直在保佑我们。"胡司事说。

"是的，我的孩子，你说得很好。"余牧师对这个年轻人笑了笑，希望有钱供他上学。这孩子天资聪颖，他会成为一个优秀的学者，甚至是一个牧师。

"我们会找到办法的。"余牧师说，"你一定对这里的情况很失望。"他的语气听起来就像他早些时候对那个姐姐说话时一样。

"先生，我很感激你给我这份工作。我要和我的家人谈谈薪水的问题。胡司事当然是对的，上帝会保佑我们的。"白伊萨说。

"你已赐予我所需的一切，主啊，你的信仰实是伟大的。"余牧师用他那雄厚的男高音吟诵道，"主一定会保佑我们的。当然，他会满足我们所有的物质需要。"

第十五章

一转眼就到了夏天。大阪的太阳比家乡的太阳还要毒辣，天气又闷又热，顺子的身子沉，行动十分不便。然而，她的工作很轻松，在孩子出生前，她和庆熙只需要照顾她们自己和她们的丈夫，而两个男人要到深夜才回家。白伊萨在教堂里度过了漫长的日日夜夜，为日益增多的会众服务，而白约瑟白天管理饼干工厂，晚上为亚野区的工厂修理机器，赚取外快。为四个人做饭、洗衣、打扫等日常工作比在民宿时轻松得多。与她昔日在釜山的生活相比，顺子感觉现在的生活很奢侈。

她喜欢白天和庆熙一起度过，她管庆熙叫嫂嫂。不过是短短的两个月，她们两个就成了亲密的朋友，这对两个女人而言都是一份意想不到的礼物，毕竟她们不仅没想到也不会要求得到太多的幸福。庆熙白天不再一个人孤零零地待在家里，白约瑟很感激白伊萨把民宿家的女儿带来做妻子。

在白约瑟和庆熙的心目中，顺子怀孕的原因早已有了合理的定论：这个女孩并不该因为自己的过错而受到伤害，白伊萨救了她，因为牺牲是他的天性。没有人问她详情，顺子也没有提起这件事。

庆熙和白约瑟一直没有孩子，不过庆熙并没有因此气馁。《圣经》中的莎拉就是人到老年才生了一个孩子，而庆熙不相信上帝忘记了她。作为一名虔诚的妇女，她花时间帮助教堂里的穷困母亲。她还是一个节俭的家庭主妇，能从她丈夫交给她的钱中省出一些。正是庆熙提出用白约瑟父亲给他的钱加上她的嫁妆，买下亚野区的房子，即使白约瑟不肯定是不是应该这么做。"我们为什么把钱付给房东，到了月底连一个大子儿都剩不下？"她如是说。由于庆熙坚持精打细算，他们才可以给白约瑟的父母和她自己的父母寄钱，这两家人都失去了所有的耕地。

庆熙的梦想是在鹤桥车站附近的棚亭市场里卖泡菜，等到顺子搬来了，她终于有了一个愿意听她计划的人。白约瑟不赞成她出去工作赚钱。他喜欢回到家里，见到一个精神饱满、漂亮的家庭主妇，为他准备好晚餐，他认为这就是一个男人努力工作的理由。每一天，庆熙和顺子都做三顿饭：一顿热腾腾的传统有汤早餐；午餐饭盒，让男人们带去做工的地方吃；再有就是热烘烘的晚餐。由于没有冰箱，天气也不像平壤那么寒冷，庆熙不得不多做几次，避免出现浪费。

初夏的天气异常暖和，一想到在屋后的石炉子上煮汤，任何一个普通的家庭主妇都不会喜欢，但庆熙并不介意。她喜欢去市场，思考做哪些饭菜来吃。与亚野区的大多数朝鲜女人不同，她能讲一口流利的日语，能够告诉小贩她想买什么。

庆熙和顺子走进肉铺，高大的年轻店主田中先生注意到了，便大喊"欢迎欢迎"，迎她们进店。

屠夫和他的帮手小二很高兴看到这个漂亮的朝鲜女人和她那怀孕的妯娌。她们不是大客户；事实上，她们只花很少的钱买肉，但她们常来，田中的父亲和祖父曾教他这个第八代孙如何经营店铺，他们告诉他，每天都有进账，可比偶尔一次的大量购买更重要。家庭主妇是主要购买力，朝鲜妇女不可能像当地妇女那样大惊小怪，如此一来，她们这样的顾客就更受欢迎。还有传言说，他的曾祖之一可能是朝鲜人或日本贱民[1]，所以，这位年轻的屠夫在父母的教诲下，知道要对所有顾客一视同仁。当然，时代已经变了，但是，屠宰业需要接触死牲畜，仍然是一种不太体面的职业，这也是媒婆很难为他安排相亲的主要原因，而且，田中情不自禁地会对外国人产生一种亲近感。

两个男人都盯着庆熙看，完全不理会顺子，而顺子现在已经习惯了和庆熙出门时别人对她视而不见。庆熙穿着中长裙和清爽的白衬衫，看上去很时髦，很容易被认作教师，或是某个商人朴素而美貌的妻子，她在大多数地方都受到欢迎。在她开口之前，大家都认为她是日本人；即便如此，当地的男人还是对她很友好。这是她有生以来第一次意识到自己相貌平常，着装不得体。她在大阪感到很自在。她身上那些破旧的传统衣服必然会显得格格不入，而且，尽管附近有很多上了年纪又很穷的朝鲜人仍穿这种衣服，但她从来没有如此经常被人无视，不过她从没想过要引起别人的注意。在亚野区的界限之内，人们不会因为穿白色韩服而被盯着看，但在亚野区以外，以及更远的火车站，一看到身份明确的朝鲜人，人们就会流露出显而易见的冷漠。顺子更喜欢穿西式服装或

---

[1] 日本德川幕府时代，从事屠宰业、皮革业等所谓贱业者和乞丐游民被视为贱民，处于社会最底层，备遭歧视和压迫。——译注

裙裤，但是现在不必把钱用来买布料做新衣服。庆熙答应在孩子出生后给她做新衣服。

庆熙很有礼貌地向他们鞠了一躬，顺子退到商店的角落里。

"今天买点什么，白太太？"田中先生问道。

即使过了两个月，顺子听到有人用日语说出她丈夫的姓氏，还是很惊讶。在殖民政府的要求下，朝鲜人通常都会有两三个名字；但在家乡，她身份证上的日本名字金田顺子就没什么用处，因为顺子没上过学，也与公务无关。顺子本姓金，但在日本，女人要冠夫姓，所以她现在叫白顺子，而在她的身份证明上，她现在的名字是阪东顺子。朝鲜人都必须选择日本姓氏，白伊萨的父亲选择了"阪东"这个姓氏，因为这个词与朝鲜语中的"反对"一词发音相近，如此一来，他们的强制日语名字就成了一种玩笑。庆熙向她保证，用不了多久，这些名字就听着顺耳了。

"白太太，你今天做什么好吃的？"年轻的老板问。

"请给我一些胫骨和一些肉。我要做汤。"庆熙用电台播音员式的日语说，她经常听日本节目来改善口音。

"马上就好。"田中从他在冰柜里为朝鲜顾客准备的牛骨和牛尾里抓出三大块胫骨——日本人不吃骨头。他包了一块炖肉。"就要这些吗？"

她点了点头。

"谢谢，三十六钱①。"

庆熙打开零钱袋。她只有两日元零六十钱，还要用这些钱再过八天，白约瑟才会把他的薪水交给她。

"对不起，请问这些骨头多少钱？"

"十钱。"

"请原谅我的错误。只要骨头吧。我保证下次买肉。"

"当然可以。"田中把肉放回冰柜。这并不是第一次有顾客没有足够的钱买食物了，但与其他顾客不同的是，朝鲜人并不向他提出赊账，不过这倒不是说他会同意给顾客赊账。

"你做肉汤吗？"田中真想知道，有这样一位优雅的妻子操心他的餐食，

---

① 日本货币单位，一百钱相当于一日元。——译注

节俭零用钱，是什么滋味。他是家里的长子，虽然他很想结婚，但他还是和母亲住在一起，过着单身汉的生活。"什么汤？"

"雪浓汤。"她疑惑地看着他，不知道他是否知道那是什么汤。

"这汤是怎么做的？"田中悠闲地双臂抱怀，斜靠在柜台上，仔细地注视着庆熙那张姣好的面孔。她连牙齿都那么漂亮，他想。

"首先，要非常小心地用冷水清洗骨头。然后把骨头煮一下，把第一次煮骨头的水倒掉，因为那里面含有血和脏东西，你当然不希望肉汤里有这些东西。再用干净的冷水煮骨头，并且要炖上很长时间，直到肉汤变得像豆腐一样白，之后加上白萝卜、葱花和盐。煮出来的肉汤十分美味，而且对健康很有好处。"

"我觉得在汤里放点肉就好了。"

"再配上白米饭和面条！为什么不呢？"庆熙大笑起来，她本能地举起手来捂住嘴。

两个男人听懂了她的笑话，都很高兴地笑了起来，因为即使对他们来说，米饭也很贵。

"你是就着泡菜吃吗？"田中问道，他从来没有和庆熙聊过这么长时间。对他来说，有他的帮手和她的妯娌在场，与她聊天是安全的。"泡菜有点辣，但我觉得就着烤鸡或烤五花肉，会很好吃。"

"不管吃什么菜，就着泡菜吃，都很美味。下次我从家里带一些给你。"

田中打开包着骨头的纸包，把他刚放回去的肉又拿出一半。

"肉不多。刚好够给孩子吃。"田中对顺子笑了笑，看到屠夫竟然注意到了她，顺子很惊讶。"母亲要给天皇培养出一个强壮的工人，就必须吃得好。"

"我不能白拿东西。"庆熙有些不知所措地说。她不知道他到底在做什么，但她今天实在拿不出钱来买肉。

顺子被他们的谈话弄糊涂了，他们明明是在说泡菜的呀。

"你们是我今天的第一个顾客。分享会给我带来好运。"田中说，就像任何一个男人，只要他高兴，就能给一个有魅力的女人一些有价值的东西，他觉得有点自高自大。

庆熙微笑着把十钱放在柜台上那只一尘不染的钱碟上，在离开前向两个男人鞠了一躬。

在商店外面，顺子问发生了什么事。

"他把那块肉白送给了我们。我不知道该怎么才能让他把肉收回去。"

"他喜欢你。肉是他送给你的礼物。"顺子咯咯笑了起来，感觉自己很像家里的小女仆多熙，每次有机会，她总是拿男人开玩笑。虽然她经常想起她的母亲，但她已经有段时间没想到家里的那两姐妹了。"从现在起，就说田中先生是你的男朋友好了。"

庆熙摇着头，开玩笑地拍打着顺子。

"他说肉是给你的孩子吃的，让他长大后成为这个国家的好工人。"庆熙做了个鬼脸，"而且田中先生知道我是朝鲜人。"

"男人从什么时候开始关心这些事情了？隔壁的金太太告诉我，有个安静的女人住在马路尽头，她是日本人，嫁给了一个在自家屋里酿酒的朝鲜人。他们的孩子有一半日本血统呢！"顺子第一次听到这件事时，震惊极了，不过养猪的金太太告诉她的一切都令人震惊。白约瑟不希望庆熙和顺子与金太太说话，金太太礼拜日也不去教堂。她们也不被允许和那个日本妻子说话，因为她的丈夫经常因为酿造私酒而锒铛入狱。

"如果你和那个英俊的屠夫私奔了，我会想你的。"顺子说。

"即使我没结婚，我也不会选择那个男人。他太爱笑了。"庆熙对她眨了眨眼，"我就喜欢我那坏脾气的丈夫，他总是告诉我该做什么，而且对任何事都很担心。"

"来吧，我们现在得去买菜了。这就是我不买肉的原因。我们应该找些土豆来烤。午餐吃烤土豆，好不好？"

"嫂嫂……"

"怎么了？"庆熙说。

"我们一点生活费都没出。食品杂货，燃料，上公共澡堂的钱……我从来没有花过这么多钱。以前在家，我们有个菜园，我们从来不买蔬菜。还有，鱼竟然这么贵！如果我娘知道鱼的价格，她绝对不会再吃鱼了。在老家，我们的确是精打细算过日子，但我都没意识到我们的生活有多容易，我们从房客那里得到免费的鱼，可在这里，一个苹果竟然比釜山的牛排骨还贵。我娘省吃俭用，就像你一样，但即使是她也不可能在预算之内做出你做的那些美味。我和伊萨都认为你至少应该拿他挣的钱添补家里的伙食费。"

哥哥和嫂嫂不允许白伊萨和她出哪怕是一分钱，这件事叫人很难接受，而且他们也不能单独租一个地方。再说了，即使他们能负担得起另租房子，如果真的搬出去，也会深深伤嫂嫂的心。

"我肯定你在家里吃的比这里好多了，而且在家里也吃得更饱。"庆熙说，显然很伤心。

"不，不。我不是那个意思。家里花费这么大，你却不让我们出一份力，我们都感觉很糟糕。"

"我和约瑟都不会答应的。你们应该为孩子存钱。我们得给孩子买衣服和尿布，总有一天他会去上学，成为上等人。那不是很重要吗？我希望他能像他爹爹一样喜欢上学，不要像他伯父，一看见书本就头疼！"一想到他们将和一个孩子一起生活，庆熙就会笑。孩子要来了，感觉好像她的祈祷终于有了结果。

"娘上次给我寄了三日元。还有我们带来的钱，伊萨最近的收入也可以拿来花。你用不着太担心开销，也不需要卖泡菜来喂饱另外两张嘴，啊，很快就是三张嘴了。"顺子说。

"顺子，你太瞧不起我了。我比你大。我们能应付得很好。而且，如果我一说起我的赚钱愿望，你就插嘴说交家用，那我就不能谈论我成为鹤桥车站泡菜大婶的白日梦了。"庆熙大笑起来，"做个好妹妹吧，让我梦我自己的吧，我做泡菜生意，赚了很多钱，我就可以买一座城堡给我们住，再把你儿子送去东京上医学院。"

"你认为家庭主妇会买另一个女人做的泡菜吗？"

"为什么不呢！你不觉得我做的泡菜很好吃吗？我家的厨师做的泡菜是平壤最好的。"庆熙抬起下巴，笑了起来。她笑得很开心。"我要做个了不起的泡菜大婶。我的泡菜又干净又美味。"

"你为什么不能现在就开始卖？我有足够的钱买白菜和萝卜。我还可以帮你做。如果我们能卖出去很多，那对我来说就比在工厂做工要好，因为我可以在孩子出生后在家看孩子。"

"是的，我们会做得很好，但约瑟会杀了我。他说绝对不允许他妻子出去工作，绝不。而且，他也不想让你工作。"

"但我从小到大都和父母一起工作。他知道这件事的。我娘要照顾房客，做所有的饭菜，我打扫和洗衣服……"

"约瑟是个老派人。"庆熙叹了口气，"我嫁给了一个很好的男人。是我的错。如果我有孩子，我就不会这么不安了。我只是不想每天无所事事。这不是约瑟的错。没有人比他更努力工作了。从前，一个男人遇到他这种情况，一定会因为我不能生孩子就把我抛弃的。"庆熙轻轻地点点头，回忆起她小时候听过的无数无所出的女人的故事，而且，她从没想过这种事会发生在她身上。"我听我丈夫的。他一直对我很好。"

顺子既不同意也不反对，所以她没有发表意见。她的大伯白约瑟确实说过，像庆熙这样的两班妇女不能在外面工作；而顺子只是一个普通农民的女儿，所以在市集上工作没问题。顺子并没有因为这样的区别而感觉不舒服，因为她也认为庆熙在很多方面都是优秀的人。尽管如此，和庆熙生活在一起，和自己坦诚地谈论一切，顺子也知道，她的嫂子为她不可能拥有的东西而心碎，而且，如果她能去卖泡菜，当上泡菜大婶，她会更开心。

无论如何，顺子都没有立场去插手这件事。所有这一切都是她大伯所谓的"傻女人的谈话"。为了庆熙，顺子振作起来，挽住走路似乎有些缓慢费力的嫂嫂的手臂。她们手挽着手，去买白菜和萝卜。

第十六章

庆熙并不认识站在她家门口的那两个人，但他们知道她的名字。

高个、尖脸的人更爱笑，而矮个子的表情更亲切。他们穿着相似的工作服：深色长裤和短袖衬衫，但他们都穿着看起来很贵的皮鞋。高个子说话带有明显的济州岛口音。他从裤子后口袋掏出一张折叠着的纸。

"这是你丈夫签的。"他说，向她出示了一份看起来很正式的文件。有一部分是用朝鲜文字写的，但大部分都是日文和汉字。在右上角，庆熙认出了白约瑟的签名和印章。"他到现在都还没还钱。"

"我不知道这件事。我丈夫正在上工。"

庆熙感觉自己要哭出来了，她把手放在门上，希望这两个男人离开。"等他回来以后，你们再来吧。"

顺子站在她身边，双手放在腹部。这些人在顺子看来并不危险。从外表上看，他们就像老家的那些房客，但她的嫂子似乎有些慌张。

"他半夜才回家。你们那时候再来吧。"顺子重复道，但她的声音比庆熙大得多。

"你是她的姒娌吧？"矮个子对她说。他笑起来有酒窝。

顺子没说话，他竟然知道她的身份，她尽量掩饰自己的惊讶。

高个子继续咧开嘴对庆熙笑。他的牙齿很大，方方正正，牙床是淡粉色的。

"我们和你丈夫谈过了，但他拿不出钱，我们只好顺道来找你了。"他停顿片刻，慢吞吞地说着她的名字，"白庆熙，我有个表妹也叫庆熙。你的日本名字是阪东熙美子吗？"那人把他的大手放到门上，倾斜向她的手。他瞥了一眼顺子。"我们很乐意来见见你嫂子。"两个男人一起开怀大笑。

庆熙再次试图去看她面前的文件。"我看不懂。"她最后说。

"这个部分很重要的：白约瑟欠我老板一百二十日元。"他指的是第二段中用汉字写的"一百二十"这几个数字。"最后两笔钱，你丈夫都没给。我们希望你能让他今天把钱还了。"

"那是多少钱？"庆熙问道。

"每个礼拜八日元外加利息。"矮个子说，他有很重的庆尚道地区口音。"说不定你家里有钱，可以付我们？"他问道，"大约二十日元吧。"

白约瑟刚刚给了她接下来两周的菜钱。她的钱包里有六日元。如果她把钱给了这个男人，他们就没钱吃饭了。

"总共是一百二十日元吗？"顺子问道。她也看不懂那张纸。

矮个子看上去有点担心，摇了摇头。

"如果算上利息的话，现在几乎是原来的两倍了。怎么了？你有钱吗？"

"到今天为止，总共要二百一十三日元。"高个子说。他一向都擅长心算。

"啊。"庆熙喊道。她闭上眼睛，身体靠在门框上。

顺子走上前，平静地说："我们会把钱给你的。"她跟他们说话的口气和她跟房客胖子说话的口气一样，就好像在谈他什么时候可以把洗好的衣服拿回来。她甚至没有朝他们的方向看一眼。"三小时后你们再来吧。天黑前。"

"待会儿见。"高个子说。

—— ○ —— -

妯娌二人快速走向鹤桥车站附近的购物街。她们没在布料店的橱窗前逗留，也没在煎饼摊前驻足；她们没有和友好的蔬菜商贩打招呼。她们只是一致地朝着目的地移动。

"我不希望你这么做。"庆熙说。

"爹爹和我说起过他们那种人。如果不立即还清全部债务，利息就越滚越高，那就永远都还不清了。爹爹说，最后欠的钱总比借的多。想想看，一百二十日元怎么会变成二百一十三日元呢？"

金候奈曾见过邻居们只是借了一小笔钱，用来买幼苗或设备，可随后失去了一切；放债人拿到了钱，不再来纠缠之后，他的邻居们最终除了还清一开始的贷款，还会赔上他们所有的庄稼。顺子的父亲憎恶放债人，经常警告她欠债的危险。

"我早知道的话，就不会再给我们的父母寄钱了。"庆熙喃喃地说。

顺子直视前方，避免与在繁忙街道上朝自己方向看来的人进行任何眼神交流。她在琢磨怎么对当铺老板说。

"嫂嫂，你看到过朝鲜语的招牌吧？"顺子说，"那表示老板是朝鲜人，对吧？"

"我不确定。我不认识去过那里的人。"

两个女人走过正面挂着朝鲜语招牌的低矮砖房，走上通往二楼的宽阔楼梯。当铺老板的办公室门上挂着窗帘，顺子小心翼翼地打开门。

这是一个温暖六月的一天，连一丝风都没有，但那个老人坐在办公桌后面，戴着一条绿色的丝绸领巾式领带，领带塞在白衬衫和棕色羊毛马甲里面。面对街道的三扇方形窗户开着，相对的两个角落里各有一台电扇安静地转动着。两个长着相似圆脸的年轻人在中间的窗户旁打牌。他们抬头看了一眼，朝两个女人笑了笑。

"欢迎光临。请问有什么事？"当铺老板用朝鲜语问她们。他的口音很难辨认，"要不要坐下？"他指指椅子，顺子说她还是站着。庆熙站在顺子的旁边，没有看那些人。

顺子张开手掌，给他看怀表。"大叔，你出多少钱？"

那人扬起灰白的眉毛，从写字台抽屉里掏出一只放大镜。

"这东西你是从哪里弄来的？"

"我娘给我的。纯银的，外面镀了一层金。"顺子说。

"她知道你把它卖掉吗？"

"她给我，就是为了让我卖掉。给孩子用。"

"要不要先押在我这里，借一笔钱？也许你们不想就这么卖掉。"他问道。很少有人在借钱之后能还清，那样他就能留下抵押品了。

顺子缓缓地说："我想把怀表卖掉。你不想买，我就不再麻烦你了。"

当铺老板笑了，不知道怀孕的姑娘是否去找过他的竞争对手。几条街外就有三个当铺老板。那几个人都不是朝鲜人，但如果她会说日语，就很容易卖掉这块表。陪着他面前那个孕妇的漂亮女人在穿着上看起来有点像日本人，很难区分清楚。很可能是漂亮女人带着怀孕女孩来和他谈，而那块怀表其实是属于漂亮女人的。

"你要卖掉的话，"当铺老板说，"我总是乐意帮助家乡的同胞。"

顺子什么也没说。在市场上少说话，她父亲这么教过她。

庆熙惊讶地发现，她从未见过她的妯娌这么冷静。

当铺老板仔细地端详怀表，打开银盖，研究从敞开的水晶背面可以看到的机械部件。这可是高档货，真难以相信孕妇的母亲竟拥有这么好的东西。这块表可能出厂一年，上面没有留下任何刮痕。他又把正面翻过来，把它放在桌上的绿皮登记簿上。

"现在的年轻人更喜欢手表。我甚至不确定这东西卖不卖得出去。"

顺子注意到老板说了这句话后用力地眨了眨眼睛，但他之前跟她说话时，他连一次眼睛也没眨。

"谢谢你过目。"顺子说完便转身。庆熙尽量不露出担心的表情。顺子拿起怀表，拉起长裙的末端，准备走出办公室。"多谢你费时见我们。谢谢！"

"我愿意帮你。"老板说，声音稍微提高了一点。

顺子转过身。

"如果你急需钱，不如就在这里卖掉吧，总好过大着肚子在这么热的天气里四处奔走。我可以帮助你。看来你很快就要生了。但愿是个男孩，那他就可以好好照顾母亲了。"他说。

"五十日元。"他说。

"二百。"她说，"这块表至少值三百元。瑞士制造，而且是全新的。"

窗边的两个男人放下手中的牌，从座位上站起来。他们从未见过女孩像这样说话。

"你要是以为这块表值这么多钱，那你为什么不到别的地方，卖个更高的价钱呢？"老板厉声道，被她的无礼惹火了。他不能容忍女人顶嘴。

顺子咬着下嘴唇内侧。如果把表卖给日本当铺老板，顺子担心他们会向警方举报。高汉秀告诉过她，这里几乎所有的生意都是有警察参与的。"谢谢你！我不会再浪费你的时间了。"顺子说。

当铺老板笑了。

庆熙突然对她的妯娌充满了信心，她来到大阪时是那么无助，以至于她不得不把自己的名字和地址用日文写在卡片上以防迷路。

"你娘在老家是做什么的？"当铺老板问，"听起来你像是釜山人。"

顺子停顿了一下，不知道是否要回答这个问题。

"她在那里的市集做工吗？"

"她是民宿老板娘。"

"那她肯定是个精明的商人。"他说。老板认为她母亲一定是个妓女或是与日本政府勾结的商人。表也可能是偷来的。从言谈和衣着来看，怀孕女孩并不是来自富裕的家庭。"小姐，你肯定你娘把表给你是让你卖掉。你知道我需要你登记名字和地址，万一有什么麻烦呢。"

顺子点点头。

"那好吧。一百二十五日元。"

"两百。"顺子不确定她是否能拿到这个价，但她很肯定这个老板很贪心，如果他愿意从五十块加价到一百二十五块，那日本的当铺老板也会认为怀表很值钱。

老板突然大笑起来。那两个年轻人此刻站在桌旁，也笑了起来。年轻的那个说："你应该在这里工作才对。"

老板把双臂横抱在胸前。他想要那块表，他很清楚会有什么样的买家。

"爸爸，你就答应这个年轻的母亲吧，照她说的价钱给她吧。你看看她，真是一钱也不让啊！"年轻的那个说，他知道他的父亲不想失去一笔生意，他只能从中斡旋。他为那个圆脸女孩感到难过。她不是通常那种只要有麻烦就来这里卖金戒指的女孩。

"你丈夫知道你来这里吗？"当铺老板的小儿子问道。

"知道。"顺子答道。

"他是酒鬼还是赌徒？"这个小儿子以前见过绝望的女人，故事总是千篇一律。

"都不是。"她恶狠狠地说，像是在警告他不要继续问问题了。

"一百七十五日元。"老板说。

"两百。"顺子能感觉到她手掌里的金属温暖，光滑；高汉秀一定会坚持，不会让步。

老板抗议道："谁知道能不能卖得出去呢？"

"父亲。"大儿子笑着说，"这个年轻的母亲是我们的同胞，你就帮帮她吧。"

当铺老板的办公桌是用一种陌生的木头制作而成，浓艳的深棕色，上面有儿童手掌大小的泪珠状漩涡。她数了数，桌面上有三个泪珠旋涡。她和高汉秀一起去采蘑菇时见过无数种树木。森林地面上的湿漉叶子散发出的霉味，装满蘑菇的篮子，和他一起躺在那儿的强烈疼痛，这些回忆总是萦绕在她的心头，不会离开。她必须摆脱他，才能不再回忆起她想忘记的那个人。

顺子深吸了一口气。庆熙扭着双手。

"如果你不想买，我们可以理解。"顺子平静地说，然后转身就走。

当铺老板举起一只手，示意她等一下，然后走到后面放钱箱的房间。

—— ○ —— ⌐

那两个男人回来要钱的时候，两个女人站在门口，没有邀请他们进屋。

"钱给你们了，我怎么才能知道那笔债一笔勾销了？"顺子问高个子。

"我们会让老板在借据上签字，表示债务购销了。"他说，"我怎么知道你们有钱？”

"你的老板能来吗？”顺子问道。

"你一定是疯了。”高个子说，对她的要求感到震惊。

顺子意识到她不应该把钱给这些人。她想把门关上一点，好和庆熙说几句话，可那人用脚把门推开了。

"听着，如果你真的有钱，你可以和我们一起去。我们现在就带你去。”

"在哪里？”庆熙大声说，她的声音有些颤抖。

"糕点店旁边。不远。”

—— ○ —— -

老板是一个看上去很热心的朝鲜年轻人，比庆熙大不了多少。他看上去就像医生或教师，穿着一套破旧的西装，戴着金丝眼镜，一头黑色头发向后梳，神情若有所思。没有人会认为他是放债人。他的办公室和当铺老板的差不多大，前门对面的墙边摆着一个书架，上面摆满了日文和朝鲜文的书籍。看起来很舒适的椅子旁边有打开的电灯。一个男孩给两个女人端来了装在陶瓷杯里的热玄米茶。庆熙明白为什么她丈夫会向这样的男人借钱。

庆熙把所有的钱都交给他，放债人说了声谢谢，然后把这笔借款注销，并在纸上盖了他的红印。

"你若是还有别的需要，尽管提出来，我乐意为你效劳。”他看着庆熙说，"我们都远离故土，必须互相扶持。我愿意为你服务。”

"我丈夫什么时候借的这些钱？”庆熙问放债人。

"二月份。我们是朋友，所以我答应了。”

两个女人点了点头，明白了事情的原委。白约瑟借钱是为了给白伊萨和顺子当路费。

"谢谢您，先生。我们不会再打扰您了。”庆熙说。

"你丈夫会很高兴这件事解决了。”他说，不知道这些女人是怎么这么快就筹到钱的。两个女人什么也没说，便回家做晚饭了。

第十七章

"你从哪儿弄到钱的？"白约瑟大叫着，手里攥着已经还清的借据。

"顺子把她娘给她的怀表卖了。"庆熙回答。

在他们的街道上，每晚总有人在叫喊或有孩子哭闹，但他们的房子从来没有传出过很大的噪声。不常发脾气的白约瑟被激怒了。顺子站在前屋的后角，低着头，一言不发。泪水顺着她红润的脸颊流下来。白伊萨还没有从教堂回来。

"你有一块价值超过两百日元的怀表？伊萨知道这件事吗？"他冲顺子喊道。

庆熙举起双手，挡在他和顺子之间。"那块表是她娘给她的。让她把表卖了钱给孩子用。"

顺子从墙上滑下来，再也站不住了。剧痛穿透了她的骨盆和背部。她闭上眼睛，用前臂遮住头。

"你们把表卖到哪里去了？"

"蔬菜摊旁的当铺。"庆熙说。

"你们疯了吗？什么样的女人才去当铺？"

白约瑟紧盯着顺子。"女人怎么能做这样的事？"

顺子坐在地上抬头看着他，恳求道："不是嫂嫂的错……"

"你去当铺之前，有没有问过你丈夫能不能去？"

"你为什么这么生气？她只是想帮我们。她怀孕了。你不要对她这么凶。"庆熙别开目光，尽量不跟他顶嘴。他很清楚顺子没有和白伊萨谈过。为什么白约瑟要付所有的钱？他为什么要控制所有的钱？他们最后一次争吵还是因为她想去工厂做工。

"顺子很担心我们。我很遗憾她不得不卖掉那块漂亮的怀表。亲爱的，你要理解我们。"庆熙轻轻地把手放在他的前臂上。

"愚蠢的女人！我知道有些愚蠢的女人替我还了债，那以后我上街，怎么能再面对那些男人呢？那我不是成了胆小鬼了。"

白约瑟从没说过这么粗俗的话，庆熙知道他是在侮辱顺子。他说顺子很愚蠢，说顺子是傻瓜，他也指责庆熙，因为她允许这种事情发生。但她们偿还了债务，是明智之举。如果他以前让她去做工，他们就能有存款了。

顺子哭个不停。她下腹周围传来了更加剧烈的痛楚，她不知道该说什么。她暂时还不清楚她的身体是怎么了。

"亲爱的，求你了，求你理解我们。"庆熙道。

白约瑟没有说话。顺子的双腿像街上的醉汉一样张开，她用肿胀的双手扶着大肚子。他不知道当初是否应该让她住进他的房子。她的母亲怎么会有金怀表呢？虽然时隔多年，但他见过她的双亲。金候奈身有残疾，父母是农民，在一片极小的租地上经营着一家民宿。他的妻子怎么有这么贵重的东西？他们的房客主要是渔民或在鱼市做工的人。女孩的母亲给她几枚价值三四十日元的金戒指，他倒是能接受这样的事实。也许是一枚价值十日元的玉戒指。那块表是她偷来的吗？他很想知道。白伊萨娶了一个小偷还是妓女？他说不出这些话，于是白约瑟打开那扇金属波纹门，离开了家。

— ○ —

白伊萨回到家，就看到两个女人在哭，不由得非常担心。

他设法使她们平静下来，好让她们更有条理地把话说清楚。他听她们断断续续地解释。"他去了哪里？"白伊萨问道。

"我不知道。他通常不出门。我都不知道他能这么……"庆熙连忙住口，不想再让顺子不安。

"他不会有事的。"白伊萨说完扭头看着顺子。

"我都不知道你家里有这么贵重的东西。是你娘的吗？"白伊萨试探性地问。

顺子还在哭，庆熙代替她点了点头。"啊？"白伊萨又看了看顺子。

"你娘是从哪儿弄来那块表的，顺子？"白伊萨问道。

"我没问过。也许有人欠她钱。"

"我明白了。"白伊萨点了点头，不知道这到底是怎么一回事。

庆熙抚摸着顺子那滚烫的脑袋。"你能给约瑟解释一下吗？"她问小叔子，"你明白我们为什么这么做，对吧？"

"是的，当然。二哥借钱是为了帮助我。顺子卖了怀表还债，所以实际上她卖了怀表，是为了帮助我们来到这里。到这里的路费很贵，他是如何这么快就筹集到一大笔钱的？我早就该想明白的。我还是像往常一样天真幼稚，二哥一直都在照顾我。很不幸，顺子不得不卖掉怀表，但我们应该偿还债务。我要把这一切都告诉他，嫂嫂。请别担心。"他对两个女人说。

庆熙点点头，终于感觉好了一些。

顺子的身侧忽然一阵痉挛，她差一点倒在地上。"啊！啊！"

"怎么了？是不是……"

有温暖的液体从顺子的腿往下流。

"是不是该去找接生婆了？"白伊萨问。

"去找玉子嫂，在我们这一边，三户之外就是她家。"庆熙说，白伊萨跑出家门。

"没事了，没事了。"庆熙拉着顺子的手，柔声说道，"你是在尽母亲的职责。女人都要挨这种痛的。亲爱的顺子，你这么疼，我看着都心疼啊。"庆熙为她祈祷，"主啊，亲爱的主，请发发慈悲……"

顺子拿过做裙子的布料放进嘴里，阻止自己尖叫。她感觉就像有人不断地用刀刺她。她死死地咬住粗布。"呜，呜。"她喊道。

—— o —— ᴸ

接生婆玉子嫂五十岁，是济州岛人，贫民窟的大部分孩子都是她接生的。玉子是她的阿姨训练出来的，玉子做接生婆、护士和保姆，养活她的孩子。她和她丈夫一共生了六个孩子，他虽然还活着，但对她来说，他就跟死了差不多，他每周要在她家里住几天，喝得酩酊大醉。赶上不接生孩子的时候，玉子就照顾那些在工厂和市集做工的邻居妇女的孩子。

这次接生一点也不麻烦。男孩身材修长匀称，分娩虽然对新妈妈来说可能很可怕，但孩子很快就生下来了，让接生婆大呼庆幸的是，孩子并不是半夜来的，而是正好赶上她做晚饭。玉子嫂只希望和她们住在一起的儿媳不会又把大麦饭烧焦了。

"嘘，嘘。你做得很好。"玉子对仍在大声喊娘的女孩说，"是个男孩呢，很强壮，漂亮得很。瞧瞧那头乌黑的头发！你休息一下吧。很快就该给孩子喂奶了。"她说，然后站起来离开。

"该死的膝盖。"玉子揉了揉膝盖和小腿，悠闲地站了起来，确保产妇家人有足够的时间找钱给她。

庆熙拿出钱包，给了玉子三日元。

玉子并没有把这点钱放在眼里。"有什么问题，尽管来找我。"庆熙感谢了她，她觉得自己像个母亲。孩子很漂亮。看到他的小脸、乌黑发亮的头发和蓝黑的眼睛，她的心都痛了。她想起了《圣经》中的人物参孙。

庆熙在通常用来腌制白菜的脏脸盆里给孩子洗了澡，把用干净毛巾裹着的婴儿交给了白伊萨。

"你当爹了。"庆熙笑着说，"他长得真俊。"白伊萨点点头，看到他比自己想象中更高兴。"啊，我去给顺子熬汤。她必须马上喝点汤。"庆熙去看顺子，她已经睡着了，只有白伊萨抱着孩子在前厅。在厨房里，庆熙把干海带泡在冷水里，祈祷她丈夫快点回家。

早上，房子的感觉不一样了。庆熙没睡过觉。白约瑟前一天晚上没有回家。白伊萨一开始也不想睡，但她让他去睡觉了，因为他第二天早上要做布道，整个礼拜天都在教堂工作。顺子睡得很沉，还会打鼾，只在给孩子喂奶的时候才起来；这孩子用力抓住她的乳房，很少哭个不停。庆熙一边打扫厨房，准备早餐，为宝宝缝制衣服，一边等白约瑟回来。每隔几分钟，她都会抬头看一眼窗户。

白伊萨刚吃完早饭，白约瑟就带着一身烟味走进屋里。他的眼镜很脏，满脸胡楂。庆熙一看见他，就去厨房给他拿早餐。

"二哥。"白伊萨站起来，"你还好吗？"

白约瑟点点头。

"孩子出生了。是个男孩。"白伊萨笑着说。

白约瑟坐在低矮相思木餐桌旁的地上，餐桌是他从家里带来的为数不多的东西之一。他摸了摸木头，想起了父母。

庆熙把放着食物的托盘放在他面前。

"我知道你在生我的气，但你应该吃点东西休息一下。"她拍拍他的背说。

白伊萨说："二哥，我对发生的事感到抱歉。顺子太年轻了，她就是为我们担心。那笔债应该由我来承担，而且……"

"我可以养这个家。"白约瑟说。

"你可以，但我给你增加了你没有预料到的负担。是我把你逼成这样的，是我的错。顺子以为她在帮忙。"

白约瑟叠合双手。他既不能反对白伊萨，也不能对他生气。他很少看到他弟弟露出愁容。白伊萨需要像精美的瓷器一样受到保护。一整夜，白约瑟在一家酒馆里喝一瓶浊酒，朝鲜人经常光顾这家离火车站不远的酒馆，他一边喝酒，一边琢磨是否应该把虚弱的白伊萨带到大阪。白伊萨能活多久？如果顺子不是好女人，白伊萨会怎么样？庆熙已经很喜欢这个女孩了，等到孩子出生，白约瑟又要多养一个人。他的父母和岳父母都指望着他。酒馆拥挤，男人喝着酒，开着玩笑，但在那家弥漫着烧鱿鱼干和酒精味儿的肮脏酒馆里，没有一个人不担心钱，不面临着在这片陌生和艰难的土地上养活家人的巨大困境。

白约瑟用双手蒙住脸。

"二哥，你是个好人。"白伊萨说，"我知道你有多辛苦。"

白约瑟哭了。

"你会原谅顺子吗？原谅她没有事先问过你？原谅我让你欠债？你能原谅我们吗？"

白约瑟没有说话。放债人一定觉得他和其他男人一样，把妻子送到工厂做工或去做佣人，靠老婆养活。他的妻子和怀孕的弟媳用可能是偷来的怀表偿还了他的债务。他能做什么？

"你得去上班了吗？"白约瑟问道，"今天是礼拜天。"

"是的，嫂嫂说她照顾顺子和孩子。"

"走吧。"白约瑟说。

他会原谅。一切都太迟了。

—— o ——

两个男人走出家门，白约瑟拉住弟弟的手。"你现在是父亲了。"

"是的。"白伊萨笑了。

"很好。"白约瑟说。

"我希望你给他起个名字。"白伊萨说，"给父亲写信要他起名字，再等他回信，就太浪费时间了。你是我们家的主事人……"

"不应该是我。"

"一定是你。"

白约瑟吸了一口气，面对空无一人的街道。他想到了，"叫诺亚吧。"

"诺亚。"白伊萨笑眯眯地重复道，"是的。太棒了。"

"诺亚……因为他听从上帝的命令，按照上帝的要求去做。诺亚……因为不管遇到多困难的情况，他依然相信上帝。"

"也许今天应该是你去布道。"白伊萨说着拍了拍他哥哥的背。

兄弟俩轻快地向教堂走去，他们挨得很近，一个又高又瘦，目的明确，另一个又矮又壮，动作敏捷。

第二卷

祖国

1939—1962年

我想，不管你翻过多少山川，跨过多少河流，朝鲜便是整个世界，其中的每个人都是朝鲜人。

——［韩］朴婉绪

第一章

1939年，大阪

白约瑟深深地吸了一口气，稳稳地站在门槛上，准备被一个六岁的小男孩扑倒。小男孩为了那包太妃糖，已经等了整整一个礼拜。他滑开前门，为即将到来的情况做好准备。

但是什么都没有发生。

前厅里一个人也没有。白约瑟笑了。诺亚肯定藏起来了。

"亲爱的，我回来了。"他朝厨房那边喊道。

白约瑟随手关上了门。

白约瑟从大衣口袋里掏出那袋糖果，夸张地说："啊，我想知道诺亚在哪儿。我看他是不在家吧，那我就可以吃他那份糖果了。我还可以把糖留给他弟弟。也许今天是个好日子，就让摩撒宝宝第一次尝尝糖果的味道吧。就算年纪小，也可以享受美味！他已经一个月大了。在你不知不觉之中，我和摩撒就开始摔跤了，就像我和诺亚以前一样！他一定想吃南瓜太妃糖，好变得更强壮。"屋里静悄悄的，白约瑟夸张地把皱巴巴的纸包摊开，假装把一块太妃糖塞进嘴里。

"哇，猪大婶从没做过这么好吃的南瓜太妃糖！亲爱的。"他喊道，"出来吧，快来尝尝这个！真是太好吃了！"他一边说，一边发出咀嚼声，同时去检查衣柜和纱门后面，诺亚通常都藏在这些地方。

只要一提起诺亚的小弟弟摩撒，那个小男孩就会从藏身的地方冲出来。诺亚这个孩子平时表现很好，但最近他经常找麻烦，一有机会就掐弟弟。

白约瑟检查了厨房，但那里一个人也没有。炉子摸起来很凉，小菜放在门边的小桌上；饭锅是空的。每次他回到家，家里人都准备好了晚饭。现在，汤锅里装了一半的水，土豆和洋葱切好了，只差上火炖了。礼拜六的晚餐是白约瑟的最爱，因为他礼拜天休息，但现在饭菜并没有准备好。礼拜六，一家人悠闲地吃完晚餐后，便会一起去澡堂。他打开厨房的后门，把头探出去，只看到肮脏的排水沟。隔壁，猪大婶的大女儿正在为她的家人准备晚餐，甚至没有从打开的窗户往外看。

他估摸他们可能去市集了。白约瑟坐在前厅的一个地垫上，打开一份报纸。关于战争的印刷专栏文字在他面前排开：日本将把进步科技带到农村，拯救中国；日本将结束亚洲的贫困状态并使其繁荣；日本将保护亚洲免受西方帝国主义的毒手；只有日本无畏的真正盟友德国在与邪恶的西方作斗争。白约瑟一点也不相信报纸上的内容，但这样的宣传不可避免。每天，白约瑟阅读三到四份报纸，从间隙和重叠部分中搜寻一些真相。今晚，所有的报纸都在重复同样的内容；由此可见，审查人员前天晚上一定是工作得特别努力。

屋子里鸦雀无声，白约瑟感到很不耐烦，想要吃晚饭。就算庆熙是去市集买东西，顺子、诺亚和宝宝也不可能出去。毫无疑问，白伊萨还在教堂里工作。白约瑟穿上鞋子。

来到街上打听后，没人知道他妻子在哪里，于是他来到教堂，发现他弟弟不在。后面的办公室里空无一人，只有常来的一些妇女坐在地板上，低着头喃喃地祈祷。

他等了很长时间，女人们终于抬起头来。

"很抱歉打扰你们了，请问你们见过白牧师或余牧师吗？"

这些妇女都是些中年大婶，几乎每晚都来教堂祈祷，她们认出他是白牧师的哥哥。

"他们把他带走了。"年纪最大的那个哭了起来，"他们还带走了余牧师和中国男孩小胡。你得去帮他们……"

"什么？"

"今天早上，警察把他们都抓走了，当时，所有人都在神社参拜，一个村长注意到胡司事在向天皇宣誓效忠时用口形念主祷文。负责监督的警察查问了胡司事，胡司事告诉他这个仪式是崇拜偶像，他不会再这样做了。余牧师便告诉警察这一切都是误会，他并没有那个意思，但胡司事说什么也不肯认同余牧师的说法。白牧师也试图解释，但胡司事说他愿意走进熔炉，就像沙得拉、米煞、亚伯尼歌一样！你知道那个故事吗？"

"是的，是的。"白约瑟说，对她们的宗教狂热感到恼火，"他们在警察局吗？"

女人们点了点头。白约瑟跑了出去。

诺亚坐在警察局的台阶上，抱着熟睡的小弟弟。

"伯父。"诺亚笑着低声说，松了一口气，"摩撒太重啦。"

"你真是个好哥哥，诺亚。"白约瑟说，"你伯母呢？"

"在里面。"他无法用手，便冲警察局一歪脑袋，"伯父，你能抱着摩撒吗？我的胳膊都疼啦。"

"在这里再等一会儿好不好？大伯马上就回来，不然我让你娘出来。"

"阿妈说了，如果我不掐摩撒，并且让他一直保持安静，她就给我好吃的。他们不让婴儿进去。"诺亚冷静地说，"但是我现在饿了。我在这里都待了很久了。"

"伯父也会奖励你好吃的，诺亚。伯父马上就回来。"白约瑟说。

"但是，伯父，摩撒他……"

"诺亚，你身体壮着呢。"

诺亚挺直了肩膀，坐直身体。他不想让他最喜欢的伯父失望。

白约瑟正要打开警察局的门，但听到诺亚的声音，他转过身来。

"伯父，如果摩撒哭了，我该怎么办？"

"你抱着他走来走去，再给他唱首歌。你像他这么大的时候，伯父就是这么哄你的。你还记得吗？"

"不记得了。"他说，看起来就要哭了。

"伯父马上就出来。"

— ○ —

警察不让他们见白伊萨。两个女人一直在警察局里等着，顺子每隔几分钟就到外面去看诺亚和摩撒。孩子们是不能进警察局的。庆熙一直待在前台附近，因为她会说日语。见到白约瑟进入等候区，庆熙先是深吸了一口气，随即长呼出一口气。顺子坐在她旁边，弯着腰，哭个不停。

"他们把伊萨关起来了？"白约瑟问道。

庆熙点点头。

"你说话小声点。"她说，继续拍着顺子的背，"天知道有谁在偷听。"

白约瑟低声说："教堂里的女士们告诉我出事了。那个年轻人在参拜的时候搞事啦？"在国内，殖民政府一直在围捕基督徒，让他们每天早上在神殿前参拜。在这里，志愿者社区领导只会让他们每周做一两次。"是不是可以交罚金了事？"

"我看不行。"庆熙说，"警察让我们回家，但我们还是在这里等着，万一他们放他出来呢……"

"伊萨不能坐牢。"白约瑟说，"不能。"

—— ○ —— ─

在前台，白约瑟垂下肩膀，深深地鞠了一躬。

"舍弟身体不好，先生。他从小就一直生病，要是被关进监狱，他肯定熬不过去的。他得了肺结核刚好。能不能让他先回家，明天再来警察局接受审问？"白约瑟用日语敬语问。

警官礼貌地摇了摇头，对这些要求无动于衷。牢房里关了很多朝鲜人和中国人，他们的家人都说他们有严重的健康问题，不应该坐牢。虽然警官对这个为他玩忽职守的弟弟求情的人感到难过，但他无能为力。那个牧师会被关押很长一段时间，宗教活动人士都是如此。在战争时期，为了国家安全，必须镇压制造麻烦的人。然而，说这些话没有任何意义。朝鲜人先制造麻烦，再找借口。

"你还是带着两个女人回家吧。牧师正在接受讯问，你见不到他的。别浪费时间了。"

"你看，先生，我弟弟无论如何都不会反对天皇或日本政府的。他从未参与过任何反政府活动。"白约瑟说，"我弟弟对政治不感兴趣，我敢肯定他……"

"不许探访。如果他被证明无罪，那你可以放心，我们会放他回家。"警察礼貌地笑，"没有人想把一个无辜的人关在这里。"这位官员相信日本政府是一个公正合理的政府。

"能不能想想办法？"白约瑟压低声音说，还拍了拍口袋里的钱包。

"你和我都无能为力。"警官不高兴地说，"我希望你不是在暗示行贿。这样做只会加重你弟弟的罪行。他和他的同事拒绝承认效忠天皇。这是严重的罪行。"

"我没有恶意。请原谅我净说蠢话，我绝不是要侮辱你的名誉，先生。"只要能使白伊萨重获自由，叫他下跪，他也无所谓。他们的大哥撒姆是一个勇敢的人，他会勇敢而优雅地与警察交涉，但白约瑟知道他不是英雄。如果警察接受贿赂，并且放了白伊萨，他一定会借更多的钱，再把他们的小屋卖掉；白约瑟觉得为国家或更伟大的理想而死毫无意义。他只看重生存和家人。

警官推了推眼镜，他的视线越过白约瑟的肩膀，虽然并没有其他人站在那里。

"你还是带两个女人回家吧。她们在这里没有地方待。那个男孩抱着小婴儿在外面。你们这些人总是让孩子在街上玩耍，即使是晚上。他们应该待在家里。你不管好孩子，他们总有一天也会进监狱。"警官说，似乎很疲惫，"你弟弟今晚走不了。你明白吗？"

"是的，先生。谢谢您，先生。很抱歉打扰您。今晚我可以送点东西给他吗？"

警官耐心地回答："早上再说吧。你可以给他带点衣服和吃的。不过不能带宗教书籍。而且，所有的阅读材料都必须是日文。"警察的语气平静而体贴，"不幸的是，不能探访他。对此我非常抱歉。"

白约瑟愿意相信这个穿制服的人并不坏，他只是另一个做着他不喜欢的工作的人，他工作了一个礼拜，所以很累了。也许他也想吃晚餐，去澡堂洗个澡。白约瑟自认是个理性的人，认为所有的日本警察都很坏的想法有些过于简单了。此外，白约瑟需要相信，看守他弟弟的人很正派，不然的话，他真的难以忍受。

"那我们明天早上给他送东西来。"白约瑟说，注视着警官那谨慎的眼睛，"谢谢你，先生。"

"当然可以。"

那人轻轻一歪头。

—— ○ ——

诺亚得到允许，既可以吃所有的太妃糖，还可以在外面玩，顺子在厨房做晚餐，白约瑟回答了庆熙的各种问题。她站在那里，用一条窄毯子把摩撒绑在

125

背上。

"能不能托托关系？"她轻声问。

"找谁呢？"

"加拿大传教士。"她提议，"我们几年前见过他们的，还记得吗？他们人很好，伊萨说他们经常寄钱来，资助教堂。也许他们可以向警方解释，几位牧师并没有做错事。"庆熙绕着圈走来走去，摩撒满足地发出咿咿呀呀的声音。

"怎么联系他们？"

"写信？"

"我能用朝鲜语给他们写信吗？他们收到信再回信，需要多久？伊萨在监狱里能撑多久……？"

顺子走进房间，把摩撒从庆熙背上解开，带他去厨房喂奶。小房子里充满了热气腾腾的大麦饭的香味。

"我认为那些传教士不会说朝鲜语。你能找个人帮你写一封日文信吗？"庆熙问道。

白约瑟什么也没说。他会给他们写封信，但是，现在正在打仗，他估摸警察是不会在意加拿大传教士的意见的。写信回信至少需要一个月。顺子带着摩撒回来了。

"我为他整理了一些东西。我明早可以送去给他吗？"她问。

"我去吧。"白约瑟说，"我上工前过去一趟。"

"能让你的老板帮忙吗？也许他们会听日本人的话？"庆熙说。

"岛村先生绝不会帮助监狱里的人。他认为基督徒都是反叛者。负责三月一日游行的人是基督徒。所有的日本人都知道这一点。我甚至没告诉过他我去教堂。我什么都没告诉他。如果他认为我参与了任何形式的抗议活动，他就会解雇我。那时候我们该怎么活呢？像我这样的人找不到工作的。"之后，没有人再说话。顺子叫诺亚从街上回来。他该吃饭了。

第二章

每天早上，顺子都会走到警察局，把三个用大麦和小米做的米糕交给警察。如果她有余钱，便会买一个鸡蛋，她把鸡蛋煮熟去皮，再把鸡蛋浸在醋酸酱油里，给白伊萨补充营养。没人知道食物是否能落到他手里，但她也不能证明他吃不到。邻居们都知道有人进了监狱，一时间流言纷纷，全都危言耸听。白约瑟没有谈起白伊萨，但是白伊萨的被捕让他发生了很大的改变。他曾经乌黑发亮的头发变得斑白，他还患有严重的胃疼挛。他不再写信给他的父母，因为不可以让他们知道伊萨的事，所以庆熙写信给他们，编出种种借口。吃饭的时候，白约瑟把他的大部分食物都给了诺亚，而诺亚总是安静地坐在他身边。白约瑟和诺亚对白伊萨的缺席都有着一种无法形容的悲伤。

尽管他们去求了很多次，警方却一直不允许他们见白伊萨，但他的家人相信他还活着，因为警方并没有告诉他们白伊萨已死。老牧师和胡司事也被关在监狱里，全家人都希望他们三个能互相帮助，尽管没人知道这三个犯人是不是被关在同一个牢房里。白伊萨被捕后的第二天，警察到家里没收了白伊萨的几本书和一些文件。一家人的行踪都受到监视；每隔几周，就有一个侦探来找他们，问他们一些问题。警察封锁了教堂，但会众继续秘密地在教堂长老的带领下小范围地聚在一起。庆熙、顺子和白约瑟从不去见教区居民，唯恐把他们置于危险之中。到现在为止，朝鲜和日本的大多数外国传教士都返回了祖国。在大阪很少见到白人。白约瑟写信给加拿大传教士，说了白伊萨的事，但尚未收到回复。

由于受到了相当大的压力，基督教的决策者认为，强制性神社参拜仪式是公民应尽的义务，而不是宗教义务，尽管作为国家宗教领袖的天皇被视为天神。余牧师是一位虔诚而务实的牧师，他认为，要求市民到神社举办参拜仪式，实际上是一种异教徒的仪式，是为了唤起全国人民的情感。拜偶像是对上帝的冒犯。尽管如此，余牧师还是鼓励白伊萨、胡司事和他的会众去观看神社参拜仪式，因为这是为了追求更大的利益。他的很多教区居民都是刚刚信教不久，对于任何违抗行为，可以预见政府一定会采取高压措施，他不希望他们成为牺牲品，到时候他们不是被送进监狱，就是丢掉性命。余牧师在使徒保罗的书信中找到了对这些想法的支持。各个城市参拜神社的频率各有不同，每当在最近的神社举行参拜仪式之际，老牧师、白伊萨和胡司事在必要的时候都会带着在教堂的其他人一起参加。然而，老牧师的视力越来越差，所以他并不知道，在每次神社参拜仪式上，即便胡司事像其他人一样在鞠躬、泼水和拍手，他还是会用口形不断地默念"天父"。白伊萨当然注意到胡司事在这么做，但什么也没说，他甚至还很欣赏胡司事忠于信仰，敢于反抗。

——○——

对顺子来说，白伊萨的被捕迫使她考虑，如果发生了不可想象的事，她该怎么办。白约瑟会把她和两个孩子赶走吗？她该去哪里？怎么去？她怎么养大孩子？庆熙是不会要求她离开的，但即便如此，她也只是人家的妻子。顺子必须做好计划，并且攒钱，以防她不得不带着儿子回到母亲身边。

所以顺子必须找工作。她可以当小贩。对于像她母亲这样的女人来说，接收房客、和丈夫一起工作赚钱是一回事，但对于一个她这样的年轻女人，站在开放的市集上，向陌生人贩卖食物，吆喝到声嘶力竭，完全又是另一回事。白约瑟不让她找工作，但她不能听他的。她泪流满面地对大伯说，白伊萨一定希望她挣钱供两个儿子上学。说到这里，白约瑟只好妥协。尽管如此，他还是禁止庆熙外出工作，他妻子服从他的命令。庆熙可以和顺子一起做泡菜，但她不能去卖。白约瑟不能强烈反对，毕竟家里很需要钱。在某种程度上，这两个女人都试着用不服从来服从白约瑟，她们不想反抗他而伤害他，但一个男人不可能独自承担家里的开支。

在白伊萨入狱的一周后，顺子第一次去卖泡菜。顺子先去监狱里给白伊萨送饭，然后，她用一辆木车推着一大陶罐泡菜，前往市集。亚野区的露天市场里有很多不起眼的零售商店，出售家庭用品、布料、榻榻米垫和电器用品，此外还有很多像她一样的小贩，兜售自制葱油饼、寿司和黄豆酱。

庆熙在家照顾摩撒。附近有小贩出售辣椒酱和大酱，顺子注意到有两个年轻的朝鲜女人在卖炸小麦糕。顺子推车向她们走过去，希望能在小麦糕摊位和黄豆酱女士之间卖泡菜。

"你可别把我们的地方弄脏了。"小麦糕小贩中年纪比较大的那个说，"去去，到另一边去。"她指着卖鱼区域。

顺子只好走到卖凤尾鱼干和海带的女人边上，那些年长的朝鲜妇女更不欢迎她。

"快把你那辆破破烂烂的车挪开，不然，我就让我儿子尿在你的罐子里。你懂吗，乡下姑娘？"一个戴着白色方头巾的高个子女人说。

顺子没有回答，因为她太惊讶了。她们甚至都不卖泡菜，而大酱闻起来也同样辛辣。

她一直往前走，直到再也看不见那些大婶，最后来到火车站入口附近，有人在那里卖活鸡。动物尸体散发出浓烈的臭气，使她有些无所适从。猪肉摊和鸡肉摊之间有一块足够大的地方，可以放开她的车。

一个日本屠夫拿着一把大刀，正在切割一头孩子般大小的猪。一个装满猪血的大水桶搁在他的脚边。两个猪头摆在前桌上。屠夫年纪不小了，粗壮的手臂肌肉发达，血管很粗。他汗流浃背，还对她微笑。

顺子把车停在他摊位旁边的空地上。每当有火车减速停下，她都能感到地面在她的凉鞋下面颤动。乘客们下车，许多人会从附近的入口进入市集，但没有人停在她的推车前。顺子强忍眼泪，不哭出来。她的乳房里涨满了奶，她怀念和庆熙、摩撒一起在家的日子。她用袖子擦了擦脸，试图回忆起家乡最好的市集大婶是怎么卖东西的。

"卖泡菜啦！美味的泡菜！快来尝尝美味的泡菜啦，再也不用在家里做啦！"她喊道。路人都扭头看她，顺子连忙窘迫地把目光从他们身上移开。没人买她的泡菜。屠夫切完猪肉，洗了手，给了她二十五钱，顺子给他装了一盒泡菜。他似乎并不介意她不会说日语。他把泡菜盒放在猪头旁边，然后伸手到他的摊位后面拿出便当。屠夫用筷子在白米饭上整齐地放了一块泡菜，在她面前吃了一口米饭和泡菜。

"好吃！太好吃啦！"他笑着说。

她冲他鞠了一躬。

午饭时，庆熙带摩撒来吃奶，顺子觉得她别无选择，必须收回白菜、萝卜和香料的成本费用。在一天结束的时候，她挣的钱必须比花的多。

庆熙看着手推车，顺子则面冲墙壁，给孩子喂奶。

"我还一直担心呢。"庆熙说，"我说过我想做泡菜大婶。我看我都没意识到站在这里是什么滋味。你太勇敢了。"

"我们还有什么选择吗？"顺子低头看着她美丽的孩子说。

"要不要我留在这里陪你？"

"那样你就麻烦了。"顺子说，"你还是回家吧，一会儿诺亚该放学了，而且，你还得做晚饭。对不起，我帮不了你了，嫂嫂。"

"我做的事都很容易。"庆熙说。

快下午两点了，随着太阳离她们越来越远，空气也越来越凉爽。

"我要把整罐泡菜都卖了才回家。"

"真的吗？"

顺子点点头。她的孩子摩撒长得像白伊萨，与诺亚没有丝毫相似之处。诺亚的皮肤是橄榄色的，头发浓密而有光泽。诺亚有一双明亮的眼睛，一切都逃不过他的双眼。除了嘴巴，诺亚看上去几乎就是一个小号的高汉秀。在学校，诺亚上课时静静地坐着，等着轮到他回答问题，老师夸他是优秀的学生。诺亚是一个容易相处的孩子，摩撒也是个快乐的宝宝，被陌生人抱在怀里也很高兴。当她想到自己有多爱自己的孩子时，她想起了她的父母。顺子觉得离父母那么远。现在，她正站在一个嘈杂的火车站外面卖泡菜。她的工作并不丢人，但这肯定不符合他们对她的希望。然而，她觉得她的父母会希望她赚钱，尤其是现在。

顺子喂完奶，庆熙把两个糖卷和一瓶加水调好的奶粉放在车上。

"你得吃点东西，顺子。你在奶孩子，这并不容易。你必须喝大量的水和牛奶。"

庆熙转过身，让顺子把摩撒塞进庆熙后背的背带里。庆熙把婴儿紧紧地捆在自己身上。

"我回家等诺亚，再把晚饭做好。你很快就会回家吧？我们合作得多好呀。"

摩撒的小脑袋搭在庆熙那瘦削的肩胛骨中间，顺子看着他们走远。他们一走出听力范围，顺子便大叫起来："泡菜！美味的泡菜！泡菜！美味的泡菜！太美味了！美味的泡菜！"

她觉得自己的声音是那么熟悉，倒不是因为这是她自己的声音，而是因为这让她想起了她少时每次去市集的情形。一开始，她和多多一起去，后来，她长大了，便一个人去，再后来，她有了心上人，去市集都渴望吸引她心爱之人的目光。大婶们叫卖的声音始终萦绕在她的脑海中，现在，她也和她们一样了。"泡菜！泡菜！自家做的泡菜！亚野区最美味的泡菜！比你祖母做的更美味！好吃，太好吃了！"她尽量使自己的声音听起来欢快些，因为在家里，她总是光顾最亲切的大婶。路人朝她这边看，她便会向他们鞠躬，并向他们微笑。"美味！美味！"

杀猪屠夫从柜台上抬起头，骄傲地向她微笑。

那天晚上，顺子直到看到泡菜坛子的底，才回家去。

—— ○ ——

现在，顺子能卖光她和庆熙做的所有泡菜，她这么有能力，甚至觉得自己充满了力量。如果她们能做更多泡菜，她肯定她也能卖出去，但发酵需要时间，而且也不总是可以找到合适的原料。即使她们赚了不少钱，可到了第二个礼拜，白菜的价格便会飙升，甚至更糟的是，根本就买不到白菜。在市集上买不到白菜，两个女人便腌萝卜、黄瓜、大蒜或韭菜，有时庆熙还会腌胡萝卜或茄子，不加蒜或辣椒酱，因为日本人更喜欢这种腌菜。顺子心心念念想着种菜。她母亲在房子后面打理了一片小菜园，即便房客吃掉的饭菜是他们所交房钱的两倍，院子里的菜也照样够吃。新鲜食品的价格不断上涨，工人们连最基本的东西都买不起。最近，一些顾客要求只买一杯泡菜，因为他们买不起一罐泡菜。

如果顺子没有泡菜或腌菜可卖，她就卖别的东西。顺子烤红薯和栗子，她还煮玉米。她现在有两辆车，她用挂钩把它们连在一起，就像火车的车厢一样。一辆车上放着简易煤炉，另一辆只放泡菜。车占据了厨房的大部分地方，但他们还是不得不把车留在屋里，以免被偷。她和庆熙平分利润，顺子把能存的钱都存起来，留着供孩子们上学，或者在他们不得不离开的时候，好有盘缠上路。

摩撒五个月大的时候，顺子也开始在市场上卖糖果。农产品越来越少，而在机缘巧合之下，庆熙从一个朝鲜杂货商那里得到了两大袋红糖。那个杂货商的妹夫是日本人，在军队里服役。

顺子还在猪肉摊旁摆摊。她在一个金属碗下点火，把糖融化。用来当火炉的钢盒子给她找了不少麻烦；一旦有了钱，顺子就计划买一个和她的手推车配套的炉子。她卷起袖子，把炭火搬来搬去，让空气流通，提高温度。

131

"今天有泡菜卖吗？"

那是一个男人的声音，顺子抬起头来。来人和白伊萨差不多年龄，穿着打扮和她大伯相似，浑身上下十分整洁，此外就很普通了。他的脸刮得干干净净，指甲也很整齐。他的镜片很厚，厚重的镜框掩盖了他英俊的面容。

"没有，先生，今天没有泡菜。只是糖果。不过还没准备好。"

"哦。你什么时候再卖泡菜？"

"很难说。现在买不到白菜，我们腌的最后一批泡菜还没准备好。"顺子说完又开始摆弄煤炭。

"一两天？还是一个星期？"

顺子抬起头，惊讶于他这么坚持。

"泡菜大概三天以后会好。如果天气越来越暖和，可能两天就好了。但我想没那么快。"顺子淡淡地说，盼着他别再问，那样她就能开始做糖了。有时候，她能卖出几包糖给这个时候下火车的年轻姑娘。

"等泡菜做好了，总共有多少？"

"多着哩。你想要多少？我的大部分客人都喜欢自带容器。你觉得你会需要多少？"她的客人都是在工厂里做工的朝鲜女性，她们都没时间自己做小菜。买糖的顾客都是孩子和年轻姑娘。"三天后再来吧，你要是自己带食盒……"

那个年轻人哈哈大笑起来。

"我在想，你可以把所有泡菜都卖给我。"他推了推眼镜。

"那么多泡菜，你吃不了的！剩下的泡菜，你怎么保存呢？"顺子答，看到这个人这么傻，不由得摇了摇头，"再过一两个月就到夏天了，而且现在已经很热了。"

"我很抱歉。我应该解释一下。我叫金昌浩，是鹤桥车站旁那家烧肉居酒屋的经理。大家都说你的泡菜顶好吃。"

顺子在她穿在棉背心外面的围裙上擦了擦手，一边还注意着火红的煤块。

"泡菜都是我嫂子做的，她的厨艺很好。我只是负责卖和帮她做。"

"是的，是的，我也听说过这件事。嗯，我正在找人做餐馆需要的全部泡菜和小菜。我可以帮你弄到白菜，而且……"

"在哪里，先生？哪里有白菜？我们到处都找遍了。我嫂子一大早就去市集，可还是买不……"

"我能搞到。"他笑着说。

顺子不知道该说什么才好。做糖果的金属碗已经热了，是时候加入糖和水了，但她现在不想做糖。如果这个人说的是真的，那么，听他说完很重要。她听到火车到了。她已经错过了第一批顾客。

"你的餐厅在哪里？"

"火车站后面的小巷里有一家大餐馆。和药店在同一条街上，你知道那家药店吗？老板是一个骨瘦如柴的日本药剂师，叫冈田先生。他戴着和我一样的黑眼镜。"他又把眼镜往上推，笑得像个男孩。

"啊，我知道那家药店。"

所有朝鲜人生了重病，并且愿意花钱买好药，都去那家药店。冈田不是个友善的人，但他很诚实；据说他能治许多病。

那个年轻人看上去不像是占她便宜的人，但她不能肯定。她做了短短几个月的小贩，这期间，她同意让一些顾客赊账，那些人到现在都没把钱还上。人们愿意在小事上撒谎，无视你的利益。

金昌浩给了她一张名片。"上面有地址。泡菜做好后你能送来吗？把所有的都送来。我会给你现金，还会给你更多的白菜。"

顺子点了点头，什么也没说。如果一个顾客把她的泡菜全包了，那她就有更多时间做其他东西卖。最难的部分是买白菜，所以如果这个人能搞到白菜，那做起来就容易多了。庆熙背着摩撒在市集上搜寻这些稀有的食材，经常只带着空购物篮回家。顺子答应把所有泡菜都给他送去。

— ○ —

在与火车站平行的那条很短的小巷子里，这家餐馆是最大的店面。与附近的其他商号不同的是，这家店招牌上的字是由一家专业标牌制造商巧妙地写出来的。两个女人欣赏着一块大木板上刻的黑色大字。她们想知道这些话是什么意思。这里显然是一家朝鲜风格的烤肉店，从两个街区外就能闻到烤肉的味道，但招牌上的日本文字很难辨认，她们都看不懂。顺子紧紧抓住手推车的把手，深深地吸了一口气，车上装满了她过去几个星期腌制出来的泡菜。如果能长期向这家店供应泡菜，她们就能有固定收入了。她也可以更经常地为白伊萨和诺亚买鸡蛋，为庆熙买厚羊毛布料，因为庆熙想为白约瑟和诺亚缝制新外套。

白约瑟一直不愿意回家，他老是抱怨厨房里到处都是泡菜原料的味道，一看到泡菜就恶心。他不想住在泡菜厂。他的不满是两个女人更喜欢卖糖果的主要原因，但糖比白菜或红薯更难找。虽然诺亚从不抱怨，但泡菜味对他的影响最大。像所有其他在当地学校上学的朝鲜孩子一样，诺亚受尽了嘲弄和欺负，现在，他的干净衣服总是有股洋葱、辣椒、大蒜和虾酱的气味，老师则让诺亚坐在教室后面，与那些母亲在家里养猪的朝鲜学生坐在一起。学校里的每个人都叫那些和猪住在一起的孩子"猪八"。诺亚的日文名字是信夫，他和"猪八"学生坐在一起，别人给他起的外号是"臭蒜头"。

在家里，诺亚向伯母要不含大蒜的零食和餐点，希望这样就能让孩子们不挖苦他。她问他为什么这么要求，诺亚便把真相告诉了伯母。尽管很贵，庆熙还是从面包房买了很多牛奶糕卷给他当早餐，还做薯饼或日式炒面，让他带去学校当便当。

孩子们都很残忍，但诺亚没有反抗；更确切地说，他更加努力地学习了，到了二年级，他在班上的排名数一数二，叫老师们大跌眼镜。在学校，诺亚没有朋友，朝鲜孩子在街上玩，他也不参与。他唯一盼望见到的人是他的伯父，但这些天来，每次白约瑟在家时都不太对劲。

小巷中，庆熙和顺子静静地站在餐厅前面，都不敢走进去。门半开着，但现在还不是开门营业的时间。一开始，庆熙想到可以卖更多的泡菜，不禁非常兴奋，但她一直对这个提议持怀疑态度，不同意让顺子独自去陌生的地方。她坚持跟着来，还把摩撒背在背上。她们没有告诉白约瑟她们来这里，但计划在第一次见面后把一切都告诉他。

"我在这里看着车等你。"庆熙说着用右手有节奏地轻拍摩撒。婴儿平静地躺在庆熙背上的背带里。

"我不该把泡菜带进去吗？"顺子说。

"你为什么不叫他到外面来呢？"

"我们可以一起进去。"

"我还是在外面等吧。但如果你没有马上出来，我就进去，好吗？"

"但是你怎么推车，再说还有……"

"我能推车。摩撒很好。"婴儿昏昏欲睡，头靠在她的背上，她一直在摇晃着婴儿。"进去吧，我等你。让金昌浩出来。别一直在里面跟他说话。"

"我还以为是我们要一起和他谈呢。"

顺子盯着嫂子，不知道该怎么做，然后她忽然想到，她的嫂子是害怕进餐厅。如果她丈夫问她发生了什么事，她就可以诚实地说她一直在外面来着。

第三章

1940年4月

这是她有生以来第二次走进餐馆。主餐厅是她和白伊萨去过的釜山那家乌冬面店的五倍大。前一天晚上的烧肉和香烟的味道弥漫其中，她感觉喉咙很难受。在高出地面的榻榻米平台上有两排餐桌。平台下面是客人放鞋的地方。在开放式厨房里，一个十几岁的男孩穿着白汗衫，正洗两个啤酒杯。水哗哗地流着，玻璃杯碰在一起叮当响，所以他没有听到顺子走进餐厅；她盯着他那轮廓清晰的侧面，希望正在专心工作的他能注意到她。

市集上的那个人并没有规定她什么时候送泡菜，她也没想过问问是早上还是下午来。到处都看不到金昌浩。如果他今天出去了呢，或者，他只在下午或晚上来上班呢？如果她不跟任何人说话就出去了，庆熙肯定也不知道该怎么办。她的嫂嫂很容易陷入无休止的忧虑中，顺子不想打扰她。

水池里的水停止了流动，男孩上了一夜的班，感觉精疲力竭，便左右伸伸脖子。看到那个年轻女子，他大吃了一惊。她穿着日本裤和一件褪色的蓝色棉袄。

"大婶，我们还没营业呢。"他用朝鲜语说。她不是顾客，但也不是乞丐。

"不好意思，很抱歉打扰你了，你知道金昌浩在哪里吗？他让我送泡菜来。我不确定我该什么时候……"

"啊！是你？"那男孩松了一口气，咧嘴一笑。"他就在街上。老板吩咐过我，如果你今天来，就去叫他。你坐下等一下吧。你带泡菜了吗？几个礼拜了，顾客们一直在埋怨小菜不好吃。你也要在这里工作吗？嘿，你多大了？"男孩擦了擦手，打开后面的厨房门。他觉得这个新来的姑娘长得很可爱。上次那个做泡菜的大婶是个没牙的老奶奶，老是无缘无故地大骂他。她因酗酒而被解雇，但这个看起来比他还年轻。

顺子有些困惑。"等等，金昌浩不在吗？"

"坐吧。我马上回来！"

男孩冲出了门。

顺子环顾四周，意识到餐馆里只有她一个人，于是她走了出去。

庆熙小声说："宝宝睡着了。"

她坐在通常挂在手推车边上的矮凳上。在明媚的阳光下，微风轻拂着摩撒那蓬松的头发和光滑的额头。这会儿是清晨，街上几乎没有行人。药房甚至还没有开张。

"嫂嫂，经理就快来了。你还在外面等着吗？"顺子问。

"我在这里很好。你进去吧，在窗边等着，这样我能看见你。不过等到他来了，你就出来，好吗？"

回到餐厅里，顺子不敢坐，便站在离门一英尺远的地方。她知道她们今天本可以在市集上卖泡菜。她来这儿，是因为那个男人说他能给她弄到白菜，仅凭这一点，就足以让她留下来等他了。没有白菜，她们就没有生意做。

"见到你真高兴！"金昌浩喊着从厨房门进来，"带泡菜了吗？"

"我嫂子在外面看着车。我们带了很多。"

"我希望你们能多做点。"

"你连尝都没尝过。"她平静地说，被他的热情搞糊涂了。

"这没什么可担心的。我做过必要的准备工作了。我听说你们的泡菜是大阪最好吃的。"他边说边轻快地向她走来，"那我们出去吧。"

庆熙一看见他就鞠了一躬，但她没有说话。

"你好，我叫金昌浩。"他对庆熙说，惊讶地看到这个女人竟然这么美。他看不出她多大了，但绑在她背上的婴儿还不到六个月大。

庆熙没说话。她看起来就像一个可爱又紧张的哑巴。

"是你的孩子吗？"他问。

庆熙摇摇头，瞥了顺子一眼。现在这种情况并不像和日本商人讨价还价，而她去买家里需要的杂货时就必须这么做。白约瑟曾多次告诉她，什么钱啦，生意啦，都是男人的事，她突然感觉说不出话来。在来这里之前，她本来计划帮助顺子谈判，但现在她觉得，只要她开口说话，不是毫无用处，就是说错话。

顺子问："你知道你想要多少泡菜吗？我是说，你通常要多少。要不要等尝过这些，再定其他的？"

"反正你做多少，我就要多少。如果你能在这里做泡菜就更好了。我们有冰箱和一个很冷的地下室，你或许用得上。"

"在厨房吗？你想要我在里面腌白菜？"顺子指指餐馆门。

"是的。"他笑了，"早晨，你们两个来这里做泡菜和小菜。我的厨子下午来，切肉，弄好调味汁，但他们不会做泡菜和小菜。得有高超的技巧才能做出泡菜和小菜。客人想吃自制的腌菜。随便哪个傻瓜都能做调味汁和烤肉，但顾客需要精致的小菜，这样才能感觉自己像个国王一样在用餐。"

他看得出来，她们两个一听到要在餐厅厨房工作，都有些不自在。

"再说了，你们总不希望我把一箱箱白菜和蔬菜送去你们家里吧？那可不怎么样。"

庆熙小声对顺子说："我们可不能在餐馆里工作。我们应该在家里做泡菜，做好了送来。或者，要是我们拿不了，可以让他们派伙计来取。"

"你们还没弄明白。我需要你们做很多泡菜，比你们以前做的多得多。我还有两家餐馆，都需要泡菜和小菜，不过这家馆子位置很好，厨房最大。所有的原材料都由我来提供，你们只告诉我需要什么就好。我会给你们优厚的薪水。"

庆熙和顺子看着他，不明白他的意思。

"每个礼拜三十五日元。你们两个的薪水都一样，所以一共七十日元。"

顺子惊讶地张大嘴巴。白约瑟每周才赚四十日元。

"而且，你们时不时可以带些肉回家。"金昌浩笑着说，"我们得看看我们能做些什么，好使你们在这里工作得愉快。你们还可以拿一些谷物。如果你们个人需要很多东西，我就按进价向你们收费。对于这些，我们可以以后再算。"

除去原料费用，顺子和庆熙做小贩，每周能赚大约十到十二日元。如果她们每周能挣到七十日元，就再也不用担心钱的问题了。在过去的六个月里，家里没人吃过鸡肉或鱼肉，因为那些食物太贵；买牛肉或猪肉更是不可能。每个星期，他们仍然会买汤骨头，偶尔也会给男人吃鸡蛋，但是顺子希望孩子们、白伊萨和白约瑟能吃除土豆和小米之外的食物。有了这么多钱，就有可能给他们的父母寄更多的钱，老人家一直在受苦，只是不愿意告诉他们而已。

"而且，我可以在家等我大儿子诺亚放学回家吗？"顺子想也没想就脱口而出。

"是的，当然可以。"金昌浩说，好像他已经想过这件事了，"你们做完了工作，就可以回家。我觉得你们应该可以在午饭前完工。"

"那我的宝宝呢？"顺子指指在庆熙背上睡觉的摩撒，"我能把他带来吗？他可以和我们待在厨房里。"顺子说，她无法想象把他托付给那些大惊小怪的邻居阿妈照看是什么样子，那些老奶奶专门给出去工作的妇女看孩子。要是家里没人看孩子，或者付不起钱请保姆，在市集上做工的一些妇女就用绳子把她们年幼的孩子拴在手推车上；孩子们身上绑着纵横交错的绳子，似乎很乐意在母亲身边玩耍，或者坐在母亲身边，玩着廉价的玩具。

"孩子不会带来麻烦的。"顺子说。

"可以呀。只要你们把工作做完，我不在乎。你们做工的时候是没有客人的，所以客人不会介意。"他说，"如果你们干到很晚，你的大儿子愿意从学校来这里，也没问题。到晚饭时间才有顾客上门。"

顺子点点头。她不必再在寒冷的冬天里站在外面等顾客来买东西，同时还很担心诺亚和摩撒。

看到庆熙对这份会改变一切的工作表现出更多的是焦虑而不是高兴，顺子说："我们得回去商量一下，看可不可以来……"

—— ○ ——

餐桌清理完毕后，庆熙给丈夫端来一杯大麦茶和烟灰缸，方便他抽烟。诺亚盘腿坐在伯父旁边，玩着白约瑟给他买的彩色陀螺，一看到陀螺转得那么快，他都着迷了。木制玩具在地板上发出令人愉快的嗡嗡声。顺子把摩撒抱在怀里，看着诺亚玩，不知道白伊萨现在怎么样了。自从白伊萨被捕，顺子在家几乎都不说话，生怕惹恼大伯。他的性情发生了很大的变化。他一生气，就会离家出走，有时，他甚至到很晚才回家。两个女人很清楚，白约瑟一定反对她们去餐馆工作。

白约瑟点燃香烟，庆熙把工作的事告诉了他。她说她们需要工作，她说的是"工作"，而不是"钱"。

"你们是不是疯了？一开始，你们做吃的拿去火车站边的桥下卖，现在你们两个又要去男人们喝酒赌钱的饭馆里做工？你们到底知不知道什么样的女人才去那种地方？怎么，接下来你们是不是要倒酒给那些……"白约瑟那支没有抽过的烟卷随着他颤抖的手指而颤动。他不是个暴力的人，但他已经受够了。

"你真的进餐馆了？"他问，简直不相信这次对话的内容。

"没有没有。"庆熙答，"我带着孩子在外面呢，不过那个地方又大又干净。我是从窗户看到的。我和顺子一起去的，以防那个地方有什么问题，毕竟顺子不应该一个人去。那个经理叫金昌浩，是个说话得体的年轻人，你应该见见他。如果你不允许，我们就不去。亲爱的……"庆熙能看出他有多生气，她为此感到很难过。她最尊敬的人莫过于白约瑟。女人总是抱怨她们的男人，但她对丈夫没有什么不满；白约瑟是一个守信的人。他竭尽全力为这个家，他很可敬。他一直都在尽力照顾他们。

白约瑟把烟掐灭。诺亚不再转陀螺，他吓坏了。

"也许你可以见见他……"庆熙知道她们必须接受这份工作，但她也很清楚，她丈夫将因此蒙羞。自从他们结婚以来，除了她赚钱的能力，他不曾否定过她。他相信，男人努力工作，就应该可以独自养活家人，而女人应该留在家里。

"他可以付钱给你而不是我们；我们只是把钱存起来，留给伊萨的孩子们，还可以寄更多的钱给你的父母。我们可以给伊萨买更好的食物，还可以给他送些衣服。我们都不知道他什么时候……"庆熙不再说下去。诺亚靠近伯父，好像是要保护他。他拍拍伯父的腿，就像他伯父在他跌倒或在学校受欺负时拍他的背一样。

虽然满脑子都是反驳的话，白约瑟却一个字都没说。他做着两份全职工作，为岛村先生管理着两家工厂，而岛村给他的薪水是一个日本工头的一半。

最近，他在下班后为一位朝鲜工厂老板修理坏了的金属压力机，但他不能指望这份工作能带来稳定的收入。他没有向妻子提及最近的工作，因为他宁愿她认为他是经理而不是机修工。在回家之前，他会用鬃毛刷用力地擦洗双手，用稀释的碱液去除指甲下的机油污渍。不管他干得多卖力，他的钱好像永远都不够用，就好像他的口袋里有个大洞似的，日元纸币和硬币都掉了出去。

日本陷入了困境——政府很清楚这一点，但绝不会认输。中国的战争持续进行，没有停止。他老板的儿子们都在为日本而战。大儿子被派往满洲，去年失去了一条腿，后来死于坏疽，小儿子被派到南京。顺便说一句，岛村先生提到过，日本攻打中国，是为了使该地区获得稳定，实现和平，但是他所说的这一切并没有让白约瑟觉得岛村先生相信他自己说的话。日本人在亚洲战争中越陷越深，有传言说日本将很快与德国结盟，介入欧洲的战争。

这些事跟白约瑟有关系吗？他的日本老板谈论战争，他会在合适的时间点点头，肯定地咕哝一声，因为老板告诉你他的故事，你就应该点头。然而，在他认识的每个朝鲜人看来，日本在亚洲不断扩大战争范围似乎毫无意义。中国可不是朝鲜，也不是台湾，中国就算失去一百万人口，依然不会伤元气。中国的一小块土地可能沦陷，但它是一个无比辽阔的国家；它将以绝对的数量和决心来把这场战争进行到底。朝鲜人希望日本赢吗？不，但是如果日本的敌人赢了，朝鲜人会怎么样呢？朝鲜人能自救吗？显然不能。所以，还是自己收拾自己的烂摊子吧——朝鲜人心里就是这么认为的。要救你的家人，喂饱你自己的肚子。注意，对领袖保持怀疑。如果朝鲜的民族主义者不能把他们的国家夺回来，那就让你的孩子们学习日语，取得成功。要去适应。这不是很简单吗？比起每一个为自由朝鲜而战的爱国者，或者比起任何一个为日本而战的不幸的朝鲜浑蛋，都有成千上万的同胞在战地或其他地方只求吃饱肚子。最后，你的肚子就是你的天皇。

每天的每时每刻，白约瑟都在担心钱。如果他突然死去，会发生什么？什么样的男人会让妻子在餐馆做工？他知道那家烤肉店，谁不知道呢？那样的馆子一共有三家，最大的那家在火车站旁边。歹徒流氓深夜在那里吃东西。老板把价格定得很高，让普通人和日本人都望而却步。白约瑟需要借钱给白伊萨和顺子来日本，他就去那里。哪个更糟，是他的妻子为放债人工作，还是他欠他们钱？对于一个朝鲜男人来说，选择总是没有好结果。

第四章

1942年5月

　　白诺亚与邻居那些八岁大的孩子一点也不一样。每天早晨，在上学之前，他都会擦洗自己的脸，直到脸颊变成粉红色，然后，他把三滴头油抹在他那头黑发上，并按照他母亲教他的那样，把头发从额头向后梳。吃完大麦粥和味噌汤的早餐后，他漱口，在水槽旁的小圆手镜里检查自己的洁白牙齿。不管他母亲有多累，她总是在前一天晚上把诺亚的衬衫熨好。诺亚穿着干净、熨烫笔挺的衣服，看上去就像一个来自城里富人区的日本中产阶级小孩，和他家门外那些脏兮兮的贫民区孩子一点也不像。

　　在学校，诺亚的算术和写作都很出色，他出众的手眼协调能力和跑步速度让体育老师大呼震惊。放学后，就算没人要求他，他也会整理书架，打扫教室，然后独自走回家，尽量不引起任何不必要的注意。这个男孩努力让自己看起来不害怕喜欢欺负人的学生，同时保持自己的隐私，不受打扰。回到家，诺亚会直接进屋做功课，不和邻居的孩子们在街上逗留，一直玩到吃晚饭才回家。

　　自从母亲和伯母把泡菜生意搬到餐馆以来，房子里就再也没有泡菜和腌菜的味道了。诺亚希望不会再有人叫他臭蒜头。如果说最近有什么不同的话，那就是他们家比邻居家少了点做饭的味道，因为他的母亲和伯母会从餐馆带回一些熟食吃。诺亚每周都能吃上一次餐馆里的烤肉和白米饭。

　　和所有的孩子一样，诺亚也有秘密，但他的秘密并不普通。在学校里，他的日语名字是白信夫，而不是白诺亚；虽然他班上的每个人一听见他那日本化的姓氏都知道他是朝鲜人，但如果他遇到不知道这个事实的人，也不会透露细节。他的日语读写比大多数土生土长的孩子都好。在课堂上，他害怕有人提到他父母出生的半岛，如果老师提到朝鲜是殖民地，他就会低头看课本。诺亚的另一个秘密是：他的父亲，一个新教牧师，正在坐牢，有两年多没回家了。

　　男孩白诺亚试图记起父亲的脸，但他做不到。如果是做有关家庭故事的课堂作业，诺亚就说他父亲在饼干工厂里做工头，如果一些孩子认为约瑟伯父是他父亲，诺亚也不会说明。诺亚不再相信上帝：这是一个大秘密，他一直瞒着他的母亲、伯母，甚至是他深爱的伯父。上帝允许他那温和善良的父亲进监狱，尽管他没有做错什么。两年来，尽管他的父亲曾向他保证，上帝会非常仔细地聆听孩子们的祈祷，但上帝并没有对他的祈祷做出任何反应。在众多诺亚不会讲出来的秘密中，有一个最重要的，那就是男孩诺亚想成为日本人；他的梦想是离开亚野区，永远不回来。

———— ○ ———— ┘

那是一个晚春的下午，诺亚从学校回到家，发现了母亲上工前留给他的零食，零食就在那张矮桌上，平时家里人吃饭和诺亚做作业都在那张桌上。他口渴了，就到厨房弄点水喝。当他回到前屋时，他吓得尖叫起来。在门口附近，一个又瘦又脏的人瘫倒在地上。

那个人连站都站不起来，用左手肘支撑身体，试图让自己坐起来，但没能成功。

他是不是应该再大叫一声？诺亚琢磨着。谁会来帮他呢？他的母亲、伯母和伯父都在上工，他第一次叫的时候，也没人听到。这个乞丐看起来倒没什么危险；他好像病恹恹的，身上很脏，但他也可能是个小偷。伯父提醒过诺亚，有窃贼可能闯入屋内寻找食物或贵重物品。他的裤子口袋里有五十钱；他一直存着那些钱，好去买一本关于射箭的图画书。

那个男人这会儿哭了起来，诺亚为他感到难过。他住的这条街上有许多穷人，但没有一个人看上去像这个人这么惨。乞丐的脸上满是疮和发黑的结痂。诺亚把手伸进口袋，掏出了硬币。诺亚担心那个人抓他的腿，便不敢靠太近，只是近到足以把硬币放在他的手上。诺亚打算走到厨房，跑出后门去找人帮忙，但那个男人的哭声让他停了下来。

男孩仔细打量那人留着灰白胡须的脸。他的衣服被撕破了，脏兮兮的，但好像和他的校长在学校穿的黑色西装很相似。

"是阿爸呀。"那个男人说。

诺亚倒抽了一口气，摇了摇头，表示不相信。

"孩子，你母亲呢？"

是他的声音。诺亚向前走了一步。

"阿妈在餐馆。"诺亚答。

"哪里？"

白伊萨听糊涂了。

"我现在就去，我去找阿妈。你没事吧？"男孩并不知道该怎么做。他依然有一点害怕，不过这个男人的确是他父亲。在突出的颧骨和积垢的皮肤下面，那双温柔的眼睛和从前一模一样。也许他的父亲就是饿坏了。他的肩胛骨和肘部在衣服下看起来像尖锐的树枝。"你想吃点什么吗，阿爸？"

诺亚指着母亲留给他的零食：两个大麦和小米做的饭团。

白伊萨摇了摇头，对男孩的关心微微一笑。"儿子，你能给我拿点水来吗？"

诺亚从厨房端来一杯冷水，却发现他的父亲闭着眼睛瘫倒在地上。

"阿爸！阿爸！快醒醒！我把水拿来了！喝吧，阿爸。"诺亚哭了。

白伊萨微微睁开眼睛，他一看到那男孩就笑了。

"阿爸就是累了，诺亚。阿爸想睡觉。"

"阿爸，喝点水吧。"男孩递出杯子。

白伊萨抬起头，喝了一大口，随后又闭上眼睛。诺亚俯下身，靠近他父亲的嘴，听他是否还有呼吸。他拿来自己的枕头，把它塞进白伊萨浓密的灰白头发下面。他把厚被子盖在他身上，悄悄地关上了前门。诺亚以最快的速度跑到餐厅。

— ○ —

诺亚冲进饭厅，但是前厅的人都没有注意到他。在餐馆做工的成年男子都不讨厌这个彬彬有礼的男孩，他除了说"是"和"不"之外，很少说别的话。那个蹒跚学步的孩子摩撒在储藏室睡觉；不睡觉的时候，这个两岁的小男孩会在餐厅里满堂跑，但是睡着了，他看起来就像一座天使的雕像。金经理从来没有抱怨过顺子的孩子。他给孩子们买了玩具和漫画书，而且，在后面的办公室工作的时候，他偶尔也会看着摩撒玩。

"啊。"庆熙正在干活儿，她抬起头来，惊恐地看到诺亚跑进厨房，气喘吁吁，脸色苍白。"看你满头大汗的。怎么了？我们很快就做完了。饿了吗？"她从蹲着的地方站起来，想给他弄点吃的，以为他过来是因为不想一个人待着。

"阿爸回来啦。他好像生病了。他就躺在家里的地上呢。"

顺子一直没吭声，只等诺亚把话说清楚，这会儿，她在围裙上擦擦湿手。"我能走吗？我们现在可以走吗？"她从没早退过。

"我留下来把活儿干完。你走吧。快点。我干完活儿就回去。"

顺子拉起诺亚的手。

— ○ — ‐

在半路上，顺子喊道："摩撒！"诺亚抬头看着她。

"阿妈，伯母会把他带回家的。"他平静地说。

她紧紧抓住他的手，快步朝家里走去。"你总能让我安心，诺亚。你总能让我安心。"

没有其他人在，她可以温柔对待自己的儿子。父母不应该赞扬孩子，她知道这只会带来灾难。但她父亲总是在她表现很好的时候表扬她；出于习惯，他会摸摸她的头顶或拍拍她的背，即使她什么也没做。其他父母都可能因为溺爱女儿而受到邻居的责备，但就算她父亲对孩子的匀称容貌和正常四肢感到惊讶，也没人指责她的残废父亲。他喜欢看她走路、说话、做简单的心算。现在他去世了，顺子从没有忘记父亲的温暖和亲切的话语，感觉那就像亮晶晶的宝石。人都不该期望得到赞美，女人当然也不行，但她小时候一直是父亲的珍宝，是她父亲的快乐源泉。她想让诺亚知道那是一种什么感觉，她感谢上帝保佑她的孩子。有些时候，她感觉自己在她丈夫哥哥的家里撑不到明天了，日日夜夜地干活，天还没亮就得起来重复前一天的工作，去监狱给丈夫送饭，每当这些时候，顺子就会想起她的父亲，他从来没有对她说一句重话。他曾教导她，孩子是快乐之源，她的孩子是她的快乐之源。

"阿爸看起来是不是病得厉害？"顺子问。

"我都认不出是他。阿爸以前总是穿得干干净净的。"

顺子点了点头，很久以前她就告诉自己要做最坏的打算。教堂里的长辈提醒过她说，朝籍囚犯通常都是临死前才会被放回家，免得他们死在监狱里。囚犯们挨打，挨饿，被迫不穿衣服，让他们的身体越来越坏。就在那天早上，顺子去监狱送饭和给他在这周穿的一套干净内衣。大伯当时说得对，这些东西她丈夫一样都没收到。她和诺亚走在繁忙的街道上，却对人群视而不见，她突然想到，她从来没有想过要让儿子做好准备迎接白伊萨的归来。如果说有什么不同的话，那就是她一直忙着工作和攒钱，而这是在为他的死做准备，以至于她没有想到男孩会怎么看待他父亲的归来，或者更糟糕的是，会对他的死有什么想法。她真后悔没有提前告诉他会出现怎样的结果。诺亚肯定非常吃惊。

"你今天吃零食了吗？"她问他，不知道还能说什么。

"我把零食留给阿爸了。"

他们碰到了一小群穿着制服的学生，他们从糖果店中涌出，开心地吃着糖果。诺亚低下头，但没有放开母亲的手。他认识这些孩子，但他们没有一个是他的朋友。

"今天有作业吗？"

"有，等我回家就写，阿妈。"

"你一直都让我这么省心。"她说，感觉着她手中他的五根修长的手指，她很感激他这么坚强勇敢。

—— ○ —— -

顺子慢慢地打开了门。白伊萨正躺在地板上睡觉。她跪在他的头边。他有很深的黑眼圈，高颧骨上的皮肤发黑，肤色斑驳。他的头发和胡子几乎都是白色的，他看上去比他的哥哥白约瑟还要大上几岁。他不再是把她从耻辱中解救出来的那个英俊年轻人了。顺子脱下他的鞋和布满破洞的袜子。他干裂粗糙的脚底布满了干痂。他左脚的最后一个脚趾已经变黑了。

"阿妈。"诺亚说。

"怎么了？"她扭头看着他。

"我是不是该把伯父叫回来？"

"是的。"她点点头，尽量不哭出来，"岛村先生可能不会允许他提早下班，诺亚。如果伯父回不来，就告诉他我会陪着阿爸的。我们不希望伯父在工作上遇到麻烦。知道了吗？"

诺亚跑出家门，都没有费神把房门完全关上，有风吹进来，白伊萨醒了过来；他睁开眼，看到妻子坐在身边。

"亲爱的。"他说。

顺子点点头。"你回家了。我们真高兴你回家了。"

他笑了。曾经洁白挺直的牙齿现在不是发黑，就是缺了，他下面的牙齿全都掉了。

"你受苦了。"

"司事和牧师昨天死了。我很久以前就该死了。"

顺子摇摇头，说不出话来。

"我回家了。我每天都想象自己回家。每时每刻都在想。可能就是这个原因，我才能在这里。你的日子肯定不好过啊。"他亲切地看着她说。

——○——

在工厂工作的朝鲜和中国女孩一看到诺亚，就对他笑了笑。新鲜出炉的小麦饼干的香味扑鼻而来。一个在门边包装饼干的女孩低声用朝鲜语说他长高了。她指着他伯父的背。他正俯身看着饼干机的马达。车间又长又窄，设计得像一条宽阔的隧道，便于检查工人的工作；老板把那台壮观的饼干机放在他的办公室旁边，传送带朝站成一排的工人们的方向移动。白约瑟戴着护目镜，拿着一把钳子鼓捣维修面板。他既是工头，也是工厂的机修工。

重型机器发出很大的噪声，淹没了正常的说话声。女孩们本不应该在车间说话，但如果她们只是低声说话，做出很小的面部表情，几乎是不可能被抓住的。这些女孩一共有四十个，全都未婚，因灵巧的手指和整洁的仪表而被雇用，她们把二十块薄薄的小麦饼干装进木盒，这些饼干将被运往驻扎在中国的军官。每碎掉两块饼干，女孩的工资就会被扣掉一钱，所以她们不得不小心又要迅速地工作。如果女工吃了哪怕是一块碎饼干的一个碎边角，就会立即被解雇。下班的时候，最小的女孩要把碎饼干收集到一个有衬布的篮子里，再装进小袋，然后拿到市集上以折扣价出售。如果卖不出去，岛村先生就把饼干卖给包装最整齐、差错最少的女孩，只象征性地收一点钱。白约瑟从来没有拿过碎饼干回家，因为女孩们挣的钱太少了，甚至饼干屑对她们来说也非常重要。

老板岛村坐在他那个和公共厕所差不多大的玻璃办公室里。透过平板玻璃窗，他可以监视女工。如果发现有不对劲，他就叫白约瑟去给女工一个警告。第二次警告后，这个女孩就会被解雇，而且，哪怕她已经工作了六天，也拿不到一钱薪水。岛村用漂亮的手写体在一个蓝色布面账本上写上女孩的名字，在名字旁边记下警告的次数。他的工头白约瑟不喜欢惩罚女工，岛村认为这是朝鲜人软弱的又一个例子。老板认为，如果所有亚洲国家都以日本人的效率、对细节的关注和高度的组织性来运作，整个亚洲就会繁荣起来，能够战胜肆无忌惮的西方。岛村相信他为人公平，只是心太软，所以他才雇用外国人，而他的许多朋友就不会这么做。他们指责外国人生性懒散，他就说，除非日本人教会他们讨厌无能和懒惰，否则他们怎么学得会呢。岛村认为，为了子孙后代的利益，必须维持标准。

诺亚只去过工厂一次，岛村当时很不高兴。大约一年前，庆熙发高烧，在市集上昏倒了，大家就派诺亚去找白约瑟。岛村很不情愿地让白约瑟回去照顾妻子。第二天早上，他向白约瑟解释说，不可以再有这种情况发生。岛村问，他怎么能在没有合格技工在场的情况下，维持两家机器工厂的运作呢？如果白约瑟的妻子再次生病，只能求助于邻居或家人；白约瑟不能在中午就离开工厂。饼干是战争订单，必须立即交货。男人们冒着生命危险为国家而战，每个家庭都必须做出牺牲。

距离那次他不愿意进行的尴尬谈话才过了一年，当岛村再次看到这个男孩，登时便怒不可遏。他啪的一声打开报纸，假装没看见男孩在拍他伯父的背。

白约瑟被诺亚轻拍了一下，不由得吓了一跳，转过身来。

"诺亚，你来这儿干什么？"

"阿爸回来了。"

"真的吗？"

"你现在能回家吗？"诺亚问。他的嘴形成了一个小小的红色O形。

白约瑟摘下眼镜，叹了口气。

诺亚闭上嘴，低下头。他的伯父必须得到许可，就像他的母亲必须去问庆熙伯母或金先生一样，就像他必须先问过他的老师才能去厕所。有时，外面阳光明媚，诺亚就梦想着不告诉任何人，独自去大阪湾。曾经在一个礼拜六的下午，他和父亲去过那里，当时他还很小，他一直很想再去，觉得那里很美好。

"他还好吗？"白约瑟端详着诺亚的表情。

"阿爸的头发都白了。他身上很脏。阿妈在照顾他。她说如果你回不来也没关系，但她想让你知道这件事，知道阿爸回家了。"

"是的，这么做很正确。我很高兴知道消息。"

白约瑟瞥了岛村一眼，只见他举着报纸假装在看，但毫无疑问，他正在目不转睛地盯着他。他的老板决不会允许他现在回家。而且，与庆熙那次晕倒时不同，岛村知道白伊萨在坐牢，因为胡司事拒绝进行神社参拜仪式。警方不时地来询问白约瑟，还会与岛村谈上几句。岛村为白约瑟辩护，称他是朝鲜人的楷模；如果他离开了，就将丢掉工作，如果警察把他带走审问，他就会失去品德信誉。

"听着，诺亚，用不了三个小时，我这边就完工了，然后，我就赶紧回家。我现在不完成工作就离开，是很不负责任的。我一做完，就跑着回家，保管跑得比你快。告诉你的阿妈，我马上回家。如果你阿爸问，告诉他二哥很快就回来。"

诺亚点了点头，不明白伯父为什么哭。

"我得做完工作才行，诺亚，你还是快点跑回家吧。好吗？"白约瑟戴上护目镜，转过身去。

诺亚飞快地跑向入口。饼干的香味飘到了门外。这孩子从没吃过一块饼干，也从没索要过饼干。

第五章

诺亚冲进家门，他一路狂奔回来，只觉得头晕目眩，心怦怦直跳。他大口大口地喘着气，对母亲说："伯父还不能下班。"

顺子点了点头，早预料到了会这样。她正在用湿毛巾给白伊萨擦身体。

白伊萨闭着眼睛，但他的胸部微微地起伏着，不时发出一阵痛苦的咳嗽。一条薄毯子盖在他的长腿上。一道道倾斜的疤痕遍布白伊萨的肩膀和肮脏的躯干，形成不规则的菱形交叉形状。每次白伊萨咳嗽，他的脖子都变得通红。

诺亚悄悄地走近父亲。

"不，不。退后。"顺子厉声说，"阿爸病得很厉害。他得了重感冒。"

她向上拉毯子，一直盖到白伊萨的肩膀，尽管她还没有给他擦洗完身体。肥皂味很浓，脸盆里的水也换了好几次，但他身上还是散发出一股酸臭味；幼虱粘在他的头发和胡子上。

白伊萨清醒了一会儿，剧烈的咳嗽把他惊醒了，但现在他睁开眼睛，什么也没说，他看着她，似乎认不出她来。

顺子拿了另一块敷布放在白伊萨滚烫的额头上。要坐很长时间的电车，才能到最近的医院，即使她一个人能移动他，可就算等上一整夜，医生也不见得给他看病。如果她能把他挪到泡菜车上，她就把他推到电车站，那样的话，她就能带他上电车，但泡菜车怎么办呢？泡菜车根本通不过电车门。诺亚也许能把车推回家，但没了手推车，她怎么才能把白伊萨从车站送到医院呢？如果司机不让他们上车怎么办？她不止一次目睹电车司机让病人下车。

诺亚坐在父亲的腿旁，这样就不会被父亲的咳嗽影响到。他很想拍一下他父亲那尖利的膝盖骨，他很想摸摸父亲，确定父亲是真的。男孩从书包里拿出笔记本做作业，密切注视着白伊萨的呼吸。

"诺亚，你还是去穿上鞋子吧。你去趟药店，让孔药师来。你务必告诉他事关紧急，而且阿妈会付给他双倍的诊金。"顺子觉得，如果那个朝鲜药剂师不肯来，她就要庆熙去求日本药剂师来出诊，尽管这也不太可能。

男孩站起来，一言不发地走了。她能听到他迈着稳健快速的步伐，沿街跑远了。

顺子在黄铜脸盆上方拧干了她用来给白伊萨擦洗身体的手巾。最近留下的鞭痕和一些更老的伤疤覆盖了他那骨瘦如柴的宽背。她擦洗他那黑黢黢且布满瘀伤的身体，不由得感到非常恶心。这世上没有比白伊萨更好的人了。他尝试理解她，尊重她的感情；他从来没有提起她的耻辱过去。在诺亚和摩撒之间，她还曾怀过几个孩子，却都不幸小产，他一直耐心地安慰她。最后她生下了他们的儿子，他喜出望外，但她只顾着担心他们靠这么一点钱如何生存，所以感受不到他的幸福。现在，他回家来等死，有钱又有什么用呢？她应该为他做更多的事，她应该像他了解她那样去了解他。现在一切都结束了。即使他现在瘦得皮包骨，身上没有一块好肉，他的美也令人惊叹。其实，他和她完全相反；她又胖又矮，他却体格匀称，四肢修长，甚至他那磨破的脚也十分好看。她的眼睛很小，写满了焦虑，他的眼睛则大大的，充满了包容和接纳。脸盆里的水现在变成了灰色，顺子站起来再换一次。

　　白伊萨醒了过来。他看见顺子穿着农裤，从他身边走开。他喊她："亲爱的。"但她没有转过身来。他好像不知道该如何提高嗓门，这就如同他的思想还活着，他的声音却已然死去。

　　"亲爱的。"白伊萨喃喃地说，他伸手去摸她，但她都快到厨房了。他在约瑟的大阪的家里。这必须是真的，因为他事实上一直在做一个梦，梦中的他还是个孩子，一觉醒来，就到了这里。在梦里，白伊萨在他童年的花园里，坐在一棵栗树的低矮树枝上，栗子花的香气依然弥漫在他的鼻间。这个梦就像他在监狱里做的许多梦一样，当他做梦的时候，他意识到梦并不是真实的。在现实生活中，他从未上过树。小时候，家里的园丁会搀着他到那棵树下，让他呼吸新鲜空气，但他的身子骨一直不够强壮，不能像约瑟那样爬树。园丁经常叫约瑟"猴子"。在梦里，白伊萨紧紧地抱着粗树枝，周围都是深绿色的叶子，一簇簇白色的花朵盛开着，花蕊是深粉色的。有女人从房子里用欢快的声音喊他。他想见见他的老保姆和他的妹妹，虽然她们已经死了很多年了；在梦里，她们笑得像年轻的女孩子。

　　"亲爱的……"

　　"啊。"她在厨房门口放下脸盆，向他奔去。"你还好吗？你想要什么吗？"

　　"我的妻子。"他缓缓地说，"你还好吗？"白伊萨感觉昏昏欲睡，很不确定，但他感觉如释重负。顺子的脸与他记忆中的不同，好像苍老了一些，也更疲倦了。"你一定很辛苦。我很抱歉。"

　　"嘘，你得好好休息。"她说。

　　"诺亚。"他说起那男孩的名字，好像记起了什么好东西似的，"他在哪里？他刚才还在啊。"

　　"他去找药剂师了。"

　　"他看起来身体很棒，也很聪明。"他费了很大劲才说出这些话，但他突然感觉头脑变清晰了，他想把心里一直想对她说的话都告诉她。

　　"你在餐馆工作？做吃的吗？"白伊萨开始咳嗽，而且停不下来。血点溅到了她的上衣上，她用毛巾擦了擦他的嘴。

　　他试着坐起来，她见状连忙把左手放在他的头下，把右手放在他的胸口上，让他平静下来，生怕他会伤到他自己。他咳嗽得很厉害。即便隔着毯子，也能感觉到他的皮肤很烫。

"请休息吧。过一会儿，我们可以过一会儿再聊。"

他摇了摇头。

"不，不。我……我想告诉你一些事。"

顺子把双手放在她的腿上。

"我是生是死都不重要。"他说，努力去读懂她的眼神，只见她的眼里写满了痛苦和疲惫。他需要她明白，他感谢她一直等他出狱，感谢她照顾家里人。一想到她做着辛苦的工作，赚钱养活他们的家人，他却什么也做不了，他就感到很惭愧。这段日子他不在，再加上战争带来的通货膨胀，家里的钱一定很紧张。监狱看守一直在抱怨物价飞涨，他们说所有人都在挨饿。"不要抱怨粥里的虫子。"白伊萨不断地祈祷，希望家人一直有食物果腹。"我把你带到这里来，却只是让你的生活变得更艰难。"

她对他笑了笑，不知道该怎么说出心里的那句话：是你救了我。相反，她只是说："你一定会好起来的。"顺子用一条更厚的毯子盖在他身上；他的身体滚烫，他却不停地颤抖着。"为了孩子们，请你一定要好起来。"没有你，我怎么养大他们？

"摩撒呢，他在哪里？"

"嫂嫂带着他在餐厅呢。老板同意我们带他去做工。"

白伊萨看上去既清醒又专注，仿佛他所有的痛苦都消失了；他想更多地了解他的孩子们。

"摩撒。"白伊萨笑着说，"摩撒。他把他的人民从奴役中拯救出来……"白伊萨的头猛烈地跳动着作痛，他不得不再次闭上眼睛。他想看到他的两个儿子长大，完成学业，娶妻生子。白伊萨从来没有这么希望自己能活着，而现在，他想活到耄耋，却被打发回家等死。"我有两个儿子。"他说，"我有两个儿子，诺亚和摩撒。愿上帝保佑我的儿子们。"

顺子仔细地看着他。他的脸看上去很奇怪，却很平静。她不知道还能做什么，只好一直说个不停。

"摩撒会一点点长大，永远都是那么快乐友好。他拥有美好的笑容。他到处跑，跑得很快呢！"她摇晃着双臂，模仿那个蹒跚学步的孩子奔跑的样子，她发现自己在笑，而他也在笑。此时，她突然想到，在这个世界上，除了她，只有白伊萨一个人想听到摩撒健康成长，而且，在此之前，她都忘了她可以表现出两个儿子是她的骄傲和快乐。即使大伯和嫂子对孩子们很满意，她也不能忽视他们因为没有自己的孩子而感觉到的悲伤；有时，她想把自己的喜悦藏起来，不让他们看到，以免被人看成是一种自夸。在家乡，有两个健康的好儿子就等于拥有了巨大的财富。她没有家，没有钱，但她有诺亚和摩撒。

白伊萨的眼睛睁开了，他看了看天花板。"我还不能死，我一定要见见他们，主啊。我要见到我的孩子们，我要祝福他们。主啊，再给我一点时间……"

顺子低下头，她也祈祷着。

白伊萨再次闭上眼睛，肩膀因疼痛而抽搐。

顺子把她的右手放在他的胸口上，检查他微弱的呼吸。

———— o ————

门开了。不出所料，诺亚是一个人回来的。药剂师现在不能来，但他答应今晚晚些时候再来。男孩回到白伊萨脚旁的位置，在他父亲睡觉的时候做算术。诺亚很想给白伊萨展示一下他的功课；就连他年级里最严格的星井老师也告诉诺亚，他很擅长写作，并且应该努力提高他所在的文盲种族的水平："一个勤奋的朝鲜人可以激励一万个朝鲜人拒绝懒惰的天性！"

白伊萨继续睡觉，诺亚集中精神做作业。

后来，庆熙带着摩撒一起回到家，这时候，家里充满了活力，自从白伊萨被捕以来，还是第一次这样。白伊萨醒过来一会儿，见到了摩撒，而摩撒看见这个瘦骨嶙峋的人，并没有哭。摩撒叫他"爸爸"，用双手拍了拍他的脸，他对喜欢的人都是这样。摩撒用他那胖乎乎的小白手在白伊萨那凹陷的面颊上轻轻拍了几下。这个蹒跚学步的孩子静静地在他面前坐了一会儿，但白伊萨一闭上眼睛，庆熙就把他抱走了，不想让孩子受了病气。等到白约瑟回到家，房子又变得阴郁起来，因为白约瑟不会忽视显而易见的事情。

"他们怎么可以这样？"白约瑟盯着白伊萨的身体说。

"弟弟，你就不能说点他们想听的话吗？难道你就不能说你崇拜天皇，就算这不是真心话又能怎么样？难道你不知道，活着最重要吗？"

白伊萨睁开眼睛，但什么也没说，又闭上了眼睛。他的眼皮太沉了，睁眼实在很痛苦。他想和白约瑟说话，却怎么也说不出来。

庆熙给她丈夫拿来一把剪刀、一个长剃须刀片、一杯油和一盆醋。

"幼虱和虱子是不会死的。应该把他的头发胡须都剃光。他肯定很痒。"她说，眼眶都湿润了。

白约瑟很感激妻子给他找了些事情做，于是他卷起袖子，把那杯油倒在白伊萨的头上，为他按摩，让油吸收到头皮中。

"伊萨，别动。"白约瑟说，尽量保持正常的声音，"我要把这些叫你发痒的浑蛋都除掉。"

白约瑟剃掉白伊萨的头发，在他的头上留下一道道干净的痕迹，随后把剪下来的头发扔进金属盆。

"伊萨。"白约瑟笑着回忆往事，"你还记得我们小时候园丁是怎么给我们理发的吗？我像只疯狂的野兽一样大喊大叫，但你从不这样。你像个小和尚一样坐在那里，平静安详，从来没有抱怨过。"白约瑟安静下来，希望眼前的景象不是真的。"伊萨，我为什么要把你带到这个地狱？我太寂寞了，希望你能来。你知道，我不该把你带到这儿来，而现在我因为自私而受到了惩罚。"白约瑟把刀片放在盆里。

"你要是死了，我也活不成了。你明白吗？你不会死的，好弟弟。伊萨，求你别死。你死了我怎么活下去呢？我该怎么向父母交代呢？"

白伊萨继续睡觉，并没有看到他的家人都围在他的铺盖周围。

白约瑟擦了擦眼睛，闭上嘴，咬紧牙关。他又拿起了剃刀，不停把头上剩下的灰白头发都剃掉。等到白伊萨的头上没有了头发，他便把油倒在他弟弟的胡子上。

晚上剩下的时间里，白约瑟、庆熙和顺子为他挑出幼虱和虱子，把虫子扔进煤油罐里，只有在哄孩子们上床睡觉时才停下来。后来，药剂师来了，宣布了他们已经知道的事情。现在，医院和医生都无能为力，白伊萨是药石无医了。

—— ○ ——

黎明时分，白约瑟回到了工作岗位。顺子在家照顾白伊萨，庆熙去了餐厅。白约瑟并没有抱怨庆熙独自去做工。他太累了，没有力气争吵，而且他们急需钱。在房子外面，早晨的街道熙熙攘攘，男人和女人都赶去上班，孩子们则跑去学校。白伊萨睡在前屋，呼吸浅而急促。他像婴孩一样干净，身上的毛发都剃光了。

诺亚吃完早饭，整齐地放下筷子，抬头看着他的母亲。

"阿妈，我可以待在家里吗？"他问，他从不敢要求这样的事，即使他在学校过得很不如意。

顺子正在做缝纫活儿，惊讶地抬起头。

"你是不是不舒服了？"

他摇摇头。

白伊萨此时半睡半醒，听到了儿子的要求。"诺亚……"

"我在呢，阿爸。"

"阿妈告诉我，你以后会变得非常有学问。"

孩子咧开嘴笑了，但出于习惯，他低下头看着自己的脚。

诺亚在学校里获得了高分，首先想到的是他的父亲。白约瑟曾几次告诉男孩，他的父亲是天才，虽然很少有人辅导他，他还是通过看书自学了朝鲜语、古汉语和日语。他去神学院读书的时候，已经读了好几遍《圣经》。

每当学校生活变得难熬，但只要知道他的父亲是一个有学问的人，男孩就会觉得浑身充满力量，坚定了学习的决心。

"诺亚。"

"我在，阿爸。"

"你今天必须去上学。我小时候特别想和其他孩子一起去上学。"

男孩点点头，曾听过他父亲很想上学的事。"我的孩子，除了坚持下去，我们还能做什么呢？我们一定要提升自身的才能。想让你的阿爸高兴，你就要始终都那么出色。无论你走到哪里，都代表着我们的家庭，而且，在学校、城里、这个世界上，你一定要做优秀的人。不要管别人怎么说，也不要管别人做过什么。"白伊萨说完咳嗽起来。他知道这孩子上日本学校一定很费力。

"你一定要时刻勤奋，谦虚。对所有人都怀揣怜悯之心，即使是对你的敌人。你明白吗，诺亚？人或许不公平，但耶和华是公平的。你会看到的，你会的。"白伊萨说，他疲惫的声音越来越小。

"明白了，阿爸。"星井老师也告诉过他，他对朝鲜人也有责任；有一天，他会为他的社区服务，让朝鲜人成为仁慈天皇的好子民。男孩盯着他父亲新剃的光头。他的秃头是那么白，与他黝黑凹陷的双颊形成了鲜明的对比。他看上去既新又老。

顺子为这孩子感到难过；他从来没有和父母在一起待过一天，也没有和别人在一起过一天。在她成长的过程中，即使周围有其他人，她的父亲、母亲和她也总是待在一起，如同一个看不见的三角形。她每每回想起她在家里的生活，她所怀念的正是这种亲密感。白伊萨关于学校的看法是对的，但他不能教导诺亚太长时间。很快，白伊萨就会离开这个人世。她愿意不惜一切代价再见到她的父亲，但是她怎么能违背白伊萨的意愿呢？顺子拿起诺亚的背包，递给这个垂头丧气的男孩。

"诺亚，放学后直接回家，我们在这里等你。"白伊萨说。

诺亚一动不动地坐在地板上，无法把目光从父亲身上移开，生怕他会消失。直到父亲回来，这孩子才意识到他有多想念父亲。思念父亲的痛苦在他那小而凹的胸膛里浮现了出来，他对即将重现的痛苦感到焦虑。如果他留在家里，诺亚肯定他父亲会没事的。他们甚至不用说话。为什么他不能像他父亲那样在家学习？诺亚想问这个问题，但他生性不喜争论。

然而，白伊萨不希望诺亚再看到他这样。男孩已经害怕了，没必要再让他受更多苦。关于生活，关于学习，关于如何与上帝对话，白伊萨还有很多道理要讲给这孩子听。

"你在学校里很不好过吗？"白伊萨问。

顺子扭头看着儿子的脸，她从没想过这么问他。

诺亚耸耸肩。作业还好，不会特别难。好学生都是日本人，而他欣赏的那些好学生都不搭理他，他们甚至连看都不看他一眼。他相信，如果他是普通人而不是朝鲜人，他会喜欢上学。他不能对父亲或其他人说这些，因为他永远也成不了普通的日本人。约瑟伯父说，总有一天，他们会返回朝鲜，没有人认为那里的生活会更美好。

诺亚拿着书包和便当，在前门徘徊，回忆着父亲慈祥的面容。

"孩子，过来。"白伊萨说。

诺亚走到他跟前，跪在地上。*求求你，上帝，请让我父亲好起来。我只求一次。求你了。*诺亚紧紧地闭上眼睛。

白伊萨抓住诺亚的手，握了握。

"你很勇敢，诺亚。比我勇敢得多。每天与那些拒绝承认你的人性的人一起生活，需要极大的勇气。"

诺亚咬着下唇，什么也没说，他用手擦擦鼻子。

"我的孩子。"他说，白伊萨放开了儿子的手，"我亲爱的儿子。我祝福你。"

第六章

1944年12月

和大阪的大多数商店一样，金昌浩的餐厅也经常关门停业，但剩下的三名员工每周都要来上工六天。食物几乎已经从市集上消失了，即便是定量配给到了，商店也只能营业半天，店外都排起了长队，食物更是稀少和不理想到了极点。你可以排队六个小时买鱼，然后带着很少的干凤尾鱼回家，或者更糟糕，那就是什么都买不到。如果你认识高级军官，你就有可能得到一些你需要的东西；当然，如果你有的是钱，黑市总是有的。城里的孩子们单独乘坐火车去乡下，用祖母的和服换取一个鸡蛋或一个土豆。在餐馆里，金昌浩负责采购食物，他总是有两个储存食物的柜子：一个可以供社区协会领导人检查，绝不会有问题，他们就喜欢突击检查餐厅的厨房；另一个放在地下室一面假墙后面，装着从黑市买来的食物。有时，客人——通常是来自大阪的富商和来自国外的旅客——则会自带肉和酒来餐厅。过去晚上做饭的人现在都走了；整个晚上，都是金昌浩一个人在忙，为偶尔上门的客人烤肉和洗碗。

—— ○ ——

转眼到了这一年的十二月，这是一个温暖的冬日。顺子和庆熙来工作，金昌浩让两个女人坐在靠在厨房外墙边的方桌旁。他们通常都是在那里吃饭和休息。他已经在桌上放了一壶茶。落座后，庆熙给每个人都倒了一杯茶。

"餐馆明天要关门了。"金昌浩说。

"关多久？"顺子问。

"要到战争结束。今天早晨，我把最后一点金属都交了出去。厨房几乎都空了。所有钢制米饭碗、盆、锅子、炊具、钢筷全都被征用了。即使我能找到新的用具并且继续开业，警察也会知道我们藏了东西，照样没收。政府拿走东西，是不会付钱给我们的。我们不能用新东西替换……"金昌浩喝了一口茶，"所以，只能关门大吉。"

顺子点点头，很为金昌浩难过，他看起来是那么沮丧。他看了一眼庆熙。

"那你以后干什么呢？"庆熙问他。

金昌浩比白伊萨小，他称她为姐姐。最近，他都要她陪他去市集，在受到检查的时候证明他的平民身份。警察和社区协会的领导人怀疑不穿军服的男性都是逃避服兵役的人，经常拦下他们加以询问。为了应付他们，他开始戴盲人墨镜上街。

"你能找到别的工作吗？"庆熙问。

"不用为我担心。至少我不用去打仗……"他摸着眼镜，大笑起来。他的视力不好，所以他既不用上战场，也不用做矿工，而其他朝鲜人都被征召了。"这倒不错，因为我是个胆小鬼。"

庆熙摇摇头。

金昌浩站起来。

"今晚有来自北海道的客人光顾。为了今天这顿饭，我藏了两个煎锅和几只碗，我们可以用这些东西。姐姐，你能不能陪我去一趟市集。"他说，然后扭头面对顺子，"你留在店里，等人来送酒。他应该会送一箱酒来。啊，客人今晚点了你做的桔梗小菜。我在楼下的橱柜里留了一包干桔梗。那里也有其他配料。"

顺子点点头，不知道他是从哪里搞到了干桔梗和芝麻油。

庆熙站起来，在毛衣和工作裤外面套上了蓝色旧外套。她仍然是一个美丽的女人，皮肤白皙，身材苗条，但是现在，当她微笑时，她的眼睛周围出现了很细的皱纹，嘴角也有木偶纹。繁重的厨房工作毁掉了她曾经柔软白皙的双手，但她并不介意。白约瑟在他们睡觉时会握住她小巧的右手，似乎没注意到她手掌上因为日复一日腌制泡菜而弄出来的红色鳞癣。白伊萨死后，白约瑟完全变了个人，郁郁寡欢，对工作以外的一切都提不起兴趣。他的变化改变了他们的家庭和婚姻。庆熙试图让她的丈夫振作起来，却没有办法驱散他的忧郁和沉默。在家里，除了为了孩子们，似乎没有人说话。白约瑟不再是她从少女时代就爱上的那个男孩。他变成了一个愤世嫉俗的人，他的心已经破碎了，这是她从来没有预料到的。因此，只有在餐厅，庆熙才表现得像她自己。在这里，她像对待弟弟一样取笑金昌浩，在她们做饭的时候，她和顺子一起咯咯笑着。现在，就连这个地方也消失了。

在金昌浩和她的嫂子去市场后，顺子关上了门。她转身走向厨房，这时，她听到了敲门声。

"你们忘了什么东西吗？"顺子打开门问道。

高汉秀站在她面前，他穿着一件黑色外套，里面穿着灰色羊毛西装。他的头发依然乌黑，他的脸和从前差不多，只是下巴多了一些肉。顺子反射性地查看他是否穿着他很久以前常穿的白色皮鞋。他穿着黑色系带皮鞋。

"好久不见了。"高汉秀一边走进餐馆，一边平静地说。顺子走开几步。

"你来这里做什么？"

"这家馆子是我的。金昌浩为我工作。"

顺子只感觉脑袋一片空白，瘫坐在最近的坐垫上。

— ○ —

十一年前，就在顺子典当他送给她的银怀表时，高汉秀便掌握了她的行踪。当铺老板想把那只表卖给他，而剩下的，只需进行一番简单的调查。从那以后，高汉秀每天都跟踪她。白伊萨入狱后，他知道她需要钱，于是为她创造了这份工作。顺子了解到，借钱给白约瑟的放债人也是他的手下。事实上，高汉秀的妻子是关西地区一个很有势力的日本放债人的长女，他的岳父森本没有儿子，便正式收养了高汉秀。高汉秀的日文合法名字是森本春，他带着妻子及三个女儿住在大阪郊外的一所大房子里。

高汉秀带她来到几分钟前她和金昌浩、庆熙所坐的桌边。

"喝点茶吧。你留在这儿，我去拿个杯子。我的出现似乎打扰到你了。"

高汉秀知道东西都在何处，很快从厨房拿了一个茶杯回来。

顺子盯着他，仍然说不出话来。

"诺亚是个非常聪明的孩子。"他自豪地说，"那孩子长得俊，跑起来跟飞似的。"

她尽量不露出惊恐的表情：他是怎么知道这些事的？她回想起了他和金昌浩进行过的关于她儿子的每一次谈话。诺亚不上学的时候，她经常带他和摩撒来餐馆。

"你想要什么？"她终于问道，试图表现得平静些，虽然她心里很慌张。

"你们必须马上离开大阪。说服你的大伯和嫂子，赶快走。这是为了孩子们的安全着想。不过，如果他们不愿意走，你也没什么办法。我有个地方给你和你的两个儿子住。"

"为什么？"

"因为这里很快就将遭到轰炸。"

"你在说什么？"

"美国人要轰炸大阪，就这几天的事。B-29轰炸机在中国。现在他们在各个岛上建立了更多的基地。日本一定会输掉这场战争。政府明知赢不了，但打死也不会承认。美国人知道必须阻止日本军队。日本军队就算让所有日本男孩送掉性命，也不会承认错误。幸运的是，战争将在诺亚到入伍年龄之前结束。"

"但所有人都说日本打得很好。"

"你不能相信邻居或报纸说的。他们不明真相。"

"嘘……"顺子出自本能地看向玻璃窗和前门。要是有人发表这么危险的言论，一定会被关进大牢。她不断告诉两个儿子，千万不要说任何关于日本或战争的负面言论。"你不应该说这话。不然的话，你可能惹上麻烦……"

"不会有人听到的。"

她咬着下嘴唇，依然不敢相信真的见到了他——已经十二年了。然而，同样的脸现在真的出现在了她面前，曾几何时，她是那么深爱着他。她喜欢他的脸，就像她喜欢明亮的月亮和冰冷碧蓝的海水一样。高汉秀坐在她对面，同样凝视着她，眼神十分温柔。不过，他仍然很镇静，字字斟酌，对他说的每一个字都很有把握。他从来没有犹豫过。他与她的父亲、白伊萨、她的大伯或金昌浩都不一样。他和她所认识的任何一个男人都不一样。

"顺子，你必须离开大阪。现在没时间左思右想了。我来这里，就是为了告诉你这件事，轰炸会把这座城市都夷为平地。"

他为什么不早来？为什么他要像影子一样躲在暗处，窥视她的生活？有多少次他看到她，她却看不见他？

她的心中燃烧起了熊熊怒火，对此，她不由得大吃一惊，"他们不会走的，我也不能……"

"你是指你的大伯。他或许是个傻瓜，但那不是你的问题。如果你和你嫂子说明白，她会走的。这个城市是用木头和纸做的。只要一根火柴就能把它烧成灰烬。想象一下美国扔下炸弹会发生什么。"他停顿了一下，"你的儿子会被炸死。这是你想要的吗？很久以前我就把我的女儿们送走了。父母必须果断，孩子们保护不了他们自己。"

她现在总算明白了，高汉秀是在担心诺亚。他娶了一个日本妻子，生了三个女儿，却没有儿子。

"你怎么知道？你怎么知道以后发生的事？"

"我怎么知道你需要工作？我怎么知道诺亚在哪里上学，他的数学老师是朝鲜人，却假装日本人？我怎么知道你的丈夫因为在监狱里关的时间太久而死？我怎么知道你现在孤零零地在这个世界上？我怎么知道如何保护家人的安全？知道别人不知道的事，是我的工作。你怎么知道做泡菜，再拿去街角卖赚钱？你知道，是因为你想活下去。我也想活下去，如果我想活下去，我就得知道别人不知道的事。现在，我告诉你的是一些有价值的东西。你听我的，就可以救你儿子的命。不要浪费我的信息。这个世界可以变成地狱，但你需要保护你的儿子。"

"我大伯是不会放弃他的房子的。"

他大笑起来。"那栋房子就快化为一片灰烬了。等到房子没了，日本人不会因为他的痛苦而给他一分钱。"

"邻居们说战争很快就要结束了。"

"战争的确很快就要结束，但不是他们以为的结果。有钱的日本人早就把家人都送到乡下了，还把现金都换成了黄金。有钱人才不关心政治；为图自保，他们什么都说。你没钱，但你有脑子，而且，我告诉你，你今天就必须走。"

"怎么走？"

"金昌浩会去接你、你大伯和嫂嫂，还有两个孩子，把你们送到大阪郊区的一个农场里。有个种红薯的农夫欠我一个人情。他的地方很大，有很多吃的。在战争结束之前，你们几个人可以为他工作，但你们有地方睡觉，而且那里的食物吃都吃不完。水谷先生没有孩子。他不会伤害你们的。"

"你为什么来这里？"顺子哭了起来。

"现在不是讨论这个问题的时候，请不要做蠢女人！你很聪明的。该采取行动了。这家餐馆也会和你们的房子一样化为废墟。"他说得很快，"这座建筑物是用木头外加几块砖头建成的。你大伯应该马上把他的房子卖给别的白痴，然后离开这里。或者至少，他应该带上房契。很快，人们就会像老鼠一样逃离这里，所以你现在就得赶紧离开，否则就来不及了。美国人将结束这场愚蠢的战争。也许在今晚，也许在几周内，但是他们不会容忍这种无意义的战争太久。德国人也即将失败。"

顺子双手合拢。这场战争已经持续太长时间了。每个人都厌倦了。现在餐馆关门了，即使每个人都在工作赚钱，一家人也会挨饿。他们的衣服又破又旧，还都是洞。到处都没有布、线和针。别人连鞋油都没有，高汉秀的鞋子怎么那么闪亮？她和庆熙都很讨厌社区协会那些没完没了的会议，但如果她们不去，领导人就将克扣他们的配给。最近的军事演习变得滑稽可笑，在周日早上，祖母和小孩子们都要按要求训练，用锋利的竹矛刺戳敌人。他们说美国士兵强奸妇女和女童，与其向这些野蛮人投降，不如自杀。在餐厅的办公室里，有一堆为工人和顾客准备的竹矛，以防美国人登陆。金昌浩在他的抽屉里放了两把猎刀。

"我可以回家吗？可以回釜山吗？"

"那里没有东西吃，对你来说也不安全。越来越多的妇女从小村庄被带走。"

顺子没听明白。

"我以前告诉过你的：有人若是和你说，中国或其他殖民地有很不错的工厂招工，千万不要相信。根本就没有工作。你明白我的意思吗？"他的表情变得严肃起来。

"我娘怎么样？"

"她又不是年轻姑娘，所以他们不会带她走的。我会去打听一下她的消息。"

“谢谢你。”她轻声说。

顺子一直以来只顾着担心儿子，对母亲的关注不够多。在杨金请一个老师写来的寥寥几封信中，她说她很好，对顺子和男孩的关心超过了对她自己的关心。顺子有多少年没见过高汉秀，就有多少年没见过母亲。

“你今晚能准备好吗？”

“我大伯为什么听我的？我该怎么解释……”

“你就告诉他，是金昌浩叫你必须今天走。他现在正在和你嫂子谈。告诉他，他是从他的老板那里打听到这个秘密消息的。我可以派金昌浩去你们家和他谈。”

顺子没说话。她不相信有人能说服白约瑟离开。

“不能犹豫了。必须把孩子们保护好。”

“但嫂嫂……”

“她怎么了？听我说。你的两个儿子最重要。你到现在还不明白这一点吗？”

她点点头。

“天黑之前，把所有人都带到这里来。金昌浩会开着餐馆。不要告诉别人你们的去向。你们也想赶在别人都逃走之前离开这里。”高汉秀站起来，严肃地看着她，“如果有必要，你自己带着孩子们走，不要管别人。”

第七章

1945年

在高汉秀让顺子带孩子们去乡下的那天，白约瑟得到了一个工作。那天下午早些时候，一个朋友的朋友去饼干厂找白约瑟，告诉他有个工作给他：长崎的一家钢铁厂需要一个工头管理那里的朝鲜工人。那里有给男人居住的宿舍，包吃包住，但白约瑟不能带上家人。工资几乎是他目前工资的三倍。一家人要分开一段时间。当白约瑟因为这份工作而兴奋地回到家时，庆熙和顺子也带来了她们的消息。高汉秀安排好了一切，顺子还能说什么呢？

黄昏时分，金昌浩把两个女人和两个男孩送到了水谷先生的农场。第二天早上，白约瑟辞去了在工厂的工作，打包了一个袋子，锁上了房子。当天下午，白约瑟前往长崎，想起了他离开平壤前往大阪的情景，那是他最后一次独自出门。

短短的几个月后，轰炸就开始了，而且持续了整个夏天。高汉秀对时机的判断是错误的，但他说对了一点，那就是整个社区都化为了灰烬。

五十八岁的甘薯农夫水谷不介意多几双手帮忙。他的长工和临时工多年前就被征召入伍了，而且没有强壮的男人代替他们。他以前的几名工人已经死在满洲，其中两名在战斗中严重致残，而其他几个被派往新加坡和菲律宾的工人也是杳无音信。每天早上，水谷从榻榻米上起来，都要忍受伴随衰老而来的疼痛；然而，他很高兴自己老了，不然他也要去参加那场愚蠢的战争。男性劳力的缺乏限制了他对经营农场的野心，尤其是在甘薯需求不断增长的时期。水谷可以随意涨价，现在，他发了大财，以至于他不得不把钱财藏在农场的不同地方，而且，他愿意尽其所能利用这个国家的灾难大发横财。

日日夜夜，水谷都在培育甘薯，翻土，种植。没有男性劳力，几乎不可能完成农场里没完没了的农活；没有男性劳力，就没有人娶他妻子的两个妹妹，他不得不照顾这两个城市女孩，而她们什么活儿都不会干。那两姐妹不仅唠叨，还会装病，搞得他妻子也没心思干活，他只盼着不用再养她们太久。谢天谢地，他妻子的父母已经去世了。到了收获的季节，水谷只能雇用村里的老人和妇女，但他们总是没完没了地发牢骚，抱怨在温暖的气候下种植、在寒冷的环境下收割有多难。

水谷拒绝了许多来农场寻求庇护的日本城里人，他也从没想过雇用城市里的朝鲜人或让他们在农场里寄宿，但他不能拒绝高汉秀。

在接到高汉秀的电报后，这个农夫和他劳累过度的妻子恭子便把畜棚收拾好，给来自大阪的那家朝鲜人住。然而，就在他们到达的几天后，水谷才发现，他才是这笔交易的赢家。高汉秀给他送来了两个强壮的女人，她们会煮饭，洗衣，犁地；一个年轻男人，虽然眼神不太好，却可以挖地和搬搬抬抬；

此外还有两个接受过良好教育的聪明男孩。这几个朝鲜人吃得很多，但他们也带来了收入，没给任何人添麻烦。而且，他们从不抱怨。

从第一天开始，水谷就让诺亚和摩撒负责喂养三头牛、八头猪和三十只鸡，给奶牛挤奶，收集鸡蛋，还有打扫鸡舍。男孩们像当地人一样讲日语，所以他可以带他们去市集帮忙卖东西；大一点的男孩很会算数，写的字整整齐齐，可以记账。两个朝鲜女人是妯娌，都是很棒的家庭主妇，干起户外农活儿来也是一把好手。其中一个结了婚，年纪不小了，瘦得皮包骨，却很漂亮，她的日语很好，恭子让她负责做饭、洗衣服和缝补。个子矮的那个是个寡妇，不爱说话，能把菜园打理得很好，和那个年轻小伙子一起在地里干活。这两个人像牛一样吃力地工作。这么多年来，水谷第一次感到轻松自在；甚至他的妻子也不那么急躁了，不像平时那样经常责骂他和她的妹妹。

在他们来到的四个月后，高汉秀开着卡车在黄昏时分来到了农场。高汉秀下了卡车，和他一起来的还有一个年长的朝鲜女人。水谷快步出门迎接他。一般情况下，高汉秀的手下会在晚上来这里拿农产品去城里卖，但老板自己很少来。

"水谷先生。"高汉秀鞠了一躬。老妇人向水谷深深鞠了一躬。她穿着一件传统衣服，每只手都拿着布包。

"高先生。"水谷鞠了一躬，对老妇人笑了笑。走到近处，水谷能看到那个女人并不老，事实上，她可能比他还年轻。只是她那张黝黑的脸形容枯槁，营养不良。

"这位是顺子的母亲，杨金女士。"高汉秀说，"她今天早些时候刚从釜山过来。"

"杨金女士。"农夫缓慢地发音，意识到他有了一位新客人。他端详着她的脸，寻找着与那个有两个儿子的年轻寡妇的相似之处。嘴和下巴有些相似。那个女人黝黑的双手和男人的手一样有力，手指很粗，关节突出。她肯定也很能干活儿，他心想。"顺子的母亲？是吗？欢迎，欢迎。"他笑眯眯地说。

杨金一直低着头，似乎有些害怕。她也很累。

高汉秀清清喉咙。

"两个孩子怎么样？但愿他们没给你添麻烦。"

"不，不。没有的事。他们干活儿都很好！很棒。"水谷说的是真心话。他没有料到这些男孩如此能干。他没有孩子，原以为城里的孩子像他的小姨子一样不仅被宠坏了，还很懒惰。在他的村子里，富裕的农民抱怨儿子是蠢货，因此，水谷夫妇虽然没有孩子，却并不十分羡慕那些父母。而且，水谷也不知道朝鲜人是什么样子。他从不认为自己的民族优于其他民族，但他认识的唯一一个朝鲜人就是高汉秀，他们的关系因战争开始，而且并不普通。有一个公开的秘密，一些大农场都通过高汉秀和他的分销网络在城里的黑市上出售农产品，但没人讨论这个问题。外国人和黑帮控制着黑市，向他们出售农产品的后果很严重。帮助高汉秀是他的荣幸；这样一来，他就欠了高汉秀人情，农夫决定为高汉秀做他能做的任何事。

"高先生，请进来喝杯茶吧。你一定渴了。今天很热。"水谷走进屋，农夫还没脱掉自己的鞋子，就先给客人拿拖鞋。

古老的白杨树高大结实，树荫覆盖着这幢大农舍，屋里阴凉宜人。新榻榻米垫子散发出新鲜的青草味，迎接客人的到来。在配有雪松木镶板的主房间里，水谷的妻子恭子坐在一个蓝色丝质地垫上，缝着丈夫的衬衫；她的两个妹妹趴在地上，脚踝交叉着，翻阅一本旧电影杂志，她们看过很多次这本杂志，把里面的内容都背了下来；这三个女人穿着讲究，倒不是为了某人特别打扮的，与这栋农舍显得格格不入。尽管布匹实行定量配给，农夫的妻子和她的妹妹们却没有受穷。恭子穿着优雅的棉和服，更像个东京商人的妻子，两姐妹穿着漂亮的藏青色裙子和棉质上衣，看上去就像美国电影里的女大学生。

三姐妹抬起头，看谁走进屋，她们的脸十分白皙，五官很美，留着时髦的短发，刘海很长。战争给水谷家带来了无价之宝：珍贵的书法卷轴、布匹，女人们穿也穿不完的和服，上了漆的橱柜，珠宝和碗碟，这些都是城里人的家当，他们愿意用传家宝换取一袋甘薯和一只鸡。然而，姐妹俩渴望的是这座城市本身、新电影、关西的商店、永不熄灭的电灯。她们厌恶战争，厌倦了一望无际的绿色田野，厌倦了农场生活。她们吃得饱穿得好，却对油灯的气味、牲畜的叫声以及她们那总在谈论物价的乡巴佬姐夫不屑一顾。美国的炸弹炸毁了电影院、百货公司和她们钟爱的糖果店，但城市享乐的闪亮图像仍然对她们有吸引力，她们只会对现状越来越不满。她们每天都对姐姐吐苦水。她们的姐姐朴素，有牺牲精神，她们还曾嘲笑她嫁给了她们的乡下远房表哥，而正是这个姐姐现在为她们准备了黄金与和服作嫁妆。

水谷清了清嗓子，女孩们连忙坐了起来，努力装出忙碌的样子。她们朝高汉秀点了点头，盯着那个朝鲜女人的脏长裙下摆，忍不住做着鬼脸。

杨金冲三个女人深深地鞠了一躬，一直站在门边，她既没想过被请进屋里，也的确没有得到邀请。从所站的地方，杨金能看到一个女人弓着背在厨房里干活儿，但看起来不像顺子。

高汉秀也看到了在厨房里工作的女人，便问水谷的妻子："是顺子在厨房里吗？"

恭子又对他鞠了一躬。这个朝鲜人似乎对他的品位太过自信，但她认识到，她的丈夫比以往任何时候都更需要这个人。

"高先生，欢迎。见到你真是太好了。"恭子从座位上站起来说；她用责备的眼神看了两个妹妹一眼，这足以让她们站起来，向客人鞠躬。"厨房里的女人是庆熙。顺子在田里播种。请坐吧。我们去弄点清凉的饮料来。"她转向小妹小梅，小梅随即去厨房拿冰镇乌龙茶。

高汉秀点点头，尽量不表现出愤怒。他想到了顺子会在这里工作，但绝没想到她竟然下地干农活儿。

恭子感觉到了这个男人的不悦。"当然了，你肯定想见见你的女儿，夫人。小多古，请你陪我们的客人去见她女儿。"

多古是三姐妹中的老二，她别无选择，只能从命；不听恭子的话没有任何意义，她会耿耿于怀数天，用冷战的方法惩罚你。高汉秀用朝鲜语叫杨金跟着女孩去找顺子。多古在铺着石头的门厅里穿鞋，这时，她闻到了老妇人身上有一股酸臭的怪味，而两天的旅行更是加剧了这种气味。脏死了，她心想。多古快步走在她前面，尽可能和她拉开距离。

—— ○ ——

恭子把小梅从厨房端来的乌龙茶倒出来后，女人们就离开了，留下男人们单独在客厅里说话。

农夫向高汉秀打听战争的消息。

"不会持续太久了。德国人要被打垮了，而美国人才刚刚开始。日本将输掉这场战争。一切不过是时间问题。"高汉秀说这话时没有一丝遗憾或喜悦，

"与其让更多的好儿郎去送死，不如早点停止这种疯狂，不是吗？"

"是的，是的。就是这样。"水谷小声答道，神情有些萎靡。他当然希望日本赢，而高汉秀无疑知道现实，但即使日本不会获胜，农夫也不希望战争就此结束。有人说过要把甘薯发酵，当飞机燃料使用，如果这种情况发生了，而且即使政府只花一点钱，农夫水谷估计甘薯在黑市上的价格也会涨得更高，因为城市急需食物和酒精。只要再收获一到两次，水谷就有足够的金子买下他旁边的两大片土地。那些土地的主人年纪越来越大，对农活的兴趣也越来越小。他祖父最大的希望就是把整个南部地区都收为己有。

高汉秀打断了农夫的幻想。

"他们住在这里怎么样？"

水谷用力地点点头。"他们帮了很大的忙。我也希望他们不必这么辛苦，但你也知道，现在没人可用……"

"他们料到会工作了。"高汉秀安慰地点点头，很清楚农夫不仅收回了食宿成本，还赚了一大笔钱，但只要顺子一家人没有受到虐待，他就觉得没问题。

"你今晚和我们住在这里吗？"水谷问，"太晚了，现在走也来不及了，而且你一定得和我们一起吃晚饭。庆熙的厨艺非常好。"

—— о —— –

多古不需要带老妇人走很远，就找到了顺子。杨金看到女儿在一大片深色的田野里弯着腰干活，她抓住了长裙的末端，把裙子系在身上，方便双腿自由活动。她尽可能快地向她女儿的方向跑去。

顺子听到了急促的脚步声，便不再播种，抬起头来。一个穿着白色韩服的小个子女人朝她跑过来，顺子扔掉了锄头。瘦弱的肩膀，梳在脖子根部的灰白发髻，短上衣的蝴蝶结整齐地打成一个柔软的长方形——是娘。这怎么可能？顺子一路踩着甘薯苗，向她跑去。

"我的孩子。我的孩子。啊，我的孩子。"

顺子紧紧地抱着母亲，她能感觉到杨金衬衫面料下的尖锐锁骨。她的母亲瘦了很多。

—○——

　　高汉秀很快吃完饭，然后去畜棚和其他人聊天。他只想和他们坐在一起聊聊，不希望他们手忙脚乱地侍候他。他更愿意和顺子一家人一起吃饭，但他不想惹水谷不高兴。吃饭的时候，他想到的只有她和他们的儿子。他们从来没有一起吃过一顿饭。他很渴望和他们在一起，这一点很难解释，即便对他自己来说也是如此。来到畜棚，他才意识到庆熙在水谷的厨房里做了两种饭：一种是日式的，给水谷一家吃，另一种是朝鲜饭菜，给其他人吃。在畜棚里，几个朝鲜人在一张铺着油布的矮桌上吃饭，这张桌子是金昌浩用剩下的横梁做成的。顺子刚收走晚餐的盘子。他走进来时，每个人都抬起头来。

　　家畜在晚上比较安静，却不是一点声音也不发。各种气味比高汉秀记忆中的还要强烈，但他知道用不了多久，气味就会变淡。这些朝鲜人住在畜棚深处，牲畜则靠近前面，他们中间隔着干草堆。金昌浩建了一个木隔板，他和男孩们睡在一边，女人们睡在另一边。

　　杨金坐在她的两个外孙之间，站起来向他鞠了一躬。在去农场的路上，她谢了他好几次，现在，她和家人团聚了，还在不停地重复着"谢谢你""谢谢你"，还紧紧拉住外孙的手，弄得两个小孩子很尴尬。她像朝鲜老妇一样放声痛哭。

　　庆熙还在农舍的厨房里洗餐具。洗完碗碟，她就会去为高汉秀准备客房。金昌浩在畜棚后面用来洗澡的小棚里，忙着烧水给每个人洗澡。庆熙和金昌浩接手了顺子在晚上要做的杂务，让她能和母亲聚聚。他们中没有一个人怀疑为什么高汉秀要大费周章把杨金从朝鲜带来这里。杨金哭个不停，顺子则端详着高汉秀，无法理解这个从未离开过她生活的男人。

　　高汉秀在两个男孩对面的一堆厚干草上坐下来。

　　"吃饱了吗？"高汉秀用普通朝鲜语问他们。男孩们抬起头，惊讶地发现高汉秀的朝鲜语说得这么好。

　　他们还以为带外婆来的那个人是日本人，因为他穿着考究，而且水谷先生对他毕恭毕敬。

　　"你是诺亚。"高汉秀说，仔细地看着男孩的脸，"你十二岁了。"

　　"是的，先生。"诺亚答道。这个男人穿着非常高档的衣服和漂亮的皮鞋。他看起来就像电影海报上的法官或重要人物。

"你觉得在农场怎么样？"

"很好，先生。"

"我快六岁了。"摩撒插嘴说，每次他哥哥说话，他都习惯插话。"我们在这里吃了很多米饭。我吃了一碗又一碗。水谷先生说了，我吃得好，才能长高个儿。他让我不要吃甘薯，只吃米饭！先生，您喜欢米饭吗？"男孩问高汉秀。"今晚我和诺亚洗澡。在大阪，我们不能经常洗澡，因为没有燃料烧水。我更喜欢农场里的浴缸，因为浴缸比澡堂里的小。您喜欢洗澡吗？水太烫了，但洗洗就习惯了，我在水里泡久了，我的指尖就会像老人一样皱巴巴的。"摩撒瞪大了眼睛，"不过我的脸上没皱纹，因为我还年轻。"

高汉秀笑了。小一点的孩子并不像诺亚那么拘谨，他看起来是那么自由自在。

"我很高兴你在这里吃得好。实在是太好了。水谷先生说你们两个都很能干。"

"谢谢你，先生。"摩撒说，他想再问这个人几个问题，可那人开始和他哥哥说话，他只好住口。

"你都干什么活儿，诺亚？"

"我们打扫这里的畜栏，喂家畜，照料那些鸡。去市集的时候，我也为水谷先生记账。"

"你想念学校吗？"

诺亚没有回答。他很想念做数学题和写日语。他想念安静地做作业，每次他做作业，都不会有人打扰他。农场里没有时间读书，他也没有自己的书。

"我听说你是个好学生。"

"去年我都没怎么上学。"

在家那时候，学校里的课常常取消。不像其他男孩，诺亚不喜欢刺刀练习和毫无意义的空袭演习。虽然他不想和约瑟伯父分开，但待在农场总比在城里好，因为他觉得在这里很安全。在农场里，他从来没有听到过任何飞机的声音，而且这里的防空洞演习也少得多。饭菜丰盛可口。他们每天吃鸡蛋，喝鲜奶。他睡得很沉，醒来时感觉很好。

诺亚点点头。

顺子不知道他们以后该怎么办。战争结束后，她本打算回影岛，但她母亲说那里什么都没有了。政府对民宿的房东征税，房主只好把房子卖给了一家日本人。两个女仆去了满洲的工厂做工，没有任何消息。当高汉秀找到杨金时，她正在釜山给一个日本商人做管家，睡在储藏室里。

高汉秀从上衣口袋里掏出了两本漫画书。

"给你。"

诺亚像他母亲教他的那样，用双手接过书。书是用朝鲜语写的。"谢谢，先生。"

"你看得懂朝鲜语吗？"

"看不懂，先生。"

"你可以学。"高汉秀说。

"庆熙伯母可以帮我们读书。"摩撒说，"约瑟伯父不在，但下次我们见到他时，我们要给他一个惊喜。"

"你们男孩子应该会读朝鲜语。有一天，你们也许要回国的。"高汉秀说。

"是的，先生。"诺亚答。在他的想象中，朝鲜是一个和平的地方，他在那里可以当个正常人。他父亲告诉过他，他的家乡平壤是一座美丽的城市，他母亲的老家影岛是一座宁静的岛屿，那里的海水是蓝绿色的，有很多鱼。

"先生，你是从哪里来的？"诺亚问。

"济州岛。距离釜山不远，你母亲的家乡就在釜山。济州岛是一个火山岛，盛产香橙。济州岛的人都是神的后裔。"他眨眨眼，"以后我带你去那里看看。"

"我不想住在朝鲜。"摩撒哭喊道，"我就想待在农场里。"

顺子拍拍摩撒的背。

"阿妈，我们应该一辈子住在农场里。约瑟伯父很快也会到这里来的，对吧？"摩撒问。

庆熙这时正好干完活儿走进来，摩撒拿着漫画书跑到她身边。

"你能读给我们听吗？"

摩撒带她来到一堆折叠的榻榻米边上，他们把那里当椅子坐。庆熙点点头。

"诺亚，过来。我读给你们两个听。"

诺亚飞快地冲高汉秀鞠了一躬，走到庆熙和摩撒身边。

杨金过去找诺亚，只留顺子坐在桌边。顺子正要站起来，高汉秀却示意她坐下。

"等一下。"高汉秀看起来一脸严肃，"再等一下。我想知道你怎么样。"

"我很好。谢谢你。"她的声音有些颤抖，"谢谢你把我娘送到这里来。"顺子说。她还需要说点别的，却怎么也说不出口。

"你想知道她的消息，我觉得最好还是把她接过来。日本的情况很糟，但朝鲜现在更糟。等到战争结束，或许能好一点，但在局面稳定之前，情况还要进一步恶化。"

"你这是什么意思？"

"等到美国人赢了，我们不知道日本会做出什么事。他们撤出朝鲜，但谁将在朝鲜主事呢？亲日的朝鲜人会怎么样？到时候一定乱成一锅粥。流血和杀戮会更多。你肯定不想身处其中的。你也不希望你的儿子们被殃及。"

"你会怎么做？"她问。

他直勾勾地看着她。

"我会照顾好我自己和我的家人。你认为我会把我的命交到一群政客手上吗？当权的那些人什么都不知道，也什么都不在乎。"

顺子想了想。或许他说得对，但她为什么应该相信他？她用手撑着地，想站起来，但高汉秀摇了摇头。

"和我说说话就这么难以忍受吗？请坐下。"

顺子坐下。

"我必须去照顾我的两个儿子了。你应该知道这一点。"

两个男孩聚精会神地看着漫画书。庆熙感情充沛地读着书里的内容，就连不识字的杨金听到漫画人物说了傻话，也和孩子们一起大笑起来。他们全都沉浸在漫画书中，面色柔和了很多，好像他们十分平静。

"我会帮助你的。"高汉秀道，"你用不着担心钱，也不用担心……"

"你现在帮助我们，是因为我没有选择。等到不打仗了，我就去工作，照顾他们。我现在就是在工作，挣……"

"等到战争结束，我给你们找一栋房子，再给你一些钱，让你照顾孩子们。孩子们应该去上学，而不是到处放牛。你娘和嫂子也可以留下来。我还可以给你大伯找一份好工作。"

"我没法向我的家人解释。"顺子说。她觉得自己一直在撒谎。他到底在想什么？她想知道。当然，他再也不会想要她了。她是一个二十九岁的寡妇，有两个年幼的孩子要抚养和教育。顺子并不老，但她无法想象现在会有男人想要她。她以前就不漂亮，现在更是没有吸引力了。她是个相貌平平的女人，长着一张乡下人的脸，皮肤被太阳晒得又黑又皱。她的身体强壮结实，比她还是个姑娘时更加粗壮。在她的一生中，有两个男人对她产生过情欲，她很难想象会再次发生这种事。有时，她觉得自己就像一只有用的农场牲畜，总有一天会变得毫无用处。在那一天到来之前，重要的是确保等她不在了，她的孩子们仍能好好生活下去。

"你有孩子，不是吗？"

"三个女儿。"

"你的女儿会怎么评价我？怎么想我们？"她低声说。

"我的家人和你没有任何关系。"

"我明白了。"顺子咽了口唾沫。她感觉嘴巴发干，"我很感激能有机会在这里工作，能安安全全的。但等到战争结束了，我去找别的工作，养活我的孩子们和我娘。我要工作到我不能再工作为止。"

顺子从地板上站起来，掸掉她工作裤上的干草。

顺子无法正常呼吸，连忙转过身来，盯着奶牛，只见它的那对黑色大眼睛里充满了永恒的痛苦。其他人有没有注意到他们一直在说话？他们似乎把注意力都集中在漫画书上。顺子用右手捂住左手；尽管她洗过手了，但角质层仍然是褐色的，都是泥土。

第八章

高汉秀又一次说对了。战争的确结束了，比他预期的还要快，但即使是他也无法想象到最后的轰炸。白约瑟躲在掩体里,就此躲过了灭顶之灾,但当他最终来到街上,附近一间木棚的一堵墙在燃烧后倒塌,从他的右侧将他压在下面,橘蓝色的火焰将他吞没。他在工厂的一个熟人把火扑灭了,而高汉秀的手下终于在长崎的一家破烂医院里找到了他。

那是一个繁星闪烁的夜晚,知了整整叫了一个漫长的夏季,现在,四周的寂静令人窒息,高汉秀终于用一辆美国军用卡车把白约瑟送到了水谷的农场。摩撒第一个发现了那辆卡车,小男孩飞快地冲到猪圈里去拿竹矛。一家人站在半开着的畜棚门前,看着卡车越开越近。

"过来啦。"摩撒说着把嘎啦啦响的空心竹矛发给他的母亲、外婆、哥哥和伯母,自己留下两根。金昌浩正在洗澡。他低声对哥哥说:"你快去把大叔叫出来,叫他别再洗澡了。把武器给他。"这孩子把一支竹矛交给诺亚,让他转交给金昌浩,还留了一支给自己。摩撒紧紧地抓住长矛,准备进攻。摩撒穿着诺亚穿过的那件都是破洞的毛衣,衣服在他身上松松垮垮,他下身穿着面粉袋改成的工作裤。他的个子比一般六岁的孩子都高。

"战争已经结束了。"诺亚坚定地提醒摩撒,"可能是汉秀大叔的手下。快把那东西放下,当心弄伤你自己。"

卡车停下,高汉秀手下的两名朝鲜人用担架把白约瑟抬了下来。白约瑟身上缠着绷带,并且服用了镇定剂。

庆熙松开竹矛,任由它落在松软的泥土上,她把手搭在摩撒的肩上,稳住自己的身体。

高汉秀从卡车的驾驶室里走了出来,司机是个留着姜黄色头发的美国兵,他留在原地没动。摩撒偷偷瞥了几眼当兵的。司机肤色很白,脸上长着雀斑,发红的浅黄色头发像火一样;他看上去并不凶恶,而汉秀大叔似乎也并不害怕。在大阪,经常负责分发口粮的社区协会会长野村先生警告社区的孩子们说,美国人不分青红皂白地杀人,所以每个人只要一看到美国兵,就必须赶快逃跑,宁可自杀也不要被俘。司机注意到摩撒一直在盯着他,便挥了挥手,露出了一口洁白整齐的牙齿。

庆熙慢慢靠近担架。一看到白约瑟被烧伤的身体,她就用双手捂住了嘴。尽管有消息说爆炸造成了可怕的后果,但她还是相信白约瑟还活着,他不会不让她知道,就这么死掉。她一直为他祈祷,现在他回来了。她跪下,低下头来。她站起来之前，大家都沉默不语。就连金昌浩也哭了。

高汉秀冲那个不停哭泣的瘦小漂亮女人点了点头，递给她一个大纸包和一桶美国军用烧伤擦剂。

"这里有一些药。在一个小汤勺里把药粉和水或牛奶混合在一起，晚上给他吃了，他就能安稳睡上一觉。药用完就没有了，所以你必须一点点让他戒掉。他会求你多给他一点，但你得告诉他，每次只能吃一点，这样才能多用上一段时间。

"是什么药？"庆熙问。顺子站在她嫂子旁边，一言不发。

"他需要这种药，可以止疼，但长期服用没好处，会上瘾的。不管怎样，绷带要经常更换，而且必须把绷带消毒，在使用之前先把绷带放在水里煮一下。这里还有一些绷带。他需要擦剂，因为他的皮肤越来越紧了。你能做这些吗？"

庆熙点点头，仍然盯着白约瑟。他的嘴和脸颊有一半都烧没了，好像被野兽吃掉了。他为家人做了一切，而他是去那里工作，才会遇到这样的事。

"谢谢您，先生，谢谢您为我们所做的一切。"庆熙对高汉秀说，汉秀摇摇头，什么也没说。他走开了，去和农夫水谷说话。洗完澡回来的金昌浩跟着高汉秀走向农夫的房子。

女人们和男孩带领高汉秀的手下把担架抬进畜棚，在空荡的马厩里为他挪出一片空地。庆熙把她的铺盖搬到了那里。

过了一会儿，高汉秀便带着手下开车走了，并没有打招呼。

— ० —

这位农民没有抱怨他的土地上又多了一个朝鲜人，因为其他朝鲜人除了干他们自己的活儿，也揽下了白约瑟的工作；收获的季节临近了，他需要他们。虽然没有一个人提到过，水谷意识到，很快，他们就会向他要钱，并且离开这里，于是这位农场主决定在他们离开回家之前，尽可能让他们多干一些活儿。他曾对他们说过，只要他们愿意，想待多久就可以待多久，他说的是真心话。水谷先生一直在雇用退伍老兵来农场干零活儿，但他们抱怨工作太脏，并公开拒绝和外国人一起工作。即使他可以用日本退伍军人取代所有的朝鲜人，水谷也需要高汉秀把他的甘薯运到市场。所以这几个朝鲜人可以留下来。

运输卡车经常往来农场，但高汉秀有几个礼拜没来过了。白约瑟受尽了苦。他的右耳失聪。他不是愤怒地喊叫，就是痛苦地哭泣。药粉用完了，但白约瑟的情况并不见好转。晚上，他哭得像个孩子，任何人都无能为力。白天，他试着在农场帮忙，修理工具，或者试着把甘薯分类，但他剧痛难当，根本无法工作。偶尔，讨厌喝酒的水谷出于怜悯会给白约瑟一些留待节日饮用的米酒。然而，当庆熙开始每天向他乞求更多酒的时候，他便说不能多给了，这倒不是因为他小气，而是因为水谷不愿意收留酒鬼。

一个月后，高汉秀回来了。下午的太阳初见昏暗，工人们吃过午饭刚回到地里开始干下午的活儿。在寒冷的畜棚里，白约瑟独自躺在装满稻草的铺盖上。

听到脚步声，白约瑟抬起头，随后又躺在草枕上。

高汉秀把两个大板条箱放在他面前，然后坐在铺盖旁边用作长凳的厚木板上。尽管高汉秀西装笔挺，穿着擦得锃亮的皮鞋，但他在谷仓里显得很自在，对动物身上的刺鼻气味和寒风都无动于衷。

白约瑟说："你就是那孩子的父亲，对吗？"

高汉秀端详着这个男人布满伤疤的脸，曾经倾斜的下颌轮廓如今变得十分粗糙。白约瑟的右耳现在看起来就像一朵紧紧合拢的蓓蕾。

"所以你才做这一切。"白约瑟说。

"诺亚是我的儿子。"高汉秀说。

"我们欠你的，可能永远也无法偿还。"

高汉秀扬起眉毛，但什么也没说。少说话总是好的。

"但是你不能和他在一起。他跟我弟弟姓。不可以告诉他真相。"

"他也可以跟我姓。"

"他已经姓白了。你不可以这样对那孩子。"

白约瑟皱起眉头，即便是这么微小的动作，也很疼。诺亚的言谈举止都很像他弟弟，诺亚和白伊萨一样，说话抑扬顿挫，张弛有度，吃东西细嚼慢咽，干干净净。他的一言一行和白伊萨一模一样。每当诺亚有时间，他就会拿出学校发的旧练习本练习写作，尽管没有人让他这么做。白约瑟无法相信这个黑社会分子竟然是诺亚的生父，但诺亚的上半张脸与高汉秀是一个模子刻出来的。随着时间的推移，诺亚一定会看出来的。他没有把这件事告诉庆熙，但即便她猜到了真相，也不会把怀疑对白约瑟说，因为她要保护顺子，她们两个比妯娌还要亲近。

"你没有儿子。"白约瑟又做出了一个猜测。

"你弟弟是个好人，他帮助了顺子，但我会照顾她和我儿子的。"

"她一定不希望那样。"

"我愿意照顾她，但她不想做我在朝鲜的妻子。因为我在大阪有个日本太太。"

白约瑟仰面躺着，盯着畜棚的屋顶。参差不齐的阳光穿透横梁的缝隙照射进来。一道道阳光照射下的尘埃沿斜线向上飘浮。在大火之前，他从来没有注意过这么小的事情，而且，他从来没有恨过任何人。虽然不应该，但白约瑟恨这个男人，恨他那身昂贵的衣服、光鲜的鞋子、他不受约束的自信，恨他如恶魔般的坚不可摧。白约瑟恨他没有痛苦。高汉秀没有权利夺走他弟弟的孩子。

高汉秀看出了白约瑟的愤怒。

"她要我走，所以我就先走了，但我打算回去。等我回去，她已经走了。她嫁人了。嫁给了你的弟弟。"

白约瑟不知道该相信什么。白伊萨没有告诉他任何关于顺子的事，因为白伊萨似乎认为最好忘记诺亚的亲生父亲另有其人这件事。

"你不要再出现在诺亚的生活里了。他有家。等战争结束了，我们将尽一切可能报答你。"

高汉秀双臂抱怀，先笑了笑，然后说道：

"你这个狗娘养的，钱是我花的。我花钱救了你的命，我花钱保住了所有人的命。没有我，你们早死了。"

白约瑟稍稍翻身侧躺着，疼得邹起眉头。有时他觉得他依然在被大火焚烧。

"是顺子告诉你的吗？"高汉秀问。

"光看那孩子的脸就知道了。没有必要为了这件事搞得大家不愉快，我知道你不是圣人。我知道你是……"

高汉秀放声大笑起来。他这么笑，是因为他有些尊敬白约瑟的直接。

"我们要回家了。"白约瑟说完闭上了眼睛。

"平壤在苏联人的控制下，美国人掌握着釜山。你要回到那样的环境中去？"

"不可能永远这样的。"白约瑟说。

"你们在那里会挨饿。"

"我再也不想待在日本了。"

"你们怎么回平壤或釜山？你们甚至都走不出这个农场的范围。"

"公司还欠我薪水。等我好得差不多了，我就去长崎要钱。"

"你有多久没看过报纸了？"高汉秀从板条箱里拿出一捆他给金昌浩带来的朝鲜文和日文报纸。他把报纸放在白约瑟的铺盖旁边。

白约瑟瞥了一眼报纸，却拒绝把它们拿起来。

"你拿不到钱了。"高汉秀缓缓地说，好像白约瑟是个孩子，"那家公司没法给你发薪水了。永远都发不成了。没有你的工作记录，你没有证明。政府只希望所有朝鲜穷光蛋回国，但半个子儿路费也不给你们，更不会给你们一分钱去解决你们的麻烦。哈哈。"

"你这是什么意思？你是怎么知道的？"白约瑟问。

"我就是知道。我了解日本。"高汉秀说，看起来很失望。他成年后一直生活在日本人中间。他的岳父无疑是关西地区最有权势的日本放债人。高汉秀可以自信地说，日本人固执到了病态的地步。在这一点上，他们和朝鲜人完全一样，只是朝鲜人的固执比较低调，很难被发现。

"你知道从日本人那里拿钱有多难吗？如果他们不想给你钱，就永远也不会给你钱。你在浪费时间。"

白约瑟感到身体又痒又热。

"每天，有一艘船载着想回家的白痴驶往朝鲜，就有两艘载满难民的船返回日本，因为那里没有东西吃。那些从朝鲜直接过来的人比你更绝望。就算是为了放了一周的面包，他们也会拼命工作。女人饿了两天，或是有孩子要养，就会出卖身体。你为了一个梦活着，只是你梦里的家再也不存在了。"

"我的父母在那里。"

"不。不，他们不在。"

白约瑟扭过头，盯着高汉秀的眼睛。

"你认为我为什么只把顺子的母亲接来？你真以为我找不到你的父母和岳父母？"

"你根本就不知道他们发生了什么事。"白约瑟说。他和庆熙已经有一年多没有收到他们的信了。

"他们被枪毙了。所有愚蠢到没有逃命的地主都被打死了。那些人只会把人进行简单的分类。"

白约瑟哭了起来，用手捂住了眼睛。

必须撒这个谎，高汉秀并不介意由他来说。就算白约瑟和庆熙的父母还没死，他们也会不可避免地饿死或老死。他们很可能已经被枪毙了。被占领的北方，情况很糟糕。很多地主都遭到了围捕、杀害，并被推进万人坑。不，他不能肯定白约瑟的父母是否还活着，是的，如果他不介意让几个手下冒着生命危险去找他们，他就能知道真相，但他不明白那么做有什么意义。他看不出他们的命对他的目的有何用处。找顺子的母亲非常容易，他的手下只用了两天。在计划中，白约瑟和庆熙的父母死掉更有益处，不然的话，顺子一定会出于某种荒谬的责任感，盲目地跟随他们。无论如何，白约瑟和庆熙在日本更好。高汉秀永远不会允许他的儿子去平壤。

高汉秀打开一个包裹，取出一大瓶烧酒。他打开瓶盖，递给白约瑟，然后离开畜棚，去见水谷谈一笔款子的事。

— ○ —

完成工作后，顺子终于回到了畜棚，她发现高汉秀在等她。他一个人坐在畜棚尽头的饲料箱旁，距离正在读书的孩子们很远。白约瑟睡得正香。庆熙和杨金正在房里做饭，而金昌浩则把一袋袋的甘薯搬进冷藏棚。高汉秀大大方方地向她打招呼，并招手让她过来，觉得不再需要谨慎。

顺子站在高汉秀对面的长椅旁。

"坐下，坐下。"他坚持，但她拒绝了。

"水谷告诉我他想领养你的儿子。"高汉秀笑着轻声说。

"什么？"

"我告诉他你绝对不会把他们送走。他就说可以收养其中的一个。这个可怜的人。别担心。他不会把他们抢走。"

"我们很快就去平壤了。"她说。

"不。你们去不了的。"

"你这是什么意思？"

"那里的人都死了。庆熙的父母，你的公公婆婆。这些人因为拥有土地，都被打死了。每当政府更迭，就会发生这种事。毕竟敌人是必须除掉的。地主是工人的敌人。"高汉秀说道。

"天啊。"顺子终于坐下了。

"是的，这实在叫人难过，但我们什么都做不了。"

顺子是个务实的女人，但就连她也觉得高汉秀是个异常狠心的人。她越了解这个男人，就越意识到，她在少女时代爱过的那个男人是她理想中的他，她对他有的只是些未经证实的感情。

"你应该考虑一下诺亚的教育问题。我给他带了一些书，让他看看，为大学入学考试做准备。"

"但是……"

"你不能回家。必须等到时局稳定以后再说。"

"现在不是要你来做决定。我的儿子们在这里没有前途。如果我们现在不能回家，那等安全了，我们就回去。"

她的声音颤抖着，但她说出了她想说的话。高汉秀沉默了片刻。

"你决定以后做什么是一回事，但与此同时，诺亚应该读书，准备上大学。他十二岁了。"

顺子一直在考虑诺亚的学校教育，但不知道如何帮助他。另外，她拿什么付学费呢？他们甚至连回家的旅费都不够。在白约瑟听不到的时候，三个女人一直在谈论这件事。他们不得不回大阪，想办法重新赚钱。

"诺亚在这个国家，就应该在这里学习。朝鲜在很长一段时间里都将乌烟瘴气。此外，他已经是一个优秀的日本学生了，等他回去，他一定要去一流的日本大学读学位。朝鲜所有的有钱人都是这么做的，他们都把孩子送到国外去了。如果诺亚上了大学，我来支付学费。我也会为摩撒付学费。等他们回去，我可以给他们找家教……"

"不。"她大声地说，"不。"

他决定不跟她争辩，因为她很固执。他早就明白这一点了。高汉秀指着白约瑟铺盖边的板条箱。

"我带来了一些肉和鱼干，还有来自美国的罐头水果和巧克力棒。我也给水谷一家人送了同样的东西，所以你不需要把你们这份给他们。箱底有些布；我想你们都需要做衣服了。还有剪刀、线和针。"他又说，他为自己带来了这些东西而感到自豪。"下次我会带羊毛来。"

顺子再也不知道她应该做什么。这并不是说她一点也不感激。大多数时候，她为自己的生活感到羞愧，为自己的无能感到羞愧。她用晒黑的手和脏兮兮的指甲，抚弄着她那没梳理过的头发。她不希望他看到这样的她。她突然想到，她再也恢复不了昔日可爱的模样了。

"我带了一些报纸来，让别人读给你听。故事都是一样的——你现在不能回去。你要是回国，孩子们就惨了。"

顺子面对他。

"这就是你让我来这里的原因，而现在这就是你让我留在日本的原因。你说这对孩子们更好，所以把他们带到农场。"

"我并没有错。"

"我不信任你。"

"你太伤我的心了，顺子。你这样没有任何意义。"他摇了摇头，"记住，你丈夫希望孩子们去上学。我也想给孩子们最好的，给你顺子最好的。你和我……我们是好朋友。"他平静地说，"我们将永远是好朋友。诺亚永远都是我们的。"

他等着看她是否会说些什么，但她的脸像门一样紧闭着。"还有，你大伯知道诺亚的事了。不是我告诉他的，是他自己看出来的。"

顺子用一只手捂住嘴。

"你不必担心，不会有事的。如果你想搬回大阪，金昌浩会安排的。拒绝我的帮助，只能说明你很自私。你应该把一切优势都给你的儿子。我可以给你的两个儿子许多好处。"

她还没来得及开口，金昌浩就回到了畜棚。他从孩子们身边走过，他们还在全神贯注地看书。

"老板。"金昌浩说，"很高兴见到你。你想喝点什么吗？"

高汉秀说不用了。

顺子这才意识到她没有给他拿喝的。

"你准备好回大阪了吗？"高汉秀问金昌浩。

"是的，先生。"金昌浩笑着说。顺子显得很伤心，但他暂时没有对她说什么。

"孩子们，"高汉秀冲畜棚的另一边喊道，"书怎么样？"

金昌浩向他们招手，让他们走近些，孩子们跑向他。

"诺亚，你想回学校吗？"高汉秀问道。

"是的，先生。但是……"

"如果你想回学校，你就必须马上回大阪。"

"农场怎么样？朝鲜呢？"诺亚挺直脊背问。

"你暂时不能回朝鲜，但在此期间，你也不能让你的脑袋变空。"高汉秀笑着说，"你觉得我给你带来的那些练习册怎么样？难不难？"

"难，先生，但我想学习。我觉得我需要一本字典。"

"我们会给你弄一本来。"高汉秀骄傲地说，"你学习，我送你去上学。孩子不应该担心学费。都是大人供孩子读书的，这很重要。如果我们不支持我们的孩子，我们怎么可能有一个伟大的国家呢？"

诺亚咧开嘴笑了，顺子什么也说不出来。

"但是我想待在农场。"摩撒插口道，"那不公平。我不想再上学了，我讨厌学校。"

高汉秀和金昌浩都大笑起来。

诺亚把摩撒拉到他身边，一起鞠了一躬。他们向畜棚的另一边走去。

— o ——

一走到离大人很远的地方，摩撒就对诺亚说："水谷先生说我们可以永远住在这里。他说我们就像他的儿子。

"摩撒，我们不能一直住在畜棚里。"

"我喜欢鸡。今天早上，我去捡鸡蛋，一次也没被啄到。在畜棚里睡觉多舒服啊，尤其是庆熙伯母还给我们做了干草毯子。"

"等你长大了，就不会这么认为了。"诺亚一边说，一边把厚厚的练习册抱在怀里，"阿爸肯定希望我们上大学，做个有学问的人。"

"我讨厌书。"摩撒愁眉苦脸地说。

"我喜欢书。我可以整天看书，什么都不做。阿爸也喜欢读书。"

摩撒向诺亚猛扑过去，想和他摔跤，诺亚笑了。

"哥哥，阿爸是什么样的？"摩撒坐起来，严肃地看着他的兄弟。

"他很高。他有和你一样的浅色皮肤。他戴着和我一样的眼镜。他在学校的学习成绩很好，擅长自学。他喜欢学习。他一读书就很开心，这些都是他告诉我的。"

诺亚笑了。

"和你一样。"摩撒说，"我和他不一样。啊，我喜欢漫画。"

"那不叫看书。"

摩撒耸耸肩。

"他一直都对我和阿妈很好。他常常拿约瑟伯父打趣，逗他笑。阿爸教我读书写字，背乘法表。我是学校里第一个会背乘法表的人。"

"他有钱吗？"

"没钱。牧师哪里会有钱。"

"我想当个有钱人。"摩撒说，"我想要一辆大卡车和一个司机。"

"我还以为你想住在畜棚里呢，"诺亚笑着说，"而且每天早上去收鸡蛋。"

"我宁愿要一辆像汉秀大叔那样的卡车。"

"我宁愿像阿爸那样当个有学问的人。"

"我才不要。"摩撒说，"我想赚很多很多钱，这样，阿妈和庆熙伯母就不用再工作了。"

第九章

1949年，大阪

一家人回到大阪后，高汉秀给金昌浩安排的工作是向鹤桥市场的店主收保护费。收了保护费，高汉秀的公司就向店主提供保护和支持。当然，没有人愿意支付这些不重要的款项，但在这件事上，他们没有选择。在极少数情况下，当有人哭穷或愚蠢地拒绝支付保护费，高汉秀就会派他的其他手下去解决问题，但不是派金昌浩去。对于一个店主来说，付保护费是一种由来已久的做法，只不过是再增加一项经营成本而已。

任何为高汉秀工作的人都必须看起来像在大机构里工作的，而为高汉秀打工，不管是日本人还是朝鲜人，都会煞费苦心地保持低调，避免不必要的负面关注。金昌浩除了因为近视眼要戴厚眼镜，此外，他看上去和蔼可亲，谦虚，勤奋，说话得体。高汉秀更喜欢金昌浩收保护费，因为金昌浩办事很有效率，而且总是彬彬有礼；他就像一张干净的包装纸，包住了肮脏的勾当。

那天是礼拜六晚上，金昌浩刚刚收完了这个礼拜的保护费，一共有六十多包现金，每包钱都用新纸包着，上面标有公司的名称。各家都交了钱。他走到高汉秀停在路边的轿车旁，向刚刚从车里走出来的老板鞠了一躬。他的司机稍后会来接他们。

"去喝点东西吧。"高汉秀拍着金昌浩的背说。他们朝市集的方向走去。一路上，人们不断地向高汉秀鞠躬，他点头示意。然而，他没有为任何人停下来。

"我带你去个新地方。那里的漂亮姑娘多得是。在畜棚里住了这么久，你一定想找个姑娘。"

金昌浩惊讶地笑了起来，他的老板通常不讨论这种事的。

"你喜欢那个结了婚的。"高汉秀说，"我知道。"

金昌浩继续走着，无法回答。

"顺子的嫂子。"高汉秀直视前方说，他们沿狭窄的市集街道向前走，"她依然是个美人。她丈夫现在就是个废人了。他现在喝得更多了吧？"

金昌浩摘下眼镜，用手帕擦了擦镜片。他喜欢白约瑟，因为自己没劝阻他而感到难过。白约瑟酗酒，但他不是坏人。很明显，附近的人仍然很欣赏他。在家里，白约瑟要是感觉好点，就帮助孩子们做功课，教他们朝鲜语。有时，他给一些他认识的工厂主修理机器，但他的身体不好，不能经常工作。

"房子住得怎么样？"高汉秀问道。

"我头一次住这么好的房子。"金昌浩说的是实话，"食物也好吃极了。房子很干净。"

"那两个女人需要一个有工作的男人照看她们。但我担心，你对庆熙越陷越深。"

"老板，我一直在想回家的事。不是去大邱，而是去北方。"

"又是这件事？不。结束讨论。我不在乎你是不是参加了那些社会主义会议，但不要相信关于返回祖国的谎话。大韩民国民团的那些头头脑脑也好不到哪里去。再说了，在北方，他们会杀了你，在南方，他们会把你饿死。他们都讨厌曾在日本待过的朝鲜人。我很清楚。如果你去，我永远不支持你。绝对不会。"

"领袖反对日本帝国主义……"

"我太清楚他手下那些人了。他们中的一些人可能真的相信这句话，但他们中的大多数人只是为了每个礼拜领到薪水信封。住在这里的负责人是绝对不会回去的。走着瞧吧。"

"但是你不认为我们必须为祖国做点什么吗？外国人正在把我们的祖国分裂成……"

高汉秀把双手放在金昌浩的肩膀上，正视着他。

"你很久没找过姑娘了，搞得你的脑袋都糊涂了。"高汉秀笑了笑，又严肃起来，"听着，我很了解协会和民团的头头儿们……"他哼了一声，"我太了解他们了……"

"但民团只是美国的傀儡……"

高汉秀对金昌浩笑了笑，被这个年轻人的真诚逗乐了。

"你为我工作多久了？"

"你给我工作的时候，我大概只有十二三岁。"

"我有多少次是跟你真正谈起政治的？"

金昌浩尽量回忆。

"从没有。没有真的谈过。我是个商人，而且，我希望你也当个商人。每次你去参加那些集会，我都希望你为自己想想，而且我希望你无论如何都要提高你自己的利益。什么日本人、朝鲜人，所有这些人全都是浑蛋，因为他们一直想的都是群体。但事实是，世上没有仁慈的领袖。我保护你是因为你为我工作。如果你表现得像个傻瓜，违背我的利益，那么我就不能保护你了。至于那些朝鲜团体，你得记住，不管怎样，带头的人也只是人，所以他们不比猪聪明多少。而且我们吃猪肉。你和农夫水谷住过一段时间，他漫天要价，在战争时期卖甘薯给饥饿的日本人。他违反了战时规定，我帮助了他，因为他想赚钱，我也想。他可能认为自己是一个体面、受人尊敬的日本人，或者是某种自豪的民族主义者，他们不都是这样以为的吗？他是个低劣的日本人，但是个精明的商人。我不是好朝鲜人，我也不是日本人。我很擅长赚钱。如果每个人都相信那帮陆军高级将领的废话，这个国家必然分崩离析。天皇也不关心任何人。所以，我现在不是让你不要参加集会或者不加入团体。但你要知道一点：没有人在乎你。他们不关心任何人。如果你认为他们关心朝鲜，那你就疯了。"

"有时候，我很想再看看我的家。"金昌浩轻声说。

"对我们这样的人，家这种东西，根本就不存在。"高汉秀抽出一支烟，金昌浩连忙把烟点燃。

金昌浩已经有二十多年没回家了。他的母亲在他蹒跚学步时就去世了，那之后不久，他的佃农父亲也撒手人寰；他的姐姐尽她所能地帮助他，但最终她还是嫁人，走得无影无踪，留下他一个乞讨为生。金昌浩想去北方为统一大业出一份力，但他也想去大邱，为他的父母扫墓，并做一场他负担得起的祭祀法事。

高汉秀深深地吸了一口烟。

"你觉得我喜欢这里？不，我不喜欢这里。但在这里，我知道会发生什么。你不想受穷的。昌浩，你为我工作，你有足够的食物和钱，所以你开始有一些想法，这是很正常的事。爱国主义只是一个概念，资本主义或共产主义也是如此。但思想会使人忘记自己的利益。头头脑脑就会利用那些过于相信思想的人。你解决不了朝鲜的问题。一百个你，一百个我，都不能让朝鲜变好。日本人出局了，现在苏联、中国和美国都在为我们这个该死的小国打得不可开交。你认为你能打败他们？忘了朝鲜吧。把心思都放在你可以拥有的东西上。你想要庆熙？很好。那就把她丈夫赶走，或者等他一命呜呼。这是你能解决的问题。"

"她是不会离开他的。"

"他是个失败者。"

"不，不，他不是。"金昌浩严肃地说，"而且她也不是那种女人。"对于这个话题，他说不下去了。他可以等白约瑟死掉，但盼别人死是不对的。他相信许多思想，包括妻子必须忠于丈夫的思想。如果庆熙抛弃残疾的丈夫，那她也不值得他对她倾心了。

来到街尾，高汉秀停下脚步，冲一个看起来很普通的酒馆一歪脑袋。

"你是去找个姑娘，还是回家，对别人的老婆朝思暮想？"

金昌浩盯着大门的门把手，把门拉开，让老板先进去，随即也跟了进去。

—— o ——

大阪的新房子比旧房子大出两个榻榻米位，用瓦片、实木和砖块建造而成，所以更加坚固。正如高汉秀所预料的一样，爆炸摧毁了原来的房子。庆熙把房契缝在她那件好外套的内层，到了合适的时候，高汉秀的律师让市政府承认了白约瑟的产权。用水谷在他们离开农场时送给他们的钱，白约瑟和庆熙买下了他们原来房子旁边的空地。在高汉秀建筑公司的帮助下，他们重建了家园。白约瑟依然没有告诉邻居他是房主，不露富一向都是明智的做法。他们房子的外观与亚野区他们那条街上的其他住宅几乎一模一样。一家人都认为金昌浩应该和他们住在一起，白约瑟问他是否愿意时，他没有拒绝。几个妇女用高质量的纸贴在墙上，买来结实的厚玻璃装在小窗户上。他们多花了一些钱买来好布料做暖和的被子和地垫，还买了一张韩式矮饭桌，既用来吃饭，也可以供孩子们做作业。

尽管从外观上看，这所房子看起来并不宽敞，里面却非常干净整洁，厨房很大，有足够的空间在夜里把贩卖食物的手推车放在厨房里。房子有一个相连的外屋，从厨房门就能进外屋。杨金、顺子和孩子们睡在中屋，白天这里是主起居室；白约瑟和庆熙睡在厨房旁边的大储藏室里，金昌浩睡在小前厅，两面墙都是纸屏风门。他们一家三代人外加一个全家人的朋友总共七个人都住在亚野区的房子里。考虑到附近的环境，他们的住处几乎算得上豪华。

深夜，金昌浩终于从酒馆回家时，所有人都睡觉了。高汉秀花钱找了一个非常漂亮的朝鲜女孩，金昌浩和她一起去了后面的房间。事后，他想去澡堂洗个澡，但是房子附近的澡堂都打烊了。他在外屋旁的水槽里洗了洗，但他嘴里仍有那女孩粉色口红的蜡味。

那个女孩很年轻，应该只有二十岁，她不在后屋陪客，便是在前面做女招待。战争和美国人的占领使她坚强起来，就像其他在酒馆里工作的姑娘一样，而且，她长得那么漂亮，所以陪了许多男人。她叫珍雅。

走进一个为付费顾客预留的雅间，珍雅关上门，立刻脱掉了印花连衣裙。

她没穿内衣。她身材修长苗条，有着年轻姑娘那圆滚坚挺的乳房，不需要戴胸罩也很漂亮；她的腿很细，就跟饥饿的农民的腿差不多。她坐在他的腿上，温柔地蹭来蹭去，让他变得坚硬，然后小心翼翼地把他领到地板上的深红色铺盖边。她脱下他的衣服，熟练地用一条温热的湿毛巾给他擦身，然后用她涂着口红的嘴给他戴上了避孕套。他很长时间没跟姑娘亲热了。他只和妓女发生过关系，但这个女人最漂亮，身材也很好，他能理解她为什么这么贵，尽管这次不是他付钱。珍雅叫他哥哥，问他现在要不要进去，他点点头，惊讶于她竟然这么熟练，这样的她不仅迷人，还很专业。她轻轻地推他躺下，坐在他的胯部，一下子就让他进入了她的身体。她吻了吻他的额头和头发，让他在他们性交的时候，把头埋在她的两乳之间。他不知道她是不是在装腔作势，但她似乎很喜欢她在做的事，不像其他妓女会假装自己是处女。没有虚假的抗议，金昌浩发现自己被她弄得十分兴奋，几乎马上就高潮了。她在他怀里躺了一会儿，然后站起来给他拿了一条毛巾。她一边给他擦洗身体，一边叫他帅哥哥，还要他快点再来找她，因为珍雅会十分想念他的鳗鱼。金昌浩真想留下来过夜，再和她云雨一番，但高汉秀在酒馆等他，所以金昌浩答应再来。

金昌浩回到房间，发现有人已经打开了他的铺盖，为他铺好了床。金昌浩躺在浆洗过的干净棉花铺盖上，想象着庆熙用纤细的手指抚平他所躺的毯子，像往常一样，他想象和她做爱。一个结了婚的女人不会对性感到惊讶，他想，但他想知道她是否能像珍雅那样享受性爱。如果她的确如此，他怎么看她？在畜棚的时候，他总是在女人睡觉之前就睡着了，他很感激能这样，因为他无法忍受想到白约瑟压在她身上欢好的情形。幸运的是，他从来没有听到过任何声音，在这所房子里，他也没有听到他们欢好的声音。他确信白约瑟没有能力再与妻子同房，这样的认知使他可以去爱她，而且还不用恨白约瑟。这样一来，她也成了他的了。高汉秀察觉到了他的感情，因为他的感情很明显：他忍不住凝视她那温柔的脸，她那优雅而安静的动作。他觉得，如果能和她在一起，他就算死也值了。每天晚上和她在一起，是什么感觉呢？他们一起在餐馆做工时，当他和她两个人在农场里干活时，不把她紧紧地抱在怀里，简直要把他逼疯了。他没这样做的原因是他知道，她永远不会对他有所回应。她爱她的丈夫，她爱她的神耶稣基督，而金昌浩并不相信耶稣，耶稣不允许信徒发生婚外性行为。

金昌浩闭上眼，真盼望她能打开那扇薄薄的纸门，走进他的房间。他希望她能像那个妓女一样脱掉衣裳，用嘴含住他的阳物。他会拉她坐在他的身上，进入她的身体。他会和她共赴云雨，并且盼望自己死掉，因为在那一刻，他的生命已臻完美。金昌浩可以想象出她那小小的乳房、苍白的肚子和腿，以及她那黑黑的阴部。他又变硬了，他无声地笑着，心想他今晚就像个小男孩，因为他觉得自己可以一而再再而三地做这件事，而且永远也不够。高汉秀认为只要找个漂亮的婊子，就能把他的心思从庆熙身上转移开，高汉秀错了。事实上，他现在比以往任何时候都更想要她。他今晚尝到了又甜又凉的东西，现在他想要更多这种东西，多到足以让他深深沉浸在它带来的清爽中。

金昌浩不断地摩擦自己，戴着眼镜就睡着了。

—— ○ ——

早上，金昌浩比其他人先起床，没吃早饭就去上班了。那天晚上，他走回家，注意到有一个有着纤细肩膀的人正推着一辆糖果车沿街而行。他跑去追她。

"我来吧。"

"啊，你好。"庆熙轻松地笑了笑，"今天早上你走了，我们还担心你呢。我们昨晚都没看见你。你今天吃饭了吗？"

"我很好。你不必为我担心。"

他注意到用来装糖的那堆袋子都不见了。"袋子都没了。今天的生意不错啊？"

她点点头，又笑了。"糖果都卖光了，可红糖的价格又涨了。要不我还是做果子冻卖吧。那样用不了多少糖。我得找些新配方。"庆熙停下来，用手背揩揩眉毛。

金昌浩从她手中接过手推车，推着走了起来。"顺子回家了吗？"他问道。

庆熙点点头，看起来忧心忡忡。

"怎么了，姐姐？"

"但愿今晚他们不要吵架了。我丈夫最近对每个人都太严厉了。而且，他……"她不想再说下去了。白约瑟的健康状况急剧下降，但不幸的是，他还算清醒，能清楚地感受到烧伤和受伤部位的可怕不适。为了一点小事，他都会发脾气，而且，他一生气，就压不住火气。他听力不好，一说话就大喊大叫，战前，他从不这样。

"你知道的，是关于两个孩子上学的事。"

金昌浩点了点头。白约瑟告诉顺子，男孩们必须去附近的一所朝鲜学校，因为全家人必须为回国做准备，男孩们必须学朝鲜语。高汉秀告诉顺子的恰恰相反。顺子什么也没说，但每个人都知道，现在这个时候不适合回国。

通往家的路上空无一人。太阳落山，黄昏弥漫着柔和的灰粉色的光辉。

"真安静啊，这样的时候真美。"她说。

"是的。"金昌浩把手推车的把手握得更紧了一点。

她的发髻松了，庆熙把掉出来的头发别在耳后。即使工作了漫长的一天，她的脸仍然干净和明亮，很有几分出淤泥而不染的韵味。

"昨晚，他又因为上学的事对她大吼。我的丈夫是好意。他也很痛苦。诺亚想去日本学校，他想去早稻田大学。你能想象吗？那么大的学校！"她笑了，为他的伟大梦想感到骄傲，"还有呢，摩撒根本不想上学。"她哈哈大笑，"当然，现在还不清楚我们什么时候能回去，但孩子们需要学会读写。你不这么认为吗？"庆熙发现自己在哭，但她无法解释为什么。

金昌浩从大衣口袋里掏出一块用来擦眼镜的手帕递给她。

"有很多事情我们都无法控制。"他说。

她点了点头。

"你想回家吗？"

她没有看他的脸，就说："我真不敢相信我的父母已经死了。在我的梦里，他们似乎还活着。我想再见到他们。"

"但是你现在不能回去，太危险了。等局势好转……"

"你认为局势会很快好起来吗？"

"你知道我们都是什么样的。"

"你是什么意思？"她问。

"我是说朝鲜人。我们吵来吵去，每个人都认为自己比别人聪明。我想无论谁掌权，都只会为保住自己的权力而斗争。"他只重复了高汉秀对他说过的话，因为高汉秀是对的，尤其是当看到人们最坏的一面时，他总是对的。

"那你不是共产主义者了？"她问。

"什么？"

"你总去参加那些政治集会。我想如果你去找他们，也许他们不是那么坏。而且他们反对日本政府，他们想让国家重新统一，对吗？我的意思是，美国人不是在试图分裂我们国家吗？我在市集上听别人说了一些消息，但真不知道该相信谁说的。我丈夫说北边的人很坏，是他们枪杀了我们的父母。你知道，我父亲见人就笑，他总是做好事。"

庆熙不明白为什么她的父母惨遭杀害。她的父亲在家中排行第三，所以他的土地很小。难道要杀了所有地主吗？就连小地主也不放过？她也很好奇金昌浩的想法，因为他是个好人，对这个世界了解很多。

金昌浩靠在推车上，仔细地看着她，他很想安慰她。他知道她在向他寻求建议，这让他觉得自己很重要。有这样一个女人在他身边，他不知道自己是否还会关心政治。

"共产主义者有不同的种类吗？"她问。

"我想是的。我不知道我是不是共产主义者。我反对日本再次占领我们的国家，我也不希望我们的国家被别人控制，更不希望是美国人。我想知道为什么朝鲜就不能独立。"

"但你刚才说我们老是吵个不停。我估摸这就像两个老奶奶发生了争执，村民们不停地在她们耳边嘀咕另一个老奶奶有多可恶。如果老奶奶们想要和平相处，就必须忘记其他人，并且记住他们曾经是朋友。"

"我认为我们应该推选你来当领袖。"他边说边推着车朝房子走去。即使只是走了这么一小段路，他也很高兴能和她在一起，但是，这自然也让他想要更多。他去参加集会是为了不在家里待着，因为有时候离她太近了，他会受不了。他住在那所房子里，因为他必须每天都见到她。他爱她。这份爱永远都不会改变的，他想。他的情况叫人难以忍受。

离家只有几步之遥，两个人慢慢地走着，喃喃地说着各自一天发生的事，他们心满意足，有一点害羞。他将继续带着这份爱恋去忍受。

第十章

1953年1月，大阪

顺子为钱的事发愁，每每都是半夜醒来做糖果拿去卖。杨金发现女儿不在床上，便去厨房找她。

"怎么不睡了？"杨金说，"不睡觉会生病的。"

"阿妈，我好着呢。你回去睡觉吧。"

"我老了。人老了觉就少。"杨金说着披上围裙。

顺子想多赚点钱，给诺亚找家庭教师。他去考了早稻田大学，但就差几分没考上，他确信，如果能找老师辅导数学，他再去考一定能考上。补习教师的费用太高了。几个女人一直在努力多挣钱，这样诺亚就可以辞去会计的工作，全职学习，但是，只靠白约瑟的薪水和她们卖食物赚的钱，根本不足以支撑家庭开支和白约瑟的医药费。每个礼拜，金昌浩都给他们钱，算是他的食宿费。他还想出钱给诺亚请辅导老师，但白约瑟不让几个女人多要钱。白约瑟不允许顺子接受高汉秀出的学费。

"你昨晚睡觉了吗？"杨金问道。

顺子点了点头，把一块干净的布铺在大块红糖上，以掩盖研钵和研杵的敲击声。

杨金已经筋疲力尽了。再过三年，她就六十岁了。当她还是个女孩的时候，她相信在任何情况下她都能比任何人更努力地工作，但她现在不再这样想了。最近，杨金觉得又累又焦躁，为一点小事都烦躁不安。上了年纪，人本应更有耐心才对，她却越来越爱生气。有时候，要是有顾客抱怨东西太少，她就特别想骂他们几句。最近，她最烦恼的事就是她女儿都不怎么说话了。杨金很想摇醒她。

厨房是屋子里最温暖的房间，电灯发出稳定的光。两个光秃秃的灯泡用电线连在天花板上，将明显的阴影投射在糊着纸的墙壁上。两个灯泡像极了悬在无叶藤蔓上的两个葫芦。

"我总想那两个姑娘。"杨金说。

"福熙和多熙？她们不是在中国工作吗？"

"我不该让她们和那个花言巧语的汉城女人一起走的。但是，两个姑娘一想到去满洲赚钱，就非常兴奋。她们答应，等赚够了钱，就回来把民宿买下来。她们都是好姑娘。"

顺子点点头，想起了可爱的姐妹花。她再也没法认识那样的人了。占领和战争似乎改变了所有人，现在的朝鲜战争使情况变得更糟。曾经心地温和的人似乎变得谨慎而强硬，只有最小的孩子才有纯真。

"在市集上，我听说那些女孩本想去工厂上班，实际上却被带到了别的地方，迫不得已要为日本士兵做一些很可怕的事。"杨金停顿了一下，仍然有些惊慌失措，"你说这是真的吗？"

顺子也听到过同样的事，而且，高汉秀不止一次警告过她，有些朝鲜人为日本军队工作，谎称提供好工作，但她不想让母亲再担心下去。顺子尽可能地把糖磨得很细。

"如果福熙和多熙被带走了呢？她们会怎么样？"杨金问道。

"阿妈，我们不知道。"顺子小声说。她在炉子里点火，把糖和水倒进锅里。

"她们肯定是被带走了，我能感觉到。"杨金点点头，"你阿爸……他要是知道我们守不住民宿，一定非常伤心。现在在朝鲜发生了战争。我们还不能回去，不然军队会把诺亚和摩撒抓去打仗。是这样吧？"

顺子点点头。她绝不会让她的两个儿子去当兵。

杨金不由得浑身发抖。从厨房窗户渗进来的风刺痛了她那干燥的棕色皮肤，她把一条毛巾塞在窗台上。杨金把她那件破旧的棉背心紧紧地套在睡衣外面。她开始把糖敲碎，做下一批糖，而顺子就看着在小火苗上冒泡的锅。

顺子在锅中搅拌，把糖熬成焦糖。与大阪相比，釜山似乎是另一种生活。在她的记忆中，他们那个布满岩石的小岛影岛一直都是空气清新，洒满了阳光，尽管她已经二十年没有回去了。那时候，白伊萨讲述天堂的模样，她就把她的家乡想象成天堂：纯净，光线明媚，美丽动人。就连记忆中朝鲜的月亮和星星都与这里的冰冷月光不同。无论多少人抱怨家乡有多糟糕，顺子每每想到的都只有他父亲打理的明亮坚固的房子，旁边是如玻璃一样的碧绿大海。他们在菜园里种出了很多东西，比如西瓜、生菜和南瓜，露天市场里有源源不绝的美味食物。她在家乡那会儿，她对它的爱还不够深。

国内的消息听起来让人不寒而栗：霍乱，饥荒，士兵掳走你的儿子，就连小男孩也不放过。他们在大阪的生活虽然很穷，他们虽然拼命赚钱送诺亚去上大学，但相比之下是那么奢侈。至少他们还在一起，至少他们可以朝着更好的方向努力。朝鲜战争唤醒了日本的商业，工作机会变多了。至少在这里，美国人还在掌权，所以几个女人可以找到糖和小麦。虽然白约瑟不准许顺子要高汉秀的钱，但每当金昌浩透过关系找到了几个女人需要的稀有原料，女人们都很明白是怎么回事，不会问太多或是告诉白约瑟。

太妃糖在金属锅上冷却后，两个女人很快地把糖果切成整齐的方块。

"多熙经常取笑我切洋葱切得乱七八糟。"顺子笑着说，"她受不了我洗饭锅洗得太慢。每天早上我打扫地板，她总是说：'一定要用两块抹布擦地板。先把地板扫干净，然后用一块抹布擦一遍，再用另一块干净的抹布擦一遍！'多熙是我见过的最干净的人。"顺子一边说，一边回忆。多熙长了一张单纯的圆脸，她一指挥别人，表情就会变得越来越严肃。她的表情、举止和声音都同样生动，而不经常祈祷的顺子在心里祈祷上帝保佑那两个女孩。她祈祷她们没有被抓去送给那些当兵的。白伊萨曾经说过，我们不知道为什么有些人比另一些人更痛苦；他说，当别人忍受痛苦时，我们绝不应该草率下结论。她想知道，为什么她能幸免，她们却不能呢？为什么她和母亲在厨房里，而在祖国有那么多人在挨饿？白伊萨过去常说，上帝自有计划，顺子相信这是可能的，但现在想到那两个姑娘，她无法从中找到丝毫安慰。那两个女孩比她的儿子们小时候更天真。

顺子抬起头，发现母亲在哭。

"两个小姑娘先后失去了母亲和父亲。我应该为她们做更多才对。我应该安排她们嫁人，但是我们没有钱。女人天生就是受苦的命，我们必须忍受。"

顺子意识到她的母亲是对的，那对姐妹被骗了。她们现在可能已经死了。她把手放在母亲的肩上。母亲的头发几乎都已花色，白天，她在脖子根部把头发盘成老式发髻。现在是晚上，母亲那灰白的细发辫垂在背部。多年的户外工作为她那椭圆形的棕色脸孔添了很多皱纹，她的额头和嘴巴周围都有深深的皱纹。从顺子记事起，她母亲就是第一个起床，最后一个睡觉；即使有两姐妹和她们一起干活，她的母亲也和小女孩一样努力工作。顺子长大了，母亲有很多话对她说，但顺子似乎从来不知道该对母亲说什么。

"阿妈，你还记得和阿爸一起挖土豆吗？阿爸那些漂亮的土豆，它们又大又白，你把它们放在灰烬里烤，好吃极了。从那以后，我再也没有吃过这么好的土豆了。"

杨金笑了，曾经的时光是多么快乐啊。她的女儿并没有忘记候奈，对她来说，他是一个了不起的父亲。他们的很多孩子都夭折了，但他们有顺子。她仍然还有顺子。

"至少孩子们是安全的，也许这就是我们在这里的原因。是的。"杨金停顿片刻，"也许这就是我们在这里的原因。"她的脸上露出了喜色，"你知道的，你家摩撒真是个有趣的孩子。昨天，他说他想住在美国，像电影里一样穿西装，戴帽子。他说他想要五个儿子呢！"

顺子大笑起来，因为这听起来很像摩撒会说的话。

"美国吗？你说什么？"

"我告诉他，只要他带着五个儿子来看我，他就可以住在美国！"

厨房里弥漫着焦糖的味道，女人们灵巧地工作着，直到阳光洒满整个屋子。

— ○ — ‒

学校代表无尽的痛苦。摩撒今年十三岁了，比同龄的孩子都高。他肩膀很宽，手臂肌肉发达，看上去比他的一些老师更有男子气概。虽然诺亚很努力地教他学习日本汉字，但他的阅读和写作能力还是达不到同年级的水平，所以他被安排在一个都是十岁孩子的班级里。摩撒和他的同龄人一样讲一口流利的日语，如果说有什么不同的话，那就是他有极强的语言表达能力，他三天两头与大一点的孩子们打架，语言给了他很大的好处。在算术方面，他倒是可以跟上班上的进度，但写作和阅读日语让他苦不堪言。他的老师们称他为"朝鲜大傻瓜"，而摩撒一直在等待时机，结束这种地狱般的生活。尽管经历了战争和学习上的困难，诺亚还是完成了高中学业，只要他不工作，他都在努力学习，要考上大学。他每次出门都带一本练习册和一本他从书店买来的英文小说。

诺亚每个礼拜为保司先生工作六天。保司先生是个开朗的日本人，他们街区里的大多数房子都是他的。有传言说，保司先生实际上有贱民或朝鲜血统，但没有人过多地谈论他那不太体面的血统，因为他是所有人的房东。说他不是真正的日本人这种恶毒的谣言有可能是某个不满意的房客散布的，但保司先生似乎并不在意。作为保司先生的会计和秘书，诺亚把他的账簿整理得井井有条，并代表他以漂亮的日文写信给各个市政府机关。尽管保司先生爱笑，也爱开玩笑，但一旦涉及房租，他丝毫不留情面。他只发给诺亚一点薪水，但诺亚没有怨言。诺亚本可以在朝鲜人经营的柏青哥游戏厅或日式烧肉店打工，赚更多的钱，但诺亚不愿意。他想在日本人的办公室里，做办公室工作。和几乎所有的日本企业主一样，保司先生通常不会雇用朝鲜人，但保司先生的侄子是诺亚的高中老师，而保司先生又是个有便宜就占的人，所以便雇用了他侄子最聪明的学生。

晚上，诺亚帮助摩撒写作业，但是他们都知道这么做没意义，因为摩撒对学习日语汉字没有兴趣。作为他长期以来的导师，诺亚只教他弟弟算术和基本写作。摩撒考试考得很差，诺亚表现出非凡的耐心，从未生气。他知道学校里的大多数朝鲜人是怎样的——大多数人都退学了，他不希望这种事发生在摩撒身上，所以他对考试成绩睁一只眼闭一只眼。他甚至要求约瑟伯父和他母亲在看到摩撒的成绩单后不要大发雷霆。他告诉他们，他们的目标是确保摩撒当了工人，能拥有高于平均水平的技能。要不是诺亚这么努力教他，又这么关心他，摩撒早就像街区里的大部分男孩一样，不再去上学，而是去捡废金属卖钱，寻找腐烂食物喂他们的母亲在家中饲养的猪；或者更糟，他会开始小偷小摸，惹上官司。

诺亚给摩撒辅导完功课，便会捧着字典和语法书学习英语。摩撒对日语和朝鲜语兴趣寥寥，却很喜欢学英语，他会训练诺亚背单词和短语，借此帮助哥哥学习新的词汇，只有在英语上，他们两个人的辅导关系正好相反。

在那所可怕的当地学校，摩撒在午休和休息时都是一个人待着。班里还有另外四名朝鲜人，但他们都使用日本名字，并且拒绝讨论背景，尤其是在有其他朝鲜人在场的情况下。摩撒知道他们是谁，因为他们和他同住一条街，他认识他们的家人。他们都只有十岁，所以和他同年级的朝鲜人都比他小，摩撒从不和他们亲近，既瞧不起他们，又可怜他们。

大多数在日朝鲜人至少有三个名字。摩撒在日本叫白摩撒，是白摩西这个名字的日语形式，他很少使用他的日文姓氏阪东，虽然他的学校文件和居住证明就是用这个姓氏登记的。白摩西这个名字一看就出自西方宗教，很明显是朝鲜名字，再加上他的地址是在贫民窟，所以每个人都知道他是谁，没有必要否认这一点。日本学生不会和他有任何关系，但摩撒再也不会在乎了。他小的时候还因为受欺负烦恼过，虽然他远没有诺亚那么烦心，但诺亚在学业和运动方面都比其他的同学出色，能够扬眉吐气，一雪耻辱。每天，在上课前和放学后，个头儿大的男学生就告诉摩撒："你这个臭烘烘的狗杂种，滚回朝鲜去吧。"如果对方有一群人，摩撒就继续往前走；然而，如果只有一两个恶霸，他就拼命地揍他们，直到把他们打到流血。

摩撒知道他将成为一个坏朝鲜人。警察经常以偷窃或在家酿造私酒的罪名逮捕朝鲜人。每个礼拜，他住的那条街上都有人被警察抓走。诺亚说，一些朝鲜人违反了法律，所有朝鲜人都会背上恶名。在亚野区的每一个街区，都有男人打老婆，都有女孩子在酒馆里工作，据说她们会为了钱出卖肉体。诺亚说朝鲜人必须努力工作，变得更好，借此提高形象。摩撒只想把那些说脏话的人臭揍一顿。在亚野区，有一些丑陋的老女人骂街，还有一些男人喝得酩酊大醉，睡在屋外。日本人不希望朝鲜人住在自己家附近，因为他们很脏，他们和猪住在一起，孩子身上有虱子。此外，据说朝鲜人甚至还不如贱民，因为贱民至少还有日本血统。诺亚对摩撒说，他以前的老师都说他是优秀的朝鲜人，而摩撒也明白，由于自己的学习成绩很差，又不懂礼貌，这些老师一定认为摩撒是个糟糕的朝鲜人。他妈的那又怎么样？如果其他十岁孩子认为他愚蠢，那也没关系。如果他们认为他很暴力，同样没关系。如果有需要，摩撒不怕把他们打得满地找牙。你以为我是野兽，摩撒想，那么我就可以成为野兽，让你痛苦难当。摩撒无意成为优秀的朝鲜人。那有什么意义？

春天到来之前，也就是朝鲜战争结束前的几个月，一个来自京都的男孩进入了他的班级。他马上就十二岁了。富山春希穿着破旧的校服和寒酸的鞋子，一看就知道是穷人家的孩子。他身材瘦长结实，是个近视眼。这个男孩长了一张小小的三角脸，别人有可能接受他，但遗憾的是，有人说他住在朝鲜贫民窟和日本穷光蛋之间的街道上。很快，谣言就传开了，说春希是个贱民，虽然事实并非如此。后来人们发现，春希有个弟弟，那孩子脑袋的形状就像个凹陷的夏瓜。即使身为日本人，春希的母亲也很难找到一个更好的地方住，因为许多日本房东都认为这个家庭遭到了诅咒。春希没有父亲，如果他的父亲是军人，打仗的时候死了，倒是可以理解的，但事实是，在春希的弟弟出生时，父亲看了一眼那孩子，就离开了。

与摩撒不同的是，春希很在乎能不能融入环境，也非常努力地这么做，但即使是社会地位最低的孩子也不会给他机会。别人都把他当作有病的动物。教师们听从学生领袖的指示，与春希保持距离。这个新来的男孩一直希望这所学校和他在京都的老学校有所不同，但他发现他在这里也没有机会。

午餐时间，春希坐在长桌的尽头，周围有两个座位，就像一个看不见的括号，而其他穿着深色羊毛校服的男孩则像一排紧紧粘在一起的黑色玉米粒。在离这张桌子不远的地方，摩撒总是一个人坐着，看着新来的男孩时不时试着对那群男孩说点什么，虽然春希从来没有得到过答复。

一个月后，摩撒终于在男盥洗室找那个男孩说话。

"你为什么要让那些孩子喜欢你？"摩撒问道。

"我有什么选择？"春希答。

"你可以告诉他们滚开，过你自己的生活。"

"你过的是什么样的生活？"春希问。他不是有意这么无礼，他只是想知道是否还有别的选择。

"听着，如果别人不喜欢你，那并不总是你的错。是我哥哥告诉我的。"

"你有哥哥？"

"是的。他为保司先生工作，你知道的，就是那个房东。"

"你哥哥就是那个戴眼镜的年轻人吗？"春希问。保司先生也是他们的房东。

摩撒点点头，面带微笑。他为诺亚骄傲，诺亚在社区里是个气派的人物。每个人都很尊敬他。

"我该去上课了。"春希说，"我迟到就麻烦了。"

"你真是个乖宝宝。"摩撒说，"如果老师对你大吼大叫，你真在乎吗？卡拉老师比你还要怪。"春希倒抽了一口气。

"如果你愿意，我可以让你在课间休息时和我坐在一起。"摩撒说。他以前从未提出过这样的提议，但他认为他受不了春希再试着和那些浑蛋攀谈并且被拒绝。说来也怪，仅仅看着春希努力和别人说话，他也感觉痛苦尴尬。

"真的吗？"春希笑着说。

摩撒点点头，即使他们长大成人了，也都没有忘记他们是如何成为朋友的。

第十一章

1955年10月

摩撒把摔跤选手力道山的一张照片贴在他的后备箱的内侧盖上，在那里，他保存着他最喜欢的漫画、旧硬币和他父亲的眼镜等特殊物品。与那位朝鲜裔摔跤选手不同的是，摩撒不喜欢太靠近对手，也不喜欢长时间的扭打。力道山以他著名的空手切而闻名，同样，摩撒也有致命的打击能力。

这些年来，他和许多不同类型的男孩打过：他们叫他的名字，他打他们；他们欺负他的朋友春希，他打他们；他们在鹤桥车站的糖果摊与他的母亲或外婆吵架，他也打他们。到了这个时候，顺子已经习惯了老师、辅导员和愤怒的父母写来的字条，或是找上门来理论。她无法阻止儿子打架，还很害怕儿子会惹上大麻烦，或者和坏男孩争吵。每次出事，白约瑟和诺亚都找他谈，他就消停一段时间。然而，一旦有人惹他，摩撒一定会把该挨揍的人臭揍一顿。

每次顺子问他发生了什么事，她总会得到两个结果：第一，真诚地向她和他的家人道歉，因为他让他们蒙羞了；第二，辩称事情不是他挑起的。顺子相信他。她的儿子今年十六岁，并不是天性暴力。他尽可能避免打架，但如果情势一发不可收拾，他就会迅速有效地朝惹他的人脸上打一拳，制止这种骚扰。摩撒打断了几个男孩的鼻子，打得他们鼻青眼肿。到目前为止，只有顽固的傻瓜或学校里新来的恶霸才找摩撒的麻烦。就连老师们也尊重这个以"拳"服人的男孩，每个人都知道他不胡乱打人，宁愿一个人待着。

为了让摩撒少惹麻烦，家人就叫他在放学后去糖果摊。庆熙在家里照顾白约瑟，诺亚希望摩撒去帮他们的母亲和外婆。等他们一家攒够钱盘下一家商店，大家都希望摩撒能帮母亲和外婆去经营。摩撒不愿意。只有女人才在市集上工作，而且，虽然这个男孩尊重这两位女性，但他不想一辈子做糖果或卖鲷鱼烧。

眼下，他不介意帮母亲和外婆运煤，放在鲷鱼烧烤架和糖果烧嘴下面的烤炉里。到了打烊的时候，顺子和杨金都因为有个强壮的男孩推车回家而松了一口气，因为她们从天一亮就开始工作了。然而，从四点到七点，没有什么活儿让摩撒去干，顺子和杨金不需要他，也能独自制作糖果，和顾客打交道。这段时间并不忙。

那是一个晚秋的下午，生意非常清淡，顾客很少，市集上的女人便开始聊闲天。摩撒借口去市集另一边买紫菜包饭，似乎没有人在意。摩撒实际上是去见卖袜女孩千雅纪。

她是日本人，今年十八岁，父母死于战争，现在是个孤儿。她的祖父母有一家大袜子商店，她和他们住在一起，在他们的店里做工。千雅纪身材娇小，身材曲线优美，很会卖弄风骚。她不太喜欢其他女孩，更喜欢与在市场上做工的男孩们混在一起。千雅纪取笑摩撒，因为她比他大两岁，但在她喜欢的男孩中，她认为他长得最英俊。她觉得他是朝鲜人实在可惜了，因为如果她和他约会，她的祖父母一定会和她脱离关系。他们都知道这一点，但只是聊聊天，并没有什么害处。

千雅纪的祖父母下午便回家，留下她一个人看店和打烊，这时候，摩撒或其他男孩就会来陪她。千雅纪几年前就退学了，因为她讨厌学校里那些目中无人的女生。此外，她的祖父母都觉得她就算把书读完也没用。他们正在安排她嫁给榻榻米工匠的二儿子，而千雅纪认为那小子很无趣。千雅纪喜欢好打扮、能说会道的人。尽管她对男孩很感兴趣，但她很天真，从来没有和男孩做过任何越轨的事。她将继承祖父母的商店，又是个美人儿，如果她想，随时都可以找到男人带她去咖啡馆。她的价值是显而易见的，她最喜欢的是引诱男人对她死心塌地。

摩撒敲敲摊位的门框，把他祖母那远近驰名、依旧温热的鲷鱼烧递给千雅纪，她笑了笑，舔了舔嘴唇。她先很欣赏地闻了闻，然后咬了一小口。

"好吃！太好吃了！摩撒，非常感谢你。"她说，"你不光人长得好，还会做糖果。你实在太完美了。"

摩撒笑了。她十分可爱，没人不喜欢她。大家都知道有很多男人向她献殷勤，但他仍然喜欢和她在一起。而且，他从来没见过她和别的男人在一起，所以他不知道谣言是不是真的。她的身材玲珑有致，她还涂着玫红色的口红，让她的小嘴看起来是那么诱人。

"生意怎么样？"他问道。

"还不错。我才不在乎。我知道我们这礼拜挣的钱够多的了，爷爷是这么说的。"

"凉鞋大婶正看着我们呢。"摩撒说。渡边是千雅纪袜子店对面那家店的店主，她和千雅纪的祖母是最好的朋友。

"那个老太婆，我讨厌死她了。她又要向奶奶告我的状了，不过随她去好了。"

"你跟我说话，会惹上麻烦吗？"

"不会的！如果我一直让你给我糖果，我才会惹上麻烦。"她说。

"好吧，那我就不给了。"

"不要嘛！"千雅纪又咬了一口鲷鱼烧，像个任性的小女孩一样摇了摇头。

这时候，一个办公室职员打扮的年轻人停在商店门前，他们都抬起头来。千雅纪指着商店角落里的空凳子，摩撒坐在上面，看起了报纸。

"您要买点什么？"千雅纪问那个男人。之前她祖父母在的时候，这个男人来过，但现在他再次出现。"您还想再看看那双黑袜子吗？"

"你还记得我？"男人兴奋地说。

"当然。您早晨来过的。"

"你这么漂亮的姑娘竟然记得我。我喜欢。真高兴我回来找你了。"

摩撒捧着报纸，抬起头来，随即再次低下头。

"你想要多少双？"

"你们有多少？"

"适合你的，至少有二十双。"她说。有时候，会有人一次买十双袜子。有一次，一个母亲为她上大学的儿子买了两箱袜子。

"我要两双，但如果你给我穿上，我就多买几双。"

摩撒合上报纸，看了那个男人一眼，后者似乎并没有注意到他的怒气。

"那我给你包上两双。"千雅纪说。

"你叫什么名字？"他问。

"千雅纪。"

"我有个堂妹也叫这个名字。天啊，你真是个美人坯子。你有男朋友了吗？"

千雅纪没说话。

"没有吗？那我觉得你就当我女朋友好了。"男人把钱塞在她手里，一把握住了她的手。

千雅纪对他笑笑。她以前应付过这种人，她很清楚他在暗示什么。她假装不明白。摩撒嫉妒了，但她并不在乎。她微微挺起胸脯。

在澡堂里，上了年纪的女人总是盯着她那高耸圆润的乳房，并且说她很幸运。

那个男人盯着千雅纪想要他看的地方，说："美呀。我今晚什么时候能来接你？我请你吃烧鸡。"

"那可不行。"她说，把钱放进钱箱，"你太老了，不适合我。"

"你这个小骚货。"

"你不是我喜欢的类型。"千雅纪说，一点也不害怕。

"你年纪太小，懂什么类型不类型的。老子赚很多钱，而且我能让你舒舒服服的。"那个男人一把把她拉到他身边，把手放在她的屁股上，紧紧抓住。"真是又大又圆啊。屁股长得不错啊。打烊吧，我们走。"

摩撒安静地从椅子上站起来，向那人走去。他使出浑身的劲儿，打在他的嘴巴上。那人随即跌倒在地，血从他的唇边流下来。摩撒只觉得指关节生疼，由此可知，他把那人的牙齿打松了。

"拿上你的袜子，快滚吧。"他说。

男人盯着他蓝色衬衫和裤子上的血，仿佛那些血是别人的。

"我要叫警察来。"他说。

"去吧，赶快去叫警察吧。"千雅纪对那个男人说。她疯狂地向正冲过来的凉鞋大婶挥了挥手。

"摩撒，你快走吧。"她说，"快点，离开这里。走啦。我来处理这件事。"摩撒飞快地走向糖果摊。

—— ○ ——

警察很快就找到了他。就在几分钟前，摩撒才回到货摊上，手上沾着血，告诉母亲和外婆他在千雅纪的店里和别人打架了。

警察证实确有其事。

"你儿子打了一个买袜子的绅士。这种行为需要解释。那位年轻女士说绅士骚扰她，而你的儿子在保护她，但客户否认了。"警官说。

柏青哥游戏厅老板吾朗先生正去糖果摊买下午小吃，他看到了警察，便冲了过去。

"你好，警官。"他冲顺子眨眨眼，"发生什么事了？"吾朗问。

摩撒坐在手推车边的旧木凳上，他给母亲和外婆惹麻烦了，不由得心存内疚。

"有个男人骚扰在袜子店做工的小姐，摩撒为了保护她，就打了那个男人的脸。"顺子冷静地说。她昂首挺胸，拒绝道歉，因为她担心会替他认罪。她的心怦怦直跳，她觉得他们都能听见她的心跳声。"他只是想帮忙。"

杨金坚定地点了点头，拍拍摩撒的背。

吾朗大笑着说："是这样吗，警官？"

"店里的小姐是这么说的，渡边证明她说的话。但被打的人否认事实如此，不过我从其他商店的老板那里听说他很讨厌，经常骚扰在这里工作的年轻女孩。"警官耸耸肩，"尽管如此，那名男子还是认为他的下巴断了，下面的两颗牙松动了。我要提醒这个年轻人，即使别人错了，他也不能动手打人。他应该报警。"

听到这话，摩撒点点头。他以前也碰到过麻烦，但不曾有人报警。他一生都知道他的父亲含冤入狱。最近，诺亚警告过他，由于在日朝鲜人不再是公民，所以，如果碰上麻烦，就可能被驱逐出境。诺亚告诉他，无论如何，摩撒都必须尊重警察，即使他们很粗鲁，即便他们是错的，也要非常恭敬。就在一个月前，诺亚还说过身为朝鲜人，必须特别优秀。摩撒再一次为自己搞砸了而感到难过，他害怕诺亚脸上一定会出现的失望表情。

吾朗很照顾男孩摩撒和他最喜欢的市集大婶之一顺子。

"警官，我和这家人很熟。他们非常努力，而且摩撒是个好孩子。他不会再惹麻烦了。对吧，摩撒？"吾朗直视着摩撒。

"是的。"摩撒回答。

警官重复了他的话，说公民永远不应该自己执法，摩撒、顺子和吾朗都连连点头，仿佛这位警官就是天皇本人。在他离开后，吾朗用他的毡帽轻轻拍了一下摩撒的后脑勺。摩撒一皱眉，但他当然一点也不疼。

"你们打算拿这个男孩怎么办？"吾朗问两个女人，她们既恼怒又觉得好笑。

顺子看着她的手。她已经尽力了，现在她不得不去问陌生人。白约瑟和诺亚会生她的气，但是除了他们现在用的办法，她还得尝试其他方式。

"你能帮助他吗？"顺子问道，"能不能让他去你的店里做工？你不需要给他很多工钱……"

吾朗冲她挥挥手，摇了摇头，把他的注意力转移到摩撒身上。他只要听她说这些就够了。

"听好了，你明天早上就去退学，开始为我工作。不要让你母亲去，她不需要面对这种事。你告诉学校你不上了，然后直接去我店里，而且，你得努力工作。我将付给你应得的报酬。我不会压榨员工。你工作，就会得到报酬。明白了吗？离袜店那姑娘远点，她是个麻烦精。"

"你的游戏厅需要男孩子吗？"顺子问。

"当然，但你不可以打架滋事，那不是成为男人的唯一途径。"他说，为这个没有父亲的孩子感到难过。"当一个男人，意味着你得知道如何控制脾气。你必须照顾好你的家人。好男人就该这么做。好吗？"

"先生，您真是大善人，肯给他机会。我知道他一定会努力工作……"

"我看得出来。"吾朗微笑着对顺子说，"我们就把他培养成一个柏青哥少年，让他远离街头。"

摩撒从凳子上站起来，向新老板鞠了一躬。

第十二章

1956年3月

吾朗是一个胖乎乎的朝鲜人，为人很有魅力，尤其受美女的欢迎。他的母亲在济州岛靠潜水捕鲍鱼为生，而在亚野区附近，吾朗一个人住在一栋不大不小的独立住宅里，有传言说，吾朗是个游泳健将。即便如此，也很难想象他除了讲有趣的故事和吃他喜欢在厨房里自己做的美味小吃之外，还能做什么。他的手臂又粗又圆，大腹便便；也许是因为他那光滑的黄褐色皮肤，或者是他穿做工精良的西装的样子，反正他很像一只得意扬扬的海豹滑过城市的街道。他能说会道，是那种能把死人说活的人。他有三家柏青哥游戏厅，从中赚了很多钱，但他生活简单，不好奢侈。他以对女人慷慨而闻名。

六个月来，摩撒一直在吾朗手下最大的柏青哥游戏厅打工，做任何需要他做的工作。在那段时间里，这个十六岁的孩子对世界的了解比他在学校那些年的还多。赚钱比把无用的汉字塞进脑子里要容易得多，也愉快得多。忘记枯燥的书本和考试让他感到了极大的安慰。在工作场所，几乎每个人都是朝鲜人，所以没人对他的背景指手画脚。在学校里，摩撒并不觉得别人的奚落让他感到不安，但当这些刻薄的话从他的日常生活中完全消失后，他才意识到，他竟是那么平静。自从他开始为吾朗工作以来，他从没打过架。

每个礼拜六的晚上，摩撒把他的工资信封交给母亲，而他母亲给他一些零用钱。她拿出必要的钱支付家庭开支，但她尽可能地节蓄，因为摩撒希望有一天自己当老板。每天早上，摩撒都赶去上班，一直工作到睁不开眼为止。当厨房女工嘉代子忙得不可开交的时候，他很高兴去扫烟头或洗脏茶杯。

那是三月里一个温暖的早晨，天刚亮几小时。摩撒猫腰从后门走进游戏厅，只见吾朗正在敲打他选定的游戏机上的圆柱销。每天，在游戏厅开门之前，吾朗都会用他的小橡胶锤轻轻地敲打垂直弹珠机上的一些圆柱销。他敲打圆柱销的动作很轻，这样就能改变金属球的轨迹，如此一来，弹珠机就不正常吐钱了。你永远不知道吾朗会选择哪台机器，也不知道吾朗会把圆柱销引向什么方向。在这个地区还有其他游戏厅，生意不错，但吾朗是最成功的，因为他有他的技巧，对安装圆柱销有一种真正的感觉。有些老客户在打烊前仔细研究机器，希望明天早晨得到更好的回报，但吾朗做的微小调整搞得这些人灰心丧气。然而，很多机器都是有迹可循，能吐出诱人的意外之财，吸引客户一次次地回来碰运气。吾朗一直在教摩撒如何把圆柱销钉进游戏机，而且，这是摩撒有生以来第一次被夸是好学生。

"早上好，吾朗先生。"摩撒跑进店里说。

"早啊，摩撒。棒极了。嘉代子做了一些鸡饭，你吃点早餐吧。你是个大孩子了，但你还需要发育。女人喜欢有东西可抓！"吾朗高兴地笑了，扬起眉毛，"不是这样吗？"

摩撒笑了笑，不介意被人取笑。看吾朗说话，好像摩撒也有过许多女人，但事实上，他还是个处男。

"我母亲今早做了汤，我吃过了。谢谢你。"摩撒坐在老板旁边。

"你的母亲怎么样？"

"很好，很好。"

诺亚强烈反对摩撒去柏青哥游戏厅打工，但顺子最终还是说服了他。她允许他为在亚野区广受尊敬的吾朗工作。摩撒经常和其他学生打架，她担心他的安全，于是现在让他彻底告别学校。摩撒永远也完不成学业，但诺亚仍在试着考进早稻田大学，他是家里的安慰，至少有一个男孩会像他们的父亲一样腹有诗书。

"她的生意怎么样？糖这东西，吃了令人上瘾。能赚到钱吗？"他一边笑，一边轻轻地敲打一根又一根圆柱销。

摩撒点点头。他母亲、伯母和外婆在火车站边的露天市场经营的糖果摊是他的骄傲。她们想要有自己的店，但得先赚到足够的钱去买，因为没人把好地段出租给朝鲜人。摩撒想赚很多钱，给诺亚请家庭教师，再给他的母亲买一个漂亮的商店。

吾朗把锤子交给摩撒。

"你来试试看。"

摩撒敲打圆柱销，吾朗在一边看着他。

"昨晚，我去见我女友美雪了，我们喝得太多了。摩撒，不要像我一样，把所有空闲时间都用来和那些放荡的骚货在一起。"吾朗笑眯眯地说，"除非她们有些姿色。哈。"

"美雪小姐很漂亮。"摩撒说。

"是呀。她的胸和肚子都很漂亮，就像美人鱼一样。女人，真的很性感啊，好吃极了，像糖果一样！我不知道怎样才能安定下来。"吾朗说，"再说一遍，我不明白我为什么要这么做。你看，摩撒，我没有父母，虽然这让我很难过，但没有人关心我结不结婚，也没人愿意安排我结婚。"他点了点头，一点也不介意这种生活带来的麻烦。

"你昨晚和谁出去了？"吾朗问。

摩撒笑了。

"你很清楚我在店里一直待到打烊，然后我就回家了。"

"这么说，你都没有追着美代子满厨房跑？"

"没有。"摩撒大笑起来。

"啊，是的，我想是我追着她跑的。可怜的女孩。她很怕痒。她长得不错，总有一天会有个好身材，但现在她太小了。有一天，有人会给她买些胭脂和粉，她就会离开我们。女人就是这样的。"

摩撒无法理解为什么他的老板对厨房女工这么感兴趣，毕竟他平时都是和女演员和舞蹈演员约会。

"不过呢，给嘉代子挠痒痒很好玩。她笑起来可爱极了。"吾朗用自己的膝盖撞了摩撒的膝盖。"摩撒，我喜欢你们这些孩子在这里。这样一来，这个地方感觉更愉快了。"吾朗让摩撒留在最大的游戏厅，因为他有一种奇妙的能量。吾朗现在有能力在他所有的商店雇用足够的员工。不久以前，他刚做老板，必须做和摩撒一样的工作。吾朗上下打量着那个男孩，皱起了眉头。

摩撒一头雾水地看着老板。

"你每天穿同样的白衬衫和黑裤子。你看起来干净整洁，但你看起来跟个看门的差不多。你有两件衬衫和两条裤子，是这样吧？"吾朗慈祥地说。

"是的，先生。"摩撒低头看了看自己。他母亲前一天晚上把他的衬衫熨了。他看上去还不错，但吾朗先生说得对，他看起来就是个小人物。家里没有多余的钱买衣服。除了买食物、请家教和交通费用，其他的钱都用来支付约瑟伯父的医药费了。他的病情越来越严重，大部分时间都卧床不起。

"你得多买几件衣服。走吧。"吾朗喊道，"嘉代子，我和摩撒出去几分钟，不要让任何人进来。好吗？"

"好的，先生。"嘉代子在厨房喊道。

"但我还得把球盘取出来，扫扫前厅，游戏机都得擦，我还想帮嘉代子洗毛巾……"摩撒列出了早上需要做的工作，但他的老板已经走到门边了。

"摩撒，快走吧！我可没多少闲工夫。别再一副穷酸相了！"他一面笑，一面大叫，丝毫不为这孩子的困惑所困扰。

— ○ ———

女人打开小木门，惊讶地看着站在她的顾客吾朗先生旁边的高大男孩。

摩撒一眼就看出这个女人是春希的母亲。他从没来过他朋友的家，但他在街上见过她几次，而且春希还把他介绍给了自己的母亲。

"富山太太！你好！"摩撒深深地鞠了一躬。

"摩撒，你好。欢迎光临。我听说你为吾朗先生工作呢。"

吾朗笑了。"他是个好孩子。我来得太早了，富山太太，不过摩撒需要几件新衣服。"

摩撒走进屋，惊讶地看到起居区竟然这么狭小。这个空间只有他家的三分之一，其实就是一个小房间用一扇屏风隔断墙隔开，前面放着缝纫机、人体模型、工作台和各种布匹。檀香的香气覆盖了做饭发出的酱油和甜米酒的气味。房间非常干净。很难相信，春希竟然和他的母亲、弟弟生活在一个如此逼仄的地方。看到这些，他更加想念他的朋友了。自从离开学校去打工，摩撒就没见过春希。

"摩撒要当早班领班。到目前为止，他是所有领班中年龄最小的一个。"

"啊？"摩撒大声说。

"但是，领班就得有个领班的样子，不能看起来像清理游戏机、分发毛巾和茶水的小弟。"吾朗说，"富山太太，请给他做两件体面的上衣和配套的裤子。"

富山太太严肃地点点头，解开卷尺，测量他的肩宽和手臂的长度。她用一小截铅笔在包装纸做成的便笺本上做了记录。

"妈妈！妈妈！我现在能出去了吗？"

这个声音听起来像是个成年男人发出来的，央求的语气却像个小孩子。

"不好意思。我儿子有点好奇。一般这么早，是没有客人上门的。"

吾朗冲她摆摆手，让她去看看儿子。

她离开房间之后，吾朗做了个鬼脸。"那孩子……"

摩撒点点头，因为他很清楚春希的弟弟是什么样子。春希还在上学，而摩撒已经有六个月没见过他了。春希想当警察。一直到有一个人离开，他们才意识到，他们能成为朋友，都是因为他们之前在上学。摩撒一天到晚都在工作，根本没机会见到他。

两个房间之间的滑动墙壁是用纸和薄木板做的，吾朗和摩撒能听到所有声音。

"大介，妈妈马上就回来，好吗？我就在隔壁。你能听到我说话，对吗？"

"妈妈，哥哥放学回来了吗？"

"没有，没有，大介。春希一个小时前才去上学。我们必须耐心等着他，还要等很久他才能回家呢。妈妈现在要去为春希的好朋友做衣服。你能待在这里玩拼图吗？"

"是摩撒吗？"

听到自己的名字，摩撒很惊讶，便看了一眼关闭的屏风门。"我想见见他啦，妈妈。是那个朝鲜男孩子啊。求你了，我想见见他。哥哥说摩撒说脏话呢，我想听听！"大介哈哈大笑起来。

吾朗拍拍摩撒的背，仿佛是在鼓励他。摩撒能感觉到吾朗的怜悯和好意。

"啊，妈妈！妈妈！我想见见朝鲜朋友啦。啊，妈妈，求你了。"

忽然房里没了声音，富山太太压低了声音，像是鸟儿在咕咕叫。"大介，大介，大介。"她拉长音说道。春希的母亲一直重复大介的名字，直到那孩子安静下来。

"你应该留在这里，帮助妈妈把拼图拼好，好吗？你是我的好孩子。再过几个钟头，春希就回来了。他很想看到你拼好了更多的拼图呢。"

"是的，妈妈，是的。我要先玩我的陀螺，然后做拼图。你说我们今天可以吃米饭吗？如果我们有顾客，我们可以吃米饭吗？有时，有顾客来了，你就买大米。妈妈，我要一个大饭团。"

"等一会儿，大介，我们一会儿再说。大介，大介，大介。"她低声说。

富山太太回到房间，连连道歉。吾朗说没什么。摩撒第一次看到吾朗也会觉得不安。他经常对富山太太笑，但他看到她那坚忍而温柔的面孔，他那低垂的目光却流露出痛苦。

"也许你应该给这孩子做两件上衣、两套裤子和一件漂亮的冬装外套。他总穿破旧衣服。我希望我的顾客看到我店里的员工整整洁洁，穿着得体。"

吾朗递给她一些钞票，摩撒转过身去。他在小房间里寻找他朋友的踪迹，但这里没有书或照片。窗帘换衣区旁边的墙上挂着一面真人大小的镜子。

"我叫嘉代子今天晚些时候过来，你也给她做件衣服，和摩撒的制服配套。我认为他们应该戴一条条纹领带或穿一些互相搭配的条纹衣服。我上个月在东京的一家游戏厅见过这样的搭配款式。她应该穿整洁的衣服，系围裙。也许可以是条纹围裙。你说怎么样？就交给你了。给她做两到三套制服。衣服一定要结实。"吾朗又拿出一些钞票，放在她的手中。

富山太太接连鞠躬。"太多了。"她看着钱说。

吾朗冲摩撒打了个手势。"该回去了。顾客都等不及要来打游戏机了！"

"吾朗先生，我会在周末前把上衣和裤子做好，最后再做外套。请让摩撒再来试穿上衣。你能三天后过来吗？"

摩撒看了一眼吾朗，后者坚定地点点头。

"走吧，摩撒。我们不能让顾客久等。"摩撒跟着老板走了出去，他找不到任何关于他的朋友的东西，而他的朋友现在正在上上午的课。

富山太太在他们离开时鞠了一躬，之后一直站在门口，目送他们转过街角，再也看不见她。她紧紧地关上门，把门锁上。他们那个月的房租和食物都有着落了。富山太太坐在门前，如释重负地哭了起来。

第十三章

1957年

"肯定有办法筹到钱的。"庆熙说。

"只剩下为开店存的钱了。"杨金说。

"可惜那些钱已经花得七七八八了。"顺子低声说。一边付医药费，一边存钱，就跟往破罐子里倒油差不多。

三个女人在厨房里低声说话，生怕吵醒白约瑟。最近，他皮肤感染，痒得厉害，无法休息。他吃了一大服中药，刚上床睡觉。草药医生这次给他开的药效力很强，而且药物起了作用。这么多年过去了，几个女人已经习惯了支付大笔的医药费，但这次的中药贵得惊人。常规药物对他的病不起作用，他一直都承受着巨大的痛苦。摩撒每个礼拜都把薪水原封不动地上交，他说，扣除生活开支，不管剩下多少钱，都应该拿去给约瑟伯父买最好的药。诺亚也有同感。尽管一家人省吃俭用，但每次去过药店，他们的积蓄都蒸发了。他们哪有钱支付早稻田大学的学费呢？

诺亚终于通过了入学考试。这本该是美好的一天，也许是一家人生活中最伟大的一天，但哪怕是第一学期学费的一部分，他们也拿不出来。再说了，这所学校在东京，他还需要在这个国家生活成本最高的城市里居住和吃饭。

诺亚打算继续为保司先生工作到开学，然后在东京一边上大学一边工作。顺子觉得这不太可能。朝鲜人没有那么容易找到工作，况且他们在东京又是人生地不熟。诺亚的老板保司先生很生气，因为他最好的会计要辞职去上学，而且学的还是英国文学这种毫无用处的东西。保司先生绝不会帮诺亚在东京找工作。

庆熙认为应该再买一辆手推车，去城里另外一边摆摊，这样收入就能翻一番，但不能把白约瑟独自留在家里。他不能走路了，腿上的肌肉萎缩得如此厉害，原来又粗又壮的小腿现在变得皮包骨，长满了痂皮。

他没有睡着，他能听到她们说的话。三个女人在厨房，正在为诺亚的学费发愁。诺亚努力温习考试的时候，她们担心，现在他终于通过了考试，她们又担心起了学费。以后，她们过日子，不仅没有诺亚的薪水，还要支付那孩子的学费和他的医药费。要是他死了就好了。每个人都清楚这一点。年轻的时候，白约瑟唯一想做的事就是照顾家人，而现在他无能为力，甚至不能一死了之，以解除她们的负担。最糟糕的事情发生了：他正在破坏这个家的未来。换作从前在老家，他倒是可以让别人把他带到山里等死，也许他会被老虎吃掉。但他现在住在大阪，这里没有野生动物，只有昂贵的草药师和医生，他们不能帮助他恢复健康，却只是减轻他的痛苦，让他在憎恨自己的同时更害怕死亡。

令他吃惊的是，随着他感到自己越来越接近死亡，他能感觉死亡和终结的恐怖将他团团围住。有那么多事情他都没能做到，还有更多的事情是他不应该做的。他想起了父母，他不该离开他们的；他不该把弟弟带到大阪；他想到了他不应该接受长崎的那份工作；他没有自己的孩子。为什么上帝要把他逼到如此痛苦的境地？他在受苦，但他可以忍受；然而，他让别人受苦了。他不知道为什么要活着，他回想起了那一连串当时并不那么可怕的可怕选择。大多数人都是如此吗？自从被火烧后，只有在为数不多的时候，他是清醒的，并且感激能毫无痛苦地呼吸，每当此时，白约瑟愿意看到生活中的美好，但他做不到。他躺在洗得干干净净的铺盖上，细想那些事后显而易见的错误。他不再对朝鲜和日本感到愤怒，最重要的是，他对自己的愚蠢感到愤怒至极。他祈求上帝饶恕他这个忘恩负义的老人。

他轻轻地叫了一声"亲爱的"。他不想吵醒睡在后面房间的两个男孩和睡在前门旁边房间的金昌浩。白约瑟轻轻地敲打着地板，以防庆熙没听到他的叫声。

他看到她来到门口，便让她把顺子和杨金带来。

三个女人围着他的铺盖坐在地板上。

"先把我的工具卖了吧。"他说，"值不少钱，说不定够给他买书和路费。你们应该把你们的珠宝也卖了，也可以起点作用。"

几个女人点点头。她们三个现在只剩下两个金戒指了。

"要摩撒去找他的老板吾朗，问问能不能预借出薪水支付诺亚的学费和住宿费，然后，你们三个和他一边做工一边还钱。学校放假的时候，诺亚去做临时工，攒下钱来还账。必须送那孩子去早稻田大学。他应该去。就算那里没人雇朝鲜人，但等他有了学历，就可以回朝鲜，赚到更多的钱。他还可以移民去美国。他会学会英语的。我们得把他的教育当成一项投资。"

他还想继续说。他想道歉，因为他无法养活他们，还让他们为他花那么多钱，但他现在还说不出这些话。

"上帝会保佑我们的。"庆熙说，"他总是照顾我们每一个的需要。主救了你的命，也就是救了我们的命。"

"摩撒回家后让他来找我。我跟他说，让他去找吾朗预支薪水付学费。"

顺子轻轻地摇摇头。

"诺亚是绝不会让弟弟为他付学费的。"她说，"他和我说过这件事。"她说话的时候并没有看他，"高汉秀说过，他愿意付学费和寄宿费。就算摩撒预支了薪水……"

"不行。你这是没脑子的妇人说的蠢话！你不能要那个浑蛋的钱！脏。"

"嘘。"庆熙柔声说，"请不要生气。"她不希望金昌浩听见他们在谈论他的老板，"诺亚说他会在东京找工作，而且，他确实说过不能让摩撒付学费，他还说他自己想办法。你知道的，如果学费是摩撒出的，诺亚是不会去上学的。"

"我早就该死了。"白约瑟说，"我宁愿死也不愿听这事。那孩子怎么可能一边读早稻田那样的学校，一边工作呢？不可能的。那孩子那么努力学习，必须去上大学。我亲自去找吾朗先生，问可不可以把钱借给诺亚。我要告诉诺亚，他必须去找吾朗先生借钱。"

"但我们不知道吾朗先生愿不愿意借钱，而且，找他借钱，可能影响摩撒的工作。我也不想让高汉秀付学费，但还有其他办法吗？就当是找他贷款，再分期还，这样诺亚就不欠他的了。"顺子说。

"找吾朗先生借钱，就算影响到摩撒在游戏厅的前途，也好过找高汉秀借。"白约瑟坚定地说，"高汉秀是个坏人。找他借钱供诺亚上学，他就将得寸进尺。他想控制那孩子，你很清楚这一点。但找吾朗先生，就只是钱的问题。"

"但是，吾朗用弹珠机赚来的钱，为什么比高汉秀的钱干净？高汉秀有建筑公司和餐馆，都是正当生意。"庆熙说。

"闭嘴。"

庆熙撅起嘴。《圣经》有云，智者需控制口舌，不是所有你想说的话都应该说出口。

顺子也没说话。她以前对高汉秀没有任何要求，但她觉得，与其麻烦一个彻头彻尾的陌生人，还不如去找一个已经主动提出借钱的人。吾朗对摩撒算很慷慨了，而摩撒做那份工作也很开心。她不想让刚刚起步的摩撒蒙羞。那孩子总是嚷嚷着有一天自己开游戏厅。再说了，她知道诺亚是不会允许摩撒去借钱的。白约瑟可以坚持任何他想坚持的事，但诺亚在这件事上不会听他的。

"那金昌浩呢？可以找他帮忙吗？"杨金问。

"他是高汉秀的手下。金昌浩没那么多钱，就算他能筹集到，也是找他老板要的。欠债不容易，但吾朗先生是最好的选择。他不会找我们要高利息，也不会伤害诺亚，摩撒更不会有事。"白约瑟答，"我现在要休息了。"

女人们走出房间，关上门。

—— o ——

第二天，高汉秀要诺亚带着母亲去他在大阪的办公室。那天晚上，母子二人没告诉家人，便去见了高汉秀。高汉秀的办公室有两个接待员，穿着一模一样的黑色西装和笔挺的白衬衫，其中一个为他们端来茶水，水装在蓝色薄瓷杯里，放在衬有白金箔的漆盘上。等候室里摆满了漂亮的花卉。高汉秀一打完电话，年长的那个接待员就把他们领进了高汉秀那镶着木板的大办公室。高汉秀坐在一张带有缨球的黑皮椅上，他前面摆着一张来自英国的红木办公桌。

"恭喜恭喜！"高汉秀从他的大椅子上站起来说，"你们能来，我太高兴了。我们去吃寿司吧！可以走了吗？"

"不不，谢谢你。我们还得回家呢。"顺子答。

诺亚看了一眼母亲，不知道她为什么不去吃晚饭。他们没有任何计划。见完面，他们多半是要回家，吃庆熙伯母做的简单饭菜。

"我今天请你们两个来，是因为我想要诺亚知道，他以后一定会大有所为。不只是为他自己和他的家人，还为所有朝鲜人。你要去上大学了！而且是早稻田大学，那可是日本数一数二的大学！你在做学问，假以时日，你一定会成为一个伟大的人。很多朝鲜人都不能上学，但你一直在学习。即使考试成绩不是很好，你也坚持不懈。你应该得到丰厚的奖赏！太棒了！我太骄傲了。太骄傲了。"高汉秀满脸堆笑。

诺亚害羞地笑了，没有人为这件事这么激动。家里的每个人都很开心，但大多数时候他们都在担心学费。诺亚也担心钱，但他觉得无论如何，一切都会好起来的。他从高中就开始半工半读，即使在早稻田大学上学，他也要继续打工。进入早稻田大学后，他觉得他什么都能干。只要他能去上课和学习，他不介意从事任何工作。

"很抱歉这么问，但一段时间之前，你说过你可以帮诺亚付学费。"顺子说，"你认为你能帮助我们吗？"

"阿妈，不要。"诺亚的脸红了，"我可以半工半读的。我们不是为了这个才来这里的。金先生说，高先生要我们来，是为了恭喜我。不是吗？"对于母亲的要求，诺亚禁不住大吃一惊。她不喜欢提任何要求，她甚至不喜欢从糕点店里拿免费的试吃品。

"诺亚，我是在借钱。我们会还的，还会付利息。"顺子说。她并不愿意此时开口借钱，但她觉得这样更好。现在他从一开始就知道这些条件了。要把这件事做到尽善尽美是不可能的，所以她只能实话实说。"现在该交学费了，如果你能帮助我们，我们可以签借款文件，我还会盖印章。我把印章带来了。"顺子点点头，以示强调。有那么一会儿，她想：如果他拒绝了，她该怎么做？

高汉秀大笑起来，不屑一顾地摇摇头。

"没那个必要，什么学费、食宿，各种花费，诺亚都用不着担心。我早就安排好了。我一听到金昌浩带来的好消息，就把钱寄给了学校。我打电话给我在东京的朋友，在学校附近找到了一个好房间，下个礼拜，我带你们去看看。然后，我就请金昌浩要你和诺亚过来一趟，我好请你们去吃饭。现在，我们去吃寿司吧。这孩子应该好好吃一顿。"

高汉秀看着顺子，眼睛里写满了央求。儿子这么有出息，他太想为儿子庆祝了。

"你寄了钱？还在东京找了个房间？你都没征得我的同意？我应该找你借款才对。"她说，感觉更焦虑了。

"先生，你太慷慨了。我母亲说得对，我们应该把钱还给你。我会在东京找工作。或许你可以帮我找找工作，而不是给我提供生活费。我希望自己赚钱养活自己。我感觉我能做到。"

"不，你得专心学习。你考了好几次入学考试，这并不是因为你不聪明，你是很聪明的。你是没时间像普通学生那样学习。你花很多时间才考上大学，因为你不能上学，必须全职工作养家。你不能像日本中产阶级的孩子那样得到正规的辅导。战争期间，你在农场里，连学都上不了。不，我再也不会袖手旁观，眼睁睁看着你和你母亲不能按人类的行为规则处世。一个勤奋的学者不应该担心钱。我本应该早点帮助你们的。你为什么要多几年才毕业呢？你希望从早稻田大学毕业的时候，已经是个垂暮老人吗？你只管学习就好了。钱我会给的。"高汉秀大笑着说，"按照我说的做吧，诺亚，你要做个聪明人。作为一个负责任的朝鲜老人，这是我能为下一代做的。"

诺亚鞠了一躬。

"先生，你对我们一家人真是太好了。我很感激你。"

诺亚看着一直一声不吭坐在他旁边的母亲。她扭着她自制帆布包的提手，那是用摩撒剩下的外套材料缝制而成的。他为她感到难过，因为她是个骄傲的女人，这对她来说是耻辱。他知道她想付他的学费。

"诺亚，你能不能去外面要美惠子打电话去餐厅定位？"高汉秀问。

诺亚又看看他的母亲，只见她似乎陷进了那张大软垫椅里了。

"阿妈？"

顺子抬起头看了一眼已经站在门边的儿子。她看得出他想和高汉秀一起吃晚饭。那孩子整个人英姿勃发，非常高兴。她无法想象这一切对他意味着什么。诺亚并没有拒绝高汉秀。他已经接受了这笔钱，因为他非常想上大学。在她的脑海里，她能听到白约瑟对她大喊大叫，要她现在停止这一切，还说她是个愚蠢的女人，没有把这一切想清楚。但这个男孩是她的第一个孩子，他现在很开心。他做到了一件几乎不可能做到的大事，她无法想象，如果搞砸这件事，让事情回到昨天，回到他考上大学之前的日子，会怎样，不可以只想着缺钱，就毁掉闪闪发光、光彩夺目的未来。她点了点头，她的儿子明白了他们将和高汉秀一起吃饭。

大门关上，顺子和高汉秀单独在办公室，她再次尝试：

"我希望是找你借钱。我想签借款文件，这样我就能告诉诺亚，他的学费是我出的。"

"不行，顺子。这件事我能处理。他是我的儿子。如果你不让我付钱，我就把真相告诉他。"

"你疯了吗？"

"没有。对我来说，他的学费只不过是九牛一毛，但作为他的父亲，这对我来说却是一切。"

"你不是他的父亲。"

"你根本不知道你在说什么。"高汉秀说，"他是我的孩子。他继承了我的雄心壮志，也承袭了我的能力。我绝对不会让我自己的骨血在亚野区的臭水沟里烂掉。"

顺子拿起手袋，站了起来。白约瑟没有错，她说出去的话已经收不回去了。

"我们走吧。孩子在外面等我们呢。他肯定饿了。"他说。

高汉秀打开门，让她先出去。

第十四章

1959年12月

　　那是一个礼拜六的早晨，其他人都在工作，庆熙则想去教堂。美国的传教士要去他们的教堂，这些人说日语，但不会说朝鲜语，牧师就请她帮忙接待传教士，因为她的日语很好。正常情况下，她都待在家里，因为她不能留下白约瑟一个人，但金昌浩主动提出照看白约瑟。反正她也不会去很久，而金昌浩愿意为她做这最后一件事。

　　金昌浩盘腿坐在温暖的地板上，挨着白约瑟的铺盖，帮他做一些医生推荐的伸展运动。

　　"你打定主意了？"白约瑟问。

　　"大哥，我该走了。我是时候该回家了。"

　　"明天吗？"

　　"明天一早。我先坐火车去东京，从那里去新潟市。船下个礼拜开。"

　　白约瑟没说话。他把右腿举向天花板，疼得五官都有些扭曲了。金昌浩一直把右手放在白约瑟的大腿下面，扶着他的腿缓缓放下。他们开始抬左腿。

　　又做了两次，白约瑟重重地吁出一口气。

　　"要是你能等到我死就好了，那你就可以把我的骨灰带回去，埋在那里。那多好啊。不过呢，我想人都死了，埋在哪里都不要紧了。你知道，我仍然相信天堂。即使经历了这一切，我依然相信耶稣。我以为娶了庆熙就有了一切。她的信仰使我更亲近主。我不是一个好人，但我相信我能得救。我的父亲曾经说过，当你死后去天堂，你的身体会恢复健康。到时候，我终于可以摆脱现在这个身体了。那就太好了。我感觉我也已经准备好回家了。"

　　金昌浩把右臂放在白约瑟的脑袋下面，白约瑟慢慢地把胳膊举过头顶，然后放下。他的胳膊比腿强壮得多。

　　"大哥，你不要说这些。现在还不是时候。你还在这里，我还能感觉到你身体的力量。"

　　金昌浩握着白约瑟那只没被烧伤的好手，他能感觉到这个人的纤细骨骼。

216

他是怎么活这么久的？

"而且……如果你等……你等我死了，你就可以娶她了。"白约瑟说，"但是你不能带她去那里。我求你了，求你了。"

"什么？"金昌浩摇了摇头。

"我不希望她回国。局势不会永远这样的，日本很快就将再次成为一个富裕的国家，朝鲜不会永远分裂。你依然身强体健，你可以在这里赚钱，照顾我的……"白约瑟此时无法说出她的名字。

"我让她受了那么多苦。从我小时候，她就一直爱着我。我一直都知道我们会在一起，即便我和她当时都还只是孩子。她是我见过的最漂亮的女孩。你知道，我从来不想和别的女人在一起。永远不会。不仅因为她是那么美，还因为她很善良。她从不抱怨我。我已经很久没有尽过一个做丈夫的责任了。"他叹了口气。他的嘴巴发干。"我知道你喜欢她。我相信你。我希望你不要为那个恶棍工作，但这里没有那么多工作。我理解的。你为什么不等我死呢？"白约瑟说得越多，就越觉得他说得对。"留在这里。我很快就要死了。我能感觉到。他们需要你。你解决不了国家的问题。没有人可以。"

"大哥，你是不会死的。"

"不，我必须死。我们必须再创建一个国家。我们不能只想着自己舒舒服服过日子。"甚至是在白约瑟说这些话的时候，金昌浩都感觉到他有可能和她在一起，而他本来早已放弃了。

———○———

庆熙从教堂步行回家，只见金昌浩坐在离家一条街远的便利店前的长凳上。他一边喝玻璃瓶里的果汁，一边看报纸。金昌浩和店主是好朋友。店铺周围是繁忙的交叉路口，但遮阳棚下的这片地方十分安静，他很喜欢。

"你好。"她说。庆熙很高兴看到他。"他没事吧？谢谢你照顾他。我该回去了。你待着吧。"

"他很好。我刚出来。他在睡着之前，要我来买份报纸，他醒了之后看。他希望我来呼吸一下新鲜空气。"

庆熙点点头，转身准备往家走。

"姐姐，我希望能和你谈谈。"

"啊？我们回家吧。我该做晚饭了。他该饿了。"

"等一下。你能和我坐一会儿吗？我从店里给你买瓶果汁吧。"

"不不。不用了。"她对他笑笑，坐下来，两只手交叠放在腿上。她穿着礼拜日冬装外套，里面穿着深蓝色羊毛裙，脚穿漂亮的皮鞋。

金昌浩立即把她丈夫对他说的话转告了她，几乎一字不差。他很紧张，但他知道他现在必须这么做。

"你可以和我一起走。第一艘船下周启航，但我们可以晚一点走。朝鲜需要更多有能力重建国家的人。我们应该有自己的公寓和所有最新的电器，我们将在我们自己的国家里，一天吃三次白米饭。我们可以把他的骨灰带到那里，我们可以去给你父母扫墓，做一场大祭扫法事。我们可以回家了。你可以做我的妻子。"

震惊之下，庆熙什么也没说。她无法想象白约瑟竟把她交给了他，但她不相信金昌浩对她撒谎。唯一合理的解释是，白约瑟非常担心她，这才提出了这样一个计划。教堂的会面结束后，她便请牧师祈祷，保佑金昌浩一路平安，在平壤生活幸福。金昌浩不信上帝也不信基督，但庆熙想为他祈祷，因为她不知道她还能为他做什么。若是耶和华保佑他，她就不必为他担心了。

一个礼拜前，他就告诉她他要走了，很难想象他要离开，但他这么做是对的。他还年轻，相信为别人建设伟大国家的信念。她钦佩他，因为他甚至都不需要去那里。他有一份好工作，有很多朋友。平壤甚至不是他的家，金昌浩来自庆尚道。来自北方的人是她。

"可以吗？"他问。

"但你说过你想走的。我还以为你要回国娶别的姑娘。"

"但你知道……你知道我很关心。你知道我很喜欢……"

庆熙别开脸。便利店老板坐在后面，正在听广播，所以听不到他们说话。在路上，有几辆汽车和自行车经过，但车不多，因为那天是礼拜六早上。挂在商店遮阳篷上的红白色纸风车在冬日的微风中缓慢地旋转着。

"如果你答应……"

"你不要说这样的话。"她轻声道。她不想伤害他。这些年来，他的爱慕和善良带给她鼓励，却也给她带来了痛苦，因为她不能喜欢他。那么做是不对的。"金昌浩，你有美好的未来。你必须找一个年轻的女人，生几个孩子。我和我丈夫没有孩子，我没有一天是不伤心的。我知道这是主对我的安排，但我认为你要有孩子。你会成为很好的丈夫和父亲。我不能让你等我。那是罪。"

"那是因为你不想让我等。因为如果你要我等，我一定会等。"

庆熙咬着嘴唇。她突然感到冷，便戴上了蓝羊毛手套。

"我该去做晚饭了。"

"我明天出发。你丈夫说我应该等。你难道不想这样吗？你难道不想他给你允许？在你的上帝眼中，这不是很好吗？"

"能否改变上帝的规则，并不是约瑟决定的。我丈夫还活着，我不希望他快点死掉。我非常喜欢你，昌浩。你一直都是我的好朋友。我不确定我是不是受得了你离开，但我知道我们不能成为夫妻。即便只是在他活着的时候说起这件事，也是不对的。我希望你能理解。"

"不，我理解不了，我永远都不会理解。你的信仰怎么能允许你承受这样的痛苦？"

"这不只是受苦，不是的。我希望你能宽恕我。你一定……"

金昌浩小心翼翼地把果汁瓶子放在长凳上，站起来。

"我和你不一样。"他说，"我只是一个普通人，我不想当圣人。我只是一个小小的爱国者。"他向家的相反方向走去，一直到很晚所有人都睡了，他才回来。

———○———

第二天一大早，庆熙去厨房给白约瑟拿水，只见金昌浩的房门开着。她向里张望，发现他不在。铺盖叠得整整齐齐。金昌浩一向没有多少私人物品，但没有了他的书和放在书上的一副多余的眼镜，那个房间竟然显得更为空荡。他们一家人应该陪他一起去大阪车站，给他送行，但他坐的是早班车。

庆熙站在他的门边哭了起来，这时，顺子摸摸她的手臂。她的睡衣外面穿着工作围裙。

"他是半夜走的。他让我替他和所有人告别。我起来做糖，这才见到了他。"

"他为什么不等一等呢？不等我们陪他去火车站？"

"他说他不希望小题大做。他说他必须走。我想给他做点早餐，但他说他稍后会买点吃的。他还说他吃不下。"

"他想娶我。他要我在约瑟死后嫁给他。约瑟说他可以这么做。"

"啊。"顺子倒抽了一口气。

"但那是不对的。他应该娶一个年轻的妻子。他应该有孩子。我不能给他生孩子，我甚至都没有月经了。"

"也许你比孩子更重要。"

"不行。我不能让两个男人失望。"她说，"他是个好人。"

顺子拉住嫂嫂的手。

"你拒绝他了？"她嫂嫂的脸上布满了泪痕，顺子用围裙一角擦干她的眼泪。

"我得去给约瑟拿水了。"庆熙说，忽然想起她为什么起床。

"嫂嫂，他不会喜欢孩子的。只要和你在一起，他就开心。你就像这个世界里的天使。"

"不是的。我很自私。约瑟就没有私心。"

顺子不明白。

"我太自私了，才一直让他留下，我这么做，是因为他对我很重要。我每天都祈祷能有勇气让他离开，而且我知道上帝希望我让他走。让两个男人这样喜欢你，并且允许这种事发生，实在是个错误。"

顺子点点头，但这说不通啊。一个人一辈子不是应该只忠于一个人吗？她母亲只有她父亲一个人。她的心上人是高汉秀还是白伊萨？高汉秀爱她吗，还是只想利用她？如果爱是牺牲，那白伊萨是真的爱她。庆熙忠实地为丈夫服务，毫无怨言。没有一个人像她的嫂子那样善良和可爱，为什么不能有多一个男人爱她呢？为什么男人没有得到他们想要的，就要离开？还是金昌浩等得太久了？顺子希望她的嫂嫂让金昌浩继续等下去，但如果她让他等，她就不是庆熙了。金昌浩爱的就是一个不会背叛丈夫的人，也许这就是他爱她的原因。她不能违背自己的本性。

庆熙朝厨房走去，顺子跟在后面几步远。早晨的阳光穿过厨房的窗户，很难看清前面，但是阳光笼罩着她嫂嫂的纤弱身体，好像她整个人在发光。

第十五章

1960年，东京

在早稻田大学，诺亚一开始很不适应，但两年后，他终于有了自在的感觉。作为一个品行端正的优秀学生，经历了磕磕绊绊，诺亚终于学会了如何写英语文学论文和参加大学水平考试。与中学相比，大学生活是多姿多彩的，在中学里，他学习和背诵的都是许多他不再重视的东西。他的任何要求都不像是工作，早稻田大学对他来说是一种纯粹的快乐。他尽可能多地阅读，眼睛都不眨一下，他有的是时间看书、写作和思考。他在早稻田大学的教授非常认真，诺亚不明白怎么还有人抱怨。

高汉秀为他安排了一套设备齐全的公寓，并给了他一笔慷慨的零用钱，诺亚不必担心住房、钱或食物这些问题。他过着简朴的生活，每个月都设法寄些钱回家。"专心读书。"高汉秀曾说，"学习一切。让你的头脑充满知识，这是唯一没人能从你身上夺走的力量。"高汉秀一向都告诉他不要只是读书，而是要学习，诺亚突然意识到这两者之间有明显的区别。学习就像玩耍，并不是苦工。

诺亚能买他上课所需要的每一本书，在书店找不到，他所要做的就是去巨大的大学图书馆，他的同学们实在是浪费了那里的资源。他不了解周围的日本学生，因为他们似乎对学校以外的事情更感兴趣，对学习就兴致寥寥。他从过去的学校就很清楚，日本人不想和朝鲜人有太多的瓜葛，所以诺亚一直独来独往，和他小时候没什么两样。早稻田大学也有一些朝鲜人，但他也对他们敬而远之，因为他们满脑子只想着政治。有一次，在每月一次的午餐会上，高汉秀说左派是"一群牢骚满腹的人"，右派则是"十足的笨蛋"。诺亚大部分时间独自一人，但他并不孤独。即使两年过去了，他仍然因为能来早稻田上学而兴奋，因为有一间安静的房间读书而开心。就像一个饥肠辘辘的人一样，诺亚把一本本好书放进了脑子里。他通读了狄更斯、萨克雷、哈代、奥斯汀和特罗洛普的作品，然后把视线转向欧洲大陆，阅读了巴尔扎克、左拉和福楼拜的大部分作品，然后，他爱上了托尔斯泰。他最喜欢的是歌德，他看《少年维特的烦恼》这本书至少有六次了。

如果说他有一个尴尬的愿望，那就是：他想成为一个古代欧洲人。他不想当国王或将军，他年纪太大了，不会有如此简单的愿望。他想过一种非常简朴的生活，身处自然，与书籍为伴，也许还有几个孩子。他知道，在以后的生活中，他也想要安静地读书。在他东京的新生活中，他发现了爵士乐，他喜欢独自去酒吧，听酒吧老板从箱子里挑选的唱片。听现场音乐太贵，但他希望有一天，当他再度有了工作，他能去爵士俱乐部。在酒吧里，他点一杯酒，却几乎不喝，只是为了付座位费，然后他会回到自己的房间，读一会儿书，给家人写信，然后睡觉。

每隔几周，他就会存下一些零花钱，乘坐便宜的火车回家看望家人。每个月初，高汉秀都带他吃一顿寿司午餐，以提醒诺亚，他在这个世界上的使命是为了某种更高的目标，而他们两个人都无法说清楚那是一个什么目标。他的生活很理想，诺亚很感激。

那天早上，他穿过校园去参加乔治·艾略特研讨会，忽然听到有人叫他的名字。

"阪东，阪东。"一个女人喊道。是学校里的美女激进分子付牧明子。

诺亚停下来等她。她以前从没和他说过话。事实上，他还有点怕她。她总是对黑田教授说些互相矛盾的话。黑田教授是个女人，在英国长大和学习，说起话来柔声细语。虽然教授很有礼貌，但诺亚还是能看出她不太喜欢明子；其他学生，尤其是女生，几乎无法容忍她。诺亚很清楚，与教授不喜欢的学生保持距离，是安全的做法。在研讨室里，诺亚与教授之间只隔了一个座位，而明子坐在教室后面的高窗下。

"啊，阪东，你好吗？"明子问道，她满脸通红，上气不接下气。她若无其事地跟他说话，好像他们常聊天。

"很好，谢谢。你好吗？"

"你认为艾略特的最后杰作怎么样？"她问。

"棒极了。乔治·艾略特的所有作品都是完美的。"

"胡说。《亚当·比德》枯燥无比。我读那本书，几乎要无聊死了。《织工马南》勉强还能容忍。"

"《亚当·比德》不像《米德尔马契》那样令人兴奋或成熟，但生动地描写了一个勇敢的女人和一个诚实的男人……"

"啊，拜托。"明子翻翻白眼，开始笑他。

诺亚也笑了。他知道她主修社会学，因为在开学第一天，所有人都要介绍自己。

"你看过乔治·艾略特的所有作品？太不可思议了。"他说，他从没见过其他人这么做过。

"是你什么书都看过。那可真是太可怕了，你这样做，我都快气死啦。但我也很欣赏你。如果你喜欢你读的所有书，那我觉得你一定是在胡说。那些书说不定你看过也就忘了。"她一本正经地说，一点也不担心冒犯他。

"是的。"诺亚笑了。他从没想过，教授所选择和欣赏的任何一本书，即使与那位作家自己的作品相比，都有可能稍逊一筹。他们的教授很喜欢《亚当·比德》和《织工马南》。

"你坐得离教授很近。我想她爱上你了。"

大惊之下，诺亚停住了脚步。

"黑田教授今年六十岁，也许是七十岁了。"诺亚走向大楼，为她打开了门。

"你觉得女人会因为到了六十岁就不想要性生活了？你真荒唐。她八成是早稻田大学里最浪漫的女人了。她看过很多很多小说。对她来说，你是完美的。她明天就会嫁给你。啊，一桩大丑闻啊！你的乔治·艾略特也是嫁给了一个小伙子。不过新郎在度蜜月时竟然要自杀！"明子大声笑了出来，上楼梯去教室的学生们都盯着她看。每个人似乎都对他们两个聊天这事感到困惑，因为诺亚几乎和这位校花一样出名，只是他是出了名的冷漠。

一进教室，她就坐在后面的老座位上，诺亚又回到教授旁边的座位。他打开笔记本，拿起钢笔，低头看着有淡蓝色墨水印记的白纸。他想到了明子，从近处看，她更漂亮。

黑田教授坐下来讲课。她在小圆领白衬衣外面穿了一件豆绿色毛衣，下身穿着棕色花呢裙。她的小脚上穿着一双孩子气的玛丽简女鞋。她又小又瘦，让人觉得她会像纸或干叶子那样飞走。

黑田教授在讲座中主要是广泛描述了《丹尼尔的半生缘》一书中主人公的心路历程，也就是以自我为中心的关德林·哈列斯，她受了很多苦，再加上丹尼尔的善良，她改变了自己。教授重点强调了女性的命运由她们的经济地位和婚姻前景决定。不出所料，教授将关德林与《米德尔马契》一书中虚荣贪婪的罗萨蒙德·文西进行了比较，但她认为，相比之下，关德林具有亚里士多德所谓的"发现"和"突转"①两要素。黑田教授将讲座大部分时间都用来分析关德林，然后，在下课之前，她分析了书中的犹太人米拉和丹尼尔。黑田教授介绍了犹太复国主义的一些背景，还对维多利亚时期小说中的犹太人角色作了介绍。

"世人通常都认为犹太男人十分聪明，而犹太女人大都貌美如花，命运悲惨。在这本书里，主人公不知道自己其实是局外人。他就像摩西，《创世纪》中的婴儿，发现自己是犹太人而不是埃及人……"黑田教授边讲边瞥了一眼诺亚，但他没有意识到她的目光，因为他在做笔记。

"然而，当丹尼尔得知自己确实是犹太人，便无所顾忌地爱上了善良的米拉，一个和他的犹太母亲一样有才华的歌手，他们将前往东方的以色列。"黑田教授轻声叹了口气，似乎对艾略特笔下的结局感到十分满意。

"那么，你是说，人应该只和同种族的人相爱，像犹太人这样的人需要住在自己的国家里？"明子问道，她没有举手。她似乎认为不该拘泥于形式。

"我认为乔治·艾略特是在说，身为犹太人或是想要成为一个犹太国家的一部分，是非常高尚的。艾略特意识到这些人经常受到不公正的迫害，他们完全有权利建立犹太国家。战争告诉我们，他们遇到了很坏的事，这种事不会再发生了。犹太人没有做错什么，但欧洲人……"黑田教授说话的声音比平时小，好像她害怕有人偷听她说话，因此惹上麻烦。"情况十分复杂，但艾略特比她的同时代人更早地对宗教歧视问题进行了思考。对吗？"

班里有九个学生，包括诺亚在内，每个人都点了点头，但是明子看起来还是很生气。

"日本是德国的盟友。"明子说。

"这不是这次讨论的一部分，明子。"

教授紧张地翻开书，想换个话题。

"艾略特错了。"明子说，她没有气馁，"也许犹太人有权拥有自己的国

———

① 为《诗学》用语，被视为悲剧情节的主要成分。——译注

家，但我认为米拉和丹尼尔没有必要离开英国。我认为，这种高尚的主张，或者为受到迫害的人建立一个伟大的国家，就是驱逐所有不受欢迎的外国人的借口。"

诺亚没有抬头。他发现自己把明子说的每句话都写下来了，因为一想到她说的可能是事实，他就不由得心烦意乱。他在整本书中都钦佩丹尼尔的勇气和善良，而且他对艾略特的政治设计也没有多想。难道艾略特在暗示，不管她多么崇拜外国人，他们都应该离开英国吗？课上到这里，教室里的每个人都鄙视明子，但突然他很钦佩她有勇气有不同的想法，并提出了这样一个令人难以接受的事实。他庆幸自己在大学，而不是在大多数其他的环境中，在那些地方，负责人总是对的。然而，在他真正听到明子提出与教授不同的见解之前，他都没有完全为自己设想过，也从来没有想过当众提出不同意见。

下课后，他独自走回家，心心念念想的人都是她，他知道他想和她在一起，即使这并不容易。接下来的礼拜二，在研讨会开始之前，诺亚早早地去上课，坐在了她旁边的椅子上。教授尽量不显露出她因为这种背叛而受到了伤害，但是，她真的很伤心。

第十六章

1960年4月，大阪

四年来，摩撒在吾朗开的六家柏青哥游戏厅中做领班。吾朗以很快的速度开了好几家新店，每次都是摩撒帮助他。摩撒现在二十岁了，除了看店和修理任何需要修理的机器之外，他什么都不做。吾朗则负责找新地点开店，并想出新点子扩大他的商业帝国，说来也怪，他的点子都很管用。在做生意上，吾朗似乎无往不利，而且，他认为他有这么好的运气，在一定程度上要归功于摩撒愿意不眠不休地为他工作。

那是四月的一个清晨，摩撒来到最近才开的柏青哥游戏厅天堂六号店的经理办公室。

"早上好。车就快来了。我带你去富山太太那里做新衣服。走吧。"吾朗说。

"真的吗？为什么？我的衣服够多了，到明年都穿不完。我是大阪穿得最好的领班了。"摩撒大笑着说。摩撒和哥哥诺亚不一样，他才不在乎穿得好不好。他穿着吾朗希望他穿的剪裁得体的衣裳，只是因为他的老板对员工的穿着有很高的要求。吾朗相信，他的员工要跟他相像，而且吾朗对他自己的个人卫生也有严格的要求。

摩撒有很多工作要做，所以他不想去富山太太那里。他急着给报社打电话登招聘广告，招更多的工人。天堂六号店需要人上晚班，而且，天堂七号店再过一个月就装修好了，所以他也要开始考虑给那家店雇人。

"你是有做领班的衣服，但你需要做七号店经理穿的衣服。"

"啊？我不能当七号店的经理！"摩撒答，他大吃一惊，"那是冈田的工作啊。"

"他不干了。"

"什么？为什么？他一直盼着做经理呢。"

"他偷东西。"

"什么？简直不可置信。"

"是真的。"吾朗点着头说，"被我抓了个正着。我早就怀疑那小子了，现在我的怀疑得到了确认。"

"太可怕了。"摩撒无法理解竟有人偷吾朗先生的东西，这就跟有人偷自己父亲的东西一样，"他为什么那么做？"

"赌钱。他欠了一些恶棍的钱。他说他会把钱还给我，但他输得越来越多。你知道的。他的情妇今天早上来为他道歉。她怀孕了。他终于让她怀孕了，然后，他失去了工作。真是个笨蛋。"

"啊，见鬼。"摩撒想起冈田和他说过很多次，他一直想要个儿子。就算有个女儿也好啊，他这么说。冈田对两件事如痴如狂：一个是孩子，另一个就是柏青哥游戏机。即便他经验丰富，但如果吾朗因为他偷东西炒了他，那大阪没有哪家游戏厅愿意雇用他。没人能偷吾朗先生的东西。"他后悔了吗？"

"当然了。那小子哭哭啼啼，跟个孩子一样。我让他滚出大阪。我再也不想看到那家伙的脸。"

"这样啊。"摩撒说，很为冈田难过，冈田一直都对他很好。冈田的母亲是朝鲜人，父亲是日本人，但他总说感觉自己是个完完全全的朝鲜人，因为他是那么充满激情。"他的妻子还好吗？"摩撒知道吾朗和冈田的两个女人都相处得很好。

"是的。他的老婆和情妇都很好。"吾朗答道，"但我告诉他的情妇，叫那小子不要在附近露面，下次我可不客气了。"

摩撒点点头。

"我们去富山裁缝店吧。我受够了伤心难过了。见到富山太太那里的姑娘们，能叫我的心情好起来。"

摩撒跟着老板走到车边。他很识时务，所以知道不要打听他能拿到多少薪水，说来也怪，吾朗不喜欢谈钱。经理的薪水肯定比领班的高。摩撒一直在小心翼翼地存钱，好给母亲开糖果店，他们现在存了不少钱，就快能买下火车站附近的一家小商店。由于约瑟伯父的健康状况越来越差，庆熙伯母只能在家，不能做糖果卖。现在只有他母亲和外婆经营糖果摊，诺亚在东京早稻田大学上大三，所以，他认为任何多余的钱都对这个家来说大有用处。每个礼拜六的晚上，摩撒都自豪地把他那厚厚的薪水信封交给母亲；她想多给他一些零花钱，但他只要车费。他不需要太多钱，因为他在员工餐厅吃饭，而吾朗给他买工作服。摩撒每周工作七天，在家睡觉；如果他工作到很晚，他就睡在游戏厅里的备用员工宿舍。

他们出去，关上店门。

"老板，我心里没底。你觉得他们会听我的吗？他们会像服冈田那样服我吗？"摩撒问道。并不是说摩撒没有野心，而是他很喜欢在店里做早班或晚班的工头，他很擅长做这份工作。当经理就重要多了，大家都很尊敬经理。只要吾朗不在，就得由他来负责。冈田都快三十五岁了，和棒球运动员一样高。

"我真是受宠若惊，我也很感激，但你知道，还有其他经理可以……"

"闭上嘴巴，孩子。我很清楚我在做什么。你比其他经理都聪明，而且，你还知道怎么样独自处理问题。七号店最重要。我去巡其他的店，就需要你严厉一点。”

“但七号店需要将近五十个员工。我怎么去找五十个人来？”

“其实呢，你需要找至少六十个男员工，再找二十个美女管奖品台。”

“真的吗？”摩撒一向都愿意执行吾朗那些稀奇古怪的计划，但即便对他来说，这次的计划似乎也有些过头了，“我怎么才能找到……”

“你能做到的，你总是可以做到。你想雇什么样的女孩管奖品台，就雇什么样的女孩，冲绳人，贱民，朝鲜人，日本人，随便你，不用问我的意见。但个个儿都要漂亮可爱，不过不能要太放荡的，不然会把男人吓跑。姑娘们一向都很重要的。哈。”

“我估摸宿舍里住不下这么多……”

“你担心的事太多了，所以你才这么完美。”吾朗的脸上露出了灿烂的笑容。摩撒想了想，不由得赞同老板的话。没有人像他那么关心店里的事。

—— o ——

在开车去富山裁缝店的路上，司机和吾朗谈起了摔跤，摩撒则安静地坐着。在他的脑海里，他列出了所有需要为七号店安排的事项。就在他琢磨着该从其他店里调走哪些人的时候，他忽然意识到，也许他终于准备好成为经理了，念及此，他微微一笑。吾朗从来不会错，也许对他的提携也没有错。摩撒不像他的哥哥那样聪明，他哥哥正在东京早稻田大学学习英语文学，不用字典就能读懂厚厚的英文小说。诺亚想进真正的日本公司工作，他肯定不愿意在柏青哥游戏厅打工。诺亚认为家里买下糖果店后，摩撒应该和家人一起工作。像大多数日本人一样，诺亚认为柏青哥游戏厅不入流。

汽车停在一幢低矮的红砖建筑前，战前，这里曾是一家纺织厂。一棵大柿子树的树荫遮住了灰色的金属门。作为吾朗的专用制服制造商，富山太太赚到足够的钱，便用积蓄把她的店铺从亚野区附近的家庭作坊搬到了这里。她和她的儿子春希、大介住在三间后屋里，她把大楼的其余部分用作工作室。她雇了六名助手，她们每周工作六天，负责制作制服。由于口碑不错，她从大阪的其他朝鲜企业主那里接下了订单，现在还为关西地区的日式烧肉店和其他柏青哥游戏厅做制服，但吾朗的订单总是排在第一位，因为正是他介绍了其他主顾给她。

吾朗按响门铃，富山太太亲自来开门。一个雇来的女学徒用漆托盘给他们端来了热腾腾的香茶和进口小麦饼干。富山太太领着摩撒去照镜子，给他量尺寸。她嘴里衔着别针，量了量他那修长手臂的宽度。

"你越来越瘦了，摩撒先生。"富山太太说。

"是啊。"他回答说，"吾朗先生让我多吃点。"

吾朗点了点头，一边嚼着饼干，一边喝第二杯玄米茶。他坐在一张雪松木长椅上，上面放着深蓝色织物垫子。看着富山太太干活儿，他感到很平静。每次他解决了问题，总是感觉更好了。事实证明，冈田竟然是个骗子，所以他把他赶走了。现在他要提拔摩撒。

这间宽敞通风的裁缝铺最近刚粉刷过，但木地板又旧又破。地板每天都擦，然而，早上的碎布和线头依然散落在工作台周围。自天窗照射下来倾斜的阳光，一道苍白的尘埃穿过房间。长长的工作间里摆放着六台缝纫机，每台缝纫机后面都坐着一个女孩。她们尽量不去看上门的男人，却禁不住被那个每年至少光顾一次的年轻人吸引。摩撒明显变得更有吸引力了。他继承他父亲的深邃目光和亲切的微笑。他喜欢笑，这也是吾朗这么喜欢这个男孩的原因之一。摩撒充满热情，不会喜怒无常。他穿着这家裁缝铺做出来的领班制服，给他做衣服的姑娘们都觉得因此和他有了某种联系，却都不敢承认这一点。她们都知道他没有女朋友。

"来了张新面孔啊。"吾朗说着把双臂交叉放在胸前。他仔细地打量着姑娘们，笑了起来。他从座位上站起来，朝她们走去。他深深地鞠了一躬，这很有趣，毕竟他是个大人物。姑娘们同时站起来鞠躬。吾朗摇了摇头，做了个鬼脸，皱起鼻子逗她们笑。

"坐吧，坐吧。"他说。

他这人十分滑稽，而且身体十分柔韧。为了逗姑娘们笑，他可以边走边扭动肩膀。他身材矮胖，动作滑稽，喜欢和各种各样的女人调情。见过他的人都对他印象深刻，希望让他喜欢上自己。他可以表现得傻里傻气，所以人们很容易忘记他是个有权有势的商人，而且他很有钱，拥有七家柏青哥游戏厅。只要他说一句话，就能让一个成年人永远离开大阪。

"惠理子，玲子，美岛莉，花子，素子？"吾朗一字不差地背出了她们的名字，然后停在了新来的女孩面前。

"我是吾朗。"他向新来的姑娘作自我介绍，"你的手真漂亮。"

"我是由美。"年轻女人回答说，有点生他的气，因为他打扰她干活儿了。

正在量尺寸的富山太太抬起头，皱着眉看着新来的女孩。由美做的衣服比其他女工都工整，但她常常故意表现冷淡，在休息时间独自吃午饭或读书，从不和别人聊天。她的手艺有多好，个性怎么样，都是次要的，因为她必须尊重吾朗，甚至要迎合他。对于富山太太来说，吾朗是一个大好人。虽然他和女孩子们开玩笑，但从没做过不得体的事。吾朗从来没有邀请任何一个女孩出去，也没有做过其他男性顾客试图做的坏事。由美已经为她工作两个月了。从她的身份文件来看，富山太太知道她是朝鲜人，但由美只使用日本名字，从不提背景。富山太太并不在乎一个人的背景，只要员工做好工作就行了。由美是一个漂亮的女孩，皮肤好，胸部高。她的身材不适合穿和服，有男人喜欢的玲珑曲线。吾朗注意到她，是很自然的事。

"吾朗先生，这么说，摩撒先生要做七号店的新经理了？"富山太太问，"他还这么年轻，真是了不起。"

摩撒低下头，避开了女缝工那充满好奇和惊奇的目光，只有由美例外，那姑娘一直在干活。

"是的。给摩撒做三套深色西装。请用好布料。还要几条漂亮的领带。要与众不同的，看起来优雅成熟的。"

摩撒站在三向镜前面，打量着正在专心工作的由美。她是个可爱的姑娘。她的肩膀又瘦又宽，脖颈修长，让他想起了清洁剂盒子上印的天鹅图片。

富山太太给摩撒量完尺寸，两个人回到车上。

"新来的由美小姐是个美人啊。屁股挺漂亮。"吾朗说。

摩撒点点头。

吾朗大笑起来。"我们这位工作狂终于对女人感兴趣了！她很适合你。"

— ○ — ᷍

接下来的那个礼拜，他独自回来试穿衣服，他来的时候，富山太太正在接待一个顾客，便叫由美把他的西装拿出来。

由美把一套尚未完成的西装递给他，指着深蓝色布帘后面的试衣间。

"谢谢。"他用日语说。

她什么也没说，只是冷冷地站在那里，等富山太太过来接替她。

摩撒出来后，由美便举着一个大红色羊毛针垫，站在镜子前。富山太太仍旧在车间的另一边接待另一个顾客。

由美看着他的领口，一歪脑袋。她注意到翻领还需要改一下。

"我叫白摩撒。很高兴认识你。"

由美皱着眉头看着翻领，从针垫上抽出一根针，别在需要修改的位置上。

"你不会扎到我吧？"他笑着说。由美走到他身后检查覆肩。

"你不和我说说话吗？真的吗？"

"我来这里不是和你说话的。我的工作是看衣服合不合身。"

"我请你吃晚饭吧，说不定到时候你就能找到话和我说了。"摩撒道，他曾听吾朗这么对女人说。摩撒从没邀请过任何女孩出去。他现在是天堂七号店的经理了。他觉得姑娘们说不定会认为他很能干。

"我不吃晚饭，我也用不着你谢谢。"

"你总得吃饭啊。"这也是吾朗的口头禅之一，"你七点半下班。我知道你几点下班，是因为我以前来过这里拿工作服。"

"我下班之后去上课。我可没时间做一些无谓的事。"

"和我出去是无谓的事？"

"没错。"

摩撒对她笑笑。她说起话来很特别，和他认识的人都不一样。"你在学什么？"

"英文。"

"我懂英文。我可以帮你。"

"你不懂英文的。"

"你好，由美小姐。我叫白摩西。你好吗？"他说的是他和诺亚练习过的英文课本上的句子，"俄克拉何马州塔尔萨市的天气怎么样？"他问道，"有没有下雨？天气干燥吗？我喜欢吃汉堡。你喜欢汉堡吗？我在一个叫天堂的地方工作。"

"你是从哪儿学的？你连学都没上完。"由美说。

"你是怎么知道这件事的？"他笑了。

"不关你的事。"她说，看到富山太太向他们走了过来。

"由美小姐，你喜欢查尔斯·狄更斯先生的精彩小说吗？他是我哥哥最喜欢的作家。我觉得他的书太长了。他的书里都没有插图。"

由美笑了笑，冲她的老板鞠了一躬，指出需要修改的部位。她又鞠了一躬，然后回到缝纫机边上继续工作了。

"抱歉让你久等了，摩撒先生。你好吗？吾朗先生怎么样？"

摩撒礼貌地回答了她的问题，就在她快要别完别针的时候，他转过身来，打了个大大的喷嚏，他的后背弓起，向前弯曲身体，把绗缝的接缝处撕裂了。

"啊，我太笨了，真对不起。"他说着看了一眼正强忍笑意的由美，"我是明天还是后天再来？我还是等你们快打烊再来吧。"

"啊，是的。"富山太太边说边评估撕裂的接缝处，并没发现两个年轻人在眉目传情，"明天晚上，我们就能做好了。"

第十七章

1961年10月

摩撒靠在富山太太裁缝铺对面的枫树上，他的侧影被树干遮住了一点。这是他们约定的见面地点。每个礼拜有三个晚上，摩撒都在由美下班后和她见面。有一年多的时间，他陪她去教堂上英语课，然后回到她租来的房间，她在那里为他们准备一顿简单的晚餐。他们经常在摩撒回天堂七号店之前做爱，他在那里工作到打烊，然后在员工宿舍睡觉。

已经是十月了，虽然傍晚的微风还夹杂着暑气，树上的叶子却已经开始变得金光闪闪。他身旁这棵高大的树映衬着傍晚朦胧的天空，很像镶了一道光亮的金属花边。工人和其他穿工作服的人下班回家了，小孩子们从家里跑出来迎接他们的父亲。在过去的一年中，富山太太的新车间所在的道路得到了修缮，很多家庭搬到了河边的废弃房屋里。一个当地的菜贩在他那块曾经荒凉的地上种了很多蔬菜，现在他租下了附近的一块地，给他的妹夫卖干货。新开的面包房卖的是葡式松糕，整条街上都弥漫着宜人的糕点香气，美味的糕点在大阪小有名气，每天早晨都有人排长队买糕点。

今天，富山太太的女裁缝比平时下班晚，所以摩撒仔细研究了他那张皱巴巴的家庭作业单词表。他在学校时从来没注意过自己的记忆力，但他发现他竟然能牢牢地记住英语单词和短语。他的记忆力给由美留下了深刻印象。大多数女孩只关心钱、漂亮的衣服或是小饰品，但摩撒的女友只关心学习。每当他们的老师约翰·马里曼牧师叫摩撒回答问题，而且摩撒也给出了正确的答案，都是她对摩撒最满意的时候。由美想去美国生活，她认为如果有一天她住在那里，就必须学好英语。

此时光线昏暗，只能隐约看清字迹，但每当有人影划过，他就看不清书页上的字。他注意到离他几步远的地方出现了一双深色工作鞋，摩撒抬起头来。

"你在学习吗，摩撒？我没看错吧？"

"嘿，春希！"摩撒喊道，"是你吗？我都忘了有多久没见过你了！"他热情地握了握朋友的手，"我一直向你妈妈打听你的情况呢。她很为你骄傲。这倒不是说她在吹牛，但你知道，她用她那低调、礼貌的方式不停地夸你呢。快看看你吧！春希警官！"摩撒冲穿着学院制服的春希吹了声口哨。"你看起来有模有样的。我真想去犯罪了。你不会告发我的，对吗？"

春希微微一笑，用拳头轻轻打了摩撒的肩膀，在他的老同学面前感到害羞。要对摩撒敬而远之很难，但春希远离他，是因为自己对他的感情太强烈了。在过去的几年里，那也遇到过其他迷恋的对象，也和陌生人接触过。最近，学院里有一个叫小二的学生，他也是一个又强硬又有趣的家伙。就像他对待摩撒的做法一样，春希尽最大努力远离小二，因为他非常清楚有些事只能藏在心里，不能摆到明面上。

"你在这附近干什么？你不是住在学院附近吗？"

春希点点头。"我有一周的假期。"

"是吗？你什么时候能当上警察？我是说当上大侦探。"摩撒笑了，假装正式地鞠了一躬。

"还要两年。"

看到摩撒在枫树旁，春希都不敢过马路，仅仅是看到他，春希都觉得受不了。春希小时候一直崇拜摩撒，正是摩撒把他从学校的痛苦中拯救了出来。后来，摩撒退学去为吾朗先生工作，彻底消失了，失去了摩撒，春希感觉就像胸口受到了一记致命的重击。摩撒去柏青哥游戏厅工作后，他们高中的绵羊、女巫和食尸鬼都冒出了头，春希不得不退到任何可以找到的避难所。空闲时，他去一个善良的美术老师的教室，在速写本上画满铅笔素描。家里的情况总是千篇一律：弟弟永远长不大，母亲永远不会停止工作，除非她的眼睛失明。美术老师的丈夫和兄弟都是警探，所以她提议他去上警察学院。有趣的是，老师并没有错。春希喜欢学院的规则和等级制度。他完成每一项要求，而且做得很好。在一个没人认识你的新地方重新开始，是很容易的。

"你站在这里干什么？"春希问。太阳即将消失，橙红色的光芒打动了他。

"我在等由美。她给你母亲做工。不过不可以让别人知道我们的事。当然了，我觉得你母亲也不会在乎。我又不是坏蛋。"

"我不会说出去的。"春希说，心想摩撒变得更有吸引力了。他一直很欣赏摩撒那光滑的额头、坚挺的鼻子和整齐的白牙，但他穿着经理西装，看上去像个能为自己的人生负责的成年人。春希想追随他去天涯海角。

裁缝铺的窗户依然灯火通明，留着黑发的女孩们低着头在工作台上劳动。摩撒可以想象由美那纤细的手指在织物上飞舞。每当由美专注工作，她都不会分心。她做每件事都这样，可以独自工作几个小时。摩撒无法想象一直如此安静是什么情形，他一定会想念游戏厅里的喧闹。他喜欢游戏厅里人来人往，吵吵闹闹。他的长老会牧师父亲相信上帝自有安排，而摩撒相信生活就像一场柏青哥游戏，在游戏中，玩家可以调整刻度盘，但也预料到有无法控制的不确定性因素。他明白为什么他的客户想玩一些看起来有把握同时也暗藏随机性和希望的游戏。

"你看到她了吗？"摩撒骄傲地指着，"在那里！她在第四台缝纫机……"

"由美嘛。是啊，我认识她。她是个很好的裁缝师，一个很优雅的人。你真幸运。"春希说，"你的工作怎么样？你发财了吗？"

"你应该来玩玩。我现在在天堂七号店。明天来吧。我几乎整天整夜都在那儿，除了去见由美，带她去上英语课。"

"我说不好。我必须回家照看弟弟。"

"我听说他心情不太好。"

"这就是我回家的原因。妈妈说他有点奇怪。倒不是说他给她添了麻烦，但她说他越来越不爱说话了。医生也没办法，他们提议他去疗养院。他们说，与和他一样的人住在一起，他可能更开心，但我对此表示怀疑。那些地方可能……"春希倒抽一口气，"母亲是绝对不答应的。大介是一个非常好的孩子。"春希说这些话时声音很小，自从记事起，他就知道，有一天他的母亲再也不能照顾大介了，大介就是他的责任。春希会娶什么样的姑娘，就要看那个姑娘是否愿意善待大介和他年迈的母亲。

"由美说他去美国可能有好处。她还认为在美国，每个人都能过得更好。她说，日本和美国不一样，在美国，人会变得不一样。"

摩撒认为，只要是美国和与美国有关的任何事，他的女朋友都觉得好，而且她的想法一点也不合理。和他的哥哥诺亚一样，由美认为英语是最重要的语言，而美国是最好的国家。

"由美说美国有更好的医生。"摩撒耸耸肩，"这倒可能是真的。"

春希笑了，他经常盼着能住在别的地方，在那里，没人认识他。

由美向碰面地点走过来，她认出了老板的大儿子。现在掉头实在有些尴尬，于是她依然向前走来。

"你认识春希吧。"摩撒笑着对由美说，"他是我在高中时唯一的朋友。他马上就要去打击犯罪了！"

由美点点头，不自在地笑了笑。

"由美小姐，再见到你真好。我真感谢你，要不是你，我也不会隔了这么多年，再见到我的朋友。"

"你是从学院回来的吗，春希？"由美一直很拘谨。

春希点点头，然后借口说大介在家等他，便告辞了。然而，在走开之前，春希答应第二天上午去游戏厅找摩撒。

—— ○ —— -

他们在新朝鲜教堂办公室的一个大会议室里上英语课，这座教堂是最近由一个经营烧肉店的富有家族出资捐建的。老师名叫约翰·马里曼，但他其实是个朝鲜人，只是从小就被美国传教士收养了。英语是他的第一语言。约翰的饮食丰富营养，富含蛋白质和钙，所以明显比朝鲜人和日本人都高。他身高将近六英尺，所到之处都会引起骚动，仿佛一个巨人从天而降。虽然他精通日语和朝鲜语，但他说这两种语言，都有美国口音。除了他的身材，他的言谈举止也明显带有异国情调。约翰喜欢戏弄他不认识的人，如果有什么事情好笑，他比大多数人笑得更大声。他娶了一位很有耐心的朝鲜妻子，她擅长揣测他人的意图，并且能巧妙地向别人解释，约翰只是不懂事，如果不是他的妻子，那他准会因为文化上的误解而惹上更多麻烦。对于一个长老会牧师来说，约翰似乎太过活泼了。他是个好人，他的信仰和智慧都无可指责。他的母亲辛西娅·马里曼是一名汽车轮胎公司的女继承人，她送他去了普林斯顿大学和耶鲁大学神学院。令他父母高兴的是，他回到亚洲传播福音。他的肤色很漂亮，与其说是金色的，不如说是橄榄色的。他有一双墨黑色的眼睛，睫毛很长，像流苏一样，总是流露出困惑的眼神，女人见了他，无不对他趋之若鹜。

由美平时很少服别人，却很欣赏她的老师，所有的学生都叫他约翰牧师。对她来说，约翰是一个来自更好世界的朝鲜人，在那个世界里，朝鲜人不是妓女、酒鬼或小偷。由美的母亲是个妓女，还是个酒鬼，为了钱和酒和男人上床，而她的父亲是个皮条客，同样是个酒鬼，喝了酒就打人，经常因为犯罪而被关进监狱。在由美看来，她的三个同父异母的姐姐动不动就和别人上床，和畜棚里的家畜没两样。她的弟弟小时候就夭折了，不久后，十四岁的由美便带着妹妹一起离家出走，在纺织厂打零工为生，后来，她的妹妹也死了。多年来，由美成了一名优秀的女缝工。她不认那些住在大阪最差地区的家人。如果她在街上看到哪个女人和她母亲有相似之处，便赶忙走到街对面，或者转身走开。自从看了美国电影后，她决定有朝一日一定搬去加州，还打算去好莱坞当裁缝。她知道一些朝鲜人回了朝鲜，而更多朝鲜人则回了韩国，但她对这两个国家都没有感情。对她来说，身为朝鲜人只是另一个可怕的障碍，就像穷得叮当响，或是有一个无法摆脱的耻辱家庭。她为什么要住在那里？但她无法想象自己一直待在日本，日本就像一个可爱的继母，却拒绝爱你，所以，由美的梦想是洛杉矶。在认识摩撒、知道他那些大梦想之前，由美从没允许任何男人爬上她的床，而现在她已经把自己和他联系在一起了，她希望他们都能去美国，过另一种生活，再也不受人鄙视或忽视。她无法想象在这里抚养孩子是什么情形。

英语课上有十五个学生，每周三个晚上上课。摩撒出现之前，由美一直都是约翰牧师最好的学生。摩撒比她的成绩好很多，因为他一直在家里帮他哥哥诺亚做测试，就这样学了很多年的英语，不过由美并不介意。她很高兴他的英语比她好，他赚的钱比她多，而且他一直都对她很好。

每节课开始的时候，约翰牧师都在教室里走来走去，问每个人几个问题。

"摩西。"约翰牧师用他的教学音说，"柏青哥游戏厅怎么样？你今天赚了很多钱吗？"

摩撒笑了。"是的，牧师约翰。今天，我赚了很多钱。明天，我会赚更多的钱！你需要钱吗？"

"不，谢谢，摩西。但请记住帮助穷人，摩西。我们中间有许多穷人。"

"柏青哥游戏厅的钱不是我的，约翰牧师。我的老板很富有，但我还不是有钱人。总有一天，我会发财的。"

"你将会很富有。"

"是的，我会成为有钱人，约翰牧师。一个人必须有钱。"

约翰和善地对摩西笑了笑，想消除他这种盲目崇拜的想法，但他还是转向由美。

"由美，你今天做了几套制服？"

由美笑了笑，脸色顿时变得通红。

"今天，我做了两件马甲，约翰牧师。"

约翰继续和其他人交谈，鼓励矜持的学生互相交谈，也鼓励全班一起交谈。他希望朝鲜人说一口流利的英语，他不希望任何人看不起他们。他离开了在新泽西州普林斯顿的美好舒适的生活，因为他为在日本的贫穷朝鲜人感到难过。他度过了美好的童年，他慈爱的父母给了他无限温暖，他小时候总是为失去祖国的朝鲜人感到难过。摩西和由美这样的人从来没有去过朝鲜。人们总说朝鲜人要回家，但在某种程度上，他们在心里都永远失去了家。他的养父母只收养了他一个人，所以他没有兄弟姐妹。约翰和他的养父母在一起总是非常开心，因此他感到内疚，因为许多人没有像他那样被选中。这是为什么呢？他想知道。当然也有不愉快的收养例子，但是约翰知道他的命运比别的人都好，他的养母一直都说他是"精挑细选出来的"。

"我们选择了你，亲爱的约翰。即便你还是个小婴儿，你也有最可爱的笑容。孤儿院的女士都喜欢抱你，你是个可爱的孩子。"

教英语并不是他牧师工作的一部分。他没有让他的学生改变宗教信仰，而他们中的大多数都不是教区居民。约翰喜欢英语单词的发音，喜欢美国人说话的声音。他希望能和大阪的贫穷朝鲜人分享英语，他想让他们掌握除日语之外的另一种语言。

和他的学生一样，约翰出生在日本，父母是朝鲜人。他的亲生父母把他丢给了房东。约翰不知道自己的确切年龄。他的养父母就把11月10日马丁·路德的生日作为他的生日。他对亲生父母的唯一了解是，他们一大早离开了出租屋，没有付房租，并且丢下了他。他的养母说这一定是因为房东有钱和住所，而且，不管他的亲生父母要去哪里，或许都不能为他提供这些。他们抛弃他是一种牺牲，是一种爱的表现，每次约翰问起亲生父母的事，他的养母都这么说。然而，每当约翰看到可能和他的父母年龄相仿的朝鲜男女，他都想起他的亲生父母。他忍不住。他希望给他们钱，因为约翰非常富有，他希望他能见到亲生父母，给他们买一栋房子，让他们住得暖，当他们饿的时候，给他们可以吃的东西。

在牧师约翰取笑坐在后面的两姐妹喜欢吃甜食的时候，摩撒用他的膝盖轻轻地碰了碰由美的膝盖。摩撒拥有修长的腿，他只需要稍微动一下大腿，就能蹭到由美那漂亮双腿上的裙子。微愠之下，她拍了一下他的背，尽管她并不介意。

约翰牧师问妹妹下雨时做什么，摩撒没有听小女孩结结巴巴地说英语，怎么也说不出"伞"这个词，他只是盯着由美看。他喜欢看她那柔软的侧脸，看她那双忧郁的黑眼睛和高高的颧骨。

"摩西，你只顾着看由美，怎么才能学会英语呢？"约翰大笑着问。

由美的脸又红了。"规矩点。"她用日语小声对摩撒说。

"我控制不了我自己，约翰牧师。我爱她。"摩撒告白，约翰高兴地一拍手。

由美低头看着笔记。

"你们两个会结婚吗？"约翰牧师问。

由美听到这个问题，不由得大吃一惊，不过她不该震惊的。约翰牧师一向口无遮拦。

"她一定会嫁给我的。"摩撒说，"我有信心。"

"什么？"由美大声说。

后面的女人笑得眼泪都流出来了。坐在中间的两个男人使劲儿敲桌子，大声欢呼。

"太好了。"约翰说，"我们好像见证了求婚呢。求婚，就是请求别人嫁给你。"

"由美小姐，你一定会嫁给我的。你爱我，我也非常爱你的。我们一定会结为夫妇，等着瞧吧。"摩撒冷静地用英语说，"我有计划。"

由美翻翻白眼。他很清楚她想去美国，但他只想留在大阪，再过几年开一家他自己的柏青哥游戏厅。他还打算等他有钱了，给他母亲、伯母、伯父和外婆买一栋大房子。他说，如果他们想返回朝鲜，他就要赚很多钱，给他们盖大房子。他说，他在洛杉矶可赚不了这么多钱。他不能抛下家人，而由美很清楚这一点。

"我们是相爱的。对吧，由美小姐？"摩撒对她笑笑，拉住她的手。

学生们一边热烈地鼓掌，一边跺脚，就像是在看棒球比赛。

由美低下头，他这个样子，搞得她很不好意思，但她不能生他的气。她永远都不会对他发火。他是她唯一的朋友。

"那我们来计划一下结婚的事吧。"约翰说。

第十八章

1962年3月，东京

"他结婚了？"明子问。她的眼睛亮晶晶的，充满了期待。

"是的，他结婚了，他的妻子再过几个月就生了。"诺亚答，他的声音很平淡。

"我想多多了解你的家人。说呀。"她央求道。

诺亚站起来穿衣服。

她情不自禁。明子正在上社会学课程。她收集了一些数据，而且，她的情人是她最喜欢的谜题。然而，她问得越多，他就越沉默寡言。当他简洁地回答她时，她总是习惯性地说一句"真的吗？"仿佛他这辈子遇到的事都很不可思议。她对他的一切都很感兴趣，但诺亚不想让她着迷。他只想和她在一起。就算她的注意力在陌生人身上，他也不介意；听她试图揭开别人的神秘面纱，要有趣得多。

他是明子的第一个朝鲜情人。在床上，她要他说朝鲜语。

"朝鲜语里漂亮怎么说？"几个小时前，她这么问。

"Yeh-puh-dah。"这么一个简单的词，从他嘴里说出来，却感觉那么陌生。明子很惊讶。只用"漂亮"这个词，并不足以描述她的美。他应该说她"闭月羞花"，但他没有这么说。她是个出色的社会学家，所以很清楚不要问朝鲜语里"爱"怎么说，因为他在翻译的时候，无疑一定会表现得很犹豫。

诺亚不想成为玻璃下的标本，他没有提及他母亲卖过泡菜和糖果，为他赚取学费，他的父亲在殖民时代被关进大牢后受尽折磨而死。这些事在他看来是很久以前发生的。他并不为自己的过去感到羞愧，绝对不是这样。他憎恨她的好奇心。明子是一个来自上流社会家庭的日本女孩，住在东京南麻布区，她的父亲拥有一家贸易公司，母亲则在一家私人俱乐部与外籍人士打网球。明子喜欢粗俗的性爱、外文书和谈话。她一直在追他，而诺亚以前从未认真交过女朋友，不知道该如何对待她。

"回到我身边来。"她挑逗地说，一边抚摸着她的白色棉上衣。

诺亚回到榻榻米上。

在课间做爱之后，他们就懒洋洋地躺在诺亚租来的房间里。对一个大学生而言，他的租住屋十分宽敞，有两扇方形的窗户，可以让晨光照进来，地板上铺得开一个双人榻榻米垫和一块毛茸茸的米色地毯。他那宽大的松木书桌上堆满了一摞摞厚小说：狄更斯、托尔斯泰、巴尔扎克和雨果。那盏带着绿色玻璃灯罩的高档电灯关着。诺亚想不到能住这么好的房间，也不能相信自己有这么好的运气，能用这么少的租金住下这个房间。房东是高汉秀的朋友，房间里的家具都是新的，雅致讲究，是学生学习文学和英语的理想之选。诺亚只用他父亲的旧手提箱带了一些衣服。

明子说，其他学生中没有一个住得这么好，即使他们都住在位于东京的家里。她和家人住在南麻布区一套漂亮的公寓里，但她的房间只有他的一半大；课余时间，她都待在他家。她的东西放在他的书桌上、浴室和壁橱里。一般人都觉得女孩比男孩更整洁，但她是个例外。

尽管明子使出了浑身解数，但诺亚还是不可能这么快再做一次。他很不好意思，只好穿上衣服。她也站起来给自己沏茶。

这里没有厨房，但诺亚有一个电热水壶，是高汉秀给他买的。高汉秀说，诺亚所要做的就是学习。"学习所有你能学到的知识。为所有朝鲜人而学习，为每个不能上早稻田大学这种学校的朝鲜人而学习。"在每个学期开始之前，高汉秀都支付全额学费。由于不用担心钱，诺亚比以往任何时候都更加狂热地学习。他把书看了一遍又一遍，尽可能多地阅读评论文章。他学习之余唯一的放松就是他爱上的这个可爱的姑娘。她才华横溢，性感，富有创造力。

"他是什么样的人？"明子一边问，一边把茶叶撒在铁茶壶里。

"谁？"

"高汉秀啊，你的大恩人。十分钟后你就要离开我去见他了。你在每月的第一天都和他见面。"

诺亚没有告诉她，但她当然猜到了。明子很想认识高汉秀。她问了很多次是否可以一起去，但诺亚认为这样做不合适。

"他是我们家的好朋友。我告诉过你的。我的母亲和外婆在来日本前就认识他了。他来自济州岛，离釜山不远。他有一家建筑公司。"

"他长得好看吗？"

"什么？"

"像不像你？朝鲜人都很英俊的。"

诺亚笑了。他能说什么呢？当然不是所有朝鲜男人都长得帅气出众，也不是所有朝鲜男人都样貌丑陋。他们只是男人。明子喜欢对朝鲜和其他外国人做出积极的概括。她把最严厉的话都留给了日本的有钱人。

明子把茶杯放下，顽皮地把他推倒在榻榻米上，诺亚仰面倒下。她跨坐在他肩上，脱下她的衬衣。她穿着白色的棉胸罩和内裤。她真漂亮，他心想。她的乌黑头发披散在脸上，像闪闪发光的羽毛。

"他像你吗？"她在他身上蹭来蹭去。

"不不。我们不一样。"诺亚吁出一口气，轻轻地把她从他的臀部拉开，被他自己的回答迷惑住了。"我是说，我不知道。他是个慷慨的人。我之前告诉过你了，他没有儿子，他的女儿们也不想上大学，所以他一直在资助我。我打算把钱还给他。他在困难时期帮助了我的家人。他是我的恩人，仅此而已。"

"你为什么要还他钱？他不是很阔气吗？"

"我不知道。"诺亚走到梳妆台边上拿袜子，"那不重要。是我欠的债，我会还给他的。"

"你不愿意和我在一起吗？"明子摘掉她的胸罩，露出香槟杯大小的乳房。

"你是在勾引我吗，我的美人儿？"他说，"但我必须走了。明天见吧。"

就算他能再硬起来，现在也没时间再来一次了，他告诉自己，不过他怀疑自己还能不能再硬。

"诺亚，我不能和你一起去见他吗？我什么时候才能见你的家人？"

"他不是我的家人，我不知道。我也没见过你的家人。"

"你肯定不想见我的父母的，他们全都是种族主义者。"她说，"真的哟。"

"啊。"诺亚说，"明天见。把门锁好。"

—— o —— —

寿司家餐馆距离他住的地方不到一英里。室内最近重新装了新鲜的雪松护墙板，墙壁散发出新木材的淡淡清香。高汉秀更喜欢每月在后面的雅间里与诺亚见面。不会有人打扰他们，只有服务员把从日本各个偏远渔村送来的美味佳肴端到他们面前。

正常情况下，两个人常谈论他的功课，因为高汉秀很好奇，在这样一所传奇学府上学是什么感觉。他从未上过中学或大学。高汉秀通过看书自学了朝鲜语和日语的读写，他一有钱，就雇了家教老师教他学习日语和朝鲜语中的汉字，只有学会了汉字，他才能读懂难读的日语和朝鲜语报纸。他认识许多人，有的有钱，有的强壮，有的勇敢，但他对能写出好文章的有学问的人印象最深。他结交出色的记者，因为他欣赏他们对当今时局的冷静思考和观点。高汉秀不相信民族主义、宗教甚至爱情，但他相信教育。最重要的是，他相信人必须不断学习。他讨厌任何形式的浪费。当他的三个女儿都为了打扮和八卦而放弃学业时，他开始鄙视他的妻子，正是他的妻子听任这一切发生。三个女孩有很好的头脑和无限的资源，她却让她们像扔垃圾一样扔掉了这些东西。姑娘们不争气，但他有诺亚。诺亚能读写英语，这让他感到兴奋，他知道，闯荡世界就离不开这种语言。诺亚向他推荐了书，而高汉秀读了，因为他想知道他儿子知道的事。

高汉秀知道，他必须培养这个年轻人的非凡学识。高汉秀不确定他想诺亚在毕业后做什么，他小心翼翼地不说太多这方面的事，因为很明显诺亚有自己的想法。高汉秀愿意支持他，就像他想要发展好的商业计划一样。

两人盘腿坐在干净的榻榻米上，中间放着一张矮相思树木桌。

"多吃点海胆吧。昨晚厨师才从北海道给我们运来。"高汉秀说。他喜欢看穷学生诺亚吃这些他自己经常吃的稀有食物。

诺亚点点头表示感谢，吃完了他的那一份。他不喜欢这样吃东西，也不喜欢吃这种食物。诺亚知道日本人举止得体，他能完美地模仿他们的行为举止，所以他吃了摆在面前的任何东西，并表示感激。然而，他更喜欢很快地吃完一碗营养丰富的简单食物。他吃东西和大多数朝鲜上班族一样：美味的食物仅仅是必要的燃料，必须赶快吃完，这样就可以回去工作了。富裕的日本人认为量大、味浓、快速的吃法无异于庸俗。在他的恩人面前，诺亚模仿上流社会日本人的吃法，不想让高汉秀失望，然而诺亚对食物不感兴趣，而且觉得坐上很久吃一顿饭并不可取。明子也因为这件事取笑他，但是他们不会去豪华餐厅，所以这对他们的关系没什么影响。

诺亚喜欢和高汉秀在一起，但一边吃这么少的东西一边看着另一个人喝酒，实在无趣得很。高汉秀的酒量明显不错，而且把一家建筑公司打理得风生水起，但诺亚对任何形式的饮酒都持怀疑态度。小时候，在上学的路上，他常常都得从前一天晚上喝醉的成年男子身上跨过去。他在亚野区的房地产公司当会计时，看到许多父亲无力支付房租，一家人都被赶出家门，这样的麻烦就是从在发薪日喝几杯无害的小酒开始的。每年冬天，都有无家可归、酗酒的朝鲜人在隅田河附近冻死，他们喝得麻木，感觉不到致命的霜冻。诺亚不喝酒。高汉秀可以喝下几瓶清酒或烧酒，却没有任何醉意，所以按照朝鲜的传统，诺亚就得一杯接一杯地给长辈倒酒，把珍贵的饭菜放在较远的地方。

就在诺亚把烧酒倒进清酒杯的时候，纸屏风门上响起了轻轻的敲击声，把他吓了一跳。

"请进。"高汉秀说。

"打扰了，高先生。"年轻的女服务员说。她没有化妆，穿着简单的深蓝色日间和服，系着一条蘑菇色的宽腰带。

"什么事？"高汉秀说。

诺亚对女服务员笑笑，她的样貌和行为举止都像个很有礼貌的女孩子。

"有一位女士说想过来和您打个招呼。"

"真的吗？"高汉秀说，"和我吗？"

"是的。"女服务员点点头。

"太好了。"高汉秀说。没有几个人知道他在这家餐馆吃饭，很有可能是他老板的一个秘书来给他送信，但这很奇怪，因为他的老板通常都是派公司里的年轻人来跑腿。高汉秀的司机和保镖都在餐馆外面守着，他们不会让任何危险分子接近他。那个女人肯定已经通过了他们的检查。

女服务员关上门，过了一会儿，敲门声再次响起。

这一次，诺亚站起来，亲自去开门。能伸展一下双腿，感觉好极了。

"明子。"诺亚说，一时间不由得目瞪口呆。

"你好。"她说，站在女服务员边上，等着被邀请进去。

"是你的朋友吗，诺亚？"高汉秀问，笑着看着那个看起来像是日本人的美貌姑娘。

"是的。"

"欢迎欢迎。请坐吧。你想见我吗？"

明子笑着说："诺亚觉得我应该来见见他的恩人，看他这么坚持，我就来了。"

"是的。"诺亚说，不知道为什么同意这个故事，不过他又想不出其他解释。"我应该早一点告诉你明子会过来。我很抱歉让你吃惊了。"

"没关系。我很高兴认识诺亚的朋友。和我们一起吃午饭吧。"

高汉秀抬起头望着仍站在门口的女服务员。

"请给诺亚的朋友再拿一套餐具和一个清酒杯。"高汉秀说。这个男孩想让他见见他的女朋友，他既好奇，又高兴。他愿意欢迎她的到来。

一套餐具和一个酒杯很快被摆放在她的面前。厨师亲自给他们端来了一盘炸牡蛎，上面撒着透明的英国薄盐片。诺亚给高汉秀倒了一杯酒，然后高汉秀给明子倒了一杯。

"致新朋友。"高汉秀举起杯子说。

第十九章

高汉秀上车，年轻的情侣仍站在餐厅门口。明子和诺亚冲后排乘客座位的方向深深鞠了一躬，高汉秀就坐在那里。司机关上乘客座的车门，向明子和诺亚鞠了一躬，然后坐到方向盘后面，送高汉秀去赴下一个约会。

"我不明白你有什么好生气的。"明子说，仍然像一个正常的日本女学生一样微笑着，尽管高汉秀已经走了。"高先生太出色了。我很高兴见到他。"

"你在撒谎。"诺亚说，声音都颤抖了。他不想说话，生怕自己出言不逊，但他控制不了自己。"我……我没有邀请你来吃午饭，你为什么对高先生这么说？这顿午餐可能演变成很糟糕的情况。那个人对我们家很重要。他一直在资助我的教育。我欠他很多。"

"又没发生什么大不了的事，不就是和亲戚在一家豪华寿司店里吃一顿普通的午餐嘛。有什么大不了的？我去过不少这样的场合。我表现得多完美啊。他喜欢我。"明子说，不明白他在气什么。她一直相信自己有能力讨成年人的喜欢。

"你觉得我给你丢脸了？"明子问，大笑起来，说来也怪，和诺亚吵架，她竟然很开心，毕竟他一直都是那么冷静，不爱说话，她根本摸不清他在想什么。再说了，这都要怪他：他是个难懂的人，她只能不请自来，和他们一起吃饭。她这么做不是为了惹他生气。她关心他，愿意认识他的朋友，他应该高兴才对。"你永远都不会同意我来。我自己来，一点错也没有。"她摸摸他的手臂，他躲开了。

"明子，为什么？为什么你永远都要做对的？你为什么永远都要占上风？为什么不能由我来决定你什么时候在什么地方见我认识的人？我永远都不会这么对你，我会尊重你的隐私。"诺亚一口气说完，然后用手捂住嘴。

明子盯着他，有些一头雾水。她并不习惯男人拒绝她。他的脸颊通红，他都说不出话了。这不是平时向她解释她的社会学课文中难懂的段落或帮她做统计作业的那个人。她那个温柔而睿智的诺亚此刻大发雷霆。

"你是怎么了？你是朝鲜人，所以你觉得很尴尬吗？"

"什么？"诺亚倒退一步。他看看周围，确认是否有人能听到他们吵架。"你说什么呢？"他注视着她，好像她是个疯子。

明子冷静下来，缓缓地说了起来。

"你是朝鲜人，我却一点也不觉得尴尬。你是朝鲜人，我觉得很棒。这件事对我来说根本构不成困扰。换作是愚昧无知的人，或是我那对种族主义者的父母，倒是会不高兴，但我很高兴你是朝鲜人。朝鲜人不仅聪明，还很努力，而且朝鲜男人都非常帅气。"她说，还对他笑，活像是在和他调情，"你生气了。听着，如果你愿意，我可以安排你见我全家。他们能认识一个这么出色的朝鲜人，是他们的荣幸，而且还会改变他们的……"

"不要。"他摇着头说，"不要。够了。"

明子走近他。一个老妇走过，扫了他们一眼，但明子并没有注意到她。

"诺亚，你为什么这么生我的气呢？你很清楚，在我心里，你是最棒的。我们回家亲热吧。"

诺亚盯着她。在她眼里，他是另一个人，并不是他自己，而是她理想中的一个外国人；她总是自以为特别，因为她已经堕落到和别人讨厌的人在一起了。他的存在将向世界证明她是一个好人，是一个受过教育的人，一个自由的人。诺亚和她在一起的时候，并不关心自己是不是朝鲜人；事实上，他和任何人在一起，都不在乎自己是朝鲜人还是日本人。他只想成为一个人，只想做自己，无论那意味着什么；他有时想忘掉自己。但那不可能。和她在一起，他不可能做到这一点。

"我会把你的东西收拾好，派人送到你家。我再也不想见到你了。请你不要再来见我。"

"诺亚，你在说什么？"明子惊讶地说，"这就是我从没见识过的你们朝鲜人的臭脾气？"她大笑起来。

"我和你的关系不能继续了。"

"为什么？"

"因为不能。"他想不到还能说什么，他不愿意让她看到他遇到过的残酷现实，因为她并不相信她和她的父母其实是一样的，她还不相信，把他视作朝鲜人——无论好坏——与把他当成坏朝鲜人其实是一样的。她不能把他当成一个人，而诺亚意识到，他最渴望的就是别人把他当成一个人。

"他是你父亲吧？"明子说，"他和他长得一模一样。你告诉我你父亲去世了，但他明明还没死啊。你就是不愿意让他见我，因为你不希望我见你的黑帮父亲。你还不想让我知道他是黑帮。不然的话，你还能怎么解释那辆夸张的汽车和穿着制服的司机？如果他不是黑帮，又怎么能安排你住在一个那么大的公寓里？就连我父亲都负担不起那么好的公寓，要知道，他有一家贸易公司呢！得了吧，诺亚，我不过是想更了解你一些，你怎么能生我的气呢？我才不在乎他是干什么的。那根本就不重要，我也不介意你是朝鲜人。你难道不明白吗？"

诺亚转身走开了。他走呀走呀，直到再也听不到她大声叫喊他的名字。他步履僵硬，整个人都很平静，他不相信一个你爱的人——是的，他爱她——最终会变成一个你不认识的人。也许他早就明白她是个什么样的人，但他选择视而不见。他就是不能。诺亚走到火车站，慢慢地走下楼梯来到站台。他觉得自己可能摔倒。他将乘第一趟火车去大阪。

— ○ — –

他到家时已是傍晚时分。庆熙伯母打开门，吓了一跳。他心烦意乱，只想和他母亲说话。约瑟伯父在后面的房间里睡觉，他的母亲在前面的房间做针线活儿。他没有脱外套。顺子走到门口，诺亚问他们是否可以出去谈谈。

"什么？有什么事？"顺子穿上鞋子问。

诺亚没有回答。他出去等她。

诺亚带她离开购物街，来到一个人少的地方。

"是真的吗？"诺亚问他的母亲，"高汉秀的事，是真的吗？"

他无法说出那个词，但他必须知道。

"他为什么给我付学费？为什么他总是在我身边。你们以前好过……"他说。这么说总好说出那个词。

顺子一直在扣她那件褪色羊毛大衣的扣子，她停下脚步，盯着儿子的脸。她明白了。白约瑟一直都是对的，她不应该让高汉秀付学费。但她没有别的办法。诺亚以前每天都去上班，把挣来的每一分钱都存起来，每天晚上学习，第二天早上眼睛都红了，就这样，他终于考进了早稻田大学。

她怎么能说不呢？没有人肯贷款给他们上学，没有其他人能帮忙。她一直害怕高汉秀出现在诺亚的生活里。那笔钱会把诺亚和高汉秀绑在一起吗？她以前一直想知道答案。但不要高汉秀的钱，可能吗？

诺亚这孩子一直都很努力，他有权实现愿望，他应该学习，将来出人头地。诺亚从小到大都被老师称赞是好学生，比任何人都聪明；他们说他是"国家的栋梁"，她丈夫白伊萨听了非常高兴，因为他知道日本人都瞧不起朝鲜人，认为他们只适合从事肮脏、危险和有损尊严的工作。白伊萨说过，诺亚将以他卓越的品格和出色的才能帮助朝鲜人，没有人能看不起他。白伊萨鼓励那孩子尽可能地学习，而诺亚是个好儿子，尽了最大的努力做到最好。白伊萨很爱这个男孩。顺子什么也说不出来，她嘴巴发干。她所能想到的就是，白伊萨真是个好人，他让诺亚跟他姓，保护这个孩子。

"怎么可能？"诺亚摇着头，"你怎么能背叛他？"

顺子知道他指的是白伊萨，只好解释清楚。

"我认识他的时候，与你父亲还不相识。我不知道高汉秀结婚了。我当时还是个小女孩，我相信他会娶我。但他不能，他已经有家室了。那时我怀了你，你父亲白伊萨正好住在我们的民宿；他知道实情，却还是娶了我。白伊萨想要你做他的儿子。血脉不是问题。你能理解吗？人在年轻时会犯很严重的错误，相信不该相信的人，但我很感激有你这个儿子，我也很感激你父亲娶了我……"

"不。"他轻蔑地看着她，"我理解不了这样的错误。你为什么不早告诉我？还有谁知道这件事？"他的声音越来越冰冷。

"我觉得没必要告诉任何人。听我说，诺亚，选择做你父亲的男人是白……"

诺亚好像并没听到她的话。

"约瑟伯父和庆熙伯母知道吗？"他接受不了没人告诉他这件事。

"我们没有谈过此事。"

"那摩撒呢？他是白伊萨的儿子吗？他和我长得一点也不像。"

顺子点点头。诺亚称呼他的父亲为白伊萨，他以前从没这样。

"那他是我同母异父的弟弟……"

"我先认识了高汉秀，后来才结识了你的父亲。我一直忠实于白伊萨，他是我唯一的丈夫。你父亲进监狱期间，高汉秀找到了我们。他担心我们没钱。"

她总担心诺亚得知真相，但即使有这种可能，她也相信诺亚能理解，因为他是那么聪明，一直都那么随和，从来没有让她担心过。但是站在她面前的这个年轻人就像一块冰冷的金属，他看着她，仿佛他不记得她是他的什么人。

诺亚停了下来，深吸了一口气，然后呼出，他觉得头晕。

"所以他总是帮助我们，所以打仗的时候他才给我们找了那个农场，所以他才给我们带来吃的东西。"

"他想确保你没事，他想帮助你。这与我无关。我只是一个他很久以前认识的人。"

"你知道他是个黑社会吗？那样对吗？"

"不。不，我不知道。我不知道他做什么行当。我认识他的时候，他是大阪的一个鱼市批发商。他为日本公司在朝鲜买鱼。他是一个商人。我想他还拥有一家建筑公司和几家餐馆。此外他还做什么，我就不知道了。我没怎么和他说过话。你知道……"

"在日本，黑手党是最卑鄙的人。他们是暴徒，是罪犯。他们恐吓店主，兜售毒品，控制妓女，他们还伤害无辜的老百姓。所有那些最坏的朝鲜人都是帮派成员。我的学费是一个黑帮分子出的，你觉得这是可以接受的？这段黑历史将永远跟随着我。你太愚蠢了。"他说，"东西脏了就是脏了，怎么能弄干净呢？现在，你让我也变成肮脏的了。"诺亚平静地说，仿佛他一边说，一边领悟到了这一点，"从小到大，都有日本人告诉我，我从骨血里就是个朝鲜人，而朝鲜人暴躁，暴戾，狡猾，是诡诈的罪犯。我从小到大都要忍受这些。

我努力像白伊萨那样诚实和谦逊，我从不提高嗓门。但我从骨血里是朝鲜人，现在我知道，我流着黑帮分子的血。无论我做什么，我都无法改变这一点。要是你没生下我就好了。你怎么能毁了我的生活？你怎么能这么轻率？一个愚蠢的母亲，一个罪犯父亲。我受到了诅咒。"

顺子震惊地看着他。如果他是一个小男孩，她还能告诉他不要那么大声，注意举止，不要让父母丢脸，但她现在不能这样说。她怎么能为黑帮辩护？她觉得到处都是有组织的罪犯，她知道他们做坏事，但她知道许多朝鲜人不得不为帮派工作，因为他们找不到其他工作。政府和好公司不会雇用朝鲜人，哪怕是受过教育的朝鲜人。所有这些人都得工作，许多住在他们那一区的黑帮成员要比那些根本不工作的人更友善，更尊重人。不过，她不能对儿子说这些，因为诺亚努力学习和工作，想要脱离那条街，而且，他认为所有没有这么做的人都不是聪明人。他不会理解的。她的儿子不同情不努力改变命运的人。

"诺亚。"顺子说，"原谅我。阿妈很抱歉。我只想让你去上学。我知道你有多想上学，我知道你有多努力……"

"是你。你夺走了我的生活。我不再是我自己了。"他指着她说。他转身，向火车站走去。

第二十章

1962年4月，大阪

他们不经常收到信件，每次收到信，一家人就聚集在白约瑟的床边读信。他仰面躺着，头靠在荞麦枕头上。顺子当然认得信封上她儿子的笔迹。她虽然不识字，却认得她的日语和朝鲜语名字。通常情况下，庆熙大声读出信件，遇到不认识的字，就问白约瑟。白约瑟的视力越来越坏，他看不了心爱的报纸，因此庆熙读报给他听。庆熙描述她不认识的字是什么样的，白约瑟有时可以从上下文猜出来。庆熙用她那清晰、柔和的声音读着信。顺子吓得脸色发白，杨金盯着那张薄薄的纸，不知道外孙会写些什么。白约瑟闭上眼睛，但他并没睡着。

阿妈，

　　我从早稻田大学退学了。我搬出了公寓。我在另一个城市，找到了一份工作。

　　你可能很难理解，但我还是求你别找我。我已经考虑清楚了。我若要心安理得，保留一颗诚实正直的心，这是最好的办法。我想开始新生活，要做到这一点，我别无选择。

　　目前我需要钱安顿下来，等我多挣一些钱，我就会经常给你寄钱回去。我不会不顾我的责任。同时，我也将赚钱还清欠高汉秀的债。请确保他永远不会找我。我真希望自己从不认识他。

　　我谨向你、约瑟伯父、庆熙伯母、外婆和摩撒致以亲切的问候。很抱歉我没有机会好好和你们道别，但是我不会回来了。请不要为我担心，因为你们即使担心也无济于事。

儿子诺亚敬上

　　诺亚用日语简体字而不是朝鲜语写了这封短信，他以前一直都写不好这种语言。庆熙读完后，大家都没说话。杨金拍了拍女儿的膝盖，然后起身去厨房准备晚餐，让庆熙搂着她的妯娌。此时，顺子坐在那里，一言不发，脸色苍白。

　　白约瑟呼出一口气。他们还能做些什么，把那个男孩带回来？他想不可能了。他们已经失去了太多太多。白伊萨死后，白约瑟想起了弟弟那两个幼子，并且发誓照顾好他们。诺亚和摩撒不是他的儿子，但那又有什么关系呢？为了他们，他想当一个好人。战争结束，他遇到意外之后，他只等着死亡降临，只盼着孩子们有美好的前途。这颗愚蠢的心情不自禁地充满了希望。生活似乎还过得去；虽然白约瑟几乎与世隔绝，只能躺在他的铺盖上，但他的家人一直坚持着。生活仍在继续。在白约瑟看来，诺亚非常像白伊萨，他都忘了那个男孩的亲生父亲另有其人，而那个人与温文尔雅的白伊萨截然不同。但是现在，这个可怜的孩子得知他不属于这个家。他决定离开他们，而他的离开是一种惩罚。白约瑟能理解那孩子为何愤怒，但他想再找个机会和他谈谈，他要告诉诺亚，一个人必须学会宽恕，必须知道什么是重要的，活着而不宽恕，与活死人差不多。然而，白约瑟没有足够的精力从他的床上爬起来，更不用说去寻找他亲爱的侄子了。那个孩子就像是他自己的亲骨肉。

"他会不会去了朝鲜？"庆熙问丈夫，"他是不会做这种事的，对吧？"

顺子看了一眼大伯。

"不，不。"白约瑟摇着头，他的枕头发出哗哗的声音。

顺子用双手捂住眼睛。去朝鲜的人都是有去无回。只要他没去那里，就还有希望。金昌浩是在1959年的最后一个月离开的，两年多了，他们只收到过两次他的来信。庆熙很少提及他，但她首先想到平壤是有道理的。

"摩撒怎么办？我们该怎么告诉他？"庆熙问道。她还拿着诺亚的信，用空着的手拍着顺子的背。

"等他问起哥哥再说吧。那孩子现在很忙。如果他问，就说你不知道。以后到了不得已的时候，你就告诉他，他哥哥跑掉了。"白约瑟说，他的眼睛仍然闭着。"告诉他，上学太难了，诺亚坚持不下去，就离开了东京，他这么努力才考进大学，现在他觉得丢脸，不敢回家。据我们所知，原因就是这样。"说出这些话，白约瑟感到很恶心，所以他没再说话。

顺子说不出话来。摩撒绝不会相信这种话，然而她也不能告诉他真相，因为他一定会去找他的哥哥。她也不能把高汉秀的事告诉摩撒。摩撒最近连觉也很少睡，因为他有很多工作要做，而且由美在几周前流产了。这孩子要担心的事太多了。

自打诺亚从学校回家和她谈的那天晚上起，顺子每天都想去东京找他把话说清楚，但是她做不到。一个月过去了，现在事情成了这样。他是怎么对她说的？*你夺走了我的生活*。他从早稻田大学退学了。顺子觉得无法思考，甚至都无法呼吸。她只想再见到她的儿子。如果不行，那她宁愿去死。

杨金在围裙上擦了擦湿手，走出厨房，告诉他们晚饭做好了。杨金和庆熙注视着顺子。

"你应该吃点东西。"庆熙说。

顺子摇了摇头。"我得走了。我得去找他。"

庆熙抓住她的手臂，但是顺子挣脱开，站了起来。

252

"让她去吧。"杨金说。

— ○ —

原来高汉秀就住在距离车站三十分钟车程的地方。在安静的街道上，他那栋大房子格外显眼。这栋两层的石灰岩建筑犹如一个巨大的无底洞，中间有两扇高大的雕花红木大门，门两侧是大玻璃落地窗。这所房子是战后一位美国外交官的住所。厚重的窗帘拉着，从外面看不到屋内。少女顺子曾想象过他住的地方，但她没有想过这样一栋房子。在她看来，他是住在一座城堡里。出租车司机向她保证地址没错。

一个穿着洁白围裙的短发年轻女仆把门打开一点。她用日语说主人不在家。

"是谁呀？"一个上了年纪的女人从前厅走出来。她轻轻拍拍女仆，后者退到一边。大门全开后，可以看到宽敞的玄关。

顺子意识到了这个女人的身份。

"我找高汉秀。"她用最好的日语说，"拜托了。"

"你是谁？"

"我叫白顺子。"

高汉秀的妻子美惠子点点头。这个乞丐肯定是来讨钱的朝鲜人。战后的朝鲜人数量众多，不知羞耻，他们知道她丈夫很照顾同胞，就利用他。她并不是抱怨他的慷慨，但她很反感乞丐这么厚颜无耻。现在是晚上，任何年龄的女人都不该在这个时间乞讨。

美惠子转向女仆，"她要什么就给她，然后把她打发走。如果她饿了，厨房里有食物。"她丈夫就会这么做。她的父亲也认为应该善待穷人。

女主人走开时，仆人鞠了一躬。

"不不。"顺子用日语说，"不要钱，不要食物。拜托，我有事找高汉秀，拜托了。拜托了。"她把两只手合在一起，像是在祈祷。

美惠子从容地走了回来。朝鲜人就跟不守规矩的孩子一样死缠烂打。他们大吵大闹，孤注一掷，没有日本人的冷静温和。她的孩子们有一半这种人的血统，但幸运的是，他们不会大声喧哗，也没有不修边幅的习惯。她的父亲很欣赏高汉秀，说他和其他人不一样，嫁给他对她有好处，因为他是一个真正的男人，会好好照顾她。她父亲说对了，在她丈夫的领导下，组织一天天壮大起来，也越来越富有。她和她的女儿们在瑞士拥有大笔财富，而且，这座房子的石墙里还藏着无数日元。她生活富足，衣食无忧。

"你是怎么知道他住在这里的？你是怎么认识我丈夫的？"美惠子问顺子。

顺子摇了摇头，她听不懂这个女人到底在问什么，但她知道"丈夫"这个词。一看就知道他的妻子是日本人，她六十出头，花白头发剪成了短发。她长得非常漂亮，有一双乌黑的大眼睛，睫毛很长。她穿着一件浅绿色和服，身段优美。她的嘴唇上涂着酸梅颜色的口红。她看上去像个和服模特。

"去把园丁小工叫来，他会说朝鲜话。"高汉秀的妻子一伸左手，示意顺子在门边等着。她注意到了顺子身上那件破旧的粗棉衣，又看到顺子因从事户外工作而变得粗糙的手。这个朝鲜人的年纪并不大，从她的眼中还能看到一丝韵味，但她已经青春不再。她的腰因生孩子而变得很粗。她没什么吸引力，不可能是高汉秀光顾的妓女。据自己所知，高汉秀玩过的妓女都是日本女招待，有些比他们的女儿还小。那些女人都应该识时务，知道不该找上门来。

园丁小工正在后院除草，这会儿，他一路跑到房子的前面。

"大人。"他边说边冲这栋房子的女主人鞠了一躬。

"她是朝鲜人。"美惠子说，"问问她是怎么知道先生住在这里的。"

少年看了一眼一脸惊恐的顺子。她穿着棉工作服，外面套着一件浅灰色外套。她比他的母亲年轻。

"大婶，"他对顺子说，尽量不吓着她，"你有什么事？"

顺子先是对男孩笑笑，然后，看到他眼里的关心，她的眼泪夺眶而出。他不像这种房子的仆人和高汉秀的妻子那样冷冰冰的。"我在找我的儿子，我想你家先生知道他的下落。我想找……"她停顿片刻，因为她一直在哽咽，有些喘不上气，"……你家先生谈谈。你知道他在哪儿吗？"

"你是怎么知道我丈夫住在这里的？"高汉秀的妻子再次冷静地问道。

少年只想帮助这个绝望的女人，都忘了女主人的要求了。

"女主人想知道你是怎么知道先生住在这里的。大婶，我必须给她一个答复，你明白吗？"年轻人盯着顺子的脸。

"我在你家先生开的餐馆里工作，是金昌浩雇用我的。金昌浩在去朝鲜之前，把你家先生的地址给了我。你认识金先生吗？他去平壤了。"

年轻人点点头，想起了那个戴着厚眼镜的高大男人，金先生经常给他零花钱让他买糖吃，还和他在后院踢足球。金先生还曾提出带他一起坐红十字会的船去朝鲜，但他的主人不同意。主人从不说起金先生，而且，要是有人提起他，主人就大发雷霆。

顺子牢牢地注视着少年，仿佛他可以找到诺亚。

"你的主人可能知道我儿子在哪里。我必须找到他。你能不能告诉我你主人的行踪？他在这里吗？我知道他一定会见我的。"

年轻人低下头，摇了摇脑袋，在那一刻，顺子抬起头，开始留意高汉秀房子的内饰。

年轻人身后的门厅华丽宽敞，像极了老式火车站，有着高高的天花板和白色墙壁。她想象高汉秀从雕花樱桃木楼梯走下来，询问发生了什么事。这一次，她一定会用前所未有的方式祈求他的帮助。她会请求他发发慈悲，请求他利用一切资源，她一定会陪在他身边，直到找到她的儿子。

年轻人转身面对女主人，翻译了顺子说的每一句话。

高汉秀的妻子端详着泪流满面的女人。

"你告诉她，主人不在家，要很久才能回来。"美惠子转过身，一边走开一边说，"如果她需要钱买火车票或是食物，就带她去后面，她要什么就给她什么；不然的话，就打发她走。"

"大婶，你需不需要钱或食物？"他问。

"不不。我只想和你家主人谈谈。求你了，孩子，求你帮帮我吧。"顺子说。

年轻人耸耸肩，他真的不知道高汉秀在什么地方。女仆穿着白围裙站在灯光明亮的门厅里，像个女卫兵一样守在大门边，她有些出神，像是要给这些麻烦缠身的穷人一些私人空间。

"大婶，真对不起，但我的女主人希望你离开。你要不要去厨房？就在房子后面。我可以给你拿点吃的。女主人说……"

"不用了，不用了。"

女仆轻轻地关上了前门，年轻人仍然站在外面。他从没走过前门，也从没想过那么做。

顺子转身面对黑暗的街道。在深蓝色的天空中，一轮半月清晰可见。女主人已经回到客厅里去看花艺杂志了，女仆回食品室继续干活儿。少年站在房子边上看着顺子走向大路。他想告诉她，主人偶尔回家，但他回来时很少在家里睡觉。他为了工作全国各地跑。主人和女主人对彼此很有礼貌，但他们似乎不像一对普通的夫妻。也许这就是富人的生活方式，男孩想。他们一点也不像他自己的父母。他父亲死于肝病之前是个木匠。他的母亲从未停止工作，对他宠爱有加，尽管他从未赚过钱。园丁小工知道主人有时住在大阪的一家旅馆里；管家和厨师说他在东京有一栋豪华公寓，但除了司机安田，他们都没有去过。年轻人从不注意这种事。他出生在大阪，现在他的家人住在名古屋，除此之外，他从没去过东京，也没去过其他地方。只有安田和强壮的保镖史光知道主人身在何处，但少年从没想过去问主人的行踪。他们说，有时主人会去朝鲜或香港。

街上空空荡荡，只有那个娇小的朝鲜女人缓缓地向火车站走去，园丁小工快步跑过去追上她。

"大婶，大婶，你……你住在什么地方？"

顺子停下脚步，转身看着年轻人，很想知道他是不是知道什么消息。

"我住在亚野区。你知道购物街吗？"

年轻人点点头，他俯下身，双手撑着膝盖，喘匀呼吸。他注视着她的圆脸。

"我家距离购物街三个街区，就在那个很大的公共厕所外面。我叫白顺子。我和我的母亲、大伯白约瑟、嫂子崔庆熙住在一起。你和别人说起卖糖的大婶，就能找到我了。我和我母亲在火车站旁边的市集里卖糖。我通常都会在市集。如果你知道高汉秀在哪里，能不能来告诉我一声？还有，你看到他的时候，能不能告诉他我想见他？"顺子问。

"我尽量吧。我们并不是常见到他。"少年没再说下去，告诉她高汉秀从不回家似乎不太好。他有好几个月没见过他了，说不定已经有一年了。"但如果我看到我家主人了，我一定告诉他你来过。我肯定女主人也会告诉他的。"

"给你。"顺子从钱包里拿出一些钱给了年轻人。

"不用了，不用了，谢谢你。我什么都有了。我很好。"年轻人看到她鞋子的橡胶底都磨破了，她的鞋和他母亲穿去市集做工的鞋一模一样。

"你是个好孩子。"顺子说，她又哭了起来，诺亚是她这辈子最大的快乐。她对人生并没有太多的期望，但他一直是她源源不绝的力量之源。

"我阿妈在名古屋的市集里做工，她给一个卖菜的大婶帮工。"他这么告诉她。自从新年以来，他就没见过他的母亲和姐妹了。他在这里只和他主人一个人说朝鲜语。

　　"她肯定也很想见到你。"

　　顺子冲少年微微一笑，很为他难过。她拍拍他的肩膀，然后向火车站走去。

第三卷

柏青哥

1962—1989年

我对民族的定义如下：它是一个想象中的政治共同体，并且，它被想象为本质上是有限的，同时也是享有主权的共同体。

它是想象出来的，因为即使是最小民族的成员，也永远不会认识他们的大多数同胞，不会遇见他们甚至听说过他们，然而，他们互相联结的意象却存在于每一个成员的心中……

民族被想象为有限的，因为即使是最大的民族，就算他们或许涵盖了十亿个活生生的人，他们的边界，纵然是可变的，也还是有限的，而界限之外便是其他民族……

民族被想象为拥有主权，因为这个概念诞生时，启蒙运动与大革命正在毁坏神谕的、阶层制的皇朝的合法性……

最后，民族被想象为一个共同体，因为尽管在每个民族内部都可能存在普遍的不平等与剥削，民族总是被设想为一种深刻平等的同志情谊。最终，正是这种友爱的关系在过去两个世纪里，驱使数以百万计的人甘愿为民族这个有限的想象去屠杀或从容赴死。

——本尼迪克特·安德森

第一章

1962年4月，长野

　　诺亚本不想在长野火车站旁边的咖啡馆里逗留，但他又不知道该去哪里。他没有计划，这一点也不像他的风格，但在离开早稻田大学之后，他的生活对他来说已经毫无意义。他的中学老师田村玲子她就来自长野，性格开朗，对他非常好。不知道为了什么，他一直认为她家乡的日本人全都温和亲切。他想起了他老师儿时的故事：暴风雪呼呼下着，以至于当她走出家里的小房子去上学时，几乎都看不到路灯。大阪偶尔也下雪，但不会有田村遇到过的那种暴雪。他一直想去他老师的家乡，在他心里，那里常年积雪不化。这个早晨，售票处的人问他去哪里，他便回答说："长野。"他终于来到了这里。他感到很安全。田村老师也提到了去著名的善光寺郊游的事，在那里她和同学们一起在户外吃她带去的便当。

　　诺亚独自坐在离柜台不远的一张小桌子旁，他喝着红茶，只吃了几口蛋包饭，考虑要不要去善光寺转转。他从小到大都是基督徒，但他尊重佛教徒，特别是与世无争的高僧。上帝应该无处不在，这是诺亚在教堂里学到的，但是上帝会远离寺庙和神社吗？这些地方会得罪上帝吗？上帝是否理解敬拜偶像的人？和往常一样，诺亚希望他能有更多时间和白伊萨在一起。一想到白伊萨，诺亚就难过，想到他的生父高汉秀，他就感到羞愧。高汉秀只相信自己的努力，他不信上帝，不信耶稣，不信佛，也不信天皇。

　　体格魁伟的服务员端着茶壶走了过来。

　　"你还满意吗，先生？"服务员一边问，一边给诺亚倒满茶，"我们的餐食不符合你的口味吗？是不是青葱太多了？我经常告诉厨子，他放太多的……"

　　"蛋包饭很好吃，谢谢你。"诺亚回答，意识到他已经有段时间没和别人说话了。服务员带着灿烂的微笑，长着一对细长的眼睛，牙齿高低不平。他的耳朵很大，耳垂很厚，佛教徒认为耳朵大是福相。服务员盯着诺亚看，虽然大部分日本人出于礼貌，都会别开目光。

"你是来玩的吗？"服务员瞥了一眼诺亚放在空椅子旁边的手提箱。

"啊？"诺亚惊讶于服务员竟然问这么私人的问题。

"我很抱歉这么多管闲事。我母亲总是说我好奇心泛滥，肯定惹上麻烦。对不起，先生，我只是一个爱说话的乡下孩子。"服务员笑着说，"我以前在这儿没见过你。请原谅咖啡馆如此安静。通常客人挺多的。他们都非常有趣，而且受人尊敬。遇到不认识的人，我总是禁不住问问题，但我知道我不应该问的。"

"不不。有好奇心是很自然的事，我理解。我是来这里旅游的，我听说长野是个好地方，我很想搬来这里住。"诺亚听到自己这么说，不由得大吃一惊。和这个陌生人说话，他感觉很轻松。他以前从未想过住在长野，但为什么不呢？为什么不至少住上一年呢？他不愿再回东京或大阪，对此，他已经下定决心。

"搬到这里来？你要住在这里？真的吗？太棒了。长野是个非常特别的地方。"服务员骄傲地说，"我们全家都住在这里。我们家从祖上就在长野。十八代了，我是家里最笨的那个。我是这家小咖啡馆的老板，是我母亲买下来给我经营的，免得我出去惹是生非！"服务员大笑起来，"大家都叫我宾果①。宾果是美国的一种游戏。我以前玩过。"

"我叫阪信夫。"诺亚笑着说。

"阪先生，阪先生。"宾果高兴地尖声说，"我以前喜欢过一个东京姑娘，她叫阪千惠，个子不高，只可惜人家不喜欢我。当然了！可爱的姑娘都瞧不上我。我的老婆个子高，却不漂亮，但她爱我！"他又笑了，"你知道，你想到在长野定居，说明你是个聪明人。我只去过东京一次，一次就够了。东京到处都很脏，生活成本又高，而且都是……"服务员突然住口，"等一下，你不是从东京来的吧？"

"不是，我老家在关西。"

"啊，我喜欢关西。我去过两次京都。虽然对我这样一个简单的人来说，那里太贵了，但是我喜欢真正美味的乌冬面，我觉得可以在那里花不多的钱吃

———
① 宾果是一种填写格子的游戏，第一个成功者喊"宾果"表示取胜，因此得名。——译注

到美味的乌冬面。我更喜欢有嚼劲的乌冬面。"

诺亚笑了，听他说话很愉快。

"那你打算做什么工作？"服务员问道，"人总得工作。我母亲也总是这么说。"宾果用右手捂住嘴，为自己如此唐突而感到尴尬，但他还是忍不住说了那么多。这个陌生人看起来很有魅力，也很谦虚，宾果喜欢安静的人。"你在关西有喜欢的工作吗？"他扬起稀疏的眉毛问道。

诺亚低头看着他那些几乎没动过的食物。

"我以前做过会计，我还能说能写英语。说不定哪家小商号需要会计，或许有贸易公司有文件要翻译……"

"像你这样的年轻人有的是地方工作。我想想啊。"宾果那张圆脸上的表情变得严肃起来。他用食指敲着小下巴，"你好像非常聪明。"

"我不知道我聪不聪明，但你这么说实在是太好了。"诺亚笑了。

"嗯。"服务员做了个鬼脸，"先生，我不知道你这个人挑不挑剔，但如果你想马上找工作，那城里的柏青哥游戏厅在请人。最近办公室文员的工作并不多。"

"柏青哥游戏厅？"诺亚尽量不表现出自己很生气。服务员认为他是朝鲜人吗？除非他报出自己的姓氏，否则大多数日本人都看不出他是朝鲜人。他在早稻田大学的身份证明上写的是他的日本名字。诺亚也说不准，在他向宾果介绍自己的时候，为什么说自己姓"阪"，但现在改口也来不及了。"我对柏青哥游戏机了解不多。我从没……"

"啊，我无意冒犯你。我听说他们的薪水很高。长野最好的柏青哥游戏厅的经理是高野先生，他这个人很好。也许你不会在普通游戏厅里工作，但宇宙游戏厅可是一家大买卖，是由当地一个有悠久历史的家庭经营的。他们经常换游戏机的！不过呢，他们不雇用外国人。"

"啊？"

"他们不雇朝鲜人，也不雇中国人，但这对你来说不成问题，因为你是日本人。"宾果点了几次头。

"是的。"诺亚表示同意。

"高野先生一直在找聪明的文员。他给的薪水很高的，但他不收外国人。"宾果又点了点头。

"是的，是的。"诺亚充满同情地说，听来好像他能理解。很久以前，他就学会了在即便有不同意见时也要点头，因为他注意到，只要做出这一个动作，就能让别人不停地说下去。

"高野先生是我们店里的老顾客。他上午还来了呢。他每天都在靠窗的桌边喝咖啡。"宾果说着一指，"黑咖啡加两块方糖，不加奶。今天早上，他告诉我：'宾果，我头痛死了，好工人实在是太难找了。这里的傻瓜都是一脑袋糨糊，没一个头脑灵光。'"服务员把他那肥厚多肉的手指放在头上，滑稽地模仿烦恼的高野。

"嘿，你去找高野先生吧，就说是我推荐你去的。"宾果笑着说。他最喜欢做这样的事了，他喜欢帮助别人，为他们穿针引线。他给高中好友做红娘，有三对已经结婚了。

诺亚点点头，感谢他。多年以后，宾果会告诉别人，他是阪先生在长野的第一个朋友。

—— o ——

高野先生的商务办公室位于另一栋大楼，与那家很大的柏青哥游戏厅不在一起，相隔两个街区。光是看这幢普普通通的砖楼，不可能知道这个办公室的用途。如果宾果没有在一张信纸上为他画了地图，他可能根本找不到。除了门牌号，这座楼没有任何标志。

游戏厅经理日本人高野秀夫三十七八岁，外表英俊帅气。他穿着一套优雅的深色羊毛西装，系着紫色条纹领带，还戴着一条配套的胸袋巾。每个礼拜，他都花钱找一个邻居家的男孩，把他所有的皮鞋擦得锃亮。他穿着考究，看上去更像服装推销员，而不是一个在办公室工作的人。他的办公桌后面有两个门板大小的黑色保险箱。他的大办公室毗邻六间中等大小的房间，每个房间都挤满了穿着白衬衫的办公室职员，大多是年轻的男人和面无表情的女职员。高野的鼻子十分笔挺，鼻梁上有一个小小的隆起，圆圆的黑眼睛在眼角处向下倾斜，当他说话，他那柔和的眼睛富有表现力，眼神坦率真诚。

"坐吧。"高野说，"我的秘书说你想找一份文员的工作。"

"我叫阪信夫。咖啡馆的宾果先生说你在招人。我是刚从东京来的，先生。"

"哈！是宾果介绍你来的？但我这里不需要人倒咖啡。"高野坐在他那张大金属办公桌后面，坐在椅子上向前探身，"这么说，宾果终于听到了我那些悲伤的烦恼。我还以为大部分时间都是我在听他吐苦水。"

诺亚笑了。这个人表面上看来和蔼可亲，一点也不像个憎恨朝鲜人的人。他很高兴今天穿了一件干净的衬衫，还打了一条领带。高汉秀常说，一个人应该每天都拿出最好的状态。对朝鲜人来说，保持干净整洁这一点尤为重要。他说，在任何情况下，甚至在你有权发怒的情况下，朝鲜人都必须言行冷静。

"宾果的朋友，你能做什么？"高野问。

诺亚挺直身体。"我学过会计，为关西的一个房东工作过。我收过租金，还做账，做过几年，然后我就去上大学了……"

"是吗？大学？真的吗？哪所大学？"

"早稻田大学。"诺亚答，"不过我没有读完文学学位。我只上了三年。"

"文学？"高野摇了摇头，"我可不需要我的员工在该干活儿的时候只顾着读书。我需要的是一个聪明、整洁、诚实的会计。他需要每天早上在该上班的时候去上班，不可以宿醉，也不可以和女孩纠缠不清。我不要失败者。失败者在我这里只会被炒掉。"高野说完这些话后，一歪脑袋。诺亚看起来很正派，他明白宾果为什么介绍这个人来。

"是的，先生。当然了。我是个非常严谨的会计，而且我写文书写得很好，先生。"

"做人要谦虚。"

诺亚没有道歉。"如果你雇我，先生，我会尽全力做好工作。"

"你叫什么名字来着？"

"阪信夫。"

"你不是本地人。"

"是的，先生。我是从关西来的。"

"你为什么退学？"

"我母亲去世了，我没钱交学费。我希望赚够钱再回学校。"

"你父亲呢？"

"他去世了。"

外地人都说他们的父母去世了，但高野从来都不相信，不过他也不在乎。

"我为什么培训你？回头你翅膀硬了，还不是去继续学你的文学？我对帮助你完成大学教育不感兴趣。我需要一个留得住的会计，你能做到吗？一开始，我给不了你多高的报酬，但足够你过日子。不管怎样，你学文学到底有什么用呢？学文学又赚不到钱。我高中都没毕业，但我想雇你就雇你，想炒你就炒你。你们这一代都是傻瓜蛋。"

诺亚没有回答。他的家人认为他想去公司里工作，但事实并非如此。他的梦想是成为一名高中英语教师，他从没对任何人提起过这件事。他认为，等他从早稻田大学毕业，就有可能在私立学校找到一份好工作。公立学校不雇朝鲜人，但他认为有一天这项法律可能会改变。他甚至考虑过成为日本公民。他知道他至少能做个家教。

"你现在没钱上大学，需要一份工作，否则你就不在这里了。你住在哪里？"

"我今天才到长野。我打算找个寄宿公寓。"

"你可以睡在店后面的宿舍里。一开始，你得和别人同住一个房间。不能在室内抽烟，也不能带姑娘回来。你可以在食堂吃三顿饭，白米饭管够，每周有两次肉。如果你想找妞儿，可以去专门的旅馆。我不在乎你下班后做什么，但你的首要职责是到公司上班。我这个经理很大方，但是如果你搞砸了，立即就会被解雇，而且没有任何报酬。"

诺亚想知道他弟弟是不是也这么和雇员说话。现在的事实叫诺亚震惊不已：他要去一家柏青哥游戏厅打工了，和他的弟弟没有区别，而那孩子连学都没上完。

"你今天就可以上班。去我旁边的办公室找池田，一头花白头发的那个就是。他叫你做什么你就做什么，他是我的会计主管。你的试用期是一个月。你要是表现不错，就能领到不错的薪水。你又没有开销，所以能存下不少钱。"

"谢谢，先生。"

"你是从哪里来的？"

"关西。"诺亚答。

"是的，你说过了。关西的什么地方？"

"京都。"诺亚答。

"你父母是做什么的？"

"他们已经死了。"诺亚答，希望能结束经理的问题。

"是的，你说过了。那他们是做什么的？"

"我父亲在一家乌冬面店打工。"

"是吗？"高野看起来有些一头雾水，"这么说，一个煮面汉会送儿子去早稻田？真的吗？"

诺亚没说话，只希望他是个更好的骗子。

"你不是外国人吧，你发誓？"

诺亚佯装听到这个问题很惊讶。"不是，先生。我是日本人。"

"很好，很好。"高野回答道，"现在离开我的办公室，去找池田吧。"

—— ○ —— ‒

柏青哥游戏厅的宿舍里住了六十个员工。在那里的第一个晚上，诺亚睡在其中一个最小的房间里，和他同屋的一个上了年纪的工人打起呼噜来震天响。一个礼拜后，他形成了习惯。诺亚起床后很快洗脸，前一天晚上他在公共浴室里洗好澡，然后，他下楼走到食堂，在那里，厨师做好了米饭、鲭鱼和茶。他有条不紊地工作，赢得了池田先生的欢心，而池田从来没有遇到过这么聪明的会计。一个月的试工期过去了，诺亚继续在这里工作。多年后，诺亚才知道，他的日本老板从一开始就很喜欢他。第一个月后，老板让高野在年底给诺亚加薪，并分给他一个更好的房间，但不要在年底前安排这些，不然其他人就该抱怨公司偏袒。老板怀疑阪信夫是朝鲜人，但他没有挑明，因为只要没人知道，就无所谓。

第二章

1965年4月，大阪

由美三年内两次流产，现在，她发现自己又怀孕了。以前怀孕的时候，她不顾丈夫摩撒的建议，一直在工作。由美的老板富山太太以她安静、谨慎的方式坚持要她在这次怀孕期间在家里做工。由美拒绝了。

"由美，这个季节没那么多衣服可做，而且你需要休息。"富山太太说，但由美只是偶尔在天黑前回家。

那是晚春的一个下午。由美刚刚做完酒店制服配套的领结，忽然感觉下腹部传来一阵剧痛。这一次，富山太太拒绝听从由美的抗议。她派人找来了摩撒，摩撒连忙把妻子送去了富山太太听说过的大阪市中心一个有名的日本儿科医生那里，没有找由美常在亚野区看的医生。

— ○ —

"白太太，你的血压很高。像你这样的女人往往就算怀孕也会流产。"医生平静地说。

他从诊疗台边走开，走回办公桌。他的办公室最近刚刚粉刷过，房间里还弥漫着淡淡的油漆味。除了一幅妇女生殖器官的医学图，他办公室里的所有东西都是白色的或不锈钢的。

由美没有说话，只是细细琢磨他说的话。真的是这样吗？她心想，就因为她的病，之前才会流产？

"我不怎么担心你以前的两次流产。当然了，那是很叫人悲伤的，但流产体现出了大自然的智慧。如果生孩子对你的健康不利，最好不要生。流产意味着妇女可以怀孕，所以这并不一定是生育问题。但是，对于这次怀孕，我认为对孩子没有危险，有危险的是母亲，在剩下的孕期里，你必须卧床休息。"

"但我必须工作。"由美说，看起来吓坏了。

医生摇了摇头。

"由美，"摩撒道，"你必须听医生的话。"

"我可以减少工作量。就按照富山太太说的那样，我提早回家。"

"白太太，母亲可能因为先兆子痫而死。根据你现在的身体状况，我不可能允许你去工作。我的病人必须听我的，不然的话，你只好另请高明。"

名医不再看她，假装在看他办公桌上的一些文件，确信由美会接受他的治疗。如果不这样做，那她就是傻瓜。他写了一些饮食注意事项给她，建议她不要吃甜食或吃太多米饭。她不能长胖，因为她必须保留大量羊水，而且婴儿可能会太大，不能自然分娩。

"你什么时候感觉不舒服，就过来找我。这十分关键。如果必须提早生产，我们就得做好预防措施。白太太，现在没必要禁欲，不过你生完孩子后倒是得禁欲一段时间。女人在生第一个孩子之前有权要要小脾气。"医生对他们两个微微一笑，"一定要控制食欲。"

摩撒点点头，很感激医生如此幽默，如此坚持。好医生都必须和他妻子一样固执。摩撒从来都没有理由在任何重要的事情上与由美发生分歧，但他想知道，他这么做，是不是因为他很清楚，就算他不同意，他妻子也不会听他的。

夫妇二人回到家，由美躺在榻榻米上，她那头深色的头发乱糟糟的，散落在狭窄的枕头上。摩撒盘腿挨着她坐在床上，不知道还能对他的妻子说什么，而她什么也不想喝，什么也不想吃。她那么勇敢，那么聪明，和她在一起，他感觉自己傻呆呆的。她的目标总是显得荒唐可笑。有时候，他想知道她怎么能允许自己有那么多梦想。他从未见过她哭泣或抱怨任何困难。他知道由美不想一个人在家，既不能工作，也不能去上英语课。

"要不要看看英语书？"他问。

"不要。"她说，根本没看他，"你得去上班了吧？我没事。你走吧。"

"需不需要我给你准备点什么东西？"

"为什么我们不能去美国？我们在那里可以过上好日子。"

"你还记得移民律师说过的话吧。几乎不可能的。"

"马里曼牧师说不定能资助我们。"

"他为什么那么做？我又当不了传教士，你也不行，你甚至都不信上帝。再说了，我去美国能做什么？能像在这里一样赚这么多钱吗？我是不会回学校读书的，我不是上学的料。我是你的傻瓜。我指望你为我们两个打算呢，而且，很快我们就变成三个人了。"他大笑起来，希望她也能绽放笑颜。

"由美，很快，我就可以在横滨开我自己的柏青哥游戏厅了，如果生意好，我赚的钱要比二十个大学生还多。你能想象吗？到时候，你想要什么，我就给你买什么。就算不行，我还是可以为吾朗先生打工，让我们两个过上好日子。"

"我知道怎么赚钱。"

"是的，我明白，我知道你很独立。但我很乐意为你买一些你自己买不到的东西。我保证你们会喜欢横滨，那里是一个国际化的城市，有很多美国人。

等你生下孩子，医生说你身体恢复了，我就带你去看看。我们可以住在漂亮的旅馆里，你去看看横滨是什么样。你在那里学习英语更容易。我们给你找个家庭教师，如果你愿意，还可以去上学。"摩撒。尽管他尽量不去想诺亚，因为诺亚让他太伤心了，但他还是情不自禁地想起了他的哥哥，哥哥竟然连解释都没有，就离开了早稻田大学，还跑掉了。

"日本人不喜欢我们。我们的孩子怎么能住在这里呢？"由美问。

"有些日本人非常喜欢我们。孩子和我们一起在这里生活，她会过和我们一模一样的生活。"从第一次怀孕开始，摩撒就断定他们会生女儿，一个和由美一模一样的女儿。

摩撒抚摸着她的额头。在她那小而苍白的额头的衬托下，他那双黝黑的手显得很大。他的妻子明明非常年轻，却那么不苟言笑，能够激励自己完成最困难的任务，但是当她难过的时候，她的表情就像一个失望的孩子，迷失，孤苦无依。他爱她的脸，因为她的每一种感情都在脸上表现出来；她可以保持沉默，但她无法对别人隐藏自己。

"我们还能做什么？"摩撒问，看着她等待答案，"除了去美国，我们还能做什么？"他一直都不明白她认为她会在那里找到什么。有时，他想知道诺亚是不是去了美国，那么多在日本的朝鲜人已经把那个神奇的地方理想化了。"你还想做什么，由美？"

她耸耸肩。"我不想在家里待到生孩子，我不喜欢无所事事。"

"你永远都不会无所事事，不可能。"他大笑起来，"等孩子生下来，"他说，"很快你就得追着她到处跑。你和她会是大阪动得最快的女人，永远也不会被这栋房子束缚。"

"摩撒，我能感觉到她在动。我不能失去这个孩子。"

"当然不会了。医生说宝宝很好。宝宝一定长得很像你。我们一起给她一个很棒的家。你将成为很出色的母亲。"

她笑了，她虽然不相信他，却希望他是对的。"我给我母亲打电话了。她今晚就来。"

由美眯起眼，有些担心。

"你喜欢她吧？"

"是的。"由美说。她说的是实话，由美很欣赏她的婆婆，然而，她们对彼此而言只是陌生人。顺子不像大多数有儿子的母亲，她从来没有说过任何冒犯的话，在诺亚失踪后，她更加不愿意说出自己的想法。那时候摩撒和由美请她和摩撒的外婆过来和他们一起住，顺子拒绝了，她说年轻的夫妇最好单独过日子，不要被老女人打扰。

"我还以为她愿意和外婆、庆熙伯母一起住。"

"是的，但她希望帮助我们。她一个人来，不会常住的。外婆和庆熙伯母一起住，帮忙看店。妈妈住在这里期间，我雇几个女孩子代替她。"

—— ○ —— –

由美卧床休息了两个礼拜，她感觉自己要疯了。摩撒给她买了一台电视机，但她不喜欢看，她感觉烧心，连书也看不下去。她的手腕和脚踝肿得很厉害，她用拇指轻轻按住手腕，就会在她的肉上留下一个深坑。只有胎动和偶尔打嗝的时候，她才躺在榻榻米上不动，不出外活动。她的婆婆自从来后就一个人住在厨房旁边的小房间里，虽然摩撒多次坚持要母亲住在主卧室旁边那个较大的空房里。顺子包揽了所有的烹饪和清洁工作。无论摩撒晚上几点回家，她都准备好晚餐。

—— ○ —— –

这天早晨，顺子敲敲由美的房门，给她端来了早餐。

"进来吧，妈妈。"由美说。她自己的母亲既不会蒸米饭，也不会泡茶，摩撒的母亲却凭借着一手好厨艺养活了全家人。

和通常一样，顺子用托盘端进了各种诱人的美食，饭菜上盖着一块干净的白布。她对婆婆笑笑。

由美在正常情况下一定会享受如此丰盛的饭菜，但她现在很难受，因为她最近只能勉强吃下米粥。

"我感觉糟透了，整天只能躺在床上，你却这么辛苦。"由美说，希望顺子能留下来和她说说话，"你吃早饭了吗？"

"我吃过了。你一直都在努力工作，但是现在你应该休息。怀孕不是一件容易的事。我母亲在生我之前流产过六次。"她说，"她想来照顾你，但我叫她待在家里。"

"流产了六次。我只流产了两次。"

"两次也不容易啊。"顺子说，"你还是吃点早餐吧，你和孩子都需要营养。"

由美坐起来一点。"摩撒今天一大早就去横滨了。"

顺子点点头。她在他去赶早班火车之前给他做了早饭。

"那你见到他了。"由美欣赏着托盘上的美食，"看起来真好吃。"

顺子盼着儿媳妇能吃下东西。她真担心儿媳的再次流产，但她不愿意露出担心的样子。她真后悔提到她母亲流产的次数。教堂里的牧师曾警告过人们，说话不经大脑是一种罪，顺子觉得还是少说为妙。

"谢谢你把我们照顾得这么好。"

顺子摇了摇头。

"没什么，你也会这么为你的孩子的。"顺子说。

在露天市场卖东西的大婶都爱把一头黑发烫成鬈发，梳得很紧，顺子和她们不一样，她的头发都变得花白，并没有染黑，而且像男人一样把头发剪得很短。她体型成熟，身体非常结实，既不娇小也谈不上五大三粗。她在户外工作了这么多年，太阳在她那黝黑的圆脸上刻了一条条很细的皱纹。像尼姑一样，顺子没有化妆，甚至连保湿霜都不涂。好像她早就决定不关心外表，只要干净整洁即可，仿佛是在为了曾经在乎容貌而赎罪，但实际上她并没有这样做。

"摩撒对你说过我母亲的事吗？"由美拿起勺子。

"她在酒馆里打工。"顺子说。

"她是个妓女。我父亲给她做皮条客。他们并没有结婚。"

顺子点点头，看着一托盘没有动过的食物。摩撒把由美家里的情况告诉她的时候，她已经想到了。日本的占领和战争让每个人都没好日子过。

"我肯定她是一个好人。我肯定她非常关心你。"

顺子的确相信。她以前爱高汉秀，后来，她爱着白伊萨。然而，她对两个儿子诺亚和摩撒的爱，要胜于她对那两个男人的爱——两个孩子就像她的命。诺亚走后，她感觉自己失去了半条命。她认为所有母亲的感受都是一样的。

"我母亲不是好人。她打我。她最关心的就是有酒喝，有钱花。我哥哥死后，如果我和我妹妹没有从家里跑出来，她就会逼我们做工。干她干的那种行当。她从未对我说过一句关心的话。"由美说。她从没对任何人说起过这件事。

"摩撒和我说过你妹妹已经不在了。"

由美点点头。她和妹妹离家后，住在一家废弃的服装厂里。一年冬天，她们都发了高烧，但她妹妹在睡梦中死去了。由美在妹妹的尸体旁睡了将近一天，等着自己也死去。

顺子动了动，向她挪动了一点。"我的孩子，你受苦了。"

—— ○ ——

由美生的不是女孩。她的孩子所罗是一个巨大的男孩，体重超过九磅，甚至比那位名医预料的还大。生产用了三十多个小时，医生不得不叫来一位同事，帮他在那个晚上接生。婴儿又强壮又健康。一个月后，由美完全康复，回到了工作岗位，还带着所罗一起去裁缝铺。在他的一岁生日会上，在毛笔、琴弦或蛋糕之中，所罗紧紧地抓住了一张崭新的日元钞票，而这象征着他将过上富足的生活。

第三章

1968年11月，横滨

当经理过来告诉摩撒警察在办公室等着见他的时候，他还以为是关于柏青哥游戏机许可的事。此时正是警察检查的时候。他一到办公室，就认出来那是辖区里的警官，他连忙请他们坐下，但他们仍然站着，还鞠了个躬，一开始一句话也没说。站在门边的经理都不敢和他对视。摩撒刚才只顾着想别的事，并没有注意到经理脸上的表情那么严肃。

"先生。"两个警官中个子矮的那个说，"你的家人在医院，我们是来接你过去的。队长本来要亲自来的，但是……"

"什么？"摩撒离开他的办公桌，向房门走去。

"今天早晨，你的妻子和儿子被一辆出租车撞了。在距离你儿子学校一个街区的地方。司机前一天晚上喝醉，开车时睡着了。"

"他们没事吧？"

"你儿子的脚踝断了，不过他没什么大碍。"

"那我妻子呢？"

"她在去医院的路上死在救护车上了。"

摩撒没穿外套，就跑出了办公室。

—— ○ —— —

葬礼是在大阪举行的，摩撒总能清晰地回忆起某些部分，对另外一些细节则完全没有印象。在葬礼期间，他紧紧握住所罗的小手，担心如果他松开，那孩子可能会消失。这个三岁半的男孩拄着拐杖站在那里，坚持和每一个来向他妈妈致敬的人打招呼。一个小时后，他同意坐下来，但没有离开父亲的身边。几名目击者回忆，那辆出租车失去控制，由美一把把她的儿子推到了人行道上。在葬礼上，摩撒的儿时朋友富山春希说，在如此紧张的时刻，由美一定拥有惊人的手眼控制力。

有几百个人前来吊唁。有的是摩撒在生意上认识的人，还有他父亲教会里的教友，摩撒的外婆和庆熙伯母依然去那座教堂做礼拜。摩撒尽全力和他们打招呼，但他几乎说不出话来，就好像他忘记了怎么说朝鲜语和日语。由美不在了，他也不想活，但他不能这么说。她是他的爱人，但更重要的是，对他而言，她是一个聪明的朋友。他找不到人取代她。他觉得他没有把自己的心里话告诉她，是对她的极大不公。他原以为能和她一起白头偕老，谁知只过了几年，就天人永隔。他以后给谁讲顾客的趣事呢？他要告诉谁，他们的儿子拄着拐杖，和大人们握手，比房间里的任何人都勇敢，他很为儿子骄傲？当悼念者看到穿黑衣服的小男孩并且忍不住掉眼泪时，所罗会说"不要哭"。他这么安慰一个歇斯底里的女人："妈妈在加利福尼亚。"见送葬人露出困惑的表情，所罗和摩撒都没有解释这是什么意思。

他始终没能带她去那里。他们本来是想去的。困难一定会有，但现在申请护照不是不可能，他却没有费心去办。大多数在日朝鲜人都无法旅行。如果申请日本护照，就可以没有丝毫麻烦地重新登记，但这意味着必须成为日本公民，而这几乎是不可能的，而且，他认识的人都没有这么做的。否则，如果想旅行，还可以通过民团获得韩国护照，但也很少有人愿意与大韩民国扯上关系，因为这个贫穷的国家是由独裁者统治的。入朝鲜籍的朝鲜人哪儿也不能去，不过有些人可以获准前往朝鲜。尽管几乎所有返回朝鲜的人都在受苦，但在日朝鲜人拿着朝鲜国籍的人比韩国国籍的人要多得多。每个人都说，至少朝鲜政府仍在为了他们给学校送钱。尽管如此，摩撒还是不会离开他出生的这个国家。他能去哪里呢？日本不想要他们，但他妈的那又怎么样呢？

他的脑海里都是她的一颦一笑，甚至在哀悼者对他说话的时候，他所能听到的也只是她按照英语课本练习英语短语的声音。不管摩撒曾说过多少次他不会移民美国，由美都没有放弃希望，她总是相信他们有一天会住在加州。最近，她一直提议去纽约。

"摩撒，你不觉得住在纽约市或旧金山很棒吗？"她偶尔这么问他，他就说他无法在这两个海岸之间做出决定。

"在那里，才没有人在乎我们是不是日本人。"她说。*你好，我叫白由美。这是我的儿子所罗。他三岁了。你好吗？* 有一次，所罗问她加利福尼亚是什么，她是这么回答的："天堂。"

在大多数吊唁宾客都离开之后，摩撒和所罗坐在殡仪厅的后面。摩撒拍拍男孩的背，他儿子靠在他身上，把头搭在他父亲右臂的臂弯里。

"你是个好孩子。"摩撒用日语对他说。

"你是个好爸爸。"

"要不要吃点东西？"

所罗摇摇头，抬头看到一个老人向他们走过来。

"摩撒，你还好吗？"那个人用朝鲜语问。他六七十岁，看上去很有男子气，穿着一件领口有窄翻领的昂贵黑西装，戴着黑色的领带。

这个人很面熟，但摩撒就是想不起来者是谁。他感到无法回答对方。摩撒不想表现粗鲁，只好微微一笑，但他只想一个人待着。这个人也许是客户或银行职员。摩撒一时间无法正常思考。

"是我呀，我是高汉秀。我老得那么厉害吗？"高汉秀笑了，"你还是从前的模样，但你已经成为一个男人了。这是你儿子吗？"高汉秀摸摸所罗的头。一整天，几乎每个人都拍拍男孩那长着浓密栗色头发的脑袋。

摩撒连忙站起来。

"啊，我知道你是谁。我们很久没见了。我母亲找你有段时间了，但一直没找到你。她想问问你知不知道诺亚在哪里。他失踪了。"

"确实是很久了。"高汉秀摇摇头，"你们有诺亚的消息吗？"

"可以说有，也可以说没有。他每个月都给母亲寄钱，但就是不肯透露他的行踪。他寄来了很多钱，所以他可能混得不错。我只希望我们知道他在哪里……"

高汉秀点点头。"他也给我寄钱了，他说要把钱还给我。我想把钱给他退回去，却无路可退。我想我可以把钱给你母亲，让她把钱给他存起来。"

"你还住在大阪吗？"摩撒问。

"不，我现在住东京，和我的女儿们住得很近。"

摩撒点点头。他忽然感觉很虚弱，想再坐一会儿。过了一会儿，高汉秀的司机来了，高汉秀答应改天来拜访摩撒。

— o — -

"先生，很抱歉打扰你，不过外面出了点小事。那个年轻女士说有急事。"

高汉秀点点头，和司机一起走到外面。

高汉秀走到车边，他的新女友则子从车里向他挥手。

这位长发美女看见他打开车门，便鼓起掌来。她的粉色珠光指甲油在指尖闪闪发亮。

"大叔回来啦！"她高兴地大声说。

"有什么事？"高汉秀问，"我很忙。"

"没事。人家无聊嘛，太想大叔了。"她答，"求你啦，带人家去买东西嘛。人家耐心地等了你那么久，你才回车里。那个司机真无趣！人家在银座的朋友说了，这个礼拜来了一些法国的可爱包包！"

高汉秀关上车门。防弹玻璃将日光都挡在了外面。奔驰轿车的车内灯光照亮了则子那张鹅蛋脸。

"你把我叫回来，就因为你想去购物？"

"是呀，大叔。"她温柔地说，把她那只小猫爪子一样的漂亮小手放在他的大腿上。她那些富有的客户都喜欢她这种任性小侄女一样的日常生活。男人愿意给女孩买漂亮的东西。如果叔叔想脱下她的白色棉内裤，就得一连几个月给她买她想要的许多法国奢侈品。在则子工作的酒吧，高汉秀是最重要的主顾；则子的妈妈桑向她承诺，高汉秀特别宠爱他的新女朋友。这是他们的第二次午餐约会，第一次吃午饭时，他在饭前给她买了一个迪奥钱包。十八岁的前选美比赛选手则子不习惯在车里等待。她穿了她最昂贵的桃红色乔其纱裙，配上一双同色系的高跟鞋，还戴了一条从妈妈桑那里借来的货真价实的珍珠项链。

"你念过高中吗？"他问。

"没有，大叔。我不是个好学生。"她笑着说。

"当然不是。你很蠢。我最受不了蠢货。"

高汉秀狠狠给了那姑娘一记耳光，有血从她那涂着粉红唇膏的嘴里流出来。

"大叔，大叔！"她喊道。她用力打着他那紧紧攥在一起的大拳头。

他一遍又一遍地打她，拉住她的头撞汽车的侧灯，直到她不再发出任何声音。血覆盖了她的脸和她桃色衣服的前襟。项链上溅满了红色的血点。司机一动不动地坐在前面，等着高汉秀停手。

"先送我回办公室，再把她送回妈妈桑那里。告诉妈妈桑，我不管姑娘漂不漂亮，但我受不了一脑袋糨糊的女孩子。我在参加葬礼。在这个蠢货离开我的视线之前，我是不会再去酒吧的。"

"我很抱歉，先生。她说她有急事。她说一定要见到你，不然她就大叫。我不知道该怎么做。"

"在葬礼上，妓女只能靠边站。如果她病了，你应该带她去医院。否则，就由着她把喉咙叫破。那又有什么关系呢？你这个白痴！"

那个姑娘还活着。她团坐在宽敞后座的角落里，像一只被压扁的蝴蝶，昏昏沉沉。

司机吓坏了，因为他仍然可能受到惩罚。他不应该听酒吧女孩胡说八道。他认识组织里的一个头目，就因为在高汉秀的公寓外没有把客人的鞋子整齐地排列好，那人就被剁掉了半截无名指，当时这个头目要年轻得多，而且很受重用。

"对不起，先生。真的很对不起。请原谅我，先生。"

"闭嘴。去办公室。"高汉秀闭上眼，把头靠在皮靠垫上。

司机先把高汉秀送到办公室，然后把则子送到了她打工的酒吧。妈妈桑吓得大惊失色，赶紧把她送到了医院，外科医生尽了全力，但这个女孩的鼻子再也恢复不到从前的样子了。则子算是毁了。妈妈桑血本无归，只好把则子送到一个浴室，在那里，她必须赤身裸体为男人们提供服务，一直做到年老色衰，再也做不了为止。整天泡在热水中，她的乳头和屁股最多能维持六年，然后就将下垂，到时候，她就得找别的营生了。

—— ○ ——

一周六天，顺子都接送孙子上下学。所罗上的是一所只讲英语的国际幼儿园。在学校，他说英语，在家里说日语。顺子用朝鲜语和他说话，他用日语回答，偶尔夹杂几个朝鲜语词语。所罗喜欢上学，而摩撒认为让他有事可做是件好事。他是一个快乐的孩子，想要取悦他的老师和长辈。无论他走到哪里，他丧母的消息都会走在他前面，像一层保护性的云雾，把这孩子包围住；他的老师和朋友的母亲们都小心翼翼地对待他。所罗确信他将在天堂见到他的母亲，他相信她能看见他。他说，她经常出现在他的梦中，并告诉他，她没有抓住他。

到了晚上，祖母、父亲和儿子一起吃晚饭，即使摩撒饭后必须马上回去工作。摩撒的朋友富山春希两次从大阪来看望他，有一次，他们去大阪看望家人，因为约瑟伯父太虚弱了，不能出行。

这一天，又到了放学的时间，顺子耐心地在幼儿园外面等孙子出来，旁边是温柔的菲律宾保姆和友好的西方母亲，她们也在等着接孩子。顺子无法和她们交流，但她面带微笑，冲她们点头示意。像往常一样，所罗是第一批跑出来的孩子之一。他大叫着向老师们告别，跑到外面拥抱祖母，然后和其他男孩一起跑去街角的糖果店。顺子试图跟上他的步伐。她没有注意到一直在车里注视着她的高汉秀。

顺子穿着一件黑色羊毛外套，既不昂贵也不破旧，看起来像是从商店里买的。她老得厉害，高汉秀为她感到难过。她才刚过五十岁，却十分显老。少女顺子一直很聪明，干净整洁，很有吸引力。一想到她的丰满身躯和活力，他就勃起了。常年在阳光下劳作，使她的脸变得黝黑。她的手上布满了浅棕色斑点，她曾经光滑的额头上出现了浅浅的皱纹。在少女时代，她梳着有光泽的黑色发辫，现在她的头发很短，而且大都已经花白。她的腰变粗了。高汉秀还记得她的胸部很丰满，粉红色乳头可爱至极。他们在一起的时间从来没有超过几小时，他一直以来都有个愿望：在一天中与她多做爱几次。他有过许多女人，其中不乏处女，但比起那些愿意做任何事的最性感的妓女，她的天真和信任更让他兴奋。

她那对眸子依旧美丽，她的眼睛很明亮，眼神坚定，如同河中的鹅卵石，她的眼中像是有星星点点的光。他热烈地爱着她，就像一个上了年纪的男人爱一个能让他恢复青春和活力的年轻姑娘一样；他对她的爱中带有一丝感激。他知道他爱她超过其他任何姑娘。她不再美丽了，但他仍然渴望她。带她进树林亲热的回忆常常让他变硬，而且，如果他当时是独自一人在车里，他就会手淫，为难得的勃起而高兴。

高汉秀一天想起她好几次。她在做什么？她还好吗？她有没有想起他？他的思想频频转向她，就好像他时常想起他的亡父。那时候，高汉秀得知她来找他，希望他去寻找诺亚，他没有联系她，因为他没有诺亚的消息。他无法想象顺子失望的样子。他用尽了一切资源寻找那个男孩，但徒劳无功。诺亚像是人间蒸发了，如果高汉秀没有经常检查日本各地的太平间记录，他可能都认为那个男孩已经死了。在葬礼上，他得知诺亚仍然给母亲寄钱，他听了后不由得松了一口气。那男孩还活着，就住在日本的某个地方。高汉秀计划先找到诺亚，再联系顺子，但由美的葬礼提醒他，时间并不总是对他有利。上个月，他的医生诊断他患上了前列腺癌。

在顺子走到车边的时候，高汉秀摇下车窗。"顺子，顺子。"

她倒抽了一口气。

高汉秀让司机留在车里，自己打开车门，从车上下来。

"我参加了由美的葬礼。摩撒说你走了。你现在和他住在一起吗？"

顺子站在人行道上，注视着他。他看起来一点也不老。

她真有十一年没见过他了吗？上次见他，还是她和诺亚去他的办公室，然后，他们一起吃了一顿昂贵的晚饭，庆祝诺亚考上早稻田大学。到现在，诺亚失踪有六年了。顺子朝她孙子的方向瞥了一眼，只见他和其他男孩一起跑进了商店去看漫画，讨论买什么糖果。顺子没有回答，只是向所罗走去。摩撒说高汉秀参加了葬礼，而且当被问及诺亚的事时，高汉秀什么也没说。

"你就不能站一会儿，和我说说话吗？那个小男孩很好。他在店里，你能透过玻璃窗看到他。"所罗和一群男孩在一起，站在旋转漫画架旁边。

"我求你的妻子告诉你我在找你，还有那个园丁小工。我肯定，就算她没有转告，小工也会把我的口讯捎给你。自从我认识你，我就尽全力这辈子都不成为你的负担；我对你没有任何要求。距离上次我去你家，已经过了六年。六年哪。"

高汉秀张开嘴，但顺子又说话了："你知道他在哪里吗？"

"不知道。"

顺子向糖果店走去。

高汉秀拉住她的手臂，但顺子用手掌用力将他推开，他被推得倒退了一步。司机和保镖一直站在汽车旁边，见状立即向他跑了过去，但他挥手叫他们离开。

"我很好。"他用口形对他们说。

"回你的车上吧。"她说，"继续去过你那放纵的生活吧。"

"顺子……"

"你为什么要来打扰我？你为什么看不到你毁了我的生活？你为什么就不能离我远点？诺亚离开我了。我们之间再也没有任何联系了。"

她那双亮晶晶的眼里储满了泪水，像灯笼一样闪亮。她年轻时的脸浮现在了老年时的脸上。

"我能送你和所罗回家吗？我们可以去咖啡馆坐坐吗？我需要和你谈谈。"

顺子低头看着她脚下的大块方形混凝土路面，无法阻止泪水夺眶而出。

"我想要我的儿子。你到底对他做了什么？"

"你怎么能怪我呢？我只想送他去上学。"

顺子啜泣不已。"该怪我才对，我不该让你接近他的。你是一个自私的人，你想要什么就夺走什么，从来不管结果如何。我真希望我从来都不认识你。"

路人目瞪口呆地看着他们，高汉秀对他们怒目而视，迫使他们把目光移开。那男孩还在商店里。

"你是最坏的那种人，除非事情按照你的意愿发展，否则，你绝对不会放弃。"

"顺子，我就快死了。"

第四章

　　所罗抱着漫画书《铁臂阿童木》和《奥特曼》，安静地坐在大轿车的后座，顺子和高汉秀坐在他的两侧。

　　"你多大了？"高汉秀问。

　　所罗竖起三根手指。

　　"这样啊。你现在就看这些漫画吗？"高汉秀指着男孩新买的漫画问。"你识字吗？"

　　所罗摇摇头。"我等春春今晚来，他读给我听。"他打开他的红色书包，把漫画书放进去。

　　"春春是谁？"高汉秀问。

　　"他是我爸爸的朋友，他们小时候就认识了。他是个真正的日本警察，他抓谋杀犯和强奸犯。我一出生就认识他了。"

　　"是吗？一出生就认识了？"高汉秀笑了。

　　小男孩严肃地点点头。

　　"奶奶，你给春春做什么饭？"所罗问。

　　"鱼饼和辣烧鸡块。"顺子答。摩撒的朋友富山春希今晚来，在这里过周末，她早就想好给他们做哪些好吃的了。

　　"但春春喜欢吃烤肉，那是他最喜欢的食物。"

　　"我可以明晚再做烤肉。他周日下午才走。"

　　所罗看起来一脸担心。

　　高汉秀一直在仔细观察所罗，这会儿，他说："我喜欢吃辣烧鸡块。这种菜只能在温馨的家里吃到。想吃烤肉，下馆子就行了，但只有你奶奶能做……"

　　"你想不想见春春？他是我最好的大人朋友。"

　　顺子摇摇头，但高汉秀没理会她。

　　"从你父亲还像你这么大的时候，我就认识他了。我很乐意去你家吃饭。谢谢你，所罗。"

来到前厅，顺子脱掉外套，又帮助所罗脱外衣。男孩举着右前臂，左臂贴着身体，跑去小房间里看《铁臂阿童木》了。高汉秀跟着顺子走进厨房。

她把虾片倒进一个小篮，从冰箱取出一罐酸奶饮料，把它们放在印有奥特曼图案的圆托盘上。

"所罗。"她喊道。

男孩跑进厨房，接过托盘，小心翼翼地端回小房间，去看电视。

高汉秀坐在西式早餐桌边。

"你家真漂亮。"

顺子没有回答。

这里是一套全新的三居室，位于横滨西部。高汉秀以前坐车从外面路过。他见过她所住过的每一个地方的外貌。除了战期的农舍外，这是他第一次进入她的住所。家具很像美国电影里的布景：软垫沙发、很高的木餐桌、水晶吊灯和皮扶手椅。高汉秀猜测，这家人睡在床上，而不是睡在地板上或榻榻米上。房子里没有旧东西，没有任何来自朝鲜或日本的物件。有窗户的宽敞厨房面向邻居的石景花园。

顺子没有和他说话，但她似乎也不生气。她面对火炉，背对着他。高汉秀可以勾勒出她那驼色毛衣和棕色羊毛裤下的身体轮廓。他第一眼看到她，就注意到了她的传统朝鲜衬衫下的大而丰满的胸部。他一向钟爱胸大屁股软的女孩。他从来没有见过她完全赤裸的样子；他们只在户外做爱，她总是穿着衬裙。他的妻子是远近闻名的美女，只可惜她是平胸，屁股上也没肉，他害怕和她做爱，因为她讨厌被人碰触。上床前，他必须洗澡，云雨之后，无论什么时候，她都洗很久的澡。在她生了三个女孩之后，他不再尝试生儿子；即使是高汉秀所敬重的岳父对他有其他女人这事也是睁一只眼闭一只眼。

他认为她很傻，才会拒绝做他在朝鲜的妻子。他在日本有家室，又有什么关系？他会照顾好她和诺亚的。他们会再生几个孩子。她永远不必在开放市场或餐馆厨房里打工。尽管如此，他还是不得不佩服她，因为她没有像现在的年轻女孩那样要他的钱。在东京，一个男人用一瓶法国香水或一双意大利鞋，就能换来女孩的委身。

高汉秀在顺子的厨房里舒舒服服地回忆往事，但顺子看到他坐在早餐桌边，却十分不安。从她遇到他的那一刻起，她就感觉他的存在对她产生了巨大的影响。在她的想象中，他一直都是一个不受欢迎的人。在诺亚失踪后，这对父子便一直困扰着她。高汉秀现在在她的厨房里耐心地等待她把注意力放在他身上。他要留下来吃晚饭。这些年来，他们从未一起吃过饭。他为什么来？他什么时候走？他就是这样的，突然出现，又突然消失，烧水泡茶时，她想：说不定我一转身，就看到他已经走了。然后呢？

顺子打开一个蓝色铁罐，拿出几块进口黄油饼干放在盘子里。她在茶壶里装满热水，还放了一大把茶叶。曾几何时，人们根本没钱买茶，而且也买不到茶叶。

"每个月一号，诺亚都寄钱来，还附上一张便条，说他很好。邮戳都是不一样的。"她说。

"我一直在找诺亚。他不想被人找到。我仍然在找他。顺子，他也是我的儿子。"

你怎么能怪我呢？高汉秀曾经这么对她说。她给他倒了一杯茶，便走开了。

浴室镜子里的影像让她大失所望。她今年五十二岁。她的嫂子庆熙一直戴帽子和手套，就是为了避免出现雀斑和皱纹，所以看起来比她还年轻，尽管庆熙比她大十四岁。顺子抚摸着她那头花白的短发。她从来都不是美人儿，现在，她不相信有男人想要她。她的那部分生活已经随着摩撒父亲的离去而结束了。她相貌平平，满脸皱纹；她的腰和大腿都很粗。她的脸和手属于贫穷、劳作的女人，不管现在她的钱包里有多少钱，都没什么能让她变得有吸引力了。很久以前，对她来说，高汉秀比她自己的生命更重要。当她和他分手的时候，她也想让他回来，找到她，让她留在他身边。

高汉秀七十岁了，但他变化不大；如果说有什么区别的话，那就是他的容貌越来越精致。高汉秀仍然小心翼翼地修剪一头浓密的白发，用香油把头发梳得服服帖帖；他穿着高档羊毛西装和手工制作的鞋子，看起来就像一个优雅的政治家，一个英俊的祖父。没有人会认为他是黑帮老大。顺子不想离开浴室。之前，她出门前甚至没费心照照镜子。她看起来既不丑也没有任何不体面，但她过早地来到了女人生活的舞台，而且在当时，没有人注意到。

顺子打开冷水水龙头，洗了把脸。尽管如此，她还是想让他对她有点欲望，她这么想，实在是尴尬。她这一生有两个男人，她觉得这总比没有的好，所以这就足够了。顺子用手巾擦干脸，把灯关掉。

— ○ — –

高汉秀在厨房里吃饼干。"你住在这里还好吗？"

她点点头。

"那个小家伙一看就是个守规矩的孩子。"

"摩撒一直都对他管教严格。"

"他什么时候回家？"

"快了。我该做晚饭了。"

"我帮你吧？"高汉秀假装脱掉西装上衣。

顺子大笑起来。

"你总算笑了。我还以为你都忘了怎么笑了。"

他们都别开目光。

"你快死了？"她问。

"是前列腺癌。我有很棒的医生。我没想过自己会死在这种病上。不过不会很快就死。"

"那你就是撒谎了。"

"我没有，顺子。我们都会死。"

她气他撒谎，但她也很感激。她曾经深爱着他，她不敢想他不在这个人世的情形。

— ○ — –

门开了，所罗高兴地尖叫起来。他急忙卷起红色毛衣袖子，抬起左臂，把胳膊弯成一个锋利的L形，再把右手搭在左前臂的中间位置，形成一个偏离中心的十字架。这孩子发出静电的声音，表示他的左手发出了激光，并保持着凶猛的姿势。

春希倒在地上。他呻吟几声，然后发出了爆炸声。

"啊，奥特曼打败了怪兽！"所罗喊道，一下子跳到春希的身上。

"能再见到你真是太好了。"摩撒对高汉秀说，"这位是我的朋友富山春希。”

“初次见面，请多关照。我是富山。”

所罗恢复到了刚才的姿势。

“多谢了，奥特曼。怪兽春春必须和你奶奶打个招呼。”

“很高兴见到你。”顺子说。

“感谢您的招待。”

所罗在顺子和春希之间跑来跑去。

“怪兽春春！”

“在！”春希大声说。

“爸爸昨天给我买了一本《奥特曼》。”

“你真幸运，太幸运了。”春希用羡慕的语气说。

“我拿给你看。走啦！”所罗拉着春希走，这个大人夸张地向所罗的房间猛冲过去。

高汉秀了解顺子生活里的每一个人。他知道所有有关侦探富山春希的事。他是家里的长子，母亲是个女裁缝，在大阪有一家制作制服的制衣厂。他没有父亲，弟弟是智障。春希是同性恋，和一个为他母亲工作的年长女人订了婚。尽管他年纪轻轻，但在辖区内有很高的声望。

众人一边吃饭，一边高兴放松地聊天。

“你为什么不能搬来横滨和我们一起住？”所罗问春希。

“你是在引诱我吧？到时候我就可以每天玩奥特曼大战怪兽了。这样啊。但是，所罗，我妈妈和弟弟都住在大阪。我觉得我也应该住在那里。”

“啊。”所罗叹了口气，“我都不知道你有个弟弟。”

“是的，我有弟弟。”

“我想见见他。”所罗说，“我和他可以做朋友。”

“是的，但他非常害羞。”

所罗点点头。

“奶奶也很害羞。”

顺子摇摇头，摩撒笑了。

“我希望你能带你弟弟搬到这里来。”所罗小声说。春希点点头。在所罗出生之前，他对孩子们并不是很感兴趣。从很小的时候起，有一个残疾弟弟这件事就让他知道，他有责任照顾另一个人。

"我的女朋友彩女不喜欢大阪，喜欢东京。说不定她也很高兴住在这里。"春希说。

"要不你结婚以后就搬过来吧。"所罗说。

摩撒大笑起来。"是呀。"

高汉秀挺直脊背。

"横滨警察局长是我的朋友。如果你搬到这里来，而且需要我帮忙的话，请告诉我。"高汉秀提出了一件他可以做到的事。他拿出名片，递给年轻的警官，春希用两只手接过名片，并且轻轻一颔首。

摩撒扬起眉毛。

顺子一直都安静不语，她在观察高汉秀。她自然对他提出帮忙表示怀疑。高汉秀不是普通人，他有能力做一些她无法理解的行为。

第五章

1969年1月，长野

宇宙柏青哥游戏厅的商务办公室里摆放着很多文件柜和金属办公桌，一群职员在里面忙碌着。在众多的办公家具之间，档案员主管岩村里莎并不十分引人注目。从任何传统的衡量标准来看，里莎的脸蛋和身材其实都很吸引人。然而，她这人总是很冷漠，与周围的人从不过往甚密，没有人能和她相处融洽。这就好像这个年轻的女人把她的灯关掉，把吸引别人注意力的可能降到了最低。她穿着朴素，只穿白衬衫和廉价的黑色涤纶裙子，这种衣服不需要精心养护；她穿着老派女人爱穿的黑色皮鞋。冬天，她常穿两件灰色开襟羊毛衫，这衣服就像斗篷一样包裹着她那单薄的肩膀。她唯一的装饰是一块廉价的银色手表，她经常看表，虽然她似乎没地方可去。里莎在工作的时候很少需要指导；她很好地预见了雇主的需求，并且不需要任何提醒就能完成任务。

近七年来，诺亚以日本人阪信夫的身份住在长野。他一直勤勤勉勉地为宇宙柏青哥游戏厅的主人工作，并且过着低调简单的生活。他是一名有价值的员工，老板对他没有过多的要求。每年一月，老板给诺亚发奖金和做新年演讲时，唯一提到的就是婚姻：一个他这种年纪和地位的人应该有自己的家和孩子。自从雇用他的高野搬到名古屋打理宇宙游戏厅的很多生意之后，诺亚就一直担任办公室的负责人。尽管如此，诺亚仍然住在柏青哥游戏厅的宿舍里，而且经常在柏青哥游戏厅员工餐厅用餐。尽管诺亚已经还清了高汉秀支付的早稻田大学的学费和膳宿费，但他每个月还是寄钱给他的母亲。除了绝对必要，他自己几乎不花钱。

在今年的新年演讲后，诺亚认真地考虑了他老板的建议。他早就注意到了里莎。虽然她从没说过，但每个人都知道她来自一个有着悲惨丑闻的中产阶级家庭。

在里莎十四岁左右，她的父亲，当地诊所一位受人爱戴的医生，在流感季节给两名病人开错了药，导致病人死亡。此后不久，这位医生便自杀了，这样一来，他的家庭不仅陷入了贫困，还被扣上了不好的名声。里莎根本嫁不出去，毕竟家里有人自杀，有可能表明她的血液中也有精神疾病；更糟糕的是，她的父亲被认为做了一件非常可耻的事，以至于他觉得自己没脸活着。亲戚们没来参加葬礼，他们也不再与里莎和她的母亲来往。里莎的母亲一直未曾从震惊中恢复过来，终日窝在家里，甚至都不出门买东西。里莎上完中学后，她父亲昔日的病人高野便雇用她做文书工作。

在注意到她本人之前，诺亚就发现了她留在文件上的漂亮字迹。有可能是他爱上了她写数字2的方式，她写的平行线灵动清晰，大小均等，包含了象形文字的笔画。即便里莎在发票上只写了普通的字，诺亚也会停下来再读一遍，不是因为她所写的内容，而是因为他能从她的字里看出，她的手上一定有一个跳着舞蹈的灵魂，所以她才能写出这么优雅的字。

一个冬天的晚上，诺亚提出请她吃饭，她惊讶地答："真的吗？"在档案管理员之间，阪信夫是一个令人着迷的讨论话题，但经过这么多年，他的行为几乎没有变化，感兴趣的女孩早已放弃了。不过是两顿饭的时间，也可能根本没用这么久，里莎就爱上了诺亚，两个不喜欢谈论私事的年轻人在那年冬天结婚了。

在他们的新婚之夜，里莎很害怕。

"会疼吗？"

"如果想停，就告诉我。我宁愿伤害我自己，也不会伤害你，因为你是我的妻子。"他们两个单独生活了那么久，都没有意识到孤独，直到真正的感情出现。

后来，里莎怀孕了，她辞掉了工作，待在家里，用管理一家大柏青哥游戏厅档案室的能力把孩子们抚养长大。里莎先生了一对双胞胎女儿；一年后，她生下了一个男孩；又过了一年，她又生了一个女孩。

诺亚每个月都出差两天，但除此之外，他一直保持着固定的作息时间，专心地为宇宙游戏厅每周工作六天，并抚养他的家人。奇怪的是，他既不喝酒，也不去俱乐部，即便是为了招待警察，或是游戏机推销员请他去，他也不去。诺亚诚实严谨，从税收到机器许可证，他可以处理任何复杂的事务。此外，他并不贪婪。宇宙游戏厅的老板因为诺亚不去红灯区而尊重他。里莎当然心存感激，毕竟丈夫们太容易对雄心勃勃的酒吧女招待动心了。

和所有的日本母亲一样，里莎在孩子们的学校做志愿者，尽其所能确保她的四个孩子平安无恙。要照顾这么多孩子，她无暇和家人以外的人来往。如果说她父亲的死让她离开了普通中产阶级阶层，那她现在就是创造出了她自己的圈子。

— ○ —

他们的婚姻关系很稳定，一转眼就过去了八年。这对夫妇从不吵架。诺亚对里莎的爱与他对大学女友的爱不一样，但他认为这是一件好事。他发誓，他再也不会让别人伤害自己。诺亚对他的新家庭仍然加以小心。尽管他认为他的妻子和孩子是他的第二次机会，但他并不相信他现在的生活是一次重生。诺亚把他身为朝鲜人的生活往事深藏心底，就像一块黑暗沉重的岩石。他没有一天不害怕被家里人找到。过去的事只有一件他还在做，那就是读英文小说。

婚后，他不再去员工食堂吃饭。他允许自己独自在一家廉价餐馆里用餐。在每天三十分钟的午饭时间，他重读了狄更斯、特罗洛普或歌德，他还记得他在骨子里是什么人。

那年春天，双胞胎女儿七岁了，诺亚全家去松本城堡周日野餐。里莎计划这次郊游，是为了让她那越发孤僻的母亲高兴起来。孩子们欣喜若狂，因为在回家的路上，他们能吃到冰激凌。

医生的遗孀岩村太太从来都不是一个能干的女人，事实上，她常常都觉得很无助。她那单纯的美貌一直没有变过，脸颊柔软，苍白，自然的红唇，染黑的头发。她穿着简单的米色罩衫和开衫，只系着最上面的一颗扣子。她永远带着对生日礼物感到失望的小孩的表情，也就是说，她是个无知的人。她曾是一名医生的妻子，虽然他的死毁了她那宝贵的社交抱负，但她并没有放弃她对独生女的期望。她的女儿在柏青哥游戏厅工作已经够糟糕的了，现在儿女还嫁给了一个在这个肮脏行业工作的男人，这样一来，她的社会地位就再也改变不了了。第一次见到阪信夫的时候，她猜测他有着不同寻常的过去，因为他没有家人。毫无疑问，他是外国人。她对他的性格感到怀疑，然而，在彬彬有礼的举止下，他是那么阴郁，让她想起了她亲爱的丈夫，那个寡妇觉得必须忽略他的背景，只要没人发现，她就可以假装不知道。

— ○ —

松本城堡前聚集着三三两两的游客。一个受当地人欢迎的著名讲解员即将介绍这座日本现存的最古老的城堡。这位老人有着稀疏的白色眉毛，微微有些驼背，随身带着一个画架，他正在准备海报大小的照片和视觉辅助工具。诺亚的第三个孩子除了半个饭团以外几乎没吃过东西，这会儿，他从座位上跑了起来，冲到导游那里。里莎正在收拾空便当盒，便让诺亚站在光一附近。小男孩光一今年六岁，五官非常精致，脸形也很好看。他不害怕陌生人，和任何人都能聊几句。有一次，在市场上，他告诉菜贩子，他母亲前一个礼拜把茄子烧煳了。成年人都喜欢和光一说话。

"借过！借过！"小男孩大叫着，把他的小身体挤进正在仔细听向导介绍城堡历史的人群中。

人群分开，让男孩站在前面。导游对光一笑了笑，继续介绍。

男孩微微张着嘴，专心地听着，他的父亲站在后面。

向导开始介绍画架上的下一张图。在这张黑白老照片中，城堡严重倾斜，仿佛这座宏伟的建筑即将倒塌。人群看到这张著名的照片，都礼貌地倒抽了一口气。从未见过照片的游客和孩子们都仔细地看。

"当这座宏伟的城堡开始受到广泛关注的时候，每个人都记起了多田嘉辅的诅咒！"导游睁大他那双眼皮松弛的眼睛，以示强调。

来自该地区的成年人都点头表示知道这件事。长野的每一个人都听说过这位十七世纪松本城堡的工头，他领导了反对不公平税收的贞享起义，并与其他二十七人一起被处死，其中包括他的两个幼子。

"诅咒是什么？"光一问道。

诺亚皱起眉头，他们早就反复提醒过这孩子，不能想问什么就问什么。

"诅咒？"向导说，然后沉默了一会儿，好增加喜剧效果。

"诅咒是一个很可怕很可怕的东西，而且，带有道德力量的诅咒最厉害！多田嘉辅只是想拯救长野的好人，使他们免遭住在这个城堡里的人的剥削，却受到了不公平的迫害。多田嘉辅临死前对贪婪的水野家族进行了诅咒！"向导明显越说越有激情。

光一还想问问题，但此时站在他旁边的双胞胎姐姐轻轻捏了捏他的右手肘。她们觉得，光一必须学会少说话，让他守礼是全家人的任务。

"在多田嘉辅被害后的将近两百年里，统治家族竭尽所能安抚这个殉教者的灵魂，以图解除诅咒。诅咒一定起效了，因为城堡又变直了！"向导夸张地把两只胳膊都抬起来，指着他身后的建筑。众人都笑了。

光一盯着那张海报大小的城堡照片。"怎么做的？怎么才能扭转诅咒？"光一情不自禁地问。

他姐姐梅子踩了他一脚，但光一不在乎。

"为了安抚人们的情绪，统治家族宣称，多田嘉辅是一名烈士，并追封了他。他们建造了一座雕像。真相最终必须得到承认！"

光一又张开嘴，但这次诺亚走过去，轻轻地抱起儿子，把他抱回他母亲身边，这会儿，她正和她的母亲坐在一张长凳上。光一虽然上幼儿园了，但依然喜欢被人抱着。众人笑了起来。

"爸爸，真有意思啊，对不对？"

"是的。"诺亚答。每次他抱着男孩，总会想起摩撒，摩撒在诺亚的怀里，把圆圆的脑袋搭在他的肩膀上，一会儿就睡着了。

"我能诅咒别人吗？"光一问。

"什么？你想诅咒谁？"

"梅子呀。她故意踩我的脚来着。"

"她这么做是不太好，但还不至于受诅咒，对吗？"

"但要是我愿意，就可以撤销诅咒呀。"

"那么做可不容易，光一。如果有人诅咒你，你会怎么做？"

"这样啊。"光一严肃地思考着这个问题，跟着，他一看到母亲就笑了起来，她是他最爱的人了。里莎一边织毛衣，一边和她母亲聊天。野餐袋放在她的脚边。

阪氏一家在城堡的庭园里散步，孩子们无聊了，诺亚便兑现诺言，带他们去吃冰激凌。

第六章

1974年7月，横滨

富山春希听从母亲的安排，娶了母亲制服工厂的工头彩女。事实证明，这是一个明智的决定。后来，他的母亲被诊断出患上了胃癌，无法继续经营，也不能照顾他的弟弟大介，彩女却清楚该做些什么。两年来，彩女一方面把生意经营得有声有色，另一方面照顾着生病的婆婆和大介。富山太太经历了巨大的痛苦最终去世，这时候，春希问他筋疲力尽的妻子，应该如何处理他母亲的工厂，彩女给了一个令他大吃一惊的答案。

"我们应该把工厂卖了，搬去横滨。我再也不想住在大阪了。我一直不喜欢在裁缝铺里工作。我坚持到现在，是因为我不能让你的母亲失望。我们再也不用担心钱了。如果有空闲时间，我想学习烤蛋糕。大介喜欢蛋糕。我就待在家里照顾他好了。"

春希不知道该如何理解她的提议，但他不能拒绝她。

用出售裁缝铺的钱和他得到的遗产，春希在横滨的老墓地附近买了一套三居室的洋房公寓。这套公寓有一台双层烤箱供彩女使用。他给摩撒打了一个电话，就这样几经联系，他联系到了横滨警察局长，他向春希提供了一份与他在大阪做的相同的工作。摩撒和所罗自然高兴春希终于搬到了横滨。尽管如此，在春希的家人到达后，所罗还是不被允许去春希家或见春希的弟弟，因为他害怕孩子。

大介快三十岁了，但他的智商也就相当于五六岁的孩子。他不能常出去，因为噪声、人群和明亮的灯光使他心烦。他母亲生病和去世给他造成了灾难性的打击，但他母亲的长期雇员彩女能让大介保持冷静。她在他们的新家为他创造了一种可预测的生活方式，而且，横滨有很多外国人，彩女找到了一位美国特殊教育老师，这个老师愿意来家里每周给他辅导五天。大介不可能去普通学校，找工作或独自生活，但是彩女相信他可以做得更多，而且应该学会更多知识，尽管别人对他并没有太多期望。春希感激她的体贴。他忍不住钦佩妻子解决问题的能力，并且应付了那么多新情况，还丝毫没有怨言。她比他大五岁，来自一个非常保守的佛教家庭，是家中的大女儿，他认为她受到的严格教养与她吃苦耐劳的能力有很大关系。他的母亲不止一次地告诉他，彩女很爱他，尽管他不配得到这份爱。

— ○ —

大介在下午早些时候打了个盹儿，很晚才吃午饭，然后和他的老师伊迪丝小姐一起上了三个小时的家庭辅导课：上课、玩游戏和讲故事。趁大介上课的时候，彩女去了公共澡堂，然后去买菜。七月的横滨没有家乡那么热，彩女不介意在洗澡后四处走动。毫无疑问，街道上的灰尘和潮湿会破坏浴后的纯粹感觉，彩女却很高兴独自一人。在伊迪丝小姐离开之前，她还有一个多小时，所以她沿着一条绿树成荫的小路，穿过墓地旁的森林公园。尚未到黄昏，还能看到蓝天。树冠上长满了明亮的绿叶，彩女感到干净和快乐。她打算买几根大介喜欢的日式烤鸡串做晚饭，在距离他们公寓几个街区远的地方，有一对老夫妇卖烤鸡串。

她走过一片长青植物灌木丛，就听到树枝发出了轻轻的沙沙声。从孩提时代起，彩女就喜欢鸟，甚至是大多数孩子都害怕的巨大的黑乌鸦，于是，她小心翼翼地靠近浓密的灌木丛。她靠近声音的来源，却见到一个很好看的男人斜靠在一棵粗树上，闭着眼睛。他的裤子脱到膝盖处，另一个男人跪在他的面前，头就在站立男人的苍白臀部边。彩女屏住呼吸，静静地退到主路上。那两个男人没看见她。她没有危险，但她走得更快，她的心跳加速，好像心脏要从她的身体里跳出来。干草刺到了她穿着凉鞋的脚。彩女一直跑到人行道边，在那里她可以看到行人。

站在公墓对面的拥挤街道上，没人注意她。彩女擦去了额头上的汗珠。她丈夫最后一次要她是什么时候？他们结婚是他母亲的建议，在他们短暂的恋爱期里，春希一直很体贴，很友善。她结婚时并不是处女，她曾和两个拒绝娶她的男人发生了性关系。她还有过另一个男人，那人是个织物经销商，追求了她好几个月，但当彩女得知他有家室，便拒绝跟他去专为情侣准备的汽车旅馆；因为她和别人上床，只是为了结婚，所以，继续和这个人亲热已经没有了意义。与其他男人不同的是，春希从不要求她和他一起去汽车旅馆。她猜测这是因为她和他的母亲一起工作，所以对他来说可能有些尴尬。她情不自禁地欣赏他的高尚品格和良好举止。

他们的婚姻是完美的。一开始，她和春希想要孩子，他经常快速而利索地和她做爱，如果赶上每个月不适当的时候，他会尊重她的意愿。她一连两年都没怀上孩子，医生们断定她患有不孕症，而大介似乎成了她的儿子。他们没有再做爱。她从没想过成为需索无度的女人，而且他也没有主动要求和她亲热。

彩女一直保持着和大介相同的生活习惯，早早上床睡觉，春希则晚睡晚起。他们的睡眠时间不同，也就无法在床上正常接触。她可能对性不感兴趣，但她并不是不知道，一般来说，男人需要性，而且丈夫和他的妻子定期发生性关系是一种比较好的情况。如果春希和她不再做爱，彩女会责怪自己。她是老了。她脸色泛黄，一张圆脸普普通通，她太瘦了，腿和胳膊又细又长。她想要变得丰满，尽可能多吃，尤其是甜食，但说什么也胖不起来。小时候，她的兄弟们取笑她，说她的胸部甚至比地板还平。如果她愿意，她甚至可以穿下中学女生的衣服。出于实用和习惯，彩女为自己缝制了很多深色套衫，每天穿一件。她有各种面料和颜色的罩衫，长度和中长裙差不多。夏天，她的罩衫是用亚麻布或泡泡纱做的。

彩女来到大介最喜欢的日式烤鸡摊，她从装着洗澡用品的袋子里拿出钱包，找老妇人买烤鸡翅、烤鸡胗和葱香白肉。老妇站在烟雾缭绕的摊位后面为她打包，彩女想起靠在树上的男人一脸狂喜的样子。春希是不是想让她跪在他面前？她当然了解很多男人和女人之间的闺房秘事，但她没见过别人做爱。她看过两本劳伦斯的小说。三十七岁的彩女想要更多地了解她从未做过的事情。春希会为她感到尴尬吗？

彩女看了看纤细的小表盘手表，这是春希母亲送给她的生日礼物。还有四十分钟她才需要回家。彩女转过身。

当她回到灌木丛的时候，那两个男人已经走了，但现在这里至少有五对。女人和男人在更僻静的地方躺在一起。两个不穿裤子的男人一边窃窃私语一边互相抚摸。一对男女躺在厚厚一沓棕色包肉纸上，纸张随着他们的动作沙沙作响。一个高个女人发现她在看他们，却没有退缩；相反，她闭上眼睛，发出快乐的声音，她旁边的男人继续抚摸她的小乳房。感觉就好像高个女人想要彩女看他们，彩女的胆子大了起来，走得更近一些。一对对正在亲热的人发出的轻轻的呻吟声就像夜鸟的叫声。她想起大介正等着吃晚餐。

— ○ — –

三天后，彩女洗了一个舒舒服服的澡，然后，她直接走向公墓后面的公园。她看到了一对之前见过的男女，而其他人并不介意她一个人来这里。这里的每个人都是彼此的秘密，彩女在他们中间感到很安全。就在她要离开的时候，一个可爱的女孩走近她。

"你怎么来得这么早？晚上才精彩呢。"

彩女不知道该说什么，但她感觉不回答很不礼貌。

"什么意思？"

"要是你想干点什么，过一会儿人更多。"女孩大笑起来，"你不喜欢干吗？"

彩女摇摇头。

"我……我……不。"

"你有钱的话，我可以帮你舒服舒服。我更喜欢和女孩干。"

彩女屏住呼吸。那个女孩丰满迷人，脸颊绯红。她的雪白手臂很漂亮，像意大利画中的女人一样，丰满而光滑。她穿着一件透明的茶色乔其纱衬衫和深蓝色印花裙，看起来就像一个迷人的办公室女郎。女孩握住彩女的左手，把彩女的手滑进她的衬衫里；彩女能感觉到女孩那光滑隆起的大乳头。

"我喜欢你的脖子和肩膀之间的这块骨头。你挺可爱的。来找我吧。我晚上都在这里。今天开始得早，我有个约会，但他来晚了。我通常都在那边的灌木丛附近。"她咯咯笑了起来，"我喜欢用嘴含着呢。"她用玫红色的舌头把嘴唇舔湿，"我还可以给你带玩具来。"她说完便回到原来的位置。

彩女震惊不已，她点点头，走回了家。她感觉左手火烧火燎的，她用左手抚摸自己的肩胛骨，她从未想过自己的肩胛骨很美。

—— ○ —— -

在那之后的三个月里，彩女一直坚持从前的习惯，先去澡堂，出来后便径直去市集购物。她忠实地回到了她和大介的日常生活中，当她在澡堂洗澡的时候，她尽量不去想那个女孩。彩女并非无知，即使是在少女时代，她也知道其他人会做很多奇怪的事情。让她感到困惑的是，她现在这么大年纪了，才想知道更多，却没有人可以询问。她的丈夫似乎从来没有改变过：他勤奋工作，有礼貌，很少在家。他很爱大介。赶上休息，他去看他的朝鲜朋友摩撒和所罗父子，或者带着他弟弟去公园散步，或者去澡堂一个人独处。他们三人偶尔去烧肉餐厅，老板把他们让进后面的雅间。大介喜欢在烤架上烤肉。大介晚上睡着之后，她的夜晚都过得很安静。她看菜谱、缝纫杂志，还钩织花边。

尽管她付出了巨大的努力，却再也不能在澡堂里简简单单地洗澡了。彩女每时每刻都想起那个女孩：做金色松糕的时候，擦家具的时候，无不如此。让她感到困惑的是，穿绿色上衣的女孩看起来很健康，很开心，一点也不像她在伤感电影中看到的来自坏家庭的堕落女人。那女孩就像百货商店里卖的昂贵甜瓜一样甘美芳香。

那是十一月底一个礼拜六的晚上，大介比平常睡得更早一些。春希在办公室里忙着写报告，在那里，他能不受干扰地安静工作。彩女在客厅里试图读一本关于英国烘焙技术的书，但她发现无法集中思想。她把书合上，决定再洗一次澡，尽管那天早些时候她已经洗过了。她离开家时，大介正在轻声打鼾。

来到澡堂，她泡在热水里，担心有人能看到她脸上的欲望。她想知道她是否能鼓起勇气让她的丈夫和她做爱。她的指尖泡得发皱，于是她穿好衣服，把头发梳理好。外面街灯发出明亮的光，黑色的人行道在夜里闪闪发光。彩女走向墓地。

即使天气寒冷，这里依然有很多对情侣，数也数不过来。情侣们看着别人做爱，互相手淫。大树下，他们身体裸露，背部隆起。男人们排成一排，而另一些人则跪在他们面前，他们的头贴着站立者的身体。看着这些男人的脸，她兴奋不已。她想让春希把她抱在怀里，粗暴地和她做爱。傍晚时分，天空中只剩下一丝光亮，一颗小小的奇形怪状的月亮挂在空中，冬日的星星投下微弱的星光。彩女在男人和女人之间走过。在一棵令人印象深刻的橡树旁边，两个男人拥抱在一起，正在做爱，高个男子用手臂紧抱着年轻男人，此人穿着一件灰色西装，很像她为丈夫做的那件。彩女定睛仔细看，发现那个人正是她丈夫，他紧紧闭着眼睛，抱着穿着白色棉汗衫的年轻人，而那个年轻人兴奋得喘不过气来。她退到植物另一边，躲藏起来。彩女屏住呼吸，看着她的丈夫做爱。是他。就是他。

春希和穿白汗衫的年轻人云雨之后，默默地穿上衣服，然后分道扬镳，没有鞠躬，也没有告别。她没有看到春希给这个年轻人钱，但有可能是之前给过了，她无法确定这些事情是如何运作的。她想，那个人是不是拿钱干这事，有什么关系吗？

彩女坐在一棵老树的树根上，不远的地方有一对男女在气喘吁吁地性交，她盯着她手上原本长着茧子的地方，现在，那些茧子已经磨平了。她没有别的选择，只能等他先走，但如果他在她之前回到家，她就得骗他说她在澡堂。

"嗨。"

那个女孩这次穿了一件白衬衫，那件衣服在黑暗中闪闪发亮，让她看起来犹如天使。

"你带钱了吗？"

女孩蹲下，把她的乳房凑到彩女的脸前，像是准备好给彩女喂奶。她解开衬衫，把乳房露在外面，搭在钢丝胸罩上。

女孩很美。彩女想知道她为什么不能有这可爱而迷人的特征，为什么她那么干瘦，既不能怀孕，也不能被爱。

"完事之后，要是你愿意，可以给我点钱。"女孩扫了一眼彩女的网兜，

"你真像个好孩子，洗了澡干干净净的。来妈妈这里吧。这里，你可以把你的嘴放在上面。我很喜欢这样。然后我就可以干你了。你看起来很害怕，但是为什么呢？等会儿你就爽了。"女孩把彩女的右手拿起来，放在她的裙子上，彩女第一次摸另一个女人。触感柔软舒服。

"没事的。"女孩跪在地上，一点点向她靠近，她拉住彩女的左手，把她的无名指放进她的嘴里，同时爬到彩女的腿上。她嗅了嗅彩女湿漉漉的头发。"我几乎能喝到你的洗发水呢。你真香。啊，啊，等下我们做爱，你一定会很舒服，就跟进了天堂一样。"

彩女任由自己贴着女孩的温暖身体。

她张开嘴，这个时候，女孩把网兜拉向她。

"这里有钱吗？我需要很多钱。妈妈需要买很多东西，这样才能打扮得漂漂亮亮给孩子看。"

彩女退缩了，她把女孩从她的身上推开，女孩仰面倒在地上。

"你真恶心！恶心死了！"她站起来。

"你这个贱货，瘦得跟骷髅一样！"女孩喊道，彩女走远了，还能听到她那沙哑的笑声。"跟我做爱，你就得给钱，你这个臭婊子！"

彩女跑回了澡堂。

—— ○ —— –

她终于回到家，只见春希正在给他弟弟准备零食。"我回来了。"她轻声说。

"你去哪里了？"大介问，他的五官皱在一起，显得很担心。

他的脸歪向一边，像是苍白、瘦削的男人的脸，却拥有一双年幼的孩子才有的眼睛，他的眼神是不设防的，有能力表达喜悦。他穿着她在那天早上为他熨过的黄色睡衣。

春希点点头，冲她微微一笑。以前，他从没见过他弟弟一个人在家。大介躺在床垫上大哭，吵着找妈妈。他不想把这件事告诉彩女，担心她因为晚归而难过。

"我去洗澡了，大介。真对不起，我回来晚了。我还以为你睡着了，天太冷了，所以我又去洗了个澡。"

"我怕怕。我好怕怕。"大介说，他的眼泪又涌了出来，"我要妈妈。"

她无法去看春希的脸。他并没有脱下西装外套。

大介走到她身边，只留下春希一个人在厨台边把煎饼盒子放回原处。

"彩女干干净净。她洗澡了。彩女干干净净。她洗澡了。"他唱道，她从澡堂回来后，他就喜欢唱这两句话。

"你现在累不累？"她问他。

"不累。"

"要不要我读书给你听？"

"好呀。"

在客厅里，她开始给他读一本关于老火车的漫画书。她冲春希点点头，春希道了晚安，上床睡觉了。

第七章

1976年3月，横滨

一位即将退休的侦探有份自杀报告没完成，这项任务最终落在了春希的办公桌上。一个十二岁的朝鲜男孩从公寓的屋顶跳了下来。他的母亲当时太过歇斯底里，无法接受笔录，但这对父母答应今晚下班后与春希见面。

男孩的父母住在离唐人街不远的地方。父亲是水管工助手，母亲在一家手套厂工作。跳楼身亡的木村铁男是家里三个孩子中最年长的一个，下面有两个妹妹。

甚至在公寓门打开之前，站在潮湿的走廊里，熟悉的大蒜和酱油的气味，以及朝鲜人喜欢的更为强烈的味噌味，就扑鼻而来。这栋六层楼的业主是朝鲜人，所有租户也都是朝鲜人。男孩的母亲低着头，温顺谦恭，她开门让他进了这个三室公寓。春希脱掉鞋子，穿上她给他的拖鞋。在主房间里，父亲穿着整洁的工作服，盘腿坐在蓝色地垫上。母亲用从折扣店买的托盘，端来了茶和从便利店买的包装饼干。父亲的腿上放着一本书。

春希用两只手把名片交给这位父亲，然后坐在地垫上。母亲给他倒了一杯茶，跪坐在地上。

"你之前都没机会看这个。"父亲把书交给春希，"你应该知道发生了什么事。那些孩子应该受到惩罚。"

这位父亲上身很长，皮肤是橄榄色的，长了一个方下巴，他说话时没有看着春希。

那是一本很厚的中学毕业纪念册。春希打开到用一张空白信纸做出标记的那页。他可以看到一排排的黑白照片，学生们都穿着校服，有些人面带微笑，有些人露出牙齿，总体上几乎没什么不同。他马上就看到了木村铁男，他和母亲一样长着一张长脸，一张小嘴很像他的父亲，他肩膀瘦削，相貌温和。照片上有几条手写的留言。

"铁男：祝你在高中有好运。——野田藤原浩"

"你的画很棒。——三津伽椰子。"

春希一头雾水，因为他没有注意到任何异常。然后，那个父亲让他看扉页。

"去死吧，你这个丑陋的朝鲜人。"

"别再领福利金了。朝鲜人会毁了这个国家。"

"穷鬼一身臭气。"

"你快去自杀吧，那明年我们的高中就能少一个肮脏的朝鲜人。"

"没人喜欢你。"

"朝鲜人就知道惹麻烦，朝鲜人是猪猡。快滚。你为什么在这里？"

"你身上有股大蒜和垃圾的味儿！！！"

"要是可以，我一定亲手把你的脑袋割下来，但我不愿意弄脏我的刀！"

笔迹各种各样，是故意写出来的。有些字向右倾斜，还有的向左倾斜；留言的人有意留下不同的名字，以掩饰他们的真实身份。

春希合上纪念册，放在他旁边的干净地板上。他喝了一口茶。

"你的儿子，他从来没提过有人骚扰他吗？"

"没有。"母亲立即答，"他从不抱怨，从来没有过。他说他没有受过歧视。"

春希点点头。

"这并不是因为他是朝鲜人，这类事情自古就有。情况现在好多了。我们认识很多善良的日本人。"这位母亲说。

即便纪念册合着，那些话还是出现在他的脑海中。地上的电扇不断地送出暖风。

"你和他的老师谈过了吗？"母亲问。

那位快退休的侦探找过老师了。老师们说，这个男孩是个坚强的学生，但不爱说话。

"他的成绩是最好的。孩子们都嫉妒他比他们聪明。我儿子三岁就学习读写了。"母亲说。

父亲叹了口气，轻轻地把手放在妻子的前臂上，她没有再说话。

男孩的父亲说："去年冬天，铁男问能不能退学，去他舅舅开的蔬菜店打工。那家店很小，在街那头的小公园附近。我的小舅子当时想雇一个男孩拆箱子，收银。铁男说他想为他舅舅工作，但我们没同意。我们俩都没卜完高中，所以不想让他退学。他是个好学生，要是退学去做那样的工作，毫无意义。我的小舅子自己也是勉强糊口，我儿子肯定赚不到多少钱。我妻子想让他去电器厂找一份好工作。如果他高中毕业了，那么……"

父亲用粗壮的大手蒙住头，压住那头毛糙的头发。"在杂货店的地下室打工，清点库存。你知道的，这对任何人来说都不是一件容易的事。"他说，"他很有才华。他能记住每个人的长相，然后把他们画出来。他能做许多我们不知道怎么做的事。"

母亲轻声说："我儿子一直很努力，他很诚实。他从没有伤害过任何人。他还帮助两个妹妹写作业……"

她的声音渐渐消失了。

忽然，父亲扭过头面对春希。

"写那些话的男学生应该受到惩罚。我不是说把他们关进大牢，但不可以让他们写那种东西。"他摇摇头。

"真该让他退学的。就算他在杂货店的地下室打工，就算他去烤肉店里拆洋葱袋子，也比现在要好。我宁愿要我儿子，现在我没儿子了。我们夫妻两个在这里受尽了冷嘲热讽，但那是因为我们是穷人。有些富有的朝鲜人就过得挺好。我们还以为我们的孩子会受到不一样的待遇。"

"你们是在这里出生的吗？"春希问。他们的口音与在横滨土生土长的日本人别无二致。

"是的，当然。我们的父母来自蔚山。"

蔚山位于现在的韩国，但春希猜测，这一家人入了朝鲜籍，许多朝鲜族的人都是这样。民团不太受欢迎。木村一家交不起学费，没法送孩子们去朝鲜学校，才把他们送到当地的日本学校。

"你们是朝鲜人？"

"是的，但那有什么关系吗？"父亲问。

"没有。不应该有任何关系。请原谅。"春希看了一眼纪念册。

"学校知道这件事吗？报告里没有提到其他学生。"

"我下午休息，就带着纪念册去找校长了。他说不可能查出来那些话是谁写的。"父亲道。

"这样啊，这样啊。"春希说。

"写这些话的学生为什么就不能受惩罚？为什么？"母亲问。

"几个目击者都说他跳下来的时候屋顶上没别人。你儿子不是被推下来的。不能只是因为别人说了或写了刻薄的话，就逮捕他们……"

"警察为什么不能让校长……"父亲直勾勾地盯着他，然后，看到春希挫败的表情，父亲开始盯着门，"你们这些人联合起来，让世上的事没有任何变化。没办法。没办法。你们就只会说没办法。"

"对不起。我很抱歉。"他说完便离开了。

—— ○ —— ⌐

晚上八点，横滨天堂柏青哥游戏厅里挤满了人。铃铛的声音响作一团，小锤撞击金属碗的叮当声不绝于耳，五彩缤纷的灯光闪烁，发出哔哔声，巴结讨好的工作人员用嘶哑的声音欢迎客人的光临，这一切都让他从头脑中那痛苦的沉默中暂时缓过神来。玩家在一排排像是有生命的游戏机前背对而坐，春希甚至不介意像一层灰色薄雾一样笼罩在玩家头顶上的烟雾。春希一走进游戏厅，日籍经理就快步走过来，问他要不要喝茶，白先生在办公室，正在见一个游戏机销售员，他答应很快下来。每个礼拜四，春希和摩撒都一起吃晚餐，现在，春希来接他。

可以说，游戏厅里几乎每个人都想通过赌博赚点外快。然而，玩家也是为了逃避静得出奇、没人打招呼的街道，远离无爱的家庭——妻子与孩子同睡，而不是和丈夫睡在一起——还为了避免高峰时段闷热的车厢，在车厢里只会人挤人，但不可以和陌生人说话。春希年轻时不太喜欢玩柏青哥游戏机，但自从搬到横滨后，春希允许自己从中寻找安慰。

— ○ —

他很快就输了几千日元，于是他又买了一盘弹珠。春希并不胡乱挥霍遗产，但他的母亲存了那么多钱，即使他被解雇了，又损失了一大笔财产，他的钱也够花。春希可以慷慨大方地付钱给年轻男子和他上床。在所有恶习中，玩柏青哥游戏机似乎是微不足道的一个。

小金属球有节奏地在游戏机的矩形表面呈锯齿状移动，而春希不断地移动表盘以保持小球不断移动。不，他想告诉铁男的父亲，对于一项不存在的罪名，我怎样才能证明它是有罪的呢？我无法惩罚，也无法阻止。不，他不能说这种话。对谁也不能说。他不可以这么说。春希小时候想上吊，他现在仍想这么做。在所有的罪行中，春希最了解谋杀—自杀，如果他可以，他会先杀了大介，再结果自己。但他永远也杀不了大介。现在他又不能对彩女做这种无法形容的事。他们是无辜的。

机器突然死机了。他抬头一看，只见摩撒正拿着延长线的插头。他穿了一套黑色西装，上衣翻领上别着一枚红色的横滨天堂游戏厅的徽章。

"你输了多少，傻瓜？"

"很多。一半的薪水？"

摩撒掏出钱包，交给春希一沓日元钞票，但春希没接。

"是我的错。有时候我也赢。"

"但不是经常赢。"摩撒把钱塞进春希的外套口袋里。

— ○ —

来到居酒屋，摩撒点了啤酒，用大瓶子给春希倒了一杯。他们坐在长柜台前的雕刻木凳上。老板端上了一盘温热的咸黄豆，因为他们总是先吃黄豆。

"你是怎么了？"摩撒问，"跟霜打的茄子似的。"

"一个孩子跳楼自杀了。我今天不得不找他的父母谈话。"

"啊。那孩子多大？"

"上中学。是朝鲜人。"

"啊？"

"你真该看看那些坏孩子在他的纪念册上都写了什么。"

"说不定和浑蛋孩子在我的纪念册上胡写的一样。"

"真的吗？"

"是的，每一年，都有一群笨蛋让我滚回朝鲜或慢慢死去。反正就是孩子会写的那些话。"

"是谁？我认识吗？"

"那是很久以前的事了。再说了，你能怎么样？把他们抓起来？"摩撒大笑起来，"这么说，你是为这事难过吗？为了那孩子？"

春希点点头。

"你和朝鲜人一样软弱。"摩撒笑着说，"你这个白痴。"

春希哭了起来。

"怎么了？喂。喂。"摩撒拍着他的背。

柜台后面的老板别开脸，把一位刚离开的顾客坐过的柜台位置擦干净。

春希用右手抱住头，闭上湿润的眼睛。"那个可怜的孩子再也受不了了。"

"听着，伙计，你什么都做不了。这个国家是不会改变的。我这样的朝鲜人走都走不了。我们能去哪里呢？但所有在家乡的朝鲜人也不会改变。在汉城，我这样的人管日本人叫浑蛋，在日本，不管我有多少钱，也不管我是个多好的人，我都是个脏了吧唧的朝鲜人。但这又有什么关系呢？所有那些回到朝鲜的人不是快饿死了，就是吓得惶惶不可终日。"

摩撒拍拍衣兜找烟。

"人就是这么可怕。喝点啤酒吧。"

春希喝了一小口，结果呛着了，咳嗽起来。

"我小时候只想死。"春希说。

"我也是。每一天，我都觉得死了就好了，但我不能这么对我的母亲。等到放学之后，我又不想死了。但是在由美去世后，我不知道我是否能坚持活下去。你知道吗？但我不能这么对所罗。我还得照顾我的母亲，你知道，诺亚失踪后，她完全变了一个人。我不能让她那样失望。我母亲说我哥哥离开，是因为他在早稻田大学上不下去了，所以没脸见人。我认为那不是真的。学习对他来说就是小菜一碟。他住在别的地方，他不希望我们找到他。我想他只是厌倦了努力成为一个好朝鲜人，所以他放弃了。我从来都不是一个好朝鲜人。"

摩撒把烟点燃。

"但情况越来越好。生活的确乱七八糟，但并不总是如此。惠津子很不错。我没想到她会出现。你知道的。我会资助她开一家餐馆。"

"她是个不错的女人。也许你可以再婚。"春希喜欢摩撒新交的日本女朋友。

"惠津子不想再婚。她的孩子们已经够恨她了。要是她嫁给一个开柏青哥游戏厅的朝鲜人，那他们非得和她断绝关系不可。"摩撒嗤之以鼻。

春希的脸上依然带着悲伤的表情。

"伙计，生活是不断地推着你前进，但你自己也得撑下去。"

春希点点头。

"我以前总想，要是我父亲没有离开，那我一定很好。"春希说。

"忘了他吧。你母亲是一个伟大的女人，我妻子觉得她是精英中的精英。坚强，聪明，一向公平对待每一个人。有她一个，胜过有五个父亲。由美说她只为你母亲这一个日本人工作过。"

"是的。妈妈是个伟大的女人。"

老板端来了油炸牡蛎和小青椒。

春希用酒巾擦擦眼，摩撒又给他倒了一杯啤酒。

"我都不知道有学生在你的纪念册上写那种话。你却一直都在照顾我。我不知道。"

"算了。我很好。我现在很好。"

第八章

1978年8月，长野

　　高汉秀的司机看到顺子按照指示的那样，正在横滨火车站北门等，他带她来到黑色轿车边，高汉秀坐在汽车后座。

　　顺子坐在豪华的天鹅绒后座上，向下拉外套，遮住她隆起的腹部。她穿了一件进口法国名牌连衣裙和意大利皮鞋，这是摩撒的女友惠津子为她挑选的。顺子今年六十二岁，看起来非常正常，有两个成年的儿子，有孙子，是一个大半生都在户外工作的女人。尽管她的衣着像极了东京一位富有的主妇，但她那布满皱纹和黑斑的皮肤和花白的短发使她看起来是那么平凡。

　　"我们去哪里？"

　　"长野。"高汉秀答。

　　"他在那里吗？"

　　"是的。他现在用的名字是阪信夫。他在那里待了十六年。他娶了一个日本女人，还生了四个孩子。"

　　"所罗有四个堂兄妹呢！他为什么不告诉我们？"

　　"他现在是日本人。在长野，没人知道他是朝鲜人，他的妻儿都不知道。他身边的每一个人都认为他是土生土长的日本人。"

　　"为什么？"

　　"因为他不希望任何人知道他的过去。"

　　"这么做很容易吗？"

　　"很容易，而且，在他的世界里，没人在意到去刨根问底的地步。"

　　"你这是什么意思？"

　　"他管理着一家柏青哥游戏厅。"

　　"和摩撒一样吗？"在柏青哥游戏厅的每个环节，都能见到朝鲜人的身影，有的是游戏厅老板，有的是游戏机制造商，但她绝想不到诺亚会和摩撒干一样的行当。

　　"是的。摩撒怎么样？"高汉秀问。

"很好。"顺子点点头，她很难集中精神。

"他的生意还好吗？"

"他在横滨又买了一家游戏厅。"

"所罗呢？他现在肯定长大了。"

"那孩子学习成绩很好，也很努力学习。我还想知道一些关于诺亚的事。"

"他的日子过得不错。"高汉秀笑了。

"他知道我们去见他吗？"

"不知道。"

"但是……"

"他不想见我们。啊，他不想见我，或许愿意见见你，但如果他愿意的话，也早就告诉你了。"

"那……"

"我们今天不应该去找他谈，但我认为，如果你想亲眼看看他，倒是可以的。他在这个总办公室。"

"你是怎么知道的？"

"我就是知道。"高汉秀说着闭上眼，靠在白色蕾丝头靠上。他服用了好几种药物，这会儿感觉头昏眼花。

他的计划是等诺亚从办公室出来，因为他平时都去街对面的荞麦面店吃午饭。每个工作日，他都在不同的餐馆吃一顿简单的午餐，而到了礼拜三，他吃荞麦面。高汉秀雇来的私家侦探用一份长达二十六页的报告详细描述了诺亚在长野的生活，最引人注目的是他从来都不改变的作息时间。诺亚不喝酒，不赌博，也不跟女人鬼混。他没有明显的宗教信仰，他的妻子和四个孩子生活在一栋简朴的房子里，与日本中产阶级家庭没什么区别。

"你说他是一个人吃午饭吗？"

"他一向都是一个人吃午饭。今天是礼拜三，所以他吃荞麦面，而且不到十五分钟就能吃完。他读几页英文小说就回办公室。我觉得他成功的原因就在于此。他不会犯错。诺亚是个有计划的人。"高汉秀的声音中有一丝占有领地式的骄傲。

"你说他乐意见我吗？"

"很难说。"他道，"你应该在车里等着，看他一眼就行，然后司机送我们回横滨。你愿意的话，我们下个礼拜再来。也许你可以先给他写封信。"

"今天和下个礼拜有什么区别？"

"也许等你看到他，知道他很好，你就不需要经常见他了。他选择了这种生活，顺子，也许他希望我们尊重他的选择。"

"他是我的儿子。"

"他也是我的儿子。"

"诺亚和摩撒，他们是我的命根子。"

高汉秀点点头。他对他的孩子从没有这种感觉。从来没有。

"我活着，都是为了他们。"

这么说是不对的。在教堂里，牧师在讲道时讲过，母亲们太过关心自己的孩子，崇拜家庭就跟崇拜偶像差不多。牧师说，一个人不能爱自己的家庭胜过爱上帝。牧师说，家庭永远不会给你只有上帝才能给予你的东西。但是作为一个爱孩子的母亲，有助于理解上帝的经历。诺亚现在有了自己的孩子，也许他能理解她为什么视他为生命。

"快看，他出来了。"高汉秀说。

她儿子的容貌变化不大。看到他太阳穴边的灰白头发，她有些惊讶，但诺亚已经四十五岁了，不再是当初那个大学生了。他戴着金色圆框眼镜，很像白伊萨以前戴的那种，清瘦的他穿着黑色西装，看起来很利落。他简直和高汉秀是一个模子里刻出来的。

————— ○ —————

顺子打开车门，走了出去。

"诺亚！"她喊道，向他跑了过去。

他转过身，看着他的母亲，她就站在距离他不到十步远的地方。

"阿妈。"他喃喃地说。诺亚向她走过去，摸摸她的手臂。他最后一次见到他母亲哭，还是在白伊萨的葬礼上。她不是那种动不动就哭哭啼啼的女人，他为她感到难过。他想过这一天会到来，并为此做好了准备，但是，现在她真的来到了这里，他却惊讶于自己竟然有种解脱的感觉。

"没必要难过。我们还是去我的办公室吧。"他说，"你是怎么来这里的？"

顺子一直在哭，连话也说不出来。她做了个深呼吸。"是高汉秀带我来的。是他找到了你，因为我想见你，所以他带我来了这里。他就在车里。"

"我看到了。"他说，"好吧，就让他留在车里吧。"

— ○ — –

在返回办公室的路上，他的员工都冲他鞠躬，顺子跟在他身后。他让她在办公室坐下，关上了门。

"你看起来非常不错，阿妈。"诺亚说。

"诺亚，这么久了，我终于见到你了。我很担心你。"

看到他痛苦的表情，她只好阻止自己说下去，"但我很高兴你一直给我写信。你寄来的那些钱，我都存起来了。你这么做，实在是太体贴了。"

诺亚点点头。

"高汉秀告诉我，你结婚了，生了四个孩子。"

诺亚笑了。"我有一个儿子和三个女儿。他们都是好孩子。他们都很爱学习，除了我儿子，他打棒球打得很好。他是我妻子最爱的孩子。他很像摩撒，行动做派也和他一样。"

"我知道摩撒很想见你。你什么时候能回去见我们？"

"不知道。我不知道我能不能做到。"

"我们浪费的时间还不够吗？那么多年了。诺亚，发发慈悲吧。求你发发慈悲吧。阿妈认识高汉秀的时候还只是个小姑娘。我不知道他结婚了，后来我知道了，就拒绝做他的情妇。然后，你父亲娶了我，给了你一个姓氏。我这一生都忠实于你的父亲白伊萨，他是一个好人。就算是在他去世后，我也对他忠贞不贰……"

"你做的那些事，我都理解。然而，我的生父是高汉秀，这一点无可改变。"诺亚冷淡地说。

"是的。"

"我是个朝鲜人，干着肮脏的行当。我觉得骨子里流着的黑手党的血是能控制你的。我永远也无法摆脱他。"他大笑起来，"我受了诅咒。"

"但你不是黑帮。"她抗议，"你不是的。摩撒有几家柏青哥游戏厅，他也是个很诚实的人。他总说，一个人可以成为好的员工，可以躲开坏人，只要……"

诺亚摇摇头。

"阿妈，我很诚实，但在这一行，有些人是避不开的。我管理着一家大公司，我做我必须做的事。"他露出一脸苦相，像是吃了什么很苦的东西。

"你是个好孩子，诺亚。我知道你……"她说，随即感觉管他叫孩子有些傻，"我是说，你是个很好的商人，而且你很诚实。"

他们两个人安静地坐着。诺亚用右手捂着嘴。他的母亲看起来就是个筋疲力尽的老妇。

"来杯茶吗？"他问。这么多年以来，诺亚想象他的母亲或弟弟来到他家，在他的家里找到他，而不是在这个洒满阳光的白色办公室。对他而言，她来这里，反倒让事情变得容易多了。接下来，高汉秀会来他的办公室吗？他很想知道答案。高汉秀找到他所花的时间，比他预计的要长。

"要不要吃点东西？我可以叫外卖……"

顺子摇摇头。"你应该回家。"

他大笑起来。"这里就是我的家。我不再是孩子了。"

"我并不后悔把你生下来。你是我的心肝宝贝。我不会……"

"没人知道我是朝鲜人。谁都不知道。"

"我不会告诉别人的。我理解。我会尽全力……"

"我妻子不知道。她的母亲不会容忍这件事。我的孩子不知道，我也不会让他们知道。我的老板会把我解雇的。他从不雇用外国人。阿妈，不能让别人知道……"

"做朝鲜人，就这么可怕吗？"

"对我来说很可怕。"

顺子点点头，盯着她自己合拢的手。

"我一直都在为你祈祷，诺亚。我祈祷，请求上帝保佑你。这是一个母亲所能做的全部。我很高兴你一切平安。"每天早晨，她都去做晨祷，为她的孩子和孙子祈福。她祈祷这一刻能到来。

"孩子们，他们叫什么名字？"

"那有关系吗？"

"诺亚，我很抱歉。你父亲带我们来了日本，后来，这里爆发了战争，再后来，朝鲜也开始打仗，我们哪里也去不了。我们回国只有死路一条，现在回去也太迟了。即便对我而言，也是如此。"

"我回去过。"他说。

"什么意思？"

"我现在是日本公民了，我能旅行。我去过朝鲜，去看看我所谓的祖国。"

"你是日本公民？怎么可能？真的吗？"

"可能。总是有可能的。"

"你去釜山了吗？"

"去了，我还去了影岛。那里虽小，却十分美丽。"他说。

顺子的眼里噙满了泪水。

"阿妈，我要开会了。我很抱歉，但我们还是下个礼拜再见吧。我去找你。我也想见见摩撒。我现在必须去处理一些紧急公务。"

"真的？你去找我？"顺子笑了，"啊，谢谢你，诺亚。我太高兴。你真是个好……"

"你最好现在走吧。今晚晚些时候，你到家了，我给你打电话。"

顺子马上站起来，诺亚送她到了他们见面的地方。他没有看高汉秀的汽车。

"我们以后再谈吧。"他说完穿过街道，向办公楼走去。

— ○ — ‒

顺子看着她的儿子走进办公楼，然后敲了敲高汉秀汽车的乘客门。司机下车，为她打开车门。

高汉秀点点头。

顺子笑了，感觉轻松，充满了希望。

高汉秀仔细地看着她的脸，皱起了眉头。

"你不该见他的。"

"很好啊。他下周来横滨。摩撒一定很高兴。"

高汉秀让司机开车。他听她讲述他们见面的细节。

— ○ — ‒

那天晚上，诺亚没有给她打电话，她才意识到，她并没有把横滨家里的电话号码给他。第二天早上，高汉秀打电话给她。在她离开诺亚办公室的几分钟后，他就饮弹自尽了。

第九章

永富惠津子爱她的三个孩子，但她对他们的爱并不一样。作为一个母亲，她认识到这种情感上的不公平可能是不可避免的。

上午十点左右，惠津子就安排好了所罗的派对所需的一切，此时，她坐在她的办公室里。办公室位于这家通风良好、镶着桦木板的餐厅的后面。她今年四十二岁，北海道人，六年前离婚后，她搬到了横滨。她看起来依然年轻貌美，她认为身为餐馆老板，这很重要。惠津子把那头乌黑的头发绾成发髻，突出了她那张美丽的鹅蛋脸。从远处看，她显得很严厉，但近距离看，她的表情活泼欢快，她那双友好的小眼睛洞察一切。她从中学就开始涂胭脂抹粉，化妆技巧十分娴熟，而摩撒给她买的圣罗兰牌红色羊毛套装则衬托出她那玲珑有致的身材。

尽管惠津子通常都对自己的超前进度感到满意，今天她却没有。她继续盯着她上高中的女儿花子用一个陌生的东京号码发来的短信。花子是怎么从北海道到那里的？和女儿通电话可能需要五分钟或一个小时，具体要看情况而定，而且，摩撒很快就来接她了。他的男朋友在很多事情上都很有耐心，但他喜欢她守时。不管怎样，惠津子还是打了电话，电话只响了一声，花子就接了。

"我一直在等你。"

"对不起。我刚收到短信。"惠津子很害怕她这个十五岁的女儿，但她还是尽量表现坚定，就好像她对她的下属一样。

"你在什么地方？"

"我怀孕四个月了。"

"什么？"

惠津子仿佛能看到她女儿一眨不眨地瞪着一双大眼。花子长得像漫画书里的女孩，留着可爱蓬松的发型，少女身材娇小玲珑。她的穿着也吸引人们的目光，短裙，透明上衣，高跟靴，因此，她受到了各种男人的注意。这就是她的命啊，惠津子想。她的前夫对这种命运的说法不屑一顾，认为这不过是人们的借口，用来粉饰错误的选择。无论如何，生活只是证实了她的猜测：天道轮回，命运不可改变。对于惠津子来说，这种情况是必然的，因为她年轻的时候也是如此。她在十七岁时怀上了花子的长兄立男。

惠津子和花子在电话里沉默了一会儿，但低劣的电话接收装置像爆竹一样刺刺啦啦响。

"我在东京，住在一个朋友家里。"

"哪个朋友？"

"其实是一个朋友的表哥住在这里。听着，我想马上到你那里去。"

"你来干什么？"

"你觉得呢？你得帮我处理好这件事。"

"你父亲知道吗？"

"你傻了吗？"

"花子……"

"我知道到哪里找你。我有钱。我到了后打电话给你。"花子挂断了电话。

— ○ — −

离婚两年后，当时十一岁的花子问惠津子，她们是否可以像朋友一样交谈，而不是像母女那样。惠津子同意了，因为她很感激女儿愿意继续和她说话。惠津子同意，还因为当她还是个女孩的时候，她在所有事上都对父母撒谎。但惠津子发现，作为母亲，要是太超然了，也有麻烦。女儿不允许她问任何窥探的问题，如果她显得过于担心（花子讨厌这样），她的女儿就挂掉电话，好几个礼拜都不联系。

惠津子对自己在北海道的生活有很多遗憾，但最让她遗憾的是她的名声对她的孩子造成了伤害。她成年的儿子们仍然拒绝和她说话。她一直和摩撒来往，使事情变得更糟。她的姐姐麻里和她的母亲催她与摩撒分手。她们说，柏青哥游戏厅这一行很脏，散发出一种贫穷和犯罪的强烈气味。但是她不能放弃他。摩撒改变了她的生活。惠津子只对摩撒这一个男人忠实，而她以为这根本就是不可能的事。

在她三十六岁生日之前的那个春天，当时她还没有离婚，住在北海道，惠津子又勾引了她的一个高中男友。她和各种各样她十几岁时认识的男人有了近三年的风流韵事。令她惊讶的是，她第一次这么做时很难，而接下来却不费吹灰之力。已婚男人希望已婚女人主动投怀送抱。打电话给一个二十年前和她睡过的男人，邀请他在她的孩子们上学时去她家吃午饭，没什么困难。

那年春天，她和一个从高一就是她男朋友的男人厮混。长大成人后，他相貌英俊，虽然结了婚，却是个花花公子，而且依然是个话痨。一天下午，在她位于北海道的小客厅里，这个花花公子正穿衣服准备回办公室，他哀叹她不会离开自己的丈夫，而她丈夫更喜欢和同事在一起，对她却没什么兴致。他把头埋在她的小乳房中间，说："但是我可以离开我的妻子。快让我离开我的妻子吧。"对此，她什么也没说。惠津子并不想离开野里和孩子们。她埋怨丈夫，并不是因为他无聊，也不是因为他很少回家。野里不是坏人。只是她觉得在结婚十九年之后，她对他并不了解，而且，她怀疑她永远都没办法了解他。他似乎不需要她，他要的只是一个名义上的妻子和他孩子的母亲。对野里来说，这就足够了。

对于她的所作所为，根本没有好借口。她很清楚这一点。但是到了晚上，当野里坐在餐桌旁吃晚饭，吃着他因为参加公司聚会又一次晚归而变冷的饭菜，她等待着一些事情的到来，一些见解，一些感觉。当她看着他，他却只是盯着他的饭碗，她很想摇醒他，因为在她的一生中，她从来没有想到会过得这么孤独。大约在那个时候，当她从杂货店出来，有人递给她一本邪教小册子。薄封面上印着一个中年家庭主妇，但她的一半身体是骨架，另一半身体还是个有血有肉的人。这一页的底部写着："每天你离死亡都更进一步。你的一只脚已经踏进了坟墓。你的身份是什么？"她一拿到小册子就把它扔掉了，但这张照片在她眼前晃来晃去，许久才消失。

她上次见到那个花花公子时，他送给她一捆他写给她的情诗。当他从厨房门离开时，他承认他心里只有她一个人。当他告诉她她是他的心肝宝贝时，他的眼睛里充满了泪水。那天剩下的时间里，她没做家务，只是一遍遍读着那些伤感情色的情诗。她说不出那些诗是好是坏，但她很满意。惠津子心里惊诧，花花公子肯定花了不少时间才写出那么多诗，她认为他确实用他那卖弄的方式爱着她。这段情事总算给了她想从其他情事中得到的一切，那就是使她确信，她虽然在年轻时自由挥霍，但她的魅力从不曾消失。

那天晚上，她的家人都睡觉了，惠津子泡在木桶里，整个人沉浸在她以为的胜利感觉中，浑身闪闪发光。洗完澡后，她穿上蓝白相间的浴衣，朝卧室走去，她那个无辜的丈夫正轻轻地打着鼾。有一件悲伤的事在她看来是很清楚的：如果她需要所有爱过她的男人继续爱她，她将永远处于分裂状态。她将永远说谎，而且永远成不了好人。她突然意识到，她没有完全放弃做一个好人。她会以这种方式死去吗？早上，她告诉花花公子别再给她打电话了，而他真的没有打。他去找城里其他的美丽主妇了。

但是几个月后，野里发现了她应该毁掉的诗，他在他们婚后第一次打了她。她的儿子们试图阻止，那时才九岁的花子尖叫不止。那天晚上，野里把她赶了出去，她去了姐姐家。后来，律师说，她没有工作，又没有一技之长，争夺孩子的监护权对她来说毫无意义。似乎是出于礼貌或感到不自在，他咳嗽了一声，说她做出那种事，争抚养权也是白费工夫。惠津子点了点头，决定放弃她的孩子，认为她不会再打扰他们了。接着，在看了一则招聘餐馆女服务员的广告之后，惠津子搬到了横滨，在那里，她一个人也不认识。

惠津子愿意相信和摩撒在一起能改变她。和他在一起后，她没再和别人发生过性关系，她把这一点作为证据。她曾经试着向她姐姐解释这事，麻里这样回答说："一条蜕了皮的蛇仍然是蛇。"她的母亲听说摩撒要娶她，便说："真的？你要嫁给一个经营柏青哥生意的朝鲜人？你对你那几个可怜孩子的伤害还不够吗？为什么不干脆杀了他们？"

你犯下错误所招致的惩罚，必须由你的家人去承受。但她不相信自己能还清那些债。

— ○ —

中午，摩撒来接她。他们要去学校接所罗，带他去办外侨登记卡。1952年以后在日本出生的朝鲜人到了十四岁生日的那天，必须到当地区公所报到，才能获准留在日本。每过三年，所罗就必须重新申请，除非他离开日本再也不回来了。

她一上车，摩撒就提醒她系好安全带。惠津子还在想花子的事。在她离开之前，她给医生打了电话，手术安排在周末。

摩撒拉起她的一只手。惠津子认为他的脸上有一种力量，他挺直的脖子充满了能量。在他之前，她认识的朝鲜人并不多，但她想像他那张国字脸是传统朝鲜人的长相：宽下巴，洁白的牙齿，浓密的黑发，眼窝很浅，小眼睛里充满笑意。他清瘦的身体使她想起了金属。当他和她做爱时，他很认真，好像生气一般，她发现这给了她极大的快乐。他的肢体动作从容而有力，她想向他投降。每当她读到朝鲜的人或事，她都想知道朝鲜是什么样子。摩撒已故的父亲是一名基督教牧师，来自北方，而他那位经营糖果店的母亲则来自南方。他的母亲是个坦率的人，举止谦逊，穿着朴素，更像个谦虚的管家，而不是一个百万富翁游戏厅老板的母亲。

摩撒拿着一份豆腐块大小的包装礼物。她认得银箔纸来自她最喜欢的珠宝商店。

"是给所罗的吗？"

"不。给你的。"

"啊？为什么？"

深红色丝绒盒子里有一只镶钻金表。"这是情妇表。我上周买的，我给新来的夜班经理久保田看了，他说，这些花哨的手表是送给情妇的，因为它们和钻戒的价钱差不多，但总不好送钻戒给情妇，毕竟你已经结婚了。"

他愉快地挑了挑眉。

惠津子看了看，确认他们和司机之间的玻璃挡板关闭着。她满脸通红，浑身滚烫。

"让他停车。"

"怎么了？"

惠津子抽回手。她想说她并不是他的情妇，但她大哭起来。

"怎么了？你哭什么？三年来，我每年都送钻石给你的，而且钻石越来越大，你都没拒绝啊。我又去找那个珠宝商，我和他一醉方休。我没有丝毫改变。"他叹了口气，"拒绝的人是你。你拒绝了柏青哥黑帮。"

"你不是黑帮。"

"我的确不是黑帮。但所有人都觉得朝鲜人是流氓恶棍。"

"他们怎么看对我不重要。是我的家里人那么想。"

摩撒看向窗外，他看到了他的儿子，冲儿子挥挥手。

汽车停下，所罗坐在副驾驶上。玻璃隔断打开了，他探过头来打招呼。惠津子伸手抚平了他皱皱巴巴的白衬衫衣领。

"非常感谢。"他说。他们经常把不同的语言一起说，把这当成笑话。他坐了回去，关上玻璃隔断，这样他就能和司机山本聊聊前一天晚上阪神虎队的比赛了。阪神虎队今年请了一位美国经理人，所罗对这个赛季充满了希望。山本就没这么乐观了。

摩撒轻轻地拿起她的左手手腕，给她戴上手表。

"你真是个奇怪的女人。我就是给你买了一个礼物，表示我的感谢而已。我并不是说你是……"

她的鼻梁发酸，她估摸她又要哭了。

"花子打电话来了。她今天来横滨。"

"她还好吗？"他看起来有些惊讶。

惠津子每年去两次北海道看望她的孩子们。摩撒从没见过他们。

"也许可以请她去所罗的派对，见见著名歌手。"摩撒说。

"我不知道她喜不喜欢上原良木。"她答。惠津子都不知道花子是否喜欢流行歌手。她小时候不爱唱歌跳舞。惠津子盯着司机那布满花白头发的后脑勺。司机一边听所罗说，一边若有所思地点了点头，他们的手势似乎很亲密。她希望她也能和她的女儿聊聊棒球之类的安全话题，这样就不会有含沙射影或恶语攻击。

惠津子告诉摩撒，花子是来横滨看医生的。他问花子是不是病了，她摇了摇头。

生活就是这样。她的大儿子立男今年二十五岁了，他用了八年，才从一所三流大学毕业。她的二儿子多里十九岁，性格内向，没有考上大学，现在在一家影院里当售票员。她没有权利期望她的孩子拥有其他中产阶级的志向：从东京大学毕业，在日本工业银行谋得一份文职，和来自体面家庭的对象结婚。她把他们变成了村子里的弃儿，他们再也不可能被这个世界接受了。

惠津子解开手表，放回丝绒盒子。她把盒子放在他们之间覆盖着白色硬挺小方巾的黑色皮座位上。他把盒子交还给她。

"不是戒指。别让我再跑珠宝店了。"

惠津子握着手表盒子，他们谁也不肯妥协让步，她不知道他们如何才能好好相处。

—— ○ ——

横滨区公所大楼就像一个巨大的灰色盒子，挂着一块模糊的标志牌。他们看到的第一个职员是个高个男人，他的脸很瘦，脸的两侧是乱蓬蓬的黑发。他无耻地盯着惠津子，眼睛飞快地扫视着她的胸部、臀部和戴着珠宝的手指。摩撒和所罗穿着白衬衫、深色裤子和黑色皮鞋，相比之下，她穿得有些过分讲究。他们看上去就像温和的摩门教传教士，在她小时候，那些传教士骑着自行车在她的村子里穿行。

"你的名字……"办事员眯起眼睛看着所罗填写的表格，"……所……罗。这是什么名字？"

"这个名字取自《圣经》。所罗是一个国王，大卫王之子，拥有过人的智慧。是我伯公给我起的名字。"男孩笑着对办事员说，像是在分享一个秘密。他是一个彬彬有礼的孩子，他上的是一所国际学校，同学中有美国人，还有来自其他国家的外国人，他有时说一些日本人永远都不会说的话。

"所罗。国王，大智慧。"办事员假笑起来，"朝鲜人再也没有国王了。"

"你说什么？"惠津子问。

摩撒立即把她拉到后面。

她看了一眼摩撒。他的脾气可比她的火暴很多。有一次，餐馆的一个客人非要她和他坐在一起，那天晚上碰巧摩撒也在，摩撒走过来，将那个客人整个人拎起来，扔到了餐厅外面，弄得那个客人摔断了几根肋骨。她本以为他会有同样的反应，但摩撒把目光从办事员身上移开，盯着所罗的右手。

摩撒微微一笑。

"抱歉，先生。"他说，没有丝毫愤怒，"我们赶着回家，因为今天这孩子过生日。还有什么需要做的吗？"摩撒在身后把两只手交叠在一起，"非常感谢你的理解。"

所罗有些糊涂，便扭头看着惠津子，她充满警告地看了他一眼。

办事员指着房间的后面，叫摩撒和惠津子坐下。所罗仍然站在办事员的对面。在这个形如火车车厢的长方形房间里，一排与银行柜员窗口相似的窗口与对面墙壁平行，六个人坐在长椅上，读着报纸或漫画。惠津子说不清他们是不是朝鲜人。坐在长椅上的惠津子和摩撒可以看到所罗和办事员说话，但听不到他们在说什么。

摩撒坐下，随即站了起来。他问她要不要喝自动贩卖机的茶，她点头说要。她真想给那个办事员几巴掌。上中学的时候，她就打过一个恶霸女生的耳光，打完之后，她感觉很满意。

摩撒买了茶回来，她感谢了他。

"你肯定知道……"她停顿片刻，"你肯定提醒过他了。我是说，你告诉过他今天来这里一定会遇到阻碍？"她并不是有意批评，但话从她嘴里说出来后，听起来很刺耳，她很抱歉。

"没有，我没对他说过什么。"他有节奏地张合拳头，"我第一次来这里办登记，是和我母亲、大哥诺亚一起来的。那时候的办事员很正常，甚至还很随和。所以我才要你一起来。我还以为有个女人陪着他，说不定会有帮助。"他透过鼻孔吁出一口气。"我竟然盼着他们能有好脸色，我真够蠢的。"

"不不。你不可能提醒他的。我不该说那种话。"

"没希望了。我改变不了他的命运。他是朝鲜人。他必须申请那些证明，他必须规规矩矩地遵守每一项法律。有一次，在一个区公所，一个办事员告诉我，在他的国家，我只是个客人。"

"你和所罗是在这里出生的。"

"是的，我大哥诺亚也是在这里出生的。现在他已经死了。"摩撒用双手捂住脸。

惠津子叹了口气。

"反正办事员没错，而且所罗必须了解这种事。我们可能被驱逐出境。我们没有祖国。生活中充满了他无法控制的事情，所以他必须适应。我的孩子必须活下去。"

所罗回到他们身边。接着他要去拍照，然后去另一个房间取指纹。做完了这些，他们就可以回家了。最后一个办事员是个胖女人，她的浅绿色制服压平了她的大胸和圆肩。她拿着所罗的左手食指，轻轻地把它浸在盛满浓黑墨水的罐子里。所罗把手指按在一张白色卡片上，仿佛在画画。摩撒望向远方，重重地叹了口气。办事员对男孩笑了笑，让他到隔壁房间拿登记卡。

"我们去拿你的狗牌吧。"摩撒说。

所罗冲他的父亲做了个鬼脸。"啊？"

"我们这些狗必须有那东西。"

办事员忽然显得怒不可遏。

"指纹和登记卡对政府记录至关重要，没有必要为此感到屈辱。这就是一项外国移民规定……"

惠津子向前走了一步。"但你是不会让你的孩子在过生日那天来印指纹的，不是吗？"

办事员的脖子都红了。

"我儿子死了。"

惠津子咬着嘴唇。她不想为这个女人感到难过，但她知道失去孩子是什么滋味，就像你被诅咒了，没有什么能让你摆脱孤寂的生活。

"朝鲜人为这个国家做出了很多贡献。"惠津子说，"他们做日本人不愿做的脏活累活，他们缴税，遵守法律，培养出色的孩子，创造就业机会……"

办事员充满同情地点点头。

"你们朝鲜人总是对我说这些。"

所罗脱口而出："她不是朝鲜人。"

惠津子碰了碰他的胳膊，三个人走出了通风不良的房间。她想从这个灰色盒子里爬出去，再看看外面的光线。她渴望北海道的白色山峰。虽然她在童年时从未这样做过，但她想走进寒冷雪白的森林，徜徉在光秃的深色树木间。生活中有太多的侮辱和伤害，她别无选择，只能承受她该承受的一切。但现在，她也想代替所罗承受他的耻辱，尽管她自己已经不堪重负。

第十章

花子母亲手下的一个女服务生给她端来了一杯可乐，她坐在吧台旁的一张桌子边，玩弄着吸管。她不再烫发，而是留着直发，发色自然，黑中发红。她的头发长度适中，垂在她那瘦弱的肩膀上。她穿着一件熨烫过的干净白色棉衬衫和一条盖过膝盖的黑色褶裙，配上灰色的羊毛长袜和平底女学生鞋。她从小学起就没穿过这种衣服了。她的肚子是平的，但她那蓓蕾一样的乳房看起来更丰满，此外，根本看不出她怀孕了。

餐厅要举行私人活动，没有开门营业。十二张圆桌上铺着白色的亚麻桌布，每一桌中间都摆放着优雅的插花和烛台。一个打杂工站在边缘，用氦气瓶一个接一个地吹红气球。他让气球都飘到天花板上。

惠津子和所罗静静地走进了餐厅。他坚持来餐馆，向她女儿问好后才回家换衣服。一进门，看到餐厅里的装饰和戏剧性的变化，他惊讶地张大了嘴。然后，他看到坐在空桌边的女孩，就问："是她吗？"

"是的。"

花子对他们投去羞涩的笑容。

所罗和花子正式互致问候。他们的好奇心是显而易见的。花子指着遮住了整个天花板的气球，惠津子还来不及开口，所罗就立即用日语回答："今天是我的生日。你也来参加派对吧。今晚这里有一顿美式晚餐，然后我们去真正的迪斯科舞厅。"

花子答："你愿意的话，我当然没问题。"

惠津子皱起了眉头。她必须去和厨师交代一下饭菜的事，但她不愿意让他们单独待着。几分钟后，她从厨房回来，只见他们像一对年轻的恋人一样窃窃私语。惠津子看了看手表，催促所罗回家。在门口，他喊道："嘿，派对上见。"花子像个交际花一样微笑着挥手告别。

"你为什么要他走？我挺喜欢他。"

"因为他要去换衣服。"

"我看过里面的东西了。"花子看了一眼入口边的袋子。一百个派对礼品袋排成四长排，肯定是要带到迪斯科舞厅的，每个袋子里都装着数盘磁带、一个索尼随身听录音机、几本进口青少年杂志和盒装巧克力。

"我爸要是黑帮就好了。"

"花子，他不是……"惠津子看看周围是否有人能听到她们说话。

"你男朋友的儿子看起来倒不像个乳臭小儿。"

"他的生活并非无忧无虑。"

"不无忧无虑吗？上美国私立学校，银行里有百万存款，还有司机。有点见识吧，母亲大人。"

"就在今天，他得去区公所办理许可证，才能在日本再住上三年。若是被拒，他可能被驱逐出境。他不管去什么地方，都得带着外侨登记卡，而且……"

"啊，真的吗？但他没有被驱逐出境，不是吗？现在他要办一个豪华派对，比大多数人的婚礼都要气派得多。"

"他是在这个国家出生的，今天是他的生日，他却得去印指纹，好像他是个罪犯。他只是个孩子。他没有做错过任何事。"

"我们都是罪犯、骗子、窃贼、妓女，我们都是这个德行。"女孩涂着炭黑色眼影，她的目光看起来冷酷苍老，"这世上就没有无辜的人。"

"你为什么这么铁石心肠？"

"只有我还搭理你。"

"我已经道歉过很多次了。"惠津子试着控制她的声音，但女服务员还是听到了一切，忽然之间，别人是否听到变得不再重要。

"我约好医生了。"

花子抬起头。

"就在后天，到时候你的问题就解决了。"惠津子紧紧盯着女儿那张苍白愤怒的脸，"你还不能做母亲。你压根儿就不明白有孩子是一件多么难的事。"

花子原本紧紧抿着的嘴唇忽然皱起，她用手捂住娇俏的脸，痛哭起来。

惠津子不知道她是不是应该说些什么。她只是把手放在女儿的头上。花子皱起眉头，但惠津子并没有立即把手缩回来。她已经很久没有触摸过女儿那头缎子似的头发了。

当年，惠津子住在北海道那栋逼仄的三居室房子里，屋顶漏水，厨房很小，有些家务给了她力量。此时此刻，带着锥心的痛楚，惠津子依稀仿佛看到她的儿子们狼吞虎咽地吃着她午餐做的煎虾，炸虾高高堆在铺了纸的盘子里。即使在七月中旬，也值得站在火热的天妇罗煎锅前，把裹着面糊的虾扔进滚烫冒泡的花生油里，因为对她的儿子来说，妈妈做的虾比糖果还好吃。往事如同一个又高又黑的浪头，向她袭来，她忽然想起，她有多喜欢梳理花子刚洗过的头发，而刚从热气腾腾的洗澡水里出来，花子的脸颊仍然是粉扑扑的。

"我知道你不想要我们。哥哥们这么告诉我，我就说他们错了，尽管我知道他们说得不错。我一直和你有联系，是因为我不允许你这么轻易就丢下你制造出来的烂摊子。你怎么能告诉我生孩子有多难？你甚至都没努力当一个母亲。你有什么权利？你为什么要成为一个母亲？"

惠津子沉默了下来，她惊讶地意识到，她的孩子们对她的看法，竟然和她对自己的看法一模一样。他们认为她是个怪物。

"你怎么能认为我不想要你们三个？"她回忆起她寄给孩子们的所有信件、礼物和钱，但两个儿子把那些东西都退了回来。更糟糕的是，当她打电话回家询问几个孩子的情况时，她丈夫只说一声"喂"，便把电话交给花子，因为她是唯一愿意拿起话筒接她电话的人。惠津子想为自己辩护，她多次试图提供证据。做母亲比做女儿、妻子、离婚女人、女友或餐馆老板更重要。她做得不好，但她的确是母亲，母亲这个身份永远地改变了她的内心。从立男出生的那一刻起，她的心里就充满了悲伤和自我怀疑，因为她永远都不够好。即使她失败了，她也永远都是一个母亲；即便她死了，她生命的一部分也将长留在这个世上。

"但是，但是，我没有嫁给摩撒，我甚至都没和他住在一起。所以我不会让你和你两个哥哥变得更糟。"

花子仰着头笑了。

"我应该感谢你做出的巨大牺牲吗？你没嫁给一个朝鲜流氓，你要我恭喜你吗？你没嫁给他，是因为你不想受苦。你是我认识的最自私的人。如果你想和他上床，拿他的钱去开高级餐馆，却不嫁给他，那也是你自私的选择。你这么做，不是为了我或我的哥哥们。"花子用衬衫袖子擦干脸上的泪水，"你不想被人评判，这就是你没有嫁给他的原因，这就是为什么你离开北海道去大城市躲起来的原因。你以为自己是受害者，其实不然。你离开是因为你害怕，你和那些男人上床是因为你害怕变老。你又软弱又可怜。别跟我说牺牲，因为我不相信这种废话。"

花子又哭了起来。

惠津子瘫坐在椅子上。如果她嫁给了摩撒，这将向北海道的每个人证明，体面的日本男人不会碰像她这样的女人，她会被称为黑帮的妻子。如果她嫁给了他，她就不会再被视为优雅的老板娘，在横滨最好的地段经营着一家成功的餐厅。而她就是这么看她自己的。摩撒没见过她的真面目，肯定认为她很好，但花子并没有被愚弄。惠津子拿起花子放在椅子旁边的旅行袋，用手肘推推女儿，示意她站起来，该走了。

— ○ — –

惠津子的公寓在离餐厅四个街区的一栋豪华大楼里。在去那里的路上，花子说她不想再去参加派对了。她想一个人待着，一觉睡到天亮。惠津子打开公寓的前门，带花子去了她的卧室。她今晚睡在沙发上。

花子躺在榻榻米的另一头，惠津子用一床轻薄的被子盖在她那瘦弱年轻的身体上，然后关掉了灯。花子蜷缩着身体，仍然睁着眼睛，一句话也不说。惠津子不想离开她。不管怎样，她觉得自己还是感到很满足。他们又在一起了。花子来找她，需要她的照顾。惠津子坐在床沿上，抚摸着女儿的头发。

"你身上还是这种香味。"花子轻声说，"我以前一直以为这是你的专用香水。快乐香水，是吗？"

"我一直喷这种香水。"

"我知道。"花子说。惠津子强忍着，才没有去闻她自己的手腕。

"不仅是香水的味道，还有你用的所有其他面霜之类的，那些东西形成了一种特殊的气味。我过去常转百货公司，想确定那是一种什么味儿。原来，那是妈妈的味道。"

惠津子有很多话想说，但最重要的是她不能再犯错。"花子……"

"我想睡觉了。你去参加那孩子的派对吧，不用管我。"花子的声音很冷淡，但这次温柔了一些。

惠津子提出留下来，但是花子挥手让她离开。惠津子说她第二天不忙，也许她们可以去买一张床和一个梳妆台。"那你就可以经常来和我一起住了。我腾个房间给你。"惠津子说。

花子叹了口气，但她的表情一片茫然。

惠津子看不出她女儿想怎么样。"你不要急着走。特别是你还要做……"惠津子用指尖划过她的嘴唇，随即很快把手拿开，"你可以留下来，还可以在这里上学。"

花子动了动躺在枕头上的脑袋，吸了口气，依然不说话。"我给你父亲打电话，问问他的意见。"

花子把毯子一直盖到下巴下面。"随你的便。"

惠津子必须回餐馆，但她在沙发上坐了几分钟。曾几何时，她还是一个年轻母亲，在她醒着的时候，只有一个时间她能感到平静，那便是她的孩子们晚上睡觉之后。她渴望看到她的两个儿子过去的样子：他们的腿又白又胖，蘑菇头奇形怪状，因为他们说什么也不肯在理发店里安静地坐着。她希望她能找回过去的时光，彼时，她仅仅因为自己很累而责骂孩子。错误太多了。如果生活里的一切可以修改，她会让他们多洗一会儿澡，在睡觉前多给他们读一个故事，多做一盘虾给他们。

第十一章

受邀参加所罗生日派对的孩子们都是美国和欧洲的外交官、银行家和外籍富翁的子女。每个人都说英语而不是日语。摩撒选择横滨的这所国际学校，是因为他喜欢西方人的观念。他对儿子有明确的期望：所罗不仅要讲一口流利的英语，还要讲一口流利的日语；他应该在上流社会中长大，与外国人结交；最后，他应该在东京或纽约为一家美国公司工作。摩撒从没去过纽约，但他认为那里是一个人人都有机会的地方。他希望他的儿子成为一个国际人。

一长串黑色豪华轿车沿街道蜿蜒而行。孩子们离开餐厅时，纷纷感谢摩撒和惠津子用丰盛的晚餐招待他们。摩撒让孩子们在餐厅前面站好队，并指示说"女士优先"，这是他从美国电影中学到的一句话。姑娘们钻进闪闪发光的六座汽车后，车子开走。男孩随后上车。所罗坐最后一辆车，和他同坐的是他最好的两个朋友：英国银行家的儿子奈杰尔，以及印度航运公司高管的儿子阿杰伊。

迪斯科舞厅灯光昏暗，刺激迷人。高高的天花板上挂着二十多个高低不同的镜面球，在偌大的舞厅里投射下点点光斑，光点随着镜面球的移动而来回摇晃。灯光照射在走过地面的人身上，像水下的鱼一样闪闪发光。人到齐后，大家都在长桌边坐了下来，然后，英俊的菲律宾经理站到凸出地面的舞台上。他的声音优美圆润。

"白所罗的朋友们！欢迎来到林格迪斯科舞厅！"他停顿片刻，任由孩子们欢呼，"今天是所罗的生日，林格请来了日本史上最火的明星，有朝一日，他们将成为世界顶级明星，他们就是：上原良木和七君子乐队！"

孩子们似乎不相信他。幕布升起，露出了七人摇滚乐队，歌手从后面走了出来。上原良木看上去普普通通，几乎令人失望。他穿得像个商人，忘记戴领带，戴着宽框眼镜，和他专辑封面上的那副眼镜一模一样。他的头发梳得整整齐齐。看样子，他超不过三十岁。

所罗不停地摇头，既困惑又高兴。乐队的声音很大，孩子们冲到舞台上疯狂地跳舞。漫长的开场曲结束后，司仪让所有人都聚集在舞台周围，厨师一郎把一个棒球场形状的华丽冰激凌蛋糕推向所罗。又细又长的蜡烛照亮了大蛋糕的表面。一个女孩喊着："别忘了许愿，宝贝！"

所罗一口气吹灭了所有蜡烛，所有人都鼓掌大叫。

惠津子把系着饰带的蛋糕刀递给他，让他第一个切蛋糕。探照灯照在他的身上，他用带着锯齿的长刀切下蛋糕。

"需要帮助吗？"她问。

"我想我能行。"他说，两只手齐用，好切得笔直。

"啊。"她看到指甲下面的墨水，惊呼道。他洗掉了大部分，但指尖上还残留着一点污点。

所罗抬起头，笑了出来。

惠津子轻轻扶着他的手臂，引导他继续切蛋糕。切下第一块后，所罗把刀还给她，她把剩下的蛋糕都切了。侍者们分发蛋糕，一直独坐的上原良木接过一块。摩撒给了所罗一个很厚的蓝色信封，里面装满了日元钞票，并告诉他把信封交给歌手。上原良木示意所罗坐下。在这种光线下，惠津子想，不会有人注意到墨水渍。

—— ○ ——

乐队演奏了另一首曲子，然后，一个DJ为孩子们播放了流行歌曲。派对快结束时，惠津子感觉快乐而疲惫，就跟她的餐馆打烊后一样。摩撒坐在一个小单间里，独自喝着香槟，她坐在他身边。摩撒又把杯子斟满，递给她，她喝了两大口。她笑了。他说她为所罗安排得很好，惠津子摇了摇头。"没有。"

她不假思索地说："我想她一定很高兴。"

摩撒一开始没听明白。过了一会儿，他点点头。"是的，她一定为他高兴。"

"她是什么样的人？"惠津子挪动身体，看着他的脸。点点光亮划过他那分明的五官。

"我告诉过你的。她是一个很好的女人，和你一样。"关于由美，他很难说出其他评论。

"不，多讲一些她的事吧。"惠津子不想知道她们有哪些相同之处，只想知道她们之间有何不同，"我想多了解一些。"

"为什么？她已经不在了。"摩撒说完这句话，看起来很伤心。他注意到所罗此时正和一个短发高个的中国女孩跳舞。所罗跟着女孩那优雅的舞步，额头上布满了晶莹的汗珠。惠津子盯着她的空香槟杯。

"她想给他取名世宗。"他说，"但按照传统，都是祖父给孙子起名。我父亲去世了，于是约瑟伯父给他取名所罗。"他停顿片刻，"世宗是朝鲜的国王，就是他发明了朝鲜语字母表。约瑟伯父给他起的是《圣经》里一个国王的名字。我想他这么做，是因为我父亲是一位牧师。"他笑了。

"你笑什么？"

"我笑由美……"摩撒大声说出了她的名字，听到这两个字，他大吃一惊，"我笑由美为他感到莫大的骄傲。他是她的儿子。她想要给他国王般的生活。我觉得她与我父亲、伯父一样。骄傲。我和我的工作是她的骄傲。当时我认为这很好。但现在我的年纪越来越大，我想知道为什么。"摩撒的声音很伤感，"我们朝鲜人有什么可骄傲的？"

"为你的孩子感到骄傲是好事。"她把裙子抚平。她的孩子们出生时，她对他们拥有完美的身体感到惊讶，她对他们的小小身体和他们的健康感到惊奇。但她从没想过用历史人物的名字给孩子起名，更不用说是用国王的名字了。她从来没有为她的家庭或她的国家感到骄傲；如果说有什么不同的话，那就是她感到羞愧。

"今天有一个女学生和我说，所罗长得很像母亲。"他指着舞厅角落里的一群女孩。她们穿着狭胸罩，针织紧身裙紧紧包着她们的窄臀。

"她是怎么知道的？"

"她指的是你。"

"啊。"惠津子点点头，"我也希望我是他的母亲。"

"不不，你肯定不希望的。"摩撒冷静地说。她感觉她活该。

"我比今天下午那个女办事员也好不了多少吧？"

摩撒摇摇头，握住她的手。

为什么她的家人把柏青哥游戏机视为洪水猛兽？她的父亲是一名旅行推销员，把昂贵的人寿保险卖给那些买不起保险、脱离社会的家庭主妇，而摩撒则创造了一个空间，让成年男女可以玩弹珠游戏赚钱。他们两个人都是靠机会、恐惧和孤独赚钱的。每天早上，摩撒和他的部下都调整机器，以修正游戏结果：赢家少，输家多。但我们还是继续玩，因为我们希望好运落到我们头上。你怎么能对那些玩游戏机赢钱的人生气呢？惠津子在一个重要的方面很是失败：她没有教会她的孩子心怀希望，也没能让他们相信他们可能赢。柏青哥游戏很愚蠢，但生活并非如此。

惠津子摘下新手表，放在他的手里。"我不是不想要戒指……"

摩撒没有看她，但他把手表放进了衣兜。

"太晚了，都快午夜了。"他轻声说，"孩子们该回家了。"

惠津子从桌边站起来，走过去发派对礼物袋。

—— ○ —— —

所罗不希望这个晚上就这么结束了，便说他饿了，于是他们三个回到餐厅。店里恢复了整洁，像是刚才还在营业。

她问他想吃什么，他说"每样都来一点"。他看上去高兴极了，她很高兴看到他这样。她希望他能成为一个快乐的人，也许这就是所罗对她和摩撒的意义。

在饭厅的最后面，摩撒坐在一张四人桌旁，打开了晚报。他看上去像一个正平静等待火车到来的中年男人。惠津子往厨房走去，所罗跟在她身后。

她在备菜台上放了三个白盘子，又从冰箱里拿出一盘炸鸡和一碗土豆沙拉，这是一郎根据美国食谱做的。

"花子怎么没来？她病了吗？"

"没有。"惠津子不喜欢对直接的问题撒谎。

"你知道的，她很美。"

"她就是太美了。这就是她的问题。"曾几何时，他们的一个世交夸赞惠津子，她母亲也是这么说她的。

"你今晚开心吗？"她问。

"开心。我到现在还觉得不可思议呢。上原良木还和我说话了呢。"

"他说什么了？"她在摩撒和所罗的盘子上各放了两大块鸡肉，在她自己的盘子里放了一个小鸡腿，"他这人怎么样？"

"他人很好，也很酷。他说他最好的几个朋友都是朝鲜人。他要我好好孝顺父母。"

所罗没有否认她是他的母亲，尽管这是一件好事，却只是让她感觉更加焦虑。

"你父亲今晚告诉我，你母亲很为你骄傲。从你出生那天起，你就是她的骄傲。"

所罗没说话。

她觉得他应该不再需要母亲了；他长大了，他比她认识的大多数有母亲的孩子都出色。他马上就是男子汉了。

"过来水槽这里，把左手伸出来。"

"有礼物吗？"

她大笑起来，把他的左手拉到水槽上方，然后打开水龙头。"还有墨水渍呢。"

"他们会让我离开吗？真的会把我驱逐出境吗？"

"今天一切都很顺利。"她答，轻轻地用洗碗刷擦洗他的手指和指甲，"没必要担心，所罗。"

他似乎对她的回答很满意。

"花子告诉我，她来横滨，是为了摆脱她的小麻烦。她是怀孕了吗？奈杰尔就把他女朋友的肚子搞大了，她只好去打胎。"

"你朋友奈杰尔？"她记得那个和他在周末一起玩游戏机的金发男孩。他只比所罗大一岁。

他点点头。"是呀。花子看起来很不错。"

"我的孩子们恨我。"

所罗清洗他指甲下面的墨水渍。"你的孩子们恨你，是因为你走了。"他变得严肃起来，"他们控制不了自己。他们想你。"

惠津子咬着下嘴唇内侧。她能感觉到嘴里的小肌肉，于是她阻止自己把嘴唇咬出血。她不敢看他的脸，虽然竭力克制自己，但她还是哭了起来。

"怎么了？你怎么哭了？"他问，"对不起。"所罗的眼圈也红了。

她深深吸气，让她的呼吸平稳下来。

"花子出生时，护士们在一张卡片上给她印了脚印。他们洗了墨水渍，但没洗干净，所以，回到家后，我就给她洗干净。我想她其实什么也看不到，毕竟她刚刚出生，但是我感觉她看着我，好像我弄疼了她，她一直哭，一直哭……"

"惠津子，花子不会有事的。奈杰尔的女朋友就没事。他们大学毕业后还可能结婚呢。他是这么说的……"

"不，不。我不是为那个。我只是很抱歉，让你以为我不想做你的母亲。"她抓着肚子，好放缓呼吸，"我伤害了很多人。你是个好孩子，所罗。我希望我能让你为我骄傲。"

他的黑色直发贴着脸侧，他没有把头发拂开。他的眼里写满了担忧。

"但我是今天出生的。没人能记得自己出生的一刻，也不记得当时有谁在场，这不是很有意思吗？当时的事都是听别人说的。现在，你陪在我身边，对我来说，你就是母亲。"

惠津子张开手捂住了嘴，细细思索他的话。虽然有遗憾，新的一天还是会到来，即便是定了罪，审判中也会有好的一面。惠津子终于关上了水龙头，把泡水变大的黄色海绵放进水槽里。弯曲的黄铜管吐出最后几滴水，厨房变得寂静无声。惠津子伸手抱住了这个今天过生日的孩子。

第十二章

1979年，大阪

　　顺子得知她的母亲杨金患上了胃癌，便离开了住在横滨的儿子和孙子，回到了大阪。秋冬两季，顺子在她母亲铺盖的尾部睡觉，好让她那疲惫的嫂子庆熙歇一歇，在庆熙的丈夫白约瑟终于去世后，庆熙一直在尽心尽力照顾杨金。

　　杨金躺在厚棉布铺盖上，基本上连动也不动，她睡在房子前面的房间里，那里实际上已经变成了她的卧室。这个房子里最大的房间中弥漫着桉树和橘子的味道。最近，地板上铺了新榻榻米垫子，明媚的阳光自两扇窗户倾泻进来，窗边点缀着两排养在陶瓷花盆里的绿色植物。杨金铺盖边有一个大篮子，里面装满了九州橘，这是大阪的朝鲜教堂的教友送的昂贵礼物，橘香四溢。新买的索尼彩电开着，音量很低，三个女人都在等着看杨金最喜欢的节目《异国他乡》。

　　顺子坐在她母亲旁边的地板上，她的母亲尽可能坐起来，庆熙则坐在她平常的位置上，也就是铺盖另一边的杨金的头边。顺子和庆熙都在为所罗编织深蓝色毛衣。

　　说来也怪，杨金的四肢和关节一个接一个地停止了活动，她的肌肉发软，和果冻差不多，但她的头脑变得更加清晰和自由。她可以想象她离开自己的身体，像鹿一样快速奔跑。但在现实中，她几乎无法移动，也吃不下任何食物。然而，这种疾病带来了一个意想不到的好处，那就是她有生以来，也许从她能够走路和做家务的那一刻起，杨金第一次没有了干活的冲动。做饭，洗碗，扫地，缝衣服，刷洗厕所，照顾孩子，洗衣服，做食物去卖或任何其他需要做的事，都不再可能了。她现在的任务是休息，等待死亡的来临。她所要做的就是什么都不做。她充其量只剩下几天了。

　　杨金不知道生命结束之后会发生什么，但她觉得自己要么是回到所有死去的人身边，要么是前往耶稣基督所在的天国。她想再见到她的丈夫候奈。有一次，她在教堂里听到一段讲道，说是在天堂里，瘸子可以行走，盲人可以视物。她的丈夫不信上帝，但她希望如果有上帝，他会明白候奈是好人，他受够了身体的束缚，值得恢复健康。每当杨金试图谈论死亡，庆熙和顺子都会改变话题。

"你把钱给所罗寄去了吗？"杨金问，"我要你寄的是从银行取出来的崭新钞票。"

"是的，我昨天寄的。"顺子答，为母亲调整了一下枕头，好让她更清楚地看到电视。

"他什么时候能收到？没他的消息呢。"

"阿妈，他今晚或明天能收到卡片。"

所罗这个礼拜还没有打电话给曾外祖母，但这也可以理解。他刚刚举办了一个盛大的生日派对，而顺子会提醒他写一封信或者打电话来，说声谢谢或问候一声。"他可能功课忙。我待会儿给他打电话。"

"那个歌手真的是名人吗？"杨金问道。几个女人不再做糖果生意后，摩撒为她们布置和维修了房子。杨金至今仍很难理解，她的外孙摩撒怎么有那么多钱，竟然雇流行歌星给他儿子的生日派对助兴。

"肯定要花很多钱啊！他真的是名人吗？"

"是啊，惠津子是这么说的。"顺子也想知道所罗现在怎么样了，他该申请他人生中的第一张身份证了。她很为这件事担心。

节目开始了，庆熙连忙起来调整天线。画面清晰多了。节目中熟悉的日本民谣飘进了房间。

"今天樋口去哪里呢？"杨金露出了灿烂的微笑。

《异国他乡》节目的采访人樋口是一位精神矍铄的老妇，她的头发染成黑色，一点也不显老，她走遍了全球，采访移居国外的日本人。樋口与她那一代的普通女性不一样，她一生未婚，没有孩子，是一个能力卓绝的世界旅行记者，可以问出任何私密的问题。据说她有朝鲜血统，光凭这个谣言，就足以让杨金和庆熙对樋口的勇气和流浪癖喜闻乐见。她们很喜欢她。在几个女人还经营小糖果店时，她们一关门就冲回家，生怕错过哪怕是一分钟的节目。顺子一向对这个节目不感兴趣，但现在她为了她母亲会把节目看完。

"枕头！"杨金叫道，顺子把她的枕头放好。

片头字幕滚动起来，庆熙拍了拍手。尽管有种种限制，她一直希望樋口去朝鲜。高汉秀告诉她的丈夫，她的父母和公婆都死了，但她仍然渴望听到家里的消息。此外，她还想知道金昌浩是否安全。不管她从别人那里听过多少次，他们的家人在回国后有多悲惨，她都无法想象那个戴着厚眼镜的英俊小伙子已经死了。

片头音乐停了，一个男声画外音宣布，今天樋口来到麦德林采访非常优秀的一家人，这家人从事养殖业，拥有哥伦比亚最大的养鸡场。樋口穿着浅色雨衣和她著名的绿色长袍，惊叹于若村一家在十九世纪末就决定移民到拉丁美洲，并且将孩子们培养成世界上优秀的日本人。"他们都会说日语呢！"樋口的声音充满了惊奇和赞赏。

摄像机镜头对准了女家长若村太太，她是一个满脸皱纹的瘦小女人，今年六十七岁，看起来很显老。她的眼睛很大，眼角下垂，眼周的皮肤又干又皱，显得睿智而深沉。和她的兄弟姐妹一样，她也是在麦德林出生的。

"当然，我父母的日子过得很艰难。他们不会说西班牙语，也不懂养鸡。我六岁时，父亲死于心脏病，母亲独自抚养我们。我大哥和我们的母亲住在这里，但我们的另外两个兄弟去了蒙特利尔读书，然后回到了这里。我和我的姐妹们在农场工作。"

"肯定非常辛苦。"樋口上气不接下气地说。

"女人天生就是受苦的命。"若村太太说。

"是啊，是啊。"

镜头中出现了巨大农场的内部，只见那里有成千上万只毛茸茸的鸡，好似一片由白色羽毛组成的移动海洋。无数只鸡顶着鲜艳的红鸡冠，拍打着翅膀。

在樋口的请求下，若村太太列举出了自打她的个子高到能喂鸡饲料且不被啄以来，所要做的各种家务活。

"肯定受了不少苦啊。"樋口重复道，尽量不因为那恶心的气味而皱起眉头。

若村太太耸耸肩。她展示了养鸡场需要做的各种工作，包括抬着沉重的机器在泥泞的田野里跋涉，由此可见，若村太太是一个多么坚忍的人。

在这期三十分钟的节目最后，樋口请若村太太用日语对观众说几句。

这位苍老的女农场主害羞地扭头面对镜头，然后别开目光，好像在思考什么。

"我从没去过日本……"她皱起眉头，"……但我希望无论我身在何处，无论我做什么，我都能成为一个好的日本人。我希望永远不使我的同胞蒙羞。"

樋口泪流满面地结束了节目。随着片尾字幕出现，画外音说，樋口现正赶往机场，前往《异国他乡》的下一个目的地。"让我们等待同胞的再次相见！"画外音欢快地说。

顺子站起来，关掉电视。她想去厨房烧水泡茶。

"受苦。"杨金大声说，"女人天生就是受苦的命。"

"是的，受苦。"庆熙点点头，重复着这个词。在一生中，顺子也听过其他女人有此感慨，她们肯定受了很多苦，做姑娘时受苦，为人妻后受苦，为人母还要受苦，死的时候也要受苦。受苦，这个词让她感觉恶心。除了受苦，还有什么？她受苦，是为了给诺亚创造更好的生活，但这还不够。她应该教她的儿子忍受她经常都必须承受的屈辱吗？最后，他拒绝忍受他的出身。母亲没有告诉自己的儿子苦难总会降临，算失败吗？

"你生诺亚的气。"杨金说，"我知道。你这辈子不停地为他着想。首先是高汉秀，现在是诺亚。就因为你想要那个可怕的男人，所以才受苦。女人是不能犯那种错误的。"

"我还能怎么做呢？"顺子脱口而出，说完就后悔了。

杨金耸耸肩，几乎是在滑稽地模仿那个女农场主。"你为那个男人生了孩子，你给你的孩子带来了耻辱。你是在自找苦吃。诺亚那个可怜的孩子，他就是个孽子啊。白伊萨娶了你，你很走运。他是个多好的人啊。摩撒就拥有更好的血统，所以他的事业才这么成功。"

顺子用双手捂住嘴。人们常说，老妇人不仅话太多，还净说些没用的，但她的母亲似乎一直把这些具体的想法藏在心里。这就像是她母亲计划留给她的某种低劣的遗产。顺子无法反驳她。那么做有什么意义吗？

杨金撇起嘴，用鼻孔深深地吸了一口气。"他是个坏人。"

"阿妈，是他把你接到这里来的。如果他没有带你来……"

"确实是他带我来这里的，但他依然是个大坏人。这一点是改变不了的。那个可怜的孩子连一点机会都没有。"杨金说。

"诺亚要是没有机会，那我为什么还要受苦？我为什么还要努力？如果我这么愚蠢，如果我犯下了不可原谅的错误，那是不是你的错？"顺子问，"我不是……我不是……我不是想责怪你。"

庆熙恳求地望着杨金，但老妇人似乎没有注意到她的沉默请求。

"姐姐。"庆熙轻声说，"要不要我给你拿点喝的？"

"不用了。"杨金扭头面对顺子，指着庆熙，大声嚷嚷道，"她对我比我的家人对我还好，她比你更关心我。你只关心诺亚和摩撒。你回来，只是因为听说我要死了。你不在乎我。除了你的孩子，你不关心任何人。"

庆熙轻轻摸摸杨金的手臂。

"姐姐，这不是你的真心话。顺子不得不照顾所罗。你知道的。你自己都说过很多次了。由美去世后，摩撒需要他妈妈的帮助。"她平静地说，"顺子受了太多苦了。尤其是诺亚还……"庆熙几乎说不出诺亚的名字。"而你，你在这里应有尽有，对吧？"她尽量使声音听起来柔和些。

"是的，是的，你一直都尽全力照顾我。我真希望金昌浩能留在日本。那样的话，你丈夫死后，他就可以和你结婚了。我很担心啊，我死了以后，谁来照顾你呢？顺子，你一定照顾好庆熙。她不能一个人住在这儿。哎呀，如果金昌浩没去朝鲜送死就好了。哎呀，那个可怜人可能就这么白白地死了。"

庆熙的五官痛苦地扭曲起来。

"阿妈，你瞧你吃药吃的，净说疯话。"顺子道。

"金昌浩之所以去朝鲜，是因为他不能和我们庆熙结婚，他等不下去了。"杨金说，她不再哭了。这就像看着一个蹒跚学步的孩子哭哭啼啼，却可以随意收回眼泪。"他比白约瑟好多了。出事后，白约瑟成了酒鬼，但金昌浩是个真正的男人。他肯定能让我们的好庆熙开心，但是他死了。可怜的金昌浩啊。可怜的庆熙啊。"

看到庆熙震惊的表情，顺子坚定地说："阿妈，你该睡觉了。我们走了，你休息吧。你一定很累了。走吧，我们到后面的房间织毛衣。"顺子说着扶庆熙站起来。在门口，顺子关上了灯。

"我才不累！你又要离开了吗？遇到难事，逃避是最容易的解决办法。很好。我现在就要死了，到时候你就不必留在这里了，你可以去找你的宝贝摩撒了！我从来没有为你制造过一天的负担。在我动弹不了之前，我在这里的每一分钟都在努力干活儿，养活自己。我没有白吃饭，也没有白住在这里。你知道，我得到的都是我用汗水换来的。你善良的父亲死后，我一个人把你养大……"一提到她的丈夫，杨金又哭了起来，庆熙连忙跑到她身边，无法看到她这么痛苦。

顺子看着庆熙轻轻地拍着她母亲，直到母亲安静下来。她认不出她的母亲了，可以说是疾病改变了她，但事情并不是那么简单。疾病和死亡揭露了她母亲更真实的想法，她的母亲一直没有把这些想法宣之于口。顺子是犯了错，然而，她不相信她的儿子是孽子。日本人总说朝鲜人暴躁如雷，愤怒在他们的骨子里。怎么能反驳这种绝望的想法呢？诺亚是一个敏感的孩子，他相信如果他遵循所有的规则，并且做到最好，那么这个充满敌意的世界将会改变他的想法。他的死也许是她的错，因为她允许他相信这样残酷的理想。

顺子跪在她母亲的铺盖边上。

"对不起，阿妈。对不起，对不起我之前离开了。我对一切都很抱歉。"

老妇杨金虚弱地看着她的独生女，突然厌恶自己。杨金也想道歉，但力量从她的身体里消失了，她只能闭上眼睛。

第十三章

"你是基督徒吗？"花子问所罗。她挨着他坐在教堂的长椅上。牧师刚刚赞美完他的曾外祖母，风琴手开始演奏《我们是耶稣的好朋友》。这首歌演奏完毕后将进行结束祷告，到时候葬礼就结束了。

所罗尽量让花子别再说话，但和以往一样，她还是那么固执。

"是不是有点像邪教？但你们什么有趣的事都不做，比如大家一块儿在户外裸奔或把婴儿当成祭品？我看书里写过的，美国人如果是虔诚的基督徒，就这样做，但你看起来不像那种人。既然你很富有，你就得捐很多钱，对吗？"

花子一直把嘴靠近他的耳朵，小声用日语和他说话，所罗做出严肃的表情，像是在努力集中精神。他能闻到她的草莓唇彩的气味。

他不知道如何回答。一些日本人确实相信基督教是邪教。他在学校里的外国朋友不这么看，但他认识的日本人没一个是基督徒。

花子直视着唱诗班，用左小指戳了戳他的肋骨。

唱诗班正在唱他曾外祖母最喜欢的赞美诗。她过去常哼这首歌。

和家里所有的人一样，所罗也是基督徒。他的祖父白伊萨曾是大阪早期的长老会牧师之一。所罗从小到大，都听到教堂里的人把他的祖父称为烈士，他为了信仰入狱，获释后就去世了。顺子、摩撒和所罗每个礼拜日都去做礼拜。

"快完了吧？我想喝啤酒，所罗。我们能走了吗？我是个好姑娘，我可是从头坐到尾了。"

"花子，她是我的曾外祖母。"最后，他说道。所罗记得她是个温和的老妇人，身上散发着橙油和饼干的味道。她不太会说日语，但她的深蓝色马甲口袋里总有给他的点心和硬币。

"我们应该放尊重些。"

"曾祖母在天堂里。基督徒不都是这么说的吗？"花子模仿安详的表情。

"可是她死了。"

"你看起来也不怎么伤心。你奶奶顺子好像也不太难过。"她小声说，"那你是基督徒了？"

"是的，我是基督徒。你怎么这么关心这件事？"

"我想知道你死了之后会怎么样。孩子死了之后，会怎么样？"

所罗不知道说什么才好。

堕胎后，花子搬去和母亲一起住。她说什么也不肯回北海道，整日泡在惠津子的餐馆里，对一切都感到厌倦和恼怒。她不会英语，所以上不了所罗的学校，而且，她讨厌和她同龄的孩子，拒绝上当地的高中。惠津子试图弄明白花子应该做什么，但同时，花子认为所罗是她的目标，只要一有机会，就跟着他。

和其他人一样，所罗认为花子非常漂亮，但惠津子警告他说，她的女儿是个捣蛋鬼，他应该和他学校里的女孩交朋友。

"总算完了！祷告结束了。快点，我们走吧，不然人多了，就不好走了。"花子轻轻地用胳膊肘推了他一下，拉他从椅子上站起来，他由着她带他走出教堂。

—○——–

在教堂后面明亮的巷子里，花子向后靠在墙上，一只脚在地上，另一条腿弯曲靠在墙上。她在抽烟。她又问他为什么他们不能喝啤酒。

在他的学校里，有些学生喝酒，但所罗不太喜欢酒的味道，而且，他的朋友们喝醉后总惹麻烦。他的父亲不会因为这种事而生他的气，而且，所罗在聚会上可以随便拒绝他朋友递过来的酒，因为这不是什么大不了的事。但是他很难对花子说不，因为她想要什么东西，总是不如愿就不罢休。花子早就觉得他太古板了。

花子深深地吸了一口烟，把烟吐出来，她噘嘴的样子可爱极了。

“不能喝啤酒，要尊重他曾外祖母的葬礼，从不生他父亲的气。啊，所罗，也许你可以当牧师了。”

她双手合十祈祷，还闭上了眼睛。

“我不打算当牧师，但是我长大后该做什么呢？”他问道。

学校里一个比他大的学生曾说，所有女人都是妓女，所有男人都是杀手；女孩们关心你未来的工作，是因为她们想嫁给有钱人。

“我不知道，柏青哥牧师。”她笑了起来，“嘿，基督徒不应该有婚前性行为，对吧？”

所罗扣上西装上衣纽扣。外面很冷，他的大衣还挂在楼上的壁橱里。

“你还是童男呢。”她笑眯眯地说，“我知道。没问题。你才十四岁。你想不想？”

“想什么？”

“和我做啊？你知道，我可以的。”她又吸了一口烟，给了更多的暗示，“我有经验。我做过很多次了。我知道你喜欢什么。”花子抓着那天早上他父亲为他系的领带的领带结，然后慢慢地松开了手。

所罗不敢看她的脸。

教堂的后门缓缓地开了。惠津子站在门口冲他们两个挥手。

“太冷了，你们两个进来吧。所罗，你该和你父亲一起去接待宾客了。”

所罗能听出惠津子声音里的焦虑。花子把烟丢掉，跟他走进教堂。

———— o ————

在接待处，花子继续跟着所罗。她要他猜她的胸罩尺码。所罗不知道，但他现在满脑子想的都是她的胸脯。

客人大都上了年纪，没有打扰他们，于是他们两个在接待处里闲逛。

"咱们去7-11便利店买啤酒吧。然后去我家喝，不然去公园也成。"

"我不喜欢喝啤酒。"

"说不定你喜欢我的阴门。"

"花子！"

"啊，闭嘴。你喜欢我。我知道你喜欢我。"

"你为什么非要这样说话？"

"因为我不是好女孩，而你不愿意和好女孩做，特别是你的第一次。没人愿意。我又不想和你结婚，所罗。我更不需要你的钱。"

"你在说什么呀？"

"去你妈的。"花子说完便从他身边走开了。

所罗追上她，拉住了她的手臂。

花子冲他冷冷一笑。这就好像她变成了另一个人。她穿着一件深蓝色羊毛裙，裙子上配有白色小圆领，这样看来，她比他还小。

奶奶顺子走了过来。

"奶奶。"所罗说，看到顺子，他不由得松了一口气。他和花子在一起非常兴奋，但她也让他感到紧张和害怕。在她面前，有一个成年人在身边让他感觉更安全。就在昨天，他发现她在便利店偷了一包巧克力威化饼。她离开商店，所罗则留下付钱买巧克力，担心店员可能惹上麻烦。在他父亲的店里，如果物品丢失，职员立即就会被解雇。

顺子对他们笑笑。她摸摸所罗的上臂，仿佛是在安慰他。他看起来有些慌张。

"你穿西装很帅气。"

"这位是花子。"所罗说，花子深深向她鞠了一躬。顺子点点头。这姑娘是个大美人，却倨傲地扬着下巴。顺子有事和摩撒商量，却感觉不应该留下所罗和这个美少女独处。

338

"结束后，你会回家吧？"她问。

所罗点点头。

顺子刚一转身离开，美少女就带他走出了教堂。

— ○ — ⌐

高汉秀拄着拐杖走了过来。他一看到顺子斜穿过接待区，便大声喊她。

顺子听到了他的声音，她只觉得难以忍受。

"你母亲是个坚强的女人。我一直都认为她比你还坚强。"

顺子注视着他。她母亲临死前说这个人毁了她的生活，但他有吗？他给了她诺亚。她如果不是怀孕了，就不可能嫁给白伊萨，如果没有白伊萨，她就不会有摩撒和她的孙子所罗。她再也不想恨他了。约瑟再见到把他卖为奴隶的兄弟们，他是怎么说的来着？"你们想伤害我，但上帝要你们这么做，是为了让我完成现在的事，是为了拯救许多生命。"曾几何时，她问白伊萨这世上为什么有邪恶，他就是这么教她的。

"我是来看看你好不好，有没有什么需要。"

"谢谢你。"

"我妻子去世了。"

"我很遗憾。"

"我不可以和她离婚，因为她父亲是我的老板，他收养了我。"

一段时间前，摩撒告诉她，在高汉秀的岳父退休后，高汉秀成了关西地区第二大黑帮家族的老大。

"你不用向我解释，我们之间没什么可说的。谢谢你今天能来。"

"你为什么这么冷漠？我还以为你现在会嫁给我。"

"什么？现在可是我母亲的葬礼。你为什么还活着，而我的诺亚却不在人世了？我甚至都不能去参加我自己孩子的……"

"他是我唯一的……"

"不是的，不是的。他是我的儿子。我的。"

顺子快步向厨房走去，留下他独自拄着拐杖站在那里。她泪流不止，厨房里的女人见到她，纷纷和她拥抱。一个她不认识的女人轻轻地揉搓着她的后背。她们都以为她是为了母亲的死而伤心难过。

第十四章

1980年，横滨

所罗兴奋到不能自已，他没有过性经历。花子在这方面了解很多，所以她教他试着想一些其他事，如果他太兴奋了，就闭上眼睛，因为对他来说，等她到高潮是很重要的。她说，如果他一分钟就高潮了，女孩们就不会再和他亲热了。所罗做了花子告诉他的每一步，不仅因为他敬畏她，还因为他想让她快乐。他愿意做任何事逗她开心，因为即使她很聪明，美到令人窒息，令人兴奋，但她也很伤心不安。她不可能坐着不动，一天不喝酒，她就受不了。对她来说，做爱也是很重要的，所以在六个月的时间里，她把他变成了她的理想情人，尽管他还不到十五岁，她自己则不到十七岁。

这一切都是在杨金的葬礼后开始的。花子买了啤酒，他们去了惠津子的公寓。她脱掉裙子和上衣，然后脱掉了他的衣服。她把他拉到她的床上，在他的阳具上套了一个橡胶套，并告诉他该怎么做。他对她的身体感到惊讶，她被他的幸福逗乐了。花子并没有因为他很快就高潮了而生气，她早就预料到了这一点，但在他高潮过后，她开始了她的课程。

他们几乎每天都在惠津子家里见面，并多次做爱。惠津子从未回家，所罗告诉奶奶他和朋友在一起。他回家吃晚饭，因为他的父亲期望在餐桌上见到他，而她通常都去惠津子的餐厅吃饭。

和她在一起后，所罗感到不一样了，他觉得自己长大了，对生活也更认真了。他还是个孩子，他很清楚这一点，但他开始思考如何能一直和她在一起，而不仅仅是放学后和休息时。在学校里，他尽可能快点写作业，这样他去找她，就不用老想着作业了。他的父亲期望他取得好成绩，而所罗是个好学生。当他不在她身边时，他不禁想知道她外出时做了什么。他常常担心她被大一点的男孩抢走，但她说没什么好担心的。

惠津子和摩撒不知道他们做爱，花子告诉所罗决不能让他们知道。她告诉他："我是你的地下女友，你是我的地下男友，知道吗？"

在大约四个月后的一天下午，所罗来到公寓，只见花子穿着肉色内衣和高跟鞋等着他。她看上去就像《花花公子》杂志里的娇小插页女郎。

"你有钱吗，所罗？"她问。

"当然有。怎么了？"

"我想要点钱。我得买些东西来叫你神魂颠倒。比如这个，很漂亮吧？"

所罗想拥抱她，但她轻轻地伸出左手，"先给钱。"

所罗掏出皮夹，拿出一张一千日元的钞票。"你要钱做什么？"他问道。

"人家自有用处呀。还有没有？"

"当然有了。"所罗拿出一张应急的五千日元钞票，他一直把这张钱折叠着，放在钱包里他母亲照片的后面。他的父亲告诉他，他身上必须得有钱，以防有什么重要的事发生。

"请把钱给花子吧。"

所罗把钱给她，花子把这张五千日元放在桌上，和那张一千日元放在一起。

花子缓缓地走到惠津子放收音机的架子边，她调整频道，找到了一首她喜欢的流行歌曲。她弯下腰，随着音乐的节拍扭动臀部，确保他始终注视着她。所罗走到她跟前，她转过身来，解开他的牛仔裤。她一言不发，把他推到她身旁的扶手椅上，双膝跪下。所罗永远也猜不出她要做什么。

他高潮后，只见她在哭。"花子，你怎么了？"

"回家吧，所罗。"花子说。

"什么？"

"我和你完了。"

"我是来这里见你的。这究竟是怎么回事啊？"

"回家吧，所罗！你只是个小男孩，想找人亲热亲热罢了。我需要钱，这点钱根本不够。我能怎么做？"

"你在说什么？"

"回家写你的作业吧。去和你爸、你奶奶吃晚饭吧！你永远是你。我的爸妈离婚了。你瞧不起我，你觉得我是个失败者，因为我妈是城里的妓女。"

"你说什么呢？干吗无缘无故发脾气？我没那么想，花子。我永远也不会那么想的。你也可以来。我还以为等我走后，你要去你妈的餐馆里呢。"

花子戴好胸罩，走进浴室里拿浴袍。她穿着一件红色浴衣走了回来。她一声不吭，然后，她让他多拿些钱，明天再来。

"花子，我们是朋友吧？我爱你。我的钱就是你的钱。我生日时收到的钱都在家里，但我奶奶把钱放在柜子里了。我不能一次全拿出来。你要钱干什么用？"

"我得走了，所罗。我再也不能待在这里了。我必须独立。"

"为什么？不行，你不能走。"

每一天，他都在想他能做什么工作，有了工作，他们就能生活在一起。他们太年轻了，不能结婚，但他认为，高中毕业后，他就去工作，那样就能照顾她了。他一定会娶她的。她曾经说过，如果她结婚，就永远不离婚，因为她永远不会那样对待她的孩子。她的母亲离开后，她和两个哥哥的待遇还不如麻风病人。但是所罗的父亲想让他去美国上大学。他怎么能把她丢下呢？他不知道她是否愿意和他一起去。他们可以在他大学毕业后结婚。

"所罗，我要去东京过真正的生活。我不能待在这个公寓里，等一个十五岁的孩子来干我。"

"什么？"

"为了我的生活，我得做点什么。横滨是个愚蠢的地方，而我宁愿死也不回北海道。"

"你妈妈给你找的那所学校呢？"

"我不能去上学，我不像你那么聪明。我想上电视，就像剧中的那些女孩一样，但我不会表演，我也不会唱歌，我五音不全。"

"也许你可以学习表演和唱歌，不是有这种学校吗？我们可以让你妈妈给你找一所那样的学校。"

有那么一瞬间，花子打起了精神，随即又变得十分失望。

"她认为这种事很蠢。她不会帮我的，不会的。再说了，我学习不好，演戏是要读台词背台词的。我在电视上看到过非常优秀的女演员接受采访，她说她在读台词背台词方面费了很大的力。除了性，我什么都不擅长，但等我年老色衰了，我能做什么呢？"

"你会一直美丽下去的，花子。"

她大笑起来。

"不是这样的，呆子。女人的美貌转瞬即逝。我妈妈就很显老。她最好能留住你爸爸，她找不到更好的人了。"

"你可以给你妈妈打工啊。"

"不要，那我还不如死了算了。我讨厌酱油的气味，也不喜欢头发上有油。恶心死了。我无法想象整天向那些懒惰、肥胖，动不动就抱怨的顾客鞠躬。她也讨厌顾客，她是一个伪君子。"

"惠津子不是那种人。"

"那是因为你不了解她。"

所罗抚摸她的头发，花子解开浴袍，脱掉内裤。

"还能再来一次吗？"她问，"我需要你进入我。第二次永远都更好，因为持续时间能长点儿。"所罗抚摸她，他能再来一次。

—— ○ ——

她每天都向他要钱，他每天都从柜子里拿一些他过生日收到的钱，直到把钱拿光。每当他来，她都想尝试一些新鲜花招，即使这会让她很疼，因为她告诉他她需要熟练掌握这些技巧。即使他不喜欢某种姿势，她也让他练习，并扮演某种角色。她学会了如何像三级片里的女孩那样叫床和说话。在钱用光的一个星期后，所罗发现了她藏在他铅笔盒里的一张纸条："所罗，有一天，你将找到一个真正的好女孩，而不是像我这样的人。我保证。但和我一起很有趣吧？对你来说，我只是一朵受污染的花。"那天下午，所罗跑到惠津子的公寓，他知道她已经走了。三年后，去纽约上大学前，他在东京一家著名的鳗鱼店里见到了她，她送给他一件毛衣。

第十五章

1985年，纽约

"你在哪里？"所罗用日语问道，"你妈妈不知道你的下落。所有人都很担心。"

"我不想说起她。"花子答，"你现在有女朋友了吗？"

"有了。"所罗不假思索地回答，"花子，你还好吗？"不管她喝了多少酒，她听起来总是很清醒。

"给我讲讲她的事吧。她是日本人吗？"

"不是。"所罗希望她别挂断电话。大约在五年前，她搬出了惠津子的公寓，在东京做了几份招待工作，拒绝告诉任何人她的行踪。惠津子再也无计可施，她雇了一名私家侦探，但没能找到她。"花子，告诉我你在哪里，给你妈妈打个电话吧……"

"闭嘴，大学生。不然我就挂了。"

"啊，花子。为什么？"他笑了出来，甚至想念她的坏脾气，"花子，你怎么这么难相处？"

"你为什么去那么远的地方？"

花子给自己倒了一小杯酒，所罗听到了液体撞击玻璃杯的声音。那是东京的一个早晨，她坐在她位于六本木狭小公寓的光秃地板上，她和其他三位女招待合住。有两个在前一天晚上喝威士忌喝多了，正在睡觉，第三个去约会了，还没回来。

"我想你，所罗。我想念我的老朋友。你是我唯一的朋友。你知道吗？"

"你喝多了。你没事吧？"

"我喜欢喝酒。喝了酒，我就能开心点。我是千杯不醉。"她哈哈大笑，吞下一小口酒。她希望不那么快喝光瓶里的酒。"喝酒和上床是我的拿手好戏。就是这样。"

"能不能告诉我你在哪里？"

"我在东京。"

"你还在六本木的俱乐部工作？"

"是的，不过我换了一家俱乐部。你不知道是哪一家。"两天前，她被炒鱿鱼了，但她知道她还能找到别的工作，"我是个优秀的女招待。"

"我肯定，不管你决定做什么，都能做得很好。"

"你瞧不起我的工作，但我不在乎。我又不是妓女。我给无聊的男人倒酒，和他们聊天，让他们感觉自己魅力四射。"

"我没说我瞧不起你的工作。"

"你撒谎。"

"花子，你为什么不去上学？我觉得你一定会喜欢大学。你比这里的大多数学生都聪明。你可以来美国上学，先学英语，然后申请这里的大学。你妈妈和我爸爸一定会给你付学费的。你知道的。"

"那我是不是应该先读完高中？"花子讽刺地答，"等等，你女朋友在你身边吗？"

"不在，但我马上去见她。"

"不，你不能去见她，所罗。你得和我聊天。因为你是我的老朋友，我今晚想和我的老朋友聊聊天。你能取消约会吗？我待会儿给你打过去。"

"我给你打吧。我去取消约会，然后给你打电话。"

"我才不把我的号码给你。你去和女朋友取消约会，我五分钟后给你打过去。"

"你还好吗，花子？"

"你为什么不说你也想我，所罗？你以前总是特别想我。你不记得了吗？"

"我记得，我记得所有的一切。"

他们分别三年之后见面吃午饭那次，她送给他一件巴宝莉牌深红色羊绒衫作为毕业礼物。"曼哈顿很冷吧？这件毛衣像我们燃烧的爱一样鲜红炽热。"然而，吃饭的时候，她却不肯靠近他，她甚至不碰他的胳膊。她闻起来很香，有股茉莉花和檀香的气味。

"我怎么会忘记你呢？"所罗轻声说。再过几分钟，菲芘就要来了，她有他房间的钥匙。

"啊，是呀，你是我的所罗。我能看出来你什么时候想要我。"

所罗闭上眼。她是对的，他想要她。她离开他的时候，真的是一种肉体上的痛苦，他一直没找到合适的词来形容她的离去。他爱菲芘，但那种感情与他对花子的感情不一样。

"花子，我该挂电话了，但我过会儿给你打过去吧？能不能把你的号码告诉我？"

"不行，所罗。我绝不会把我的号码告诉你。我什么时候想和你聊天了，我就打给你。你不能打给我。没人能打电话给我。"

"而且，你想离开就离开。"他说。

"是的，我确实一走了之，但是所罗，你永远也不会厌倦我，因为我永远不向你提任何要求，除了今天。我希望你和我聊聊，哄我睡觉。我睡不着觉，所罗。不知道为什么，但我睡不着。花子太累了。"

"你为什么不让你妈妈帮你？我在纽约。你连电话号码都不告诉我。我怎么才能帮……"

"我知道，我知道，你在学习，你要成为一个国际商人！你那个有钱的爸爸希望你这样，所罗是个好孩子，他要让他那个柏青哥爸爸骄傲！"

"花子，你还是少喝点酒吧。"他努力保持冷静的声音。如果他有一点生气，她准会消失。

门开了，菲芘走了进来，一开始，她看起来很开心，可看到他在打电话，便面露困惑之色。所罗笑笑，示意菲芘坐在他旁边。宿舍里只有一张窄床和一张耐用的书桌，但他很幸运，能住单人间。他把一根手指放在嘴唇上，菲芘用口型问是否需要回避。他停顿片刻，然后摇了摇头。

"你能不能取消和你女朋友的约会，帮我入睡？"花子问，"要是你在我身边，就能干我了，我可以在你怀里睡。我们始终都没机会在同一张床上睡觉，因为你以前就是个孩子。"

"你想要我做什么，花子？我怎么才能帮你？"

"所罗奥特曼，你唱歌吧。你唱歌给我听。你知道的，就是那首关于阳光的歌。我喜欢那首关于阳光的歌谣。"

"只要你把电话号码给我，我就给你唱歌。"

"那你得保证你不把号码告诉我妈。"

"好吧。是什么号？"所罗在他的宏观经济学课本的封皮上写下数字，"我现在挂断，过一会儿再打给你，好吗？"

"好吧。"她虚弱地说。她已经喝完第二瓶了。她觉得很清醒，但脑袋昏沉沉的，就像她的四肢被浸透了一样。"我现在就挂电话。打电话给我，我想听你唱歌。"

他挂断电话后，菲芘问："嘿，怎么了？"

"等一下，稍等一会儿。我待会儿解释给你听。"

他拨了他父亲的号码，摩撒接了电话。

"爸爸，你记下花子的电话号码。我觉得她好像真的生病了。只有号码，你能找到她在哪里吗？能不能找春希或是惠津子的私家侦探？我得挂电话了。我必须马上给她回过去。听起来好像她喝醉了，要不就是吸毒了。"

所罗拨打了号码，却发现那里是六本木区的一家中餐馆。

—— ○ —— －

菲芘脱掉外套，脱光身上的衣服，躺到了床上。她的一头黑发披散在她白皙的肩胛骨上。

"是谁呀？"

"花子，我继母的女儿。"

"她怎么会成为你的继姐？是那个妓女吗？"

"她不是妓女，她是女招待。"

"只要给钱，他们就跟别人上床，不是吗？"

"不是的。不总是这样。有时候吧，得视情况而定。"

"啊，老天，这区别可够大的。你又一次让我了解到了日本文化的精髓。多谢了。"

电话响了，所罗快步走过去接听电话。这次打来的是惠津子。

"所罗。那个号码是一家中餐馆的。"

"是的，我很抱歉。但我刚才真的和她通话了，惠津子。她喝醉了。她说她在另一家俱乐部打工。她以前的妈妈桑没有提过她的下落吗？"

"我们没有找到任何信息。另外两个地方都把她解雇了。每次我们快找到她的时候，她都因为喝太多酒被人家炒掉了。"

"我有消息马上通知你。"

"你那里现在是晚上吗？"

"是的。花子说她睡不着觉。我担心她一边喝酒一边嗑药。我听说俱乐部里上班的女孩子会这样。"

"你快去睡觉吧，所罗。摩撒说你在学校的成绩很好。我们为你骄傲。"她道，"晚安，所罗。"

菲芘笑了。

"这么说，你的第一次献给了你那个妓女继姐，而现在她有麻烦了。"

"你真是有同情心啊。"

"你的前任是一个职业性工作者，我没有因为她喝醉了给你打电话就生你的气，我已经够大方够宽容了。要么是我对自己的价值有信心，要么是我对我们的关系有信心，还有可能是我被蒙在鼓里，不知道你不顾伤害我的感情，也要回到那个麻烦缠身的年轻姑娘身边，我知道你很想救她。"

"我救不了她。"

"你试过了，但没有做到，因为她不想要你帮她。她想死。"

"什么？"

"没错，所罗。那个年轻姑娘一心求死。"她向后拨开他额前的头发，温和地看着他。她吻了他的嘴。"这个世界上有很多麻烦缠身的年轻女子。我们不能把她们都救出来。"

花子没有再打电话给他。几个月后，惠津子查到她在歌舞伎町区的一家土耳其浴室打工，她在那里为男人洗澡赚钱。私家侦探把花子的下班时间告诉了惠津子，她在浴室外面等着。几个女孩走了出来，花子是最后一个离开的。惠津子简直无法相信她竟然老了这么多。私家侦探说过，惠津子可能认不出她，因为她成熟了很多。花子的脸十分憔悴，她没有化妆，穿着脏兮兮的衣服。

"花子。"惠津子说。

花子看到了她，随即向相反的方向走去。

"别来烦我。"

"花子，求你了，花子。"

"走开。"

"花子，我们可以忘了这一切。我们重新开始吧。我不该逼你去上学。对不起。"

"不。"

"你不必在这里工作的。我有钱。"

"我不要你的钱，我也不要那个开柏青哥游戏厅的男人的钱。我自己能赚钱。"

"你住在哪里？我们能不能去你住的地方谈谈？"

"不行。"

"我是不会走的。"

"你会走的，你是个自私的人。"

惠津子站在那里，她相信如果她能听着，能受苦，她的女儿就能得救。

"我太坏了。是的。原谅我吧，花子。只要你不再这样，叫我干什么都行。"

花子的大提包从肩膀上掉了下来，用毛巾包着的两个酒瓶在人行道上发出低沉的叮当声。她号啕大哭，双手垂在身边，惠津子跪在地上，抱着女儿的膝盖，不让她离开。

第十六章

1989年，东京

所罗很高兴能回家。事实证明，特氏兄弟投资银行的工作比预想的还好。他大学毕业才一年，却拿到了很高的薪水，而且他享受着作为外国人而不是本地人被雇用的无数好处。公司的人事部给他找了一个高级租房经纪人，这个人在南麻布区给他找了一间像样的一居室，菲芘觉得公寓还不赖。作为他的公司雇主，特氏兄弟投资银行做了租约的担保人，因为所罗在日本是合法的外国人。所罗在横滨他父亲的房子里长大，以前从来没有租过房子。按照惯例，非日本公民租客都需要担保人，这当然惹得菲芘很是不高兴。

经过一番劝诱，菲芘决定跟随他去东京。他们正在考虑结婚，一起搬到日本是第一步。现在她来了东京，他又觉得对不起她。所罗曾在一家英国投资银行的日本分行工作，除了受过西方教育的当地人（不像当地人那么狭隘），他的同事还有英国人、美国人、澳大利亚人、新西兰人，偶尔还有南非人。作为一个在美国接受教育的朝鲜裔日本人，所罗既是本地人又是外国人，他对当地的了解大有用处，还享有外国人的经济特权。然而，菲苋并不享受他的地位和特权。相反，她整天不是待在家里看书就是在东京闲逛，不知道自己为什么在这里，因为所罗很少在家。他们没有结婚，所以她不可能得到工作签证；她想教英语，但她不知道如何找家教的工作。有时，有日本人问她一些很天真的问题，比如她是不是朝鲜人，她往往反应过度。

"在美国，根本不会分韩国人或朝鲜人。我为什么要是韩国人或朝鲜人？这没有任何意义！我出生在西雅图，我的父母到美国的时候，朝鲜和韩国还是一个国家。"她大喊道，道出了她那个时代的偏执逸事。"不管是韩国人还是朝鲜人，有些已经他妈的在这里生活了四代，日本为什么仍然把这两个国家区分开来？你在这里出生。你不是外国人！真是疯了。你父亲也在这个国家出生。你们俩为什么拿着韩国护照？太奇怪了。"

她和他一样清楚，在朝鲜半岛分裂后，在日朝鲜人最终都要选择一边，而且往往不止选择一次，这对他们的居民身份有很大的影响。韩国人或朝鲜人要成为日本公民，仍然难如登天，很多人认为试图成为前压迫者的公民，实在是可耻至极。她把这段历史怪象和普遍存在的种族偏见告知她在纽约的朋友，他们都不敢相信他们认识的友善、彬彬有礼的日本人，实际上却可能认为她是罪犯，不仅懒惰，肮脏，还很有攻击性，而这些都是在日朝鲜人的典型负面特征。"好吧，每个人都知道朝鲜人和日本人合不来。"她的朋友会天真地说，好像一切都是平等的。很快，菲苋就不再和她家乡的朋友谈论这件事了。

菲苋对在日朝鲜人的历史竟如此愤怒，所罗觉得很奇怪。在东京生活了三个月，又读了几本历史书，她得出了一个结论：日本人永远不会改变。"政府仍然拒绝承认日本犯下的战争罪行！"奇怪的是，在就这一话题进行的对话中，所罗发现自己在为日本人辩护。

他们计划等到交易季节结束、工作不忙的时候，去汉城玩一个礼拜。他希望汉城是个中立地区，让他们感到正常，因为从某种程度上来说，他们都是朝鲜移民。菲苋的韩语说得很好，他的韩语却差强人意。他和父亲去过韩国几次，那里的每个人都把他们当作日本人。那次回韩国并不算回家省亲；然而，能去韩国还是很好的。待了一段时间后，他发现，装作是日本游客来韩国享受烧烤，而不是试图向那些捶胸顿足、自以为是的韩国人解释为什么他们的第一语言是日语，要来得容易得多。

所罗深爱着菲芘。他们从大二就在一起了。他无法想象没有她的生活，然而，看到她在这里过得如此不适，他才意识到他们是多么不同。他们都是朝鲜人，都在朝鲜以外的地方长大，但他们并不一样。在日本，他们的差异似乎更为明显。他们已经有两个礼拜没做爱了。这就是他们婚后的相处模式吗？会不会变得更糟？所罗在去打扑克的路上，思考着这些事情。

今晚是他第四次和同事玩扑克。所罗和另一个初级助理路易斯是受邀加入的，路易斯来自巴黎，是个混血儿；其余的玩家不是经理就是执行董事。有时候玩牌的人会有些变化，但通常有六七个人。没有女孩参加。所罗打扑克有一手。第一次玩的时候，他玩得很轻松，不输不赢；第二次，他感觉更自在了，成了第二大赢家；在第三次后，所罗把三十五万日元的赌注赢走了大半。其他人大为光火，但是他认为应该叫别人明白：他想赢，就可以赢。

今晚，他打算输点钱。他们是一群优秀的人，不会输不起，所罗希望继续和他们玩。毫无疑问，他们邀请他，是认为他或多或少是条容易上钩的鱼，但他们不知道，他这个哥伦比亚大学的经济专业大学生，对打扑克和钓鱼都十分在行。

他们玩的是蟒牌，也叫丢垃圾，意思是可以把坏牌扔给你左边的人，先是三张，然后是两张，最后是一张，这期间要一直下注。就连白痴也可以赢，因为玩这种牌，靠的是运气。但所罗喜欢投注。他喜欢看别人下注或输钱。

玩家在六本木一家不知名的居酒屋镶有护墙板的地下室里碰面。店主是所罗的老板森和的朋友，森和是公司里资历最深的总经理。老板让他们每个月用一次地下室，只要他喝的酒够多，并且点很多食物。每个月都有一个人请客吃饭。刚开始的时候，董事们认为让员工们付钱不公平，因为他们挣的钱少得多，但当所罗第三次玩牌赢钱了，他们中就有许多人说"就让那个年轻人请客吧"。就这样，这次的晚饭由所罗买单。

今晚有六个人玩牌，赌注总额是三十万日元。所罗赢了三把，没有输钱，也没有赢钱，持平。

"嘿，索利。"森和说，"出什么事了？好运把你抛弃了，老弟？"

他的老板森和是日本人，留学加州和得克萨斯州，尽管他穿着定制西装，说着优雅的东京特有用语，他的英语发音模式却和纯粹的美国大学生无异。他家里出了好几位公爵和伯爵，他们在战后被剥夺了头衔，而他母亲的娘家则是幕府将军的亲戚。在公司，森和业绩突出。去年一共有六项最重要的业务交易，其中五项都是森和促成的。正是森和邀请所罗来打扑克。几个年纪大的玩家都抱怨输给了他这个年轻人，但森和让他们不要诸多怨言，他说，竞争对每个人都有好处。

所罗喜欢他的老板，每个人都喜欢他的老板。他幸运地成了受森和器重的年轻人，并受邀参加著名的每月扑克牌局。森和团队中有些人在公司里工作了十年，却从没受到邀请。每当菲芘说日本人是种族主义者，所罗就会提起惠津子和森和，作为反驳的证据。惠津子代表着心地善良、没有种族偏见的日本人，但是菲芘和她无法交流，因为惠津子的英语很糟糕。森和是日本人，对所罗比大多数在日朝鲜人对他都友善，那些朝鲜人偶尔带着怀疑的眼神看他，视他为富人的儿子，或者是学校里的竞争对手。没错，一些日本人的确认为朝鲜人是人渣，但有些朝鲜人确实是人渣，他这么告诉菲芘。一些日本人也是人渣。没有必要继续对过去耿耿于怀，他希望菲芘最终能跨过这道坎。

该弃牌、重新发牌、下注了。所罗扔掉了一张无用的方块九和一张红心二，然后拿起了J和一张三，希望能打一把满堂红。幸运从未将他抛弃。每当所罗打牌的时候，他都觉得自己很强大，很顺利，好像他不会输。他不知道自己有这种感觉，是不是因为他不在乎钱。他喜欢坐在桌边，山南海北地聊天。现在这手牌不错，他大有机会赢得当前的赌注，也就是十万日元。所罗赌了三万日元。路易斯和日裔澳洲人山田把牌面朝下以示退出，牌局里只剩下所罗、小野、詹卡洛和森和。小野一脸茫然，詹卡洛搔了搔耳朵。

小野加注两万日元，森和和詹卡洛立即示意退出。詹卡洛笑着说："你们两个浑蛋。"他喝了一大口威士忌，"还有没有竹签子上的鸡肉了？"

"那叫烤鸡肉串。"森和说，"你住在日本，伙计，你该学学竹签上的鸡肉叫什么名字了。"

詹卡洛冲他竖了竖中指，笑了起来，露出一颗颗小而整齐的牙齿。

森和示意侍者过来，为每个人订了餐。

该亮牌了，小野只有两个对子。他一直在虚张声势。

所罗摊开牌。

"你这个狗杂种。"小野说。

"对不起，先生。"所罗说着轻松熟练地把钱扫过来。

"赢就是赢，永远都不要为此道歉，索利。"森和道。

"他可以道歉，谁叫他赢走了我的钱。"詹卡洛反驳道，其他人哄笑起来。

"伙计，我等不及让你和我一起做项目了。我要给你安排很多很多查账的工作，整个周末都别想休息，而且，我保证你只能和丑女一起上班。"小野说。他是麻省理工学院的经济学博士，结了四次婚。每一个妻子都比前一个更美。在日本经济繁荣时期，他是一名资深电子银行家，他赚了很多钱，而且还在不停地工作。小野说，努力工作的目的很简单：和漂亮女人做爱，值得付出代价。

"我会找那些最麻烦的交易，查账的工作量最大的，全都安排给你做，我的小朋友。"小野搓着手说。

"他比你高。"詹卡洛说。

"地位比体型更重要。"小野答。

"对不起，小野先生，实在对不起。"所罗夸张地鞠了个躬。

"没事的，索利。"森和说，"小野有一颗金子般的心。"

"这话可不对。我可是会怀恨在心，瞅准时机就打击报复。"小野说。

所罗挑起眉毛，浑身颤抖。"我还只是个孩子，先生。"他央求道，"行行好吧。"他开始把现金在他面前整齐地堆成一堆。"应该对一个有钱的孩子发善心。"

"我听说你家的钱不太干净啊。"詹卡洛说，"你父亲是开柏青哥游戏厅的吧？"

所罗点点头，不确定他是怎么打听到这件事的。

"我以前和一个热辣的日本混血儿约会过，她经常玩柏青哥。那可是个昂贵的习惯。我早料到你小子会赌钱。这肯定就是聪明的朝鲜血统。"詹卡洛道，"伙计，那姑娘常说起开游戏厅的朝鲜人有多诡诈，有多聪明，把所有日本人都玩弄于股掌之上，但是，伙计，她经常是用她的乳头做这件疯狂的事……"

"不可能。"森和说，"你就没和辣妹约会过。"

"是呀，你识破我了，先生。和我约会的是你老婆，她倒是不太热辣。她真是太……"

森和哈哈大笑起来。"嘿，我们玩扑克吧？"他把苏打水倒进威士忌，酒的颜色立即变淡了很多，"索利赢得光明正大。"

"我又没说什么坏话，我是在恭维。在日朝鲜人既聪明又有钱，就像我们的所罗。我没说他是黑帮！你不会杀了我吧，索利？"詹卡洛问道。

所罗露出了犹豫的笑容。这并不是他第一次听到这种话了，但是已经很久没有人提起他父亲做的生意。在美国，甚至没人知道柏青哥是什么。正是他的父亲相信，西方银行的办公室里会少一些偏见，并鼓励他接受这份工作。詹卡洛说的这些话，与其他日本中产阶级的想法或窃窃私语差不多，听到一个在日本生活了二十年的意大利白人说出这样的话，他感觉怪怪的。

路易斯签牌，森和洗牌，给众人重新发牌。

所罗有三张老K，但他连续三次把它们都出了，然后扣牌退出，输了大约一万日元。晚上结束时，他付了账。森和说自己想和他谈谈，所以他们走到街上叫出租车。

第十七章

"你是故意输的，三张K都是你的。"森和对所罗说。他们站在居酒屋外面。森和点了一根淡味万宝路香烟。

所罗耸耸肩。

"你这么做太蠢了。詹卡洛这人太不会交际。他这种白人只适合住在亚洲，因为他们国内的白人都不喜欢他。他在日本待了这么久，他觉得日本人对他拍马屁是因为他太特别了。他妈的简直异想天开。总的来说，他不是坏人，确实是这样的。别理那个呆子。你现在应该知道，这里的人，甚至不是日本人，也会说朝鲜人不好，但你得忘了这一点。我在美国的时候，人们常说亚洲人这不好那不好，就像我们都说中文，早餐都吃寿司。教我们美国历史的时候，他们会忘记监禁和广岛的事。又能怎么样呢，对吧？"

"我没受影响。"所罗答，在漆黑的街道上寻找出租车。火车在半个小时前就停运了。"我很好。"

"好吧，你是个坚强的人。"森和道，"听着，你知道的，要成功，总是要上点税的。"

"嗯？"

"如果你在任何事情上都做得很好，你就得上税给所有那些差强人意的人。另一方面，如果你做得不好，生活也会让你付失败税。每个人都得有所付出。"

森和严肃地看着他。

"当然，最糟糕的是平庸税。真是浑蛋。"森和扔掉香烟，交叉双臂。"注意了：交失败税的人大都出生在错误的时间和地点，就算指甲断了，还紧紧抓着这个尘世不放，他们甚至不知道游戏规则。你都不能在他们失败时生他们的气。生活会让那些浑蛋受尽折磨。"森和无奈地皱起眉头，好像他有点担心生活的不平等，却又不是太过在乎。他深吸了一口气。"所以，失败者必须爬上珠穆朗玛峰才能脱离地狱，也许每五十万人中有一两个人能登上峰顶，但剩下的人一辈子都要交失败税，然后死去。如果上帝是存在的，而且很公平，那么在来世，这些人应该得到更好的座位，还是说得通的。"

所罗点点头，不明白他到底想说什么。

森和依然牢牢地注视着他。"但是，所有身体健全的中产阶级都害怕自己的影子，他们会用复利按季度分期把税付给普通人。我的朋友，如果你谨慎行事，那事情就是如此。如果我是你，我就不玩任何游戏。我要利用一切他妈的优势。谁跟你过不去，就揍得他屁滚尿流。不要怜悯笨蛋，尤其是当他们不配的时候。要狠狠修理那些浑蛋。"

"这么说，成功税来自嫉妒，失败税来自剥削。好吧。"所罗点了点头，好像他开始明白了。"那平庸税是什么呢？为什么……"

"问得好，年轻的绝地武士。平庸税来自你和所有知道你平庸的人。这种税比你想象的要沉重。"

所罗以前从来没有想到过这样的事，这倒不是说他认为自己很特别，但他从不认为自己平庸。也许这是不言而喻的，即使对他自己来说也是如此，但他确实渴望成功。

"绝地武士，你要明白一点，没有什么比明白你和其他人一模一样更糟糕的了。糟糕透顶的生活啊。而且，在日本这个伟大的国家，我所有英明的祖先都在这里出生，每个人都想和其他人一样。因此，生活在这里才很安全，但此处也是一个恐龙村。恐龙已经绝种了，伙计。把你的那块分割开，把你的战利品投资到别的地方。你是个年轻人，应该有人告诉你这个国家的真实情况。日本没有因为输掉了战争或做了坏事而一败涂地。不再打仗了，日本才惨呢，在和平时期，每个人其实都想成为平庸的人，都害怕与众不同。还有一点，日本精英希望自己是英国人和白人。这太可悲了，简直是妄想，完全值得再讨论一次。"

所罗认为他的话有一定的道理。他认识的所有真正的日本人都认为他是中产阶级，即使他不是。他的一些高中同学里很有钱，他们的父亲拥有数个价值百万的乡村俱乐部会员资格，他们都认为自己是中产阶级。他从未见过的诺亚伯父自杀了，显然因为他想成为一个日本人、一个普通人。

一辆空出租车驶来，但所罗没注意到，森和笑了。

"是呀，一些白痴对你的事感兴趣，并且注意到你父亲是开柏青哥游戏厅的。那么，他们是怎么知道的呢？"

"我从没想过这一点。"

"所有人都知道，所罗。在日本，你要么是有钱的朝鲜人，要么是没钱的朝鲜人，而且，如果你是个有钱的朝鲜人，你的背景就和柏青哥游戏厅脱不开关系。"

"我父亲是个好人，他很诚实。"

"我肯定他很诚实。"森和正对着他，他的手臂依然横抱在胸前。

所罗犹豫了一下，但还是说道："他不是黑帮，他不做坏事，他只是一个普通的商人。他按规定上税，照章办事。这个行业里是有一些阴险的家伙，但是我父亲为人严谨，品行端正。他有三家店。他不是……"

森和鼓励地点点头。

"我父亲从不拿不属于他的东西，他甚至都不在乎钱。他把很多钱都捐……"

惠津子告诉过他，摩撒出钱，让他的几个员工住进养老院。

"索利，索利。不，伙计，不需要解释。这并不是说朝鲜人在常规职业中有很多选择。我肯定他选择柏青哥，是因为他没有别的选择。他可能是个优秀的商人。你认为你平白无故就能把扑克玩得这么好？也许你父亲本可以在富士或索尼这些公司工作，但这并不意味着他们会雇用朝鲜人，对吧？我估摸他们现在也不会雇用你，哥伦比亚大学先生。在很多地方，日本仍然不会雇用朝鲜人当老师、警察和护士。你甚至在东京都租不到公寓，虽然你能赚很多钱。他妈的1989！面对这样的情况，你可以彬彬有礼，但这真是他妈的一塌糊涂。我是日本人，但我不笨。我在美国和欧洲生活了很长一段时间，日本人对在这里出生的朝鲜人和中国人所做的一切简直太疯狂了。他娘的，你们应该搞革命，你们做的抗议还不够。你和你父亲都是在这里出生的吧？"

所罗颔首，不明白森和为什么这么激动。

"就算你父亲是个职业杀手，我也不在乎。我又不会去告发他。"

"但他不是。"

"不，年轻人，他当然不是。"森和笑眯眯地说，"回家去找你的女朋友吧。我听说她长得很漂亮，人也聪明。这很好。因为到最后，头脑比你以为的重要得多。"他说完大笑起来。

森和伸手招来了一辆出租车，让所罗先坐车走。所有人都说森和与一般的老板不一样，看来所言非虚。

— ○ —

一周后，森和把所罗调到了新房地产交易部，所罗成了团队中最年轻的一员。这可是办公室里每个人都想干的肥差。特氏兄弟投资银行的重量级银行客户之一想在横滨置地，建造一个世界级的高尔夫球场。

几乎所有的细节都制定出来了，他们还需要让剩下的三个地主签字。有两个不是不可能，只是他们的开价太高，但第三个令人头痛。那块地的主人是个老妇，对钱没兴趣，不能用钱收买她。她的土地正好位于第十一洞的位置。晨会上，这位客户也来参加，两名银行董事清晰地介绍了构建抵押贷款的有利方式，所罗做了细致的记录。就在会议结束前，森和不经意地提到老妇人还是不肯让步。客户微笑着对森和说："毫无疑问，你能处理好这件事。我们有信心。"

森和礼貌地笑笑。

客户很快就离开了，不久之后所有人都从会议室鱼贯而出。森和在所罗还没来得及回办公桌前拦住了他。

"你午饭吃什么，索利？"

"我去楼下随便吃一口。怎么了？有事吗？"

"我们出去兜兜风吧。"

—— ○ —— ˌ

司机送他们去了横滨那个老妇人的土地。那栋灰色的混凝土房子还算结实，前院维护得很好。似乎没人在家。一棵古松在方形建筑的正面投下三角形的阴影，屋后有一条小溪潺潺流过。这里曾经是一家织物染色厂，现在是那个女人的私人住宅。她的孩子们都死了，显然没有继承人。

"你怎么才能让一个人去做你想做而他不想做的事呢？"森和问。

"不知道。"所罗说。他认为森和是来实地考察的，他的老板想让他作陪。森和很少单独去任何地方。

车停在老妇的土地对面，街道很宽，尘土飞扬的。如果她在家，就会注意到有一辆城里的黑色汽车停在离她家不到十码的地方。但没人出来，也没人在里面走动。

森和盯着那栋房子。

"松田苑子就住在这里。客户相信我能让松田把地卖了。"

"你能吗？"所罗问。

"我想我能，但我不知道怎么才能让她卖地。"

"听起来很愚蠢，但如果你不知道怎么做，又怎么能让她签字呢？"所罗问。

"我许了一个愿，索利。我许了一个愿。有时候，事情就是这样开始的。"

森田要司机送他们去离那里不远的一家鳗鱼料理店。

第十八章

1989年，横滨

礼拜日上午，做了晨祷后，所罗和菲芘乘火车前往横滨，和家人一起吃午饭。

像往常一样，房子的前门是关着的，但没有锁，所以他们直接走了进去。惠津子的一位设计师朋友最近装修了房子，这样一来，这所房子与所罗童年时住的那栋摆着深色美式家具的房子便不太一样了。设计师拆除了大部分原有内墙，并拆除了小后窗，安装了厚玻璃板。现在，从房子前面可以看到石景花园。家具是浅色的，地上铺着白色橡木地板，雕刻纸灯摆放在燃木炉附近宽敞的四分之一圆区域内，让宽大的方形客厅显得明亮而整洁。在房间的另一个角落里，连翘的高大树枝在地板上一个大青瓷陶罐中盛开。这座房子看起来像一座迷人的佛教寺庙。

摩撒从屋里出来迎接他们。

"你们来啦！"他用朝鲜语对菲芘说。她和所罗的家人在一起时，他们说三种语言。菲芘与长者说朝鲜语，与所罗说英语，而所罗则主要用日语与长者交谈，用英文与菲芘说话；每个人都会翻译一点点，用这种方式倒也不错。

摩撒打开门边的鞋柜，给他们两个拿出拖鞋。

"我母亲和伯母一整个礼拜都在忙活做吃的。但愿你们饿了。"

"真香啊。"她说，"大家都在厨房里吗？"菲芘抚平深蓝色百褶裙。

"是的。我是说，对不起，不是每个人都在，惠津子今天来不了。她说见不到你很难过。她要我向你道歉。"

菲芘点点头，飞快地看了一眼所罗。她开口问惠津子在哪里似乎不太礼貌，但她不明白为什么所罗不问他父亲她在哪里。菲芘对惠津子很好奇。她是菲芘唯一不能直接说话的人，因为两个女人都不会说对方的语言。此外，她还想认识从未露面的花子。

所罗拉起菲芘的手，领她到厨房。在家人面前，他感到比平时年轻，甚至有点头晕。他喜欢的所有菜肴的香味充满了连接房子前部和厨房的宽阔走廊。

"所罗回来啦！"他喊道，他小时候放学后就爱这么叫。

庆熙和顺子立即停下手里的活儿，抬起头来，露出了灿烂的微笑。摩撒看到她们这么开心，不由得笑了出来。

"菲芘也来了，所罗！"庆熙道。她在围裙上擦擦手，从宽大的大理石厨台后面走出来，拥抱他。

顺子跟在她身后，伸手搂住了菲芘的腰。顺子比菲芘矮了一头。

"这是给你们两位的。"菲芘把从一家高级法国巧克力商店在东京分店买来的一盒糖果交给她。

顺子笑了。"谢谢。"

庆熙解开丝带看了一眼。那是一大盒蜜饯夹心巧克力。她很高兴，说："看样子挺贵的。你们这个年纪的年轻人，应该多存点钱。但是这些糖果看起来太好吃了！谢谢你！"

她夸张地闻闻巧克力的香气。

"你们来真是太好了。"顺子用朝鲜语说，用粗壮的手臂搂住了菲芘的纤细肩膀。

菲芘喜欢和所罗一家在一起。他家里的人不如她家的人多，但每个人都很亲近，仿佛每个成员都有机地依附在一个无缝的身体上，而她的大家庭却像一大桶不配套的乐高积木。菲芘的父母各自至少有五六个兄弟姐妹，她和十几位堂表亲一起在加州长大。她在纽约、新泽西、华盛顿特区和多伦多都有亲戚。她和几个朝鲜裔美国人约会过，见过他们的家人，但所罗的家人不同。所罗的家人很热情，但话不多，也更为谨慎。他们都是滴水不漏的人。

"那是煎葱饼吗？"菲芘问道。搅拌盆里盛着奶油煎饼面糊，上面撒着细细的葱花和大块扇贝。

"你喜欢吃葱饼吗？所罗可喜欢吃了！你阿妈平时是怎么做的？"庆熙道。她的语气很悠闲，不过她对葱和贝类的比例有很大的意见。

"我妈妈不做饭。"菲芘说，看起来只有一丁点尴尬。

"什么？"庆熙惊恐地倒抽一口气，扭头看着顺子，顺子则挑起眉毛，和她嫂子一样惊讶。

菲芘大笑起来。

"我从小到大吃的都是比萨饼和汉堡。我还常吃肯德基。我喜欢肯德基的玉米棒。"她笑了,"我妈在我爸的诊所里工作,她是办公室主任,从来没在八点之前回过家。"

两个女人点点头,试着理解这样的情况。

"我妈妈总是工作。我们几个孩子在餐桌边做作业,她就做医疗文书工作。我认为她到午夜才上床睡觉……"

"但你就没吃过朝鲜饭菜吗?"庆熙就是无法理解。

"周末吃啊,去餐馆里吃。"

两个女人明白她母亲很忙,工作很辛苦,但她们无法想象一个朝鲜母亲不为家人做饭。如果所罗娶了这个女孩,他吃什么呢?他们的孩子吃什么?

"她没时间。这说得通,但你母亲会做饭吗?"庆熙试探性地问。

"她没学过。她的姐妹也不会做朝鲜菜。"

菲芘大笑起来,因为她们一直为不会做朝鲜菜这事骄傲。她母亲姐妹几个往往看不起那些经常做饭、不断劝你吃这吃那的女人。她们四个人都很瘦。和菲芘一样,她们都闲不住,对吃东西不感兴趣,因为她们都太专注于工作。

"我最喜欢的姨妈只在周末做饭,而且只在宴会上做,她通常做意大利菜。我们家总是在餐馆见面。"

菲芘发现,看她们对她童年中如此平凡的细节一直表现出震惊和怀疑,实在很有趣。这有什么大不了的?为什么女人非要做饭呢?她搞不明白。她母亲是世界上她最喜欢的人。"我的兄弟姐妹甚至不喜欢吃泡菜。我妈妈都不把泡菜放在冰箱里,因为泡菜的气味太刺鼻了。"

"啊。"顺子叹了口气,"你真是不折不扣的美国人呢。你的阿姨们是嫁给美国人了吗?"

"我的阿姨、舅舅、姑姑、伯伯,他们的配偶都不是朝鲜人。我的兄弟姐妹嫁给了朝鲜裔,但他们都是和我一样的美国人。我的大姐夫是个律师,会说一口流利的葡萄牙语,但不会说朝鲜语,他是在巴西长大的。美国到处都是这样的人。"

"真的吗?"庆熙惊呼道。

"你的阿姨和姑姑都嫁给了什么人?"

"我那些姊姊舅母、姑父姨夫，他们有白人、黑人、荷兰人、犹太人、菲律宾人、墨西哥人、中国人、波多黎各人，还有……我想想，我还有一个朝鲜裔美国姑父和三个朝鲜裔美国婶婶。我有很多堂表兄弟姐妹。每个人都是混血儿。"她补充道，微笑着看着两个老妇穿着一尘不染的白围裙，仔细听她说话，好像是认真记在了心里。

"赶上感恩节和圣诞节，我们一家人聚在一起，有意思极了。"

"我曾见过他们中的几个人。"所罗说，他担心祖母和伯祖母对她的家庭有意见，不过他看得出来，她们更多的是好奇，而没有责备。她们两人都没说过要他娶朝鲜人，但他知道，他父亲和惠津子的关系让她们很不安。

等到煎锅变得够热，顺子把一小杯葱油饼面糊倒了进去。她看看边缘，调低锅的温度。菲芘很活泼，对所罗也很好，她想。她的母亲过去常说女人天生就是受苦的命，但她最不希望看到这个对每个人都露出温暖微笑的可爱女孩受苦。就算她不做饭，那又怎样？如果她把所罗照顾得很好，那别的事就都不重要，不过她希望菲芘想要孩子。最近，顺子很想抱抱孩子。不需要担心战争，不需要担心吃不饱、没地方住，是多么美妙的事啊。所罗和菲芘不必像她和庆熙那样操劳，只要享受天伦之乐就可以了。

"你打算什么时候嫁给所罗？"顺子问道，她的注意力还在煎锅上。一个上了年纪的女人有权问这种事，尽管她这么做还是有点担心。

"是呀，你们什么时候结婚？还在等什么呢？我和妹妹都没事可做，如果你们需要有人帮着带孩子和做饭，我们就搬到东京去！"庆熙咯咯笑了。

所罗摇摇头，冲着三个女人微微一笑。

"是时候去房间里和爸爸聊聊男人的事了。"

"多谢，所罗。"菲芘说。她其实并不介意她们的问题，因为她也很想知道答案。摩撒微微一笑，两个男人走了出去，只剩下女人在厨房里。

—— o ——

父子二人坐在大房间中央的扶手椅上。几篮水果和几碗坚果放在玻璃不锈钢咖啡桌上，对面是低矮的长沙发。一堆当日的朝鲜和日本报纸仍然有一半未读。

摩撒打开电视，降低了新闻的音量，他看了一眼屏幕上滚动的股票价格。

两人经常开着电视聊天。

"工作怎么样？"摩撒问。

"比上学容易多了。老板是个不错的……日本人，但他在加州上的商学院。"

"加州？你母亲肯定喜欢那里。"摩撒轻声说。年轻的所罗很像她，特别是眉毛和鼻子。

"惠津子呢？"所罗盯着新闻频道的蓝色背景，新闻播音员正在谈论曼谷的洪水。"是为了花子吗？她还好吗？"

摩撒叹了口气。"惠津子会告诉你的。你给她打电话问吧。"

所罗想知道更多，但他的父亲不清楚他们之间发生了什么。摩撒从来都不喜欢谈起花子，因为她搞得惠津子焦头烂额。

"你奶奶和伯祖母喜欢菲芘。她们希望你们结婚。"

"是的，五分钟前我听到了。"

摩撒注视着他的儿子。"菲芘愿意住在日本吗？"

"说不好。她恨自己不了解日本人。"

"她可以慢慢学着了解。"

所罗看起来有点怀疑。"她想工作。在日本，刚毕业就想在事业上顺风顺水可不容易，而且她的日语不太好。菲芘不适合待在家里。"

摩撒点点头。所罗的母亲也是如此。

"钱够花吗？"

"够了，爸爸。"他回答，几乎被父亲的关心逗乐了，"我现在有一份好工作。嘿，爸爸，你认识一位叫松田苑子的老太太吗？她在横滨有一家旧纺织厂，离吾朗先生的地方不远。"

"不认识。"摩撒摇摇头，"怎么了？"

"我的老板森和要把一桩房地产交易最后敲定下来，松田苑子就是不肯把地卖了，所以交易迟迟不能达成。我觉得你肯定认识有关的人。我是说，你在横滨有很多熟人。"

"我不认识她，但我肯定能找到认识她的人，这并不难。"他说，"你老板想要那个老太太把地卖了？"

"是啊，那个高尔夫球场发展项目，就差她那块重要的地皮了。"

"啊，好吧。这种事常有。我去找吾朗先生或春希打听一下。他们肯定知道。吾朗先生刚刚卖掉了他的最后一家游戏厅。现在他只做拆迁、建筑和房地产这些生意。他要我入股，但我太忙了。对我来说，现在才开始做新生意已经太晚了。我不像了解游戏厅那样了解他的生意。"

"爸爸，你怎么不也把游戏厅卖了？也许你该退休了。你已经有准备了，对吗？经营游戏厅很操劳的。"

"什么？结束生意？就是有了游戏厅，家里的桌上才有吃的，你才能去上学。我还年轻着呢，不能退休！"

他耸耸肩。

"如果我卖掉游戏厅，会怎么样？他们可能炒掉我的员工。我的老员工能去哪里呢？而且，有了我们，制造游戏机的人才有工作。柏青哥在日本的业务量比汽车制造业还大。"

摩撒不再说话，并调大了电视音量。播音员说到了日元的价值。

所罗点点头，盯着屏幕，试着将注意力放在正在播放的新闻上。他的父亲似乎一点也不为他的谋生方式感到尴尬。

摩撒瞥见儿子表情阴沉。

"我今晚打电话给吾朗先生，打听一下那位老太太的事。你的老板想让她卖掉地，对吗？"

"那太好了。谢谢，爸爸。"

— ○ — -

礼拜一下午，摩撒打电话到所罗的办公室。他和吾朗先生谈过了。那个老妇人是朝鲜人，是那种老派的旅日朝鲜人总联合会的成员，她的孩子回到平壤后就死在了那里，松田是她的日本名字。她不想把土地卖给日本人。吾朗先生认为老妇人很固执，他说，老太太愿意把地卖给他，他可以买下那块地产，然后以同样的价格把地卖给森和的客户。

所罗挂断电话，快步来到森和的办公室，把好消息告诉了他。

森和仔细听着，然后十指交叉，笑了起来。"干得好，绝地武士。我总是能发现千里马。"

第十九章

1989年，东京

即使处境堪忧，花子还是忍不住调情。

"你不该来的。"她道，"我太丑了。我还希望再见你的时候，我能变漂亮呢。"

"我就是想见你。"所罗答，"而且，你很漂亮，花子。你一直都是那么美。"他笑了，强忍着不表露出对她外貌的变化所感到的惊讶。惠津子警告过他，但在她发红的伤疤和稀疏的头发下，很难辨认出她原来的容貌。她盖着医院的蓝色薄单，可以清楚地看到她瘦弱的身体骨架。"妈妈说你把女朋友带到东京来了。"花子说。只有她的声音没有变。很难知道她是不是在开玩笑。"人家还以为你会回到人家身边呢。你会娶她，是吗？当然，我会尽力原谅你的，因为我知道你第一个爱的人是我。"

窗帘拉着，天花板上的灯关着，只有床边的低瓦数电灯泡发出光亮。诊所里的病房就像黑夜一样漆黑，尽管外面阳光明媚。

"你什么时候能好起来？"他问。

"过来，所罗。"花子抬起瘦骨嶙峋的右臂。她像挥动优雅的死亡魔杖一样挥动着手臂。"我太想你了。如果那个夏天我没有离开开……我可能会让你娶我的。不过，那样我就把你毁了。我毁了一切。我毁了一切。"

所罗坐在她床边的硬椅子上。惠津子告诉他药物都不起作用。医生们说她只剩下几个礼拜，最多两个月。她的脖子和肩膀上覆盖着黑色的病灶。她的左手洁白无瑕，但她的右手像她的脸一样干枯。她的容貌曾经是那么的与众不同，以至于在他看来，她现在的状态简直惨不忍睹。

"花子，你去美国看病吧，美国先进多了。我知道那里有更好的办法治疗你的……"他不想玩这种愚蠢的游戏，说言之无物的话。只是听到她的声音，坐在有她在的房间里，她就无法从他身边逃走，这让他想起了她身上的一切神奇和光彩。他曾经是她的裙下之臣，奇怪的是，即使是现在，他心中仍然溢满了各种感情。他无法想象她会死。他想把她抱起来，带她去纽约。在美国，一切似乎都是可以解决的，而在日本，一遇到困难，人们只能忍受。没办法。没办法。他听过这句话多少次了？这么说根本无济于事。他的母亲显然很讨厌这种说法，他突然明白了她对这种违背她信仰和愿望的文化顺从有多愤怒。

"所罗，我不想去美国。"花子大声说道，"我不想活了。我准备好死了。你知道吗？你想过死吗，所罗？那么多年了，我一直都想死，但我太胆小了，不敢说出来，也不敢做任何事情实现我的愿望。也许你本可以救我的，但你知道，即使优秀如你，即便是你，我的所罗，我也不认为你能救我。每个人有时都想死，是吗？"

"那年春天，你离开我的时候，我真想一死了之。"所罗安静下来，从未向任何人承认过这件事。有时候，他忘记了那段往事，但和她在一起，那段记忆忽然变得清晰起来，让他痛苦不堪。

花子皱起眉头，痛哭起来。

"要是我留下来，我们一定太爱对方，我很肯定我会伤害你。你知道的，我不是好人，但你是好人。你不该和我在一起。这很简单。妈妈说你在美国做了人身保险的测试，你没染上病。我对此很感激。你是我唯一不想伤害的人。妈妈告诉我，你的女朋友是个好女孩，跟你一样受过高等教育。我不想知道她漂不漂亮。告诉我她很丑，但心地善良。我知道她是一个朝鲜女孩。太棒了，所罗，多好啊。你应该和她结婚。也许人在结婚的时候就该门当户对。那样的话，生活容易得多。我能想象到，你生了三四个漂亮的朝鲜孩子，他们的皮肤和头发都很漂亮。你的头发就很漂亮，所罗。我就要见到你的母亲了。给你的女儿取我的名字，可以吗？因为你看，我是不会有孩子了。答应我，你会爱小花子，你会想起我。"

"别说了。"他轻声道，知道她是不会听他的，"求你别说了。"

"你知道我爱的人是你。在我认识你之前，初恋对我而言就是个愚蠢的概念。我和很多男人在一起过，所罗，他们都很恶心。我由着他们对我做那些肮脏的事。我很后悔。我爱你，因为你是那么美好的一个人。"

"花子，你很好。"

她摇摇头，但有那么一刻，她显得很安详。

"妈妈离开后，我和男孩子们做了坏事，这就是我来东京的原因。我遇见你的时候，我满心愤怒，后来，我和你在一起，我不再那么难过了。但我不知道该怎么处理我们的关系，所以我离开了，开始做女招待。我不想爱任何人。后来你去了美国，我就……我就……"花子停顿了一下，"我喝很多酒，我以为你会找我，就像那部美国电影演的一样。我以为你会找到我住的地方，从梯子爬到窗边，把我带走。我经常告诉那些姑娘你会来找我，那些姑娘都希望你来找我。"

所罗在她说话的时候注视着她的嘴。她有世上最美的唇。

"很恶心吧？"

"什么？"他感觉像是有人给了他一巴掌。

"这个。"她指着下巴上的病灶。

"不，我不是在看那个。"

花子不相信。她的眼睛轻轻抖动着，她躺回到枕头上。

"所罗，我想休息。你能很快回来吗？"

"会，我会再来看你的。"他说着从椅子上站起来。

— ○ — ⌐

所罗回到办公室，情不自禁地想着她。为什么惠津子没帮她？他的心很疼，这种感觉似曾相识。他看不清面前的文件。他本应该为高尔夫俱乐部项目做一些预算，但他好像忘记了如何使用Excel。如果她那年夏天没有离开他，会发生什么事呢？他还会去纽约，并待这么久吗？

菲芘想结婚，他知道这一点，但她从来没有提起，因为她是一个骄傲的人，希望他能主动求婚。所罗听到走廊里传来森和的声音，他抬起头，看到他的老板站在他面前。所罗的同事都出去了，森和关上门，走到所罗办公桌附近的文件柜旁，站在文件柜和大窗户之间的空地上。

"她死了。"森和说。

"什么？我刚刚才见过她。"

"你说谁？"

"花子啊。是我父亲给你打电话了吗？"

"我不知道谁是花子，但那个老太太松田死了，而且事情有些不太妙。客户想买那块地，却没想到一直拒不合作的卖主在卖地的几天后就死了。"

"什么？"所罗眨眨眼，"卖主死了？"

"是的。她把地卖给了你父亲的朋友吾朗先生，而我们的客户从他那里买下了地。我们的客户并没惹上麻烦，但这下名声就不好了。明白我的意思吗？"森和一边平静地说，一边若有所思地盯着所罗的脸。他从文件柜上拿起阪神虎队的棒球，扔起来再接住。

"她是怎么死的？"

"还不确定。可能是心脏病，也可能是中风。还没有定论。老太太有两个侄女。我不知道她们会不会把事情搞大，也不晓得警方会怎么做。"

"她可能是死于自然原因。她的年纪很大了。"

"是的，我想事实或许如此，然而，我们的客户暂时取消了这笔交易，因为消息可能影响他们明年春天的公开募股。"

"什么公开募股？"

"没什么。"森和叹了口气，"听我说，伙计，我只能开除你。我很抱歉，所罗。我真的很抱歉。"

"什么？我做了什么？"

"我们必须这么做，没有别的法了。我认为你父亲的朋友对卖地做出的反应有点过头了，是吧？"

"但你没有证据，你在指责我父亲的朋友做了他不可能做的事。吾朗先生绝不会伤害……"

"我不是在指责你父亲的朋友。但事实仍然是，一个女人死了，而她不想卖掉土地。每个人都知道她不卖，而现在她刚卖完，就死了。"

"但吾朗先生花了很多钱买那块地，他出的价钱公平合理，而且，他是朝鲜人。她不介意把地卖给朝鲜人。我想我们应该用这种迂回的办法，毕竟她一直拒绝。他不会因为这样的事而杀害一个老妇人，他一生都在帮助穷人。你在说什么啊？吾朗先生这样做是为了帮我和我的父亲……"

森和用两只手捧着棒球，低头看着地毯。

"索利，别再告诉我这些事了。明白吗？调查人员想知道发生了什么事。他们可能不会大举调查，但是客户很害怕，伙计。客户是要发展乡村俱乐部，他们不想和黑帮扯上关系。你知道他们在股东大会上会搞什么鬼吗？"

"黑帮？吾朗先生不是黑帮。"

森和点点头，又把球抛起来，然后接住。

"不幸的是，这笔交易受到了污染，因此只能搁置。这给客户造成了巨大的金钱损失，对我们这家一流的金融公司来说，也不是什么好事。我的名声……"

"但客户拿到了那块地。"

"是的，但不该有人死。这不是我的本愿。"森和做了个鬼脸，像是吃了很苦的东西。

所罗摇了摇头。他所能想到的只有他无数次听吾朗先生讲起他很多个女朋友的滑稽故事，以及他不断鼓励所罗，说他拥有大好前途。吾朗对这个世界有着非常深刻的了解。他的父亲总是说吾朗是个伟人，一个高尚的人，一个真正懂得牺牲和善于领导的武士。正是在吾朗先生的帮助下，春希的母亲才能白手创建了制服生意，而他这么做，都是因为他很同情一个需要抚养两个儿子的单身母亲。他的父亲说，吾朗先生总是默默地为穷人做好事，认为吾朗先生要为那个老妇的死负责的说法，实在是荒谬。老妇把土地卖给吾朗，是因为人人都知道他是优秀的朝鲜商人。每个人都知道这一点。

"人事部的人在外面等着呢。所罗，你不知道流程，毕竟这是你第一次在银行工作，若是被投资银行解雇了，那出于内部安全原因，就必须立即离开。我很抱歉。"

"但我做了什么十恶不赦的事？"

"交易暂时搁置，我们不需要这么大的团队了。我很乐意给你一份推荐信。你想要我怎么写，我就怎么写。我绝不会向你未来的雇主提及此事。"

所罗向后靠在椅背上，盯着森和那坚硬的下巴。他停顿了一下，然后说：

"你是故意让我参与的。因为你希望让我想法子让那个朝鲜女人卖地。你知道……"

森和放下棒球，向大门走去。

"兄弟，我给了你一份工作，你得到这份工作，是你的幸运。"

所罗用双手捂住嘴。

"你是个出色的年轻人，所罗，你将来会在金融这一行里出人头地，但这里没有你的用武之地。如果你试图暗示你受到了歧视，朝鲜人一般都是这么认为的，那你就错了，而且对我来说也不公平。如果有什么区别的话，你比当地人更受欢迎。我喜欢和朝鲜人一起工作，大家都知道我是这样的。整个部门都认为你是我的得力助手。我不想炒你鱿鱼，我只是不同意你父亲的策略。"

"我父亲？他和这件事没有任何关系。"

"是的，当然，是那个叫吾朗的人。"森和说，"我相信你，我是真的相信。祝你好运，所罗。"

森和打开办公室的门，让人事部的两个女员工进来，然后去参加下一个会议。

— ○ — –

人事部很快做了交代，在所罗的脑袋里，她们的话听起来就像无线电静电声。她们要他把识别卡交出来，他下意识地把卡片给了她们。尽管他觉得应该打电话给菲茷解释一下，但他不断地想起花子。他需要空气。他把私人物品扔进银行专用白纸箱，但没有拿走文件柜上的棒球。

女人事部员工护送他上了电梯，并提出由信使把他的箱子送到他的公寓，但所罗拒绝了。透过会议室的玻璃墙，他看到了那几个玩扑克的人，但森和不在其中。詹卡洛看到他抱着白色纸箱，对他微微一笑，然后继续做手头的工作。在街上，所罗上了一辆出租车，让司机把他送到横滨。他不认为他能走到火车站。

第二十章

1989年，横滨

帝国餐厅是一家老式日本咖喱饭馆，靠近唐人街。所罗小时候，每逢礼拜六下午，他都和父亲一起去那里。每逢礼拜三，摩撒仍在那里与吾朗、春希吃饭。帝国咖啡馆供应五种不同的咖喱，只有一种生啤酒，以及应有尽有的茶和泡菜。厨子的脾气不太好，手艺却是绝佳，他的咖喱在城里堪称一绝。

下午晚些时候，午餐时间早就过了，餐厅里几乎空无一人，只有三个老朋友坐在靠近厨房的角桌旁。吾朗正一边讲他那些有趣的故事，一边做出滑稽的表情和夸张的手势。摩撒和春希吃着辣咖喱，喝着啤酒。他们一直对着吾朗点头微笑，鼓励他继续说下去。

所罗推开永远都是发胀的前门，门上的廉价雪橇铃铛叮当作响。

身材娇小的女招待一边收拾桌子，一边大声喊道，连头都没转过："欢迎光临！"

摩撒看到儿子，不由得大吃一惊。所罗向众人的方向鞠了一躬。

"你翘班了？"摩撒问道。他一笑，眼角出现了深深的皱纹。

"很好，很好，翘班了。"吾朗插口道。他看到所罗，十分高兴，"我听说你周末也在公司加班。像你这样英俊的男孩，这么做可不成。你应该在花丛中流连啊。如果我有你的身高和学历，那你就该为日本所有的女人感到难过了。我伤透女人心的速度会让像你这样温柔的男孩感到震惊。"

吾朗搓着手。

春希什么也没说，他凝视着所罗的下半张脸，所罗的表情似乎凝固了，男孩的嘴唇抿成了一条细而皱的线。春希的脸涨得通红，虽然只喝了半小杯的啤酒，他的耳朵、鼻子和脸颊都变红了。

"所罗，坐下。"春希说，"你没事吧？"

他拿起放在空椅子上的公文包，放在铺着油布的地上。

"我……"所罗开口道，随即倒抽了一口气。

摩撒问他儿子："饿不饿？惠津子有没有告诉过你，你会看到我们在这里像老女人一样说长道短？"

他摇摇头。

摩撒把手放在他儿子的前臂上。所罗身上穿着一套深蓝色西装，是他上次去纽约看望所罗时从布鲁克斯兄弟服饰店里买的。在这么好的一家美国商店里，无论他儿子需要多少面试服和其他东西，他都能买到，感觉真是好极了。孩子想要什么，都能为他们买到，这就是有钱的全部意义，不是吗？

"来点咖喱吧。"摩撒说。

所罗摇摇头。

吾朗皱起眉头，挥手示意女招待过来。

"杏子，请给这个年轻人拿杯茶来。"

所罗抬起头，盯着他父亲昔日的老板。

"我不知道该怎么说，吾朗先生。"

"你当然知道。说吧。"

"我的老板森和说那个老太太，就是卖家，她死了。是真的吗？"

"是的，我还去参加葬礼了。"吾朗说，"她上了年纪，是心脏病突发。她的两个侄女继承了那笔钱。两个很讨人喜欢的姑娘，一个已婚，另一个离婚。她们的皮肤好着呢，眉毛也很漂亮，典型的朝鲜人长相。看到她们，我就想起了我的母亲和阿姨。"

女招待端来茶，所罗拿起短粗的棕色杯子。自从他记事以来，帝国餐厅就用这种杯子。

春希轻轻拍了拍男孩的肩膀，仿佛是要叫醒他。

"谁？谁死了？"

"那个老太太，把地卖给吾朗先生的朝鲜老太太。我老板的客户想要她的地，可她不愿意把地卖给日本人，于是吾朗先生把地买了下来，转卖给了那个客户，但那个老太太死了，我老板的客户就不想做这笔交易了。好像说是希望公开募股的时候没有丑闻，而且警方可能展开调查。"

春希看了一眼同样迷惑的摩撒。

"她死了？是那样吗？"摩撒看着吾朗，后者平静地点点头，"她九十三岁了，是几天前去世的，就在她把地卖给我之后没多久。这有什么要紧的吗？"吾朗耸耸肩。他向女服务员眨了眨眼，拍了拍杯子的边缘，想再要一杯啤酒。他指指摩撒和春希的空啤酒杯，他们摇了摇头。春希用手盖住了啤酒杯的杯口。

"你买那块地花了多少钱？"摩撒问。

"很好的价格，但不太高。然后我把地卖给了那个客户，没加一分钱。我把合同的副本寄给所罗的老板了。我一分钱也没挣。这是所罗做的第一笔交易，而且……"

摩撒和春希点了点头，无法想象吾朗会利用所罗的工作赚钱。

"客户花的钱，比他自己去买还低。"所罗缓缓地说，仿佛森和也在餐馆里。

"客户拿到了那块地，但事实上，因为他的日本人身份，可能永远也买不到那块地，她好几次都拒绝把地卖给他。他得了个大便宜。"吾朗不可置信地咕哝着，"所以，现在那个客户说他不盖乡村俱乐部了？真是胡说八道。"

"森和说这个项目搁置了，因为他们不希望坏消息影响公开募股。"

"什么坏消息？老太太是寿终正寝。不过倒是需要点时间抹去朝鲜人的肮脏气味。"吾朗说，"真叫人恶心。"

春希皱起眉头。"如果她的死因有可疑，我肯定知道。现在没人报警。"

"听着，这笔交易已经完成了。如果这个小浑蛋想骗你，那好吧。我从没盼望他会给你一笔不菲的奖金，但请记住这一点：那个浑蛋再也不会从你这里得到任何好处了。我要看着那个浑蛋直到我死。"吾朗吸了一口气，然后平静地对男孩笑了笑。

"好了，所罗，吃点咖喱吧，给我讲讲美国姑娘菲苡的事。我一直都想去美国，会会那里的女人。太美了，太美了。"他咂了咂嘴，"我想要一个大屁股、金头发的美国女朋友！"

几个男人露出了微笑，但他们没有像平常那样大笑。所罗并没有恢复如常。

女招待给吾朗端来一小杯啤酒，随即返回厨房，吾朗看着她走开。

"可惜瘦了点。"他说，用他那棕色的双手向后抚平了染黑的高卷式发型。

"我被解雇了。"所罗说。

"什么？"三个男人齐声说，"为什么？"

"森和说，客户取消了交易。他们不再需要我了。他说，如果进行调查是不是有……"所罗阻止自己说出"黑帮"二字，因为他忽然之间再也不能肯定了。他父亲不会和罪犯有联系。他应该在春希面前说这种话吗？他是日本人，是横滨警察的高级侦探，他不会和罪犯做朋友的。光是暗示，就会深深伤害到他们三个。

吾朗端详着所罗的表情，轻轻地点了点头，因为他明白了男孩为何沉默。

"她火化了吗？"春希问。

"可能吧，但有些朝鲜人会被送回家乡土葬。"摩撒道。

"这样啊。"春希说。

"所罗，老太太是自然死亡。她的侄女说死因是心脏病。她已经九十三岁了。我和她的死没有任何关系。听着，你的老板其实并不认为是我杀了那个老太太。如果他真这样以为，那他一定没胆子解雇你。我能杀一个，就不差再杀了他。这都是电视上的疯狂桥段。他利用了你的关系，然后编造借口解雇了你。客户只是想让朝鲜痞三消失。"

"你能在金融这一行找到更好的工作的。我很肯定。"摩撒道。

然而，吾朗非常气愤。"你再也不能给这种肮脏的银行工作了。"

"不是的。所罗学的是经济专业。他在美国学习，就得在美国银行工作。"

"特氏是英国银行。"所罗道。

"啊，问题八成就在这里。也许你应该去美国银行工作。日本有很多美国投资银行，对吧？"摩撒道。

所罗感觉很难过。是坐在这张桌子上的人把他抚养长大的，他能看出他们有多沮丧。

"不用为我担心，我会找到其他工作的。我还有积蓄。我该走了。"所罗站起来，"爸爸，我把一个纸箱放在了你的办公室。你能不能寄到我在东京的公寓？都是些不重要的东西。"

摩撒点点头。

"我送你回家吧。我们可以开车去东京。"

"不用了，我坐火车，那样更快。菲芘正等着我呢。"

—— ○ ——

菲芘没接电话，所罗便回了医院。花子醒了。广播里放着流行音乐。病房里依然黑漆漆的，但舞曲为病房添了几许生气，感觉这里像极了夜总会。

"回来了？你肯定是太想念我了，所罗。"

他把事情告诉了她，她听着，没有打断他。

"你应该接管你父亲的生意。"

"游戏厅？"

"是的，柏青哥游戏厅。为什么不呢？那些傻瓜说三道四，就是嫉妒。你父亲是一个诚实的人。如果他不老实，他可能更富有，但他已经足够有钱了。吾朗也是个好人。他可能是黑帮，但谁在乎呢？反正我不在乎。而且，如果他不是，我肯定他认识黑帮。这是一个肮脏的世界，所罗。没有人是干净的。生活让你变脏。我遇到过很多来自日本兴业银行和日本央行的人，他们看起来都是上等人，来自最好的家庭，但他们喜欢在床上做一些恶心的事。他们中的很多人在生意上不择手段，但他们不会被抓住。大多数和我上床的人，只要一有机会，就巧取豪夺。他们太害怕了，不会有真正的野心。听着，所罗，这里的一切都不会改变。你明白吗？”

“你什么意思？”

“你真是个傻瓜。”她大笑着说，“但你是我的小傻瓜。”

她的取笑使他感到悲伤。他已经开始想念她了。所罗不记得以前曾这么孤独。

“日本永远都改变不了。日本永远不会接纳外国人，亲爱的，在这里，你一辈子都是外国人，永远也成不了日本人，对吗？在日朝鲜人无处可去，不是吗？但不只是你一个人这样。日本永远不会让像我母亲这样的人重新回到社会，永远不会再次接受像我这样的人，而且我们还是日本人！我生病了。我从一个拥有一家贸易公司的日本人那里传染到这种病的。他已经死了。但是没有人在乎，甚至这里的医生也不当回事儿，他们只想让我离开。听着，所罗，你应该待在这里，不要回美国，你应该接管你爸爸的生意。你要有很多很多钱，到时候你就可以做任何你想做的事了。但是，我英俊的所罗，他们永远不会认为我们是正常人。你明白我的意思吗？”花子望着他，“按照我说的做吧。”

“我自己的父亲都不愿意干这一行，就连吾朗先生也卖掉了他的游戏厅，现在他在做房地产生意。爸爸想让我去美国投资银行工作。”

“什么，他是要你成为森和那样的人吗？我认识一千个森和，他们都不配给你父亲提鞋。”

“银行业也有好人。”

“柏青哥游戏厅也有好人，比如你的父亲。”

“我都不知道你这么喜欢我爸爸。”

“你知道的，我住进这里后，他每个礼拜日都来看我，好让妈妈休息一下。有时候，我装睡，发现他坐在椅子上为我祈祷。我不信上帝，但我想这不重要。以前从来没人为我祈祷，所罗。”

所罗闭上眼，点点头。

“你奶奶顺子和伯祖母庆熙周六来看我。你知道吗？她们也为我祈祷。我不懂什么耶稣不耶稣的，但当你生病时，有人愿意触摸你，感觉是那么神圣。这里的护士不敢碰我。你奶奶顺子握着我的手，你的伯祖母庆熙在我发烧时把凉毛巾放在我的头上。她们对我很好，虽然我是个坏人……"

"你不坏。那不是真的。"

"我做了坏事。"她冷冷地说，"所罗，我当女招待那时，我把毒品卖给了一个女孩，后来，她因为吸食毒品过量而死。我偷过很多男人的钱。我经常撒谎。"

所罗没有说话。

"我活该落得这样的下场。"

"不，是病毒，每个人都有可能被传染。"

所罗摸摸她的额头，亲吻了她。

"没事的，所罗。我不再干坏事了。我现在有时间思考我这愚蠢的一生了。"

"花子……"

"我知道，所罗。我是你的朋友，对吗？"

她一边躺下，一边假装正式鞠躬，然后她拿起毯子的一角，仿佛她正拿着裙子的褶边行屈膝礼。从她那依然轻盈的动作中仍能见到调情的痕迹。他想永远记住这个小动作。

"回家吧，所罗。"

"好吧。"他说，而他再也没有见过她。

第二十一章

1989年，东京

"我向来都不喜欢他。"菲芘说，"他太圆滑了。"

"我真是个傻瓜，我竟然相信他。"所罗说，"你只见过森和这么短的时间，怎么就对他留下这种印象呢？我们那次在三越百货见到他，只聊了两分钟。你以前从没提起过这事。"

坐在出租屋的皮扶手椅上，所罗几乎不能面对菲芘。他不知道他盼着她有什么反应，但她听到这个消息后竟如此镇定，实在出乎他的意料。她似乎很高兴。菲芘坐在靠窗的长椅上，把膝盖抱在胸前。

"我真的挺喜欢他的。"他说。

"所罗，那家伙耍了你。"

所罗抬头看了一眼她平静的侧脸，然后再次把头向后仰靠在椅背上。

"他是个浑蛋。"

"我现在感觉好多了。"

"我支持你。"

菲芘不知道她是否应该站起来，坐在他旁边。她不希望他认为她为他感到难过。她的姐姐常说男人讨厌受人怜悯，相反，他们希望得到支持和钦佩，这个组合可不容易做到。

"他是个骗子。他跟你说话，就像你是他的小兄弟，就像他是学校里的风云人物，你是他的跟屁虫。这种事现在还有吗？我讨厌称兄道弟。"菲芘翻翻白眼。

所罗呆若木鸡。仅仅是在三越百货店食品区中见了森和那么短的时间，她就成功地概括了他和森和的关系。她是怎么做到的？菲芘抱着膝盖，十指勾在一起。

"他是日本人，所以你才不喜欢他。"

"别生我的气。并不是说我不信任日本人，但我不知道我是否可以完全信任他们。你可能会说我读了太多关于太平洋战争的书。我知道，我知道，我听起来有点固执。"

"有点？日本人也会受苦，比如长崎？比如广岛？在美国，日裔美国人被送进了俘虏收容所，德裔美国人就没有遭到如此对待。对此，你怎么解释？"

"所罗，我在这里住得够久了。我们能回家了吗？纽约有很多好工作在等着你。你做什么都很好。没有人面试比你好。"

"我在纽约没有工作签证。"

"想入籍，还有其他法子。"她笑了。

所罗的家人曾无数次暗示过他想娶她，也应该娶她，唯一没有说得这么清楚的人恰恰是他自己。

所罗的头一动不动地搭在扶手椅的椅背上。菲芘看得出他在盯着天花板。她从长凳上站起来，走到前厅的壁橱边。她打开壁橱门，拿出她的两个手提箱。手提箱咕噜噜滚过木地板，所罗抬起头来。

"嘿，你在干什么？"

"我要回家。"她说。

"不要这样。"

"我忽然想到，我跟你来了这里，却失去了我自己的生活，而你不值得我这样为你。"

"你为什么这样？"

所罗从椅子上站起来，站在她刚才站过的地方。菲芘把旅行箱拖进卧室，轻声关上门。

他能说什么呢？他不会娶她。他们一到成田机场，他就知道了。她的自信和沉着使他在大学里着迷。她的镇定在美国看来是如此重要，但在东京，却显得冷漠和傲慢。她在这里失去了她的生活，的确如此，但娶她似乎不是解决办法。

还有，她认为整个日本都很邪恶。当然，日本是有些不入流的人，但是到处都有讨人厌的人，对吗？自从他们来到这里，不是她变了，就是他对她的感情变了。他不是一直想向她求婚？然而现在，当她提出结婚入籍的想法时，他才意识到他并不想成为美国人。他这样做是有道理的，他的父亲一定会因此开心。做美国人比做日本人好吗？他知道有些朝鲜人入了日本籍，这样做是有道理的，但他现在不想这么做，也许以后有一天他会。她是对的，他出生在日本，却拿着韩国护照，这的确很奇怪。他不能排除入籍的可能性。也许其他朝鲜人不理解这事，但他不再关心了。

森和是个浑蛋，但又怎么样呢？他是坏人，他是日本人。也许这就是在美国上学教会他的东西。即使有一百个糟糕的日本人，但有一个好日本人，他也拒绝一概而论。惠津子就像他的母亲，他的初恋是花子，春希也像他的叔叔。他们都是日本人，他们非常善良。她不像他那样了解他们，他怎么能指望她理解呢？

在某种程度上，所罗也是日本人，即使日本人不这么认为。菲芘不明白这一点。不仅仅是血液，还有更多的东西。菲芘和他之间的距离无法拉近，如果他够体面的话，他就得让她回家。

—— o —— –

所罗走到厨房做了咖啡。他倒了两杯，走到卧室门前。

"菲芘，我能进来吗？"

"门没锁。"

所罗的五套深色西装和六件白衬衫挂在长竿上，还有一码的悬挂空间。她那一排排整齐的鞋子仍然占据了衣橱底部的大部分空间。菲芘的鞋子是黑色或棕色的皮鞋；一双粉红色的帆布鞋显得格外突出，像一个少女犯的错误一样，她穿那双鞋，曾磨出了严重的水泡。大三时，他们去参加一个聚会，她不得不赤脚从111号大街和百老汇走回宿舍，因为那双粉红色的帆布鞋太窄了。

"你怎么还留着这些鞋子？"

"闭嘴，所罗。"菲芘哭了起来。

"我说什么了？"

"我这辈子都没感觉自己这么愚蠢。我为什么要来这里？"她深吸了一口气。

"对不起。"他说。

"不，你没觉得对不起。"

所罗在铺着地毯的地板上盘腿坐下，修长的背靠着狭窄的墙壁。刚粉刷过的墙壁仍然光秃秃的。他们没有悬挂任何东西，因为每多一个钉孔，房东都会罚钱。

"对不起。"他重复道。

菲芘捡起她的帆布鞋，扔进满溢的废纸篓。

"我想我要为我父亲工作。"他说。

"柏青哥？"

"是的。"所罗轻轻地点点头。把这事说出来，感觉怪怪的。

"是他提出来的吗？"

"不是。我想他不愿意让我干。"

她摇摇头。

"也许我可以接管他的生意。"

"你在开玩笑，对吗？"

"不是。"

菲芘一言不发，继续收拾行李。她故意不理他，他继续看着她。与其说她漂亮，不如说她可爱，可爱中又带着几分娇俏。他喜欢她修长的躯干、纤细的脖子、俏丽的短发和聪慧的眼睛。当她被一个笑话逗笑时，她的笑声是那么纯粹。似乎没有什么能使她害怕，她认为一切皆有可能。他能改变她的心意吗？他能改变他自己的心意吗？也许打包只是一个夸张的举动。他对女人了解多少？他其实只认识两个女孩。

她把另一件毛衣卷起来，丢在越堆越高的衣物上。

"柏青哥。这下子事情就简单多了。"她终于说道，"我没法继续住在这里了，所罗。就算你想娶我，我也不能住在这里。在这里，我无法呼吸。"

"我们到的第一个晚上，你看不懂阿司匹林瓶子上的说明，就哭了起来。那时我就应该知道。"

菲芘拿起另一件毛衣，盯着毛衣看，仿佛不知道该怎么处理这件衣服。

"你现在是把我甩了。"他说。

"是的，我把你甩了。"

— ○ — –

第二天一早，菲芘就离开了。这就好像菲芘要来个干净的了断。所罗带她乘火车去机场，虽然他们很愉快，但她一夜之间就变了样。她看上去既不伤心也不生气，她很亲切。如果说有什么不同的话，那就是她似乎比以前更坚强了。她让他拥抱她告别，但他们说好在未来很长一段时间都不要联系。

"那样更好。"她说，所罗感觉无力反对她的决定。

所罗乘坐火车前往横滨。

— ○ — –

他父亲的办公室十分朴素，排列着灰色金属架，墙边的文件柜上放着一堆堆文件。高高的窗户下面摆着三个保险箱，里面装的是文件和当天的收据。摩撒坐在一张破旧的橡木桌子后面，三十多年来，他都把这张桌子当书桌。诺亚曾在这张桌子上学习，准备考早稻田大学，后来，他搬到东京，便把桌子留给了摩撒。

"爸爸。"

"所罗。"摩撒大声说，"出什么事了？"

"菲芘回去了。"

把这件事对父亲说了，他才有真实的感觉。所罗坐在空椅子上。

"什么？为什么？因为你丢了工作？"

"不是，是因为我不能娶她。我告诉她我想住在日本，干柏青哥这一行。"

"什么？柏青哥？不行，不行。"摩撒摇摇头，"你得再找一份银行的工作。你就是为了这个，才去哥伦比亚大学读书的，不是吗？"

摩撒摸摸自己的额头，被儿子的话搅糊涂了。"她是个好女孩。我还以为你们会结婚的。"

摩撒绕过他的办公桌，递给他儿子一包纸巾。

"柏青哥？真的？"

"真的，为什么不呢？"所罗擤擤鼻涕。

"你不会愿意干的。你都不知道人们说什么难听的话。"

"那些话都不是真的。你是本分的生意人。我知道你缴税，证照齐全，而且……"

"是的，是的，的确如此，但人们总是会说三道四。不管发生什么事，他们总是说些可怕的话。对我来说，这种事已经司空见惯了。我又不是什么大人物。你不需要做这种工作。我在学校不像我哥哥那么聪明，我很擅长跑来跑去，修理东西。我擅长赚钱。我总是让我的生意干干净净，远离污秽。吾朗先生教过我，与坏人来往，一点也不值得。但是所罗，这一行不容易，不仅仅是修补机器、订购新机器、雇人，有太多方面会出错。我们认识很多人，他们都破产了，不是吗？"

"你为什么不愿意让我干这一行？"

"我送你去美国人开的学校读书，就是为了不让别人……"摩撒停顿片刻，"就是为了不让别人瞧不起我儿子。"

"爸爸，那不重要。这种事全都不重要，不是吗？"所罗从未见过他父亲这样。

"我工作，我赚钱，是因为这样能让我变成一个男人。我认为，只要我有钱了，别人就会尊重我。"

所罗看着他，点了点头。他的父亲很少为自己花钱，但他为员工支付了婚礼和葬礼的费用，并为他们的孩子付了学费。

摩撒的表情突然亮了起来。

"你还可以改变主意，所罗。等到菲芘回到家，你就给她打个电话，说你后悔了。你母亲很像菲芘，意志坚定，聪明透顶。"

"我想住在这里。"所罗说，"但她不愿意。"

"这样啊。"

所罗从他父亲的桌上拿起账本。"爸爸，给我讲讲吧。"

摩撒停顿片刻，然后打开了账册。

— o —

今天是这个月的第一天，顺子从睡梦中醒来。她又梦见了高汉秀。最近，他经常出现在她的梦中，和她小时候见到的他一模一样，穿着白色亚麻布西装和白色皮鞋。他总是说同一句话："你是我的心上人，你是我心爱的姑娘。"顺子醒过来，感到羞愧万分。她应该忘记他才对。

吃过早饭后，她去墓地为白伊萨扫墓。和平时一样，庆熙提出陪她一起去，但顺子拒绝了。

两个女人都没有办祭祀法事。作为基督徒，她们不应该相信祖先崇拜，然而，两个寡妇仍然想和她们的丈夫和长辈交谈，向他们述说心事，寻求他们的建议。她们想念那些古老的仪式，所以她定期去墓地。说来也怪，顺子现在感觉和白伊萨很亲近，这在他活着的时候是没有的。他在世时，她一直对善良的他又敬又畏。他死了，她觉得他更亲切了。

横滨的火车到达大阪车站，顺子从朝鲜老妇人的小摊上买了些象牙色的菊花。她在那里摆摊很多年了。白伊萨曾经说过，到了你回归主的身边的时候，你真正的身体将在天堂，所以你的遗体会发生什么并不重要。给深埋在地下的尸体带去他最喜欢的食物、香或鲜花，是没有意义的；没有必要鞠躬，因为在上帝的眼中我们都是平等的，他是这么说的。然而，顺子忍不住想把一些可爱的东西带去坟墓。他生前对她的要求如此之少，当她现在想起他的时候，她都记得她的丈夫曾赞美上帝创造的美好。

她很高兴白伊萨没有火化。她想找个地方，可以让孩子们经常去看望他们的父亲。摩撒经常扫墓，在诺亚失踪前，他也和她一起去。他们也和他谈过吗？她想知道。她从来没有想过要问他们这个问题，现在已经太晚了。

最近，每次她去墓地，她都想知道白伊萨怎么看待诺亚的死。白伊萨一定会理解诺亚的痛苦，他肯定知道该怎么劝他。诺亚被他的妻子火化了，所以没有墓可扫。顺子独自一人前来时会跟诺亚说话。有时候，像一块美味的南瓜太妃糖这样简单的东西都让她后悔不已，现在她有钱了，却不能给他买他小时候喜欢的东西。对不起，诺亚，对不起。他去世已经十一年了，她的心痛并没有消失，但它的尖锐边缘像海玻璃一样变得迟钝和柔软。

顺子没有去参加诺亚的葬礼。他不希望他的妻子和孩子知道有她这个人，而且，她已经做得够多了。如果她没去找他，也许他还活着。高汉秀也没去参加葬礼。诺亚如果还活着，应该已经五十六岁了。

在昨晚的梦里，顺子很幸福，因为高汉秀又来看她了。那是在影岛，他们在她家老房子附近的海滩上碰面聊天，回想起那个梦，就像在看别人的生活。为什么白伊萨和诺亚走了，而高汉秀还活着？这公平吗？高汉秀住在东京某家医院的病床上，护士和他的女儿夜以继日地照顾着他。她再也没有见过他，也不想见他。在她的梦里，他和她小时候见到的一样充满活力。她想念的不是高汉秀，甚至也不是白伊萨。她在梦中再次看到的是她的青春、她的开始、她的愿望，这就是她成为女人的方式。如果没有高汉秀、白伊萨和诺亚，就不会有到这片土地的朝圣之旅。虽然她的一生平凡无奇，但她也曾有过一些闪闪发光的美和荣耀。即使没有人知道，那也是真实的。

安慰是有的：她了解到，你所爱的人总是和你在一起。有时，在火车售票亭或书店的橱窗前面，她能感觉到诺亚的小手，她会闭上眼睛，想象他身上的甜美青草气味，并且记得他一直都尽全力做事。在那些时刻，独自一人怀念他，是件好事。

她从火车站乘出租车去公墓，走过一排排墓碑，来到了白伊萨那维护良好的墓地。没有必要清洗，但她喜欢在和他说话之前把大理石墓碑擦干净。顺子跪在地上，用她带来的毛巾把那块扁平的方形墓石擦得干干净净。白伊萨的名字是用日文和朝鲜文刻出来的。1907—1944年。白色的大理石现在干净了，被太阳晒得暖暖的。

他曾经是那么优雅英俊的男人。顺子能回忆起家里的女仆们有多爱慕他，福熙和多熙以前从未见过如此英俊的男人。摩撒更像她，五官平平，但他承袭了父亲的优雅仪态和坚定步伐。

"亲爱的。"她说，"摩撒很好。上个礼拜，摩撒给我打电话，说是所罗失去了他在外资银行的工作，现在他想和他的父亲一起工作。想想看吧？不知道你怎么看这件事。"

沉默将她包围。

"我想知道你怎么……"她看到管理员内田先生走了过来，便不再说了。顺子穿着黑色羊毛裤子坐在地上。她瞥了一眼地上的手提包。这是一款昂贵的名牌包，是惠津子送给她的七十岁生日礼物。

管理员在她面前停住，鞠了一躬，她也冲他鞠了一躬。

顺子对这位彬彬有礼的年轻人笑了笑，他大概有四十五岁。内田先生看起来比摩撒年轻。她在他眼里是什么样？多年来日晒雨淋，她的皮肤出现了深深的皱纹，她留着一头银白色的短发。尽管她已经七十三岁，她却感觉自己不太老。管理员听到她用朝鲜语小声说话了吗？自从她不再经营糖果店，她有限的日语水平就更差了。这并不可怕，但最近她在以日语为母语的人面前感到害羞。内田拾起耙子走开了。

顺子把两只手放在白色大理石墓碑上，仿佛她可以触碰到白伊萨。

"我希望你能告诉我，我们将会怎样。我希望……我希望我知道诺亚和你在一起。"

管理员在离她几排墓碑远的地方，清理石碑上的湿树叶，他时不时抬头看她一眼。被人看到自己对着墓碑说话，顺子感到很尴尬。她想多待一会儿。为了让自己看起来很忙，顺子打开帆布包，把脏毛巾放进去。在包的底部，她找到了家里的钥匙，钥匙圈上带有密封的丙烯酸相框，里面镶着拇指指甲大小的诺亚和摩撒的照片。

顺子哭了起来，她的眼泪不由自主地往下掉。

"白太太。"

"是。"顺子抬头看着管理员。

"要不要我去给你拿点喝的？我的小屋里有一壶茶。不是什么好茶，但茶是热的。"

"不用了，不用了，谢谢。你总是能看到人们在哭吧。"她用蹩脚的日语说。

"其实不是的，没多少人来这里，但你的家人经常来。你有两个儿子，还有一个孙子所罗。摩撒一两个月就来一次。我有十一年没见过诺亚了，但以前他每个月的最后一个礼拜四来。他很准时的。诺亚怎么样了？他这人真不错。"

"诺亚来过这里？1978年之前来过这里？"

"是的。"

"从1963年到1978年？"她提到的是他住在长野的那几年。她又说了一次日期，希望她的日语是正确的。顺子指着钥匙圈上的诺亚的照片，"是他来过这里吗？"

管理员对着照片坚定地点了点头，然后抬头看着天空，好像他心里有日历。

"没错，没错。他那些年来过，那之前也来过。诺亚让我去上学，他还说，要是我愿意，他可以送我去。"

"真的吗？"

"真的，但我告诉他，我这人脑袋空空，送我去学校也没用，再说，我喜欢这里。这里很安静。每个来扫墓的人都很善良。他要我别对别人说他来过，但我已经十多年没见过他了，不知道他是不是搬到英国去了。他让我读好书，还给我带来了伟大的英国作家查尔斯·狄更斯的译本。"

"我的儿子诺亚已经死了。"

管理员轻轻地张开嘴。

"我的儿子，我的儿子。"顺子轻声道。

"听到这个消息，我很难过，白太太。我真的很难过。"管理员说，看上去很悲苦，"我一直想告诉他，我把他带给我的书都看完了，那之后，我又买了很多本。我读过狄更斯先生的所有书，但我最喜欢的是他给我的第一本书《大卫·科波菲尔》。我敬佩大卫。"

"诺亚喜欢看书。看最好的书。他喜欢看书。"

"你看过狄更斯的书吗？"

"我不识字。"她道。

"真的吗？你是诺亚的母亲，那你也应该很聪明啊。也许你可以上成人夜校。诺亚就要我这么做。"顺子对管理员笑了笑，他似乎对送老妇人去学校这事怀着很大的希望。她记得诺亚曾鼓励摩撒坚持不懈地学习。

管理员看着他的耙子。他深深地鞠了一躬，随即便接着干活了。

当他消失在视野之内，顺子用双手在墓碑底部挖了一个大约一英尺深的洞，把钥匙圈照片放了进去。她用泥土和草把洞盖上，用手帕擦干净双手，但指甲下面还残留着泥土。顺子把土踩实，手指从青草上拂过。

她拿起手提袋。庆熙还在家里等她。

图书在版编目（ＣＩＰ）数据

柏青哥 ／（美）李敏金著；刘勇军译. — 南京 ：江苏
凤凰文艺出版社，2019. 1
ISBN 978-7-5594-3143-1

Ⅰ. ①柏… Ⅱ. ①李… ②刘… Ⅲ. ①长篇小说－美
国－现代 Ⅳ. ①I712. 45

中国版本图书馆CIP数据核字(2018)第295633号

著作权合同登记号：10-2018-433

书　　　名	柏青哥
作　　　者	（美）李敏金
译　　　者	刘勇军
策 划 出 品	九志天达
统　　　筹	姚　丽
责 任 编 辑	白　涵　刘洲原
特 约 编 辑	张　颖
责 任 监 制	刘　巍　江伟明
出 版 发 行	江苏凤凰文艺出版社
出版社地址	南京市中央路165号，邮编：210009
出版社网址	http://www.jswenyi.com
印　　　刷	北京富达印务有限公司
开　　　本	880毫米×1230毫米 1/32
字　　　数	320千字
印　　　张	12.25
版　　　次	2019年1月第1版　2019年1月第1次印刷
标 准 书 号	ISBN 978-7-5594-3143-1
定　　　价	58.00元

江苏凤凰文艺版图书凡印制、装订错误可随时向承印厂调换